Dorothea Morgenroth
Das Versprechen eines neuen Tages

Über die Autorin

Dorothea Morgenroth schreibt aus Leidenschaft und hat sich mit ihrem Debütroman *Der den Himmel lenkt* sowie etlichen weiteren Werken einen Namen als versierte Romanautorin gemacht. Sie ist Mutter von vier erwachsenen Kindern und lebt mit ihrem Mann, der jüngsten Tochter und einem kleinen Hund in Bayern.

DOROTHEA MORGENROTH

Das Versprechen eines neuen Tages

Roman

Die Bibelverse sind folgender Ausgabe entnommen:
Neues Leben. Die Bibel,
© der deutschen Ausgabe 2002
und 2006 SCM-Verlag GmbH & Co. KG, Witten.

© 2024 Gerth Medien in der SCM Verlagsgruppe GmbH,
Berliner Ring 62, 35576 Wetzlar

1. Auflage 2024
Bestell-Nr. 821046
ISBN 978-3-98695-046-0

Umschlaggestaltung: Hanni Plato
Umschlagfotos: Verlagsausgabe: Unsplash, Luca Bravo (Landschaft)
und SARAPON (Flugzeug); Clubausgabe: Shutterstock,
Matinho Smart (Landschaft) und SARAPON (Flugzeug)
Lektorat: Christina Bachmann
Satz: Uhl + Massopust, Aalen
Druck und Verarbeitung: GGP Media GmbH, Pößneck
Printed in Germany

www.gerth.de

Frauen. Im Winter. Ein offenes Feld. Starker Wind,
Schnee, Temperaturen unter null – wir arbeiteten und wir gruben.
Und um dort hinzukommen, mussten wir ein oder zwei Kilometer
laufen. Sie taten mit uns, was sie wollten. Es war eine schwere
Arbeit. Dann sah ich, wie Menschen – wie sie ihren Lebenswillen
verloren. Wie sie nicht mehr leben wollten. Und in vielen Fällen
entschied dies darüber, wer am Leben bleiben würde
und wer nicht: der Lebenswille.

Eine Jüdin, Überlebende der Shoah[1]

Es war der Hunger. Ich meine, es gibt keine schlimmere Strafe
als Hunger. Kein Mord, keine Prügel, keine Schläge,
nichts ist so qualvoll wie Hunger.

Eine Jüdin, Überlebende der Shoah

Am 8. Mai 1945, dem letzten Tag des Krieges, dachte ich für mich:
Gott, jetzt bin ich frei. Ich bin tatsächlich frei, um zu tun,
was immer ich will. Aber ich habe keinen Ort, an den ich gehen
kann. Wo konnte ich hingehen? Ich hatte niemanden, der mir
einen Rat hätte geben können, ich war komplett verlassen,
alleine. Ich hatte niemanden, ich gehörte zu niemandem.

Eine Jüdin aus Ungarn, Überlebende der Shoah

Prolog

Unzählige Menschen eilten an diesem Morgen achtlos am Zeitungskiosk vorüber, vor allem Männer im Geschäftsanzug. Bowler-Hüte saßen wie festgewachsen auf ihren Köpfen, nur nachlässig geschlossene oder offen stehende Regenmäntel schwangen bei ihren hektischen Schritten hinter ihnen her wie Flügel aus heller Gabardine.

Ein einziger der Männer – mit geschlossenem Mantel und gegen den frischen Wind hochgeschlagenem Kragen sowie einem ausländischen Hutmodell – schritt gemächlich die Straße entlang, hielt gelegentlich inne und blickte sich um. Auf Höhe des Kiosks blieb er abrupt stehen und starrte wie gebannt auf eine der ausgestellten Tageszeitungen. Es war das Foto eines *Daily Telegraph*-Artikels, das seine Aufmerksamkeit erregte. Fassungslos trat er näher heran und streckte die Hand nach der Zeitung aus.

Seine Augen weiteten sich. Dieses Gesicht – dieser Blick! Konnte die Dame auf der Abbildung tatsächlich die sein, für die er sie hielt, oder erlag er hier wieder einer Täuschung, wie es im Lauf seiner Reisen so oft geschehen war?

Hastig griff der Mann nach seiner Geldbörse, entnahm ihr ein paar Münzen und hielt gleich darauf den *Daily Telegraph* in Händen. In fieberhafter Eile verschlang er den Artikel.

Miss Bettys Fundbüro: Die Geschichte des verschwundenen Abendmahlskelches

(Verfasser: James Welland)

Wer den bescheidenen kleinen Laden »Steiner's Shop and Post Office« in dem beschaulichen West-Midlands-Städtchen Stowbridge betritt, kann sich kaum vorstellen, welch unglaubliche Geschichte sich hier vor Kurzem abspielte. Auch die Hauptperson des Geschehens mag auf den ersten Blick nicht viel Aufsehen erregen und wurde dennoch zu dessen Heldin.

Die zarte, zurückhaltende »Miss Betty«, wie sämtliche Dorfbewohner sie respektvoll nennen, betreibt gemeinsam mit ihrem Onkel Levi Steiner den genannten Laden sowie das zugehörige »Lost Property«. Unbemerkt von der Öffentlichkeit entwickelte sie dieses inoffizielle Fundbüro aus dem lobenswerten Bedürfnis heraus, ihren Mitbürgern zu helfen. Verlorenes wiederzufinden beziehungsweise Fundgegenstände wieder mit ihren Besitzern zu vereinen ist ihre Leidenschaft. Fragt man Miss Betty nach dem Grund dafür, so lautet die schlichte Antwort: »Nun, wer, wenn nicht ich hier im Laden, hat die Gelegenheit dazu? Jeder Dorfbewohner kommt früher oder später bei uns vorbei!«

Mit einer derart bescheidenen Haltung wären ihre Wohltaten vermutlich noch lange von der Öffentlichkeit unbemerkt geblieben, hätte sie nicht neulich mit dem im Titel genannten Abendmahlskelch selbst einen ausgesprochen kostbaren Fund gemacht. Den sie im Übrigen, ohne zu zögern, seinem rechtmäßigen Besitzer zurückgab.

Seit Jahrhunderten gehörte der silberne, mit Edelsteinen besetzte Kelch zum sakralen Inventar der Ortsgemeinde St. Matthew's. Wegen seines nicht unbescheidenen Wertes jedoch fürchtete der Reverend während des letzten Krieges um dessen Sicherheit. Als sich die deutschen Luftangriffe mehrten und unsere eigene Regierung nicht mehr ausschließen konnte, dass unser geliebtes England vom Feind besetzt werden würde, beschloss Reverend David Morgan also, den Kelch samt den übrigen kostbaren kircheneigenen Gegenständen zu verstecken. Bei Nacht und Nebel griff er persönlich zur Schaufel und vergrub die Heiligtümer an einem sicheren Ort. Nicht lange darauf meldete er sich freiwillig als Militärgeistlicher und wurde auf den Kontinent verschifft, wo er bis nach Kriegsende Dienst tat. Zurück in der Heimat suchte er im Herbst 1945 den Ort wieder auf, an dem er den Kirchenschatz vor möglichen Besatzern versteckt hatte.

»Ich entsann mich genau, wo ich sie damals vergraben hatte«, berichtet Rev. David Morgan selbst, »und konnte es kaum erwarten, die geweihten Gefäße endlich wieder in meinen Händen zu halten. Umso größer war mein Entsetzen, als ich sie nicht mehr in ihrem Versteck vorfand! Die Kiste, die sie enthalten hatte, war noch da, doch sie war leer. Irgendjemand hatte unseren Schatz geraubt! Außer mir vor Entsetzen wandte ich mich an meine Vorgesetzten und die Polizei, die gemeinsam entsprechende Ermittlungen tätigten und die gestohlenen Gegenstände bei unterschiedlichen Hehlern im Lande wieder aufspürten. Alle, bis auf den kostbarsten darunter, den Edelstein-Kelch. Dieser war und blieb verschwunden. Bis unsere geschätzte Miss Betty ihn vor Kurzem fand und mir umgehend aushändigte. Ich kann ihr und unserem Vater im Himmel gar nicht genug dafür danken!«

So viel vom dankbaren Reverend Morgan von St. Matthew's in Stowbridge. Und wie äußert sich die ehrliche Finderin Miss Betty selbst, als sie eine offizielle Anerkennung der Church of England erhält und erfährt, dass der

Daily Telegraph über sie berichten wird? »Ich freue mich selbstverständlich, dass ich helfen konnte. Der Kelch ist wieder zurück an dem Ort, an den er gehört, und das ist alles, was für mich zählt.«

Mit diesen Worten und einem freundlichen Lächeln widmet sie sich dem nächsten Kunden, der ihren Laden betritt und sich – möglicherweise – wegen eines verloren gegangenen Schlüssels an sie wendet. Die Leser des Daily Telegraph jedenfalls wissen künftig, wie die richtige Adresse für jegliches »Lost Property« lautet …

Als er zu Ende gelesen hatte, entrang sich den Lippen des Mannes ein Stöhnen, die Zeitung sank unbeachtet herab. Ein Luftzug erfasste sie und beförderte sie vor die Füße eines Passanten, der achtlos darüber hinweglief und seine Fußabdrücke auf dem Papier hinterließ, ohne dass der Käufer sich darum kümmerte. Sein Blick richtete sich vielmehr in die Ferne, schien Dinge wahrzunehmen, die allen übrigen Menschen in dieser Londoner Straße verborgen blieben. Eine ganze Weile verharrte er so, reglos gegen die Seitenwand des Kiosks gelehnt.

Plötzlich aber kam wieder Leben in ihn. Er kaufte ein weiteres, unbeschädigtes Exemplar des *Daily Telegraph*, drückte es fest gegen seine Brust und eilte zurück zu seinem Hotel. Dort angekommen setzte er sich an den niedrigen Tisch, griff nach einem Bogen des hoteleigenen Briefpapiers und verfasste seine Nachricht.

Für eine kleine Ewigkeit glitt der Federhalter übers Papier, hielt inne und setzte von Neuem an, ehe der Schreiber ihn niederlegte. Nur Sekunden später aber beugte sich der Mann noch einmal erregt über sein Schriftstück, um seine Worte zu überprüfen.

Sehr geehrte Miss Betty, stand da, *soeben las ich den Bericht im Daily Telegraph, der sich mit Ihrem außergewöhnlichen kleinen*

Fundbüro befasst. Die Worte berührten mich so tief, dass ich es wage, Ihnen umgehend diesen Brief zu schreiben.

Ich finde Ihren Einsatz dafür, Verschwundenes wiederzufinden, wahrhaft bewundernswert. Denn auch ich habe vor langer Zeit etwas verloren, was mir überaus kostbar war. Genau genommen war es das Kostbarste, was ich in meinen jungen Jahren jemals gekannt hatte. In einem Moment war das geliebte Wesen noch zum Greifen nahe, im nächsten wurde es mir entrissen. Nicht gänzlich unerwartet, aber dennoch gewaltsam und unwiederbringlich entrissen, um genau zu sein.

Und so viele Augenblicke, Stunden, Tage und Jahre seitdem auch verstrichen sind, so weit die Reisen auch waren, die ich auf der Suche nach diesem Kostbarsten unternahm, hat mich die Erinnerung daran doch stets angetrieben.

Halbwegs befriedigt fügte der Schreiber noch einen letzten Absatz hinzu: *Wie traumhaft schön es in der Tat wäre, wenn es jemanden gäbe, der sich die Mühe machte, mich wieder mit der geliebten Person zu vereinen. Aber es besteht nun einmal ein Unterschied zwischen dem Verlust eines Gegenstandes, dessen Besitzer man ist, und dem eines Menschen, der niemand anderem gehört als sich selbst, nicht wahr? Deshalb wird dies vermutlich auch künftig nichts weiter bleiben als mein größter Traum …*

Ihnen wünsche ich von Herzen weiterhin viel Erfolg bei Ihrer Tätigkeit und verbleibe mit freundlichen Grüßen …

Der Mann hielt kurz inne, dann unterzeichnete er den Brief mit seinem Namen und schob ihn in den Umschlag.

1. Kapitel

In einem Viehwaggon zwischen Ravensbrück und Augsburg,
Februar 1945

Betti registrierte kaum, dass der Zug angehalten hatte. Viel zu oft war das während der vergangenen Woche der Fall gewesen.

Beim ersten, zweiten, dritten Halt hatte sie jeweils hoffnungsvoll und gleichzeitig voller Furcht auf den Augenblick gewartet, da die Tür des Viehwaggons aufgeschoben wurde. Waren sie endlich am Ziel? Und falls ja, was wartete dort auf sie? Die Gaskammern von Auschwitz oder »nur« der Aufenthalt in einem weiteren überfüllten Lager, beherrscht von einer Meute deutscher Wärterinnen, die es kaum erwarten konnten, ihre neu eingetroffenen Opfer auf jede erdenkliche Weise zu quälen?

Doch jedes Mal bislang hatte man die Tür nur einen Spaltbreit geöffnet, um den Wageninsassen die tägliche Essensration in ihre Blechnäpfe zu füllen: einen einzigen Löffel voll wässriger Suppe, die oft nicht einmal mehr warm war. Oder um die wenigen Aborteimer zu entleeren, die die fünfundsiebzig Personen sich teilen mussten. Oder aber um die leblosen Körper derer zu entfernen, die den qualvollen Umständen dieser Reise durch den Tod entflohen waren. Nach der dritten Frau, die man tot aus der dicht gedrängten Menge der Übrigen herausgezerrt und achtlos neben die Bahngleise geworfen hatte, hatte Betti aufgehört, die Leichen zu zählen.

Genau erinnerte sie sich nur an eine Leidensgenossin, die ein paar Tage nach der Abfahrt aus Ravensbrück im überfüllten Waggon verrückt geworden war. Auf allen vieren war sie umhergekrochen, um die anderen in die Waden zu beißen, bis der Tod sie endlich erlöst hatte. Und darüber hinaus an Ruth, die vorher gemeinsam mit Betti und ihrer Schwester im Untergrund gelebt hatte. Damit war Ruth für sie wie eine schmerzliche letzte Verbindung zu ihrer alten Heimat und ihrem früheren Leben gewesen, und als man ihren bis auf die Knochen abgemagerten Körper aus dem Waggon gezerrt hatte, hatte Betti laut aufgeschluchzt.

Einmal jedoch blieb der Zug auf den Gleisen stehen, ohne dass sich die Tür öffnete. Stattdessen drang von draußen Flugzeuglärm herein und das Pfeifen fallender Bomben. Druckwellen von Explosionen schüttelten den schweren Viehwaggon, als beabsichtigten sie, ihn aus seinem Gleisbett zu werfen. Ein paar verirrte Geschosse durchschlugen gar die Wand ihres Waggons und töteten zwei Frauen. Betti und Eva drängten sich noch dichter aneinander, als sie es ohnehin schon taten, sodass Betti jede einzelne knochige Rippe ihrer drei Jahre jüngeren Schwester an ihrem eigenen Körper spürte.

Eva zitterte und verkrampfte sich, vor Angst ebenso wie vor der eisigen Kälte in dem elenden Quartier, da halfen auch Bettis tröstend um sie geschlungene Arme nicht. Ohnehin hatte die Jüngere sich körperlich nie vollkommen von ihrem Treppensturz im Dezember erholt, jammerte oft wegen ihres schmerzenden Kopfes oder lief in gekrümmter Haltung. Beschützend legte Betti deshalb ihre Hände über Evas Ohren, um zumindest den furchterregenden Lärm ein wenig abzumildern.

Als sie selbst nichts mehr von dem Tumult draußen hörte, wartete sie darauf, dass der Zug sich wieder in Bewegung setzte, aber er blieb an Ort und Stelle stehen. Eine der älteren Frauen vermutete, dass Bomben die Gleise vor ihnen zerstört hatten, doch was machte das Wissen darüber schon für einen Unterschied. Tatsache war, der Zug stand still. Für Stunden, für Tage oder sogar länger, Betti wusste es nicht einzuschätzen.

Die Gesetzmäßigkeiten ihres alten Lebens, vor allem aber das Gesetz der Zeit existierte nicht in diesem eisigen Gefängnis aus Bretterwänden und einem notdürftig mit Stroh bedeckten Boden. Hunger und Durst, Verzweiflung und Tod waren es, die hier das Regiment übernommen hatten. Ganz zu schweigen von dem bestialischen Gestank der überlaufenden Toiletteneimer, dem Stöhnen der Frauen in Hungerkrämpfen und ihren immer seltener werdenden Rufen nach Wasser. Gab es überhaupt noch eine Welt außerhalb dieser Hölle?

Erst als endlich ein heftiger Ruck durch den Waggon ging und die Räder des Zuges sich wieder in Bewegung setzten, schöpfte Betti ein wenig neue Hoffnung. Sie rappelte sich mühsam auf, drückte ihre schläfrige Schwester an sich und bahnte sich mit dem freien Ellbogen einen Weg an die Waggonwand, bis hin zu einem der Löcher, die die Kugeln zuvor hinterlassen hatten.

Die Einschussstelle war winzig, dennoch bot sie ihr einen begrenzten Blick ins Freie. Es war Tag, und obwohl dichte graue Wolken über den Himmel zogen, schloss sie nach der permanenten Dunkelheit des Viehwaggons einen Moment lang geblendet die Augen. Danach erkannte sie eine Landschaft mit kahlen, winterbraunen Hügeln und Feldern und ein paar einsam gelegenen Bauernhöfen in der weiteren Umgebung. Tiefe Bombenkrater auf der Landstraße, abgeholzte oder verkohlte Waldstücke und vereinzelte, scharf gezackte Hausruinen kündeten in der kaum bewohnten Gegend vom Krieg. War dies hier immer noch das gefürchtete Deutsche Reich oder waren sie längst über seine Grenzen hinaus in ihr unbekanntes Schicksal gefahren?

Nachdem Betti sich sattgesehen hatte an jener Außenwelt, die trotz allem noch existierte, ließ sie sich an der Wand entlang erschöpft zu Boden sinken. Eva döste längst wieder vor sich hin, obwohl es im Grunde zu kalt war, um zu schlafen. Eine dünne Eisschicht überzog den Waggon sogar von innen, ebenso die wenigen freien Zentimeter der kahlen Bodenfläche zwischen den Frauen.

Betti lauschte dem flachen, raschen Atem ihrer Schwester in der Hoffnung, ebenfalls für einige Minuten Ruhe und vielleicht sogar vorübergehenden Frieden zu finden. Mit aller Willenskraft versuchte sie, ihre ausgetrocknete Kehle, den bohrenden Schmerz ihres Magens und den Wind, der durch die Ritzen pfiff, zu ignorieren und vor sich hin zu dämmern, und verpasste deshalb fast den nächsten Halt des Zuges. Auch, dass sich die Tür öffnete und tatsächlich Sonnenlicht ins Wageninnere drang, entging ihr.

Plötzlich aber bebte der Boden des Viehwaggons und sämtliche Frauen um sie herum drängten sich mit einem Aufschrei in Richtung der Türöffnung. »Brot!«, glaubte Betti aus den Rufen herauszuhören. »Sie haben Brot!«

Vergessen war alle Mattigkeit. Sie sprang auf, bahnte sich mit dem Einsatz beider Ellbogen rücksichtslos einen Weg durch die Menge ihrer halb verhungerten Leidensgenossinnen. Als es nahe der Tür dennoch kein Durchkommen mehr gab, ließ sie sich, wie vor etlichen Tagen die Verrückte, auf allen vieren nieder und kämpfte sich zwickend und beißend zwischen knochigen, blau gefrorenen Beinen hindurch.

Brot! war das Einzige, was sie denken konnte. *Essen für Eva und mich!* Ihre Schwester war bereits zu schwach, um für sich selbst zu sorgen, sie brauchte die Nahrung dringender als alle anderen, selbst wenn diese nur aus einem Bissen trockenen Brotes bestand. Und auch von Betti wäre in Kürze nichts weiter übrig als ein von Haut überzogenes Skelett, falls sie nicht bald mehr in den Magen bekam als einen Löffel Flüssigkeit am Tag.

Endlich war Betti vorn an der Tür angelangt. Sie hob den Kopf und blickte unmittelbar in das Gesicht einer verhärmten älteren Frau unten auf dem Bahnsteig. Diese hielt einen Blecheimer voll Brotscheiben in der Hand. Neben ihr stand eine weitere Frau mit einem Kessel dampfender Suppe.

Im Gegensatz zu vielen ihrer Leidensgenossinnen besaß Betti jedoch keine leere Blechdose als Behälter für eine Portion Suppe. Und selbst wenn das der Fall gewesen wäre – wie hätte sie diese durch die hysterische Menge zurück zu Eva transportieren sollen, ohne dabei alles zu verschütten?

Mühsam riss sie deshalb ihre Augen von der verführerisch heißen Suppe los und streckte stattdessen die Hände nach dem Brot aus. Die erste Scheibe steckte sie rasch unter ihren Mantel und richtete erneut einen flehenden Blick auf ihre Wohltäterin. »*Ez a hugomnak lesz!*«, sagte sie dabei auf Ungarisch und gleich darauf mit schwerer Zunge auf Deutsch: »Das ... für meine Schwester!«

Ohne lange zu überlegen, schob die mitfühlende Helferin zwei weitere Scheiben Brot direkt unter Bettis Mantel und diese kämpfte sich zurück zu Eva.

Nach dem Gedränge im Türbereich war das Wageninnere nahezu leer und Betti konnte schemenhaft die Rückwand erkennen. Doch niemand lehnte halb aufrecht an den Brettern, kein schmaler, kindlicher Körper hatte sich auf dem Boden davor schlafend zusammengerollt. Wo war Eva?

Betti stolperte vor Schreck, fiel, stemmte sich wieder in die Höhe und stieß einen heiseren Ruf aus: »Eva? Eva, wo bist du?«

Taumelnd erreichte sie die Wand, wo sie sich erneut zu Boden gleiten ließ und suchend um sich tastete. Nur für den Fall, dass ihre Augen sie trogen, weil das plötzliche Tageslicht auf dem Bahnsteig sie so geblendet hatte. Tatsächlich ertastete sie einen Körper, aber das zornige Stöhnen, das ihre Berührung hervorrief, stammte keinesfalls von Eva. Meter für Meter arbeitete sie sich an der Wand entlang, bei jeder Bewegung einen Stoßseufzer ausstoßend: »Bitte, lass mich Eva finden – lass sie mich lebend finden! Sie ist doch alles, was ich noch habe!«

Endlich, nach einer Ewigkeit voll wachsender Verzweiflung, stieß sie an einen weiteren Körper und eine leise Stimme fragte: »Bist du das, Betti? Ich habe dich gesucht, wo warst du denn?«

Vor Erleichterung schluchzte Betti auf, schloss Eva fest in die Arme und vergrub ihr Gesicht in deren wirrem, nach Ausdünstungen stinkendem Haar. »Ich habe uns nur etwas zu essen besorgt!«, erklärte sie, als sie wieder in der Lage war zu sprechen. »Sieh nur – Brot! Und es ist sogar frisch, glaube ich! Aber iss langsam, damit du kein Magendrücken bekommst.«

Mit diesem Rat drückte sie Eva die erste Brotscheibe in die Hand und riss von der zweiten ein kleines Stück für sich selbst ab. Doch genießen konnte sie es im Gegensatz zu Eva, die vor Wohlbehagen ab und zu leise schmatzte, nicht. Zu tief saß ihr der Schreck in den Gliedern. Wie hatte sie nur so leichtsinnig sein können, Eva hier allein zurückzulassen? Daran war einzig ihre Gier schuld, ihr Hunger und ihr Pflichtgefühl, Eva mit Nahrung zu versorgen. Aber was nützte ihnen das frischeste Brot oder sogar eine heiße Suppe im Magen, wenn sie nicht mehr beieinander waren? Auseinandergerissen zu werden wäre tatsächlich noch schrecklicher als Hunger. Genau genommen wäre es das Schlimmste, was ihnen zustoßen konnte. Denn nur gemeinsam würden sie diese Qualen überleben, davon war Betti seit ihrer versuchten Flucht aus der Fabrik überzeugt.

Eva mit ihren dreizehn Jahren und sie, Betti, mit ihren sechzehn waren mit großer Wahrscheinlichkeit die letzten Überlebenden der Budapester Familie Strausz und die einzige Möglichkeit, weiter zu überleben, bestand in ihrem festen, bedingungslosen Zusammenhalt.

Während der Bissen Brot schwer wie ein Stein ihre Speiseröhre hinabglitt, schwor sich Betti, Eva niemals wieder allein zu lassen. Komme, was da wolle, sie würde sie nie mehr aus den Augen lassen. Künftig würden sie zusammenkleben wie siamesische Zwillinge.

Mit einem Ruck lösten sich die Bremsen des Zuges, der Waggon rollte an und ihre Fahrt ins Ungewisse setzte sich fort.

Erlenbach, März 1945

Als sowohl das Brot als auch die halb garen Kartoffeln, die man ihnen bei einem anderen Halt gegeben hatte, nur noch eine ferne Erinnerung waren, erreichten sie eine Stadt namens Augsburg.

Betti erkannte das Bahnhofsschild durch die geöffnete Tür, während zwei SS-Männer einige unbewegliche, starre Körper aus dem Waggon herauszogen. Alle anderen Frauen waren zumindest noch in der Lage, zu atmen. Zu mehr fühlte auch sie selbst, die immer die Kräftigste und Gesündeste in ihrer Familie gewesen war, sich nicht mehr fähig. Betti stand nicht einmal vom Boden auf, um durch das Einschussloch zu spähen. Die Frage nach der Außenwelt beschäftigte sie nicht länger. Was sollte sie schon mit einer Welt, der das Schicksal der Frauen in diesem Zug gleichgültig war, die tatenlos zusah, wie Waggon um Waggon, Zug um Zug voller Tod und Verderben durch ihr Land rollte?

Das winzige Quäntchen Energie, das sie weiterhin aufbringen konnte, verwandte sie lieber darauf, Eva am Leben zu erhalten. Ihre kleine Schwester war vollkommen apathisch, ihr Körper so steif und kalt, dass Betti schon halb über ihr lag, um ihr ein wenig Wärme zu spenden. Sie würde es nicht zulassen, dass Eva die Nächste war, die man ins Freie zerrte und wie ein

Stück wertlosen Ballast achtlos auf den Bahnsteig oder einen Gepäckkarren warf!

Einmal mehr schloss sich die Tür ihres Gefängnisses, die Waggons setzten sich in Bewegung und kamen bereits nach kürzester Zeit wieder zum Stehen. Zumindest empfand es Betti in ihrem Dämmerzustand so. Diesmal wurden die Türen bis zum Anschlag aufgeschoben, draußen ertönten harsche Männerstimmen und erteilten Befehle. SS-Leute mit Knüppeln sprangen auf den Waggoneingang, stießen und zerrten die gefangenen Frauen ins Freie. Schlagartig war Betti wieder bei sich: Waren sie wahrhaftig am Ziel?

Unter Aufbietung all ihrer Willenskraft stemmte sie sich selbst und Eva in die Höhe, ehe die Faust oder der Knüppel eines Aufsehers sie treffen würde. Im Gegensatz zu manchen der älteren Frauen gelang es ihr, auf den Füßen zu bleiben und gleichzeitig ihre Schwester zu stützen. Mit halb geschlossenen Augen hing Eva in ihrem Arm, setzte unsicher einen Fuß vor den anderen und ließ sich willenlos führen.

Als sämtliche Viehwaggons des Zuges geleert waren, fanden die Schwestern sich in einer Gruppe von mehreren Hundert Frauen wieder, die von einem Trupp SS-Leuten umkreist wurde wie von wachsamen Schäferhunden. Schneeflocken fielen von einem bleigrauen Himmel, verbargen nahezu das Bahnhofsgebäude des Ortes namens Erlenbach, setzten sich eisig und erbarmungslos auf die gebeugten Schultern der stolpernden, um ihr Gleichgewicht und Kraft zum Gehen ringenden Frauen.

Betti biss die Zähne aufeinander, bis sie Blut auf ihren Lippen fühlte, und zwang sich selbst und Eva entschlossen voran. Nur wer stark war, überlebte. Nur wer stets vorausschauend und wachsam war, überstand dieses Grauen. Aufmerksam musterte sie den Weg vor sich und die Gebäude des kleinen Ortes. Lichter flackerten hinter verhangenen Fenstern, vor einem der Häuser kehrte eine dick vermummte Frau Schnee, ohne sich um den Trupp Gefangene auf der anderen Straßenseite zu kümmern, ein Bus fuhr die Straße entlang. Demnach war es trotz der überall herrschenden Dämmerung Tag.

Unvermittelt reckte sich vor der Aufseherin an der Spitze des Trupps ein Turm in den Himmel. Schneeflocken tanzten um ihn herum, als wollten sie der SS-Wache dort oben jegliche Sicht rauben. Zu Füßen des Wachturms erstreckten sich lang gezogene und von Stacheldraht umgebene Baracken.

Ein neues Lager also. Ein Lager, das die Strausz-Schwestern gemeinsam, mit vereinten Kräften überleben würden. Betti verstärkte ihren Griff um Evas Arm und trat entschlossen durch das Lagertor.

Waldwerk, am selben Tag

Aufatmend nach seinem raschen Lauf zur Haltestelle des Werksbusses ließ Konrad sich in den Sitz fallen.

Es war nicht ganz einfach, auf der unebenen Bank mit ihrem aufgeplatzten Polster eine komfortable Sitzhaltung zu finden. Doch Bequemlichkeit oder Komfort war ohnehin etwas, was der Vergangenheit angehörte – dem Leben vor dem Krieg eben, an das Konrad sich kaum mehr erinnern konnte. Dreizehn Jahre alt war er bei Ausbruch des Krieges gewesen, der seine Kindheit auf einen Schlag beendet und die Hoffnung auf eine unbeschwerte Zeit der Jugend zunichtegemacht hatte. Schon 1940 hatte die Wehrmacht seinen älteren Bruder eingezogen und von dieser Stunde an hatte die Sorge um dessen Wohlergehen die Gesichter seiner Eltern gezeichnet.

Mit Werners »Heldentod« in einem Schützengraben in Belgien hatte sich Konrads bis unters Dach mit Sorgen angefülltes Elternhaus in ein Trauerhaus verwandelt. Tränen und Kummer gehörten ab sofort zum Leben wie die immer kargeren

Mahlzeiten und die zahllosen Nächte, die man wegen der Bombardements der Alliierten im Bunker verbrachte. Dann musste auch sein Vater, den man aufgrund seiner kriegswichtigen Stellung als Ingenieur eines Rüstungsbetriebes bisher vom Wehrdienst verschont hatte, an die Front und von seiner Mutter blieb lediglich ein Schatten ihres früheren Ichs.

Ihre Stimme war unsicher, so als kämpfte sie beständig gegen die aufsteigenden Tränen an. Beim Kochen zitterten ihre Hände derart, dass Konrad ihr oft genug das Messer abnahm und selbst das kümmerliche Gemüse aus dem Beet hinter ihrem Haus zum Garen vorbereitete. Und in den wenigen Nächten, die sie tatsächlich zu Hause in ihren Betten statt im Bunker verbrachten, hörte er lautes Schluchzen aus dem elterlichen Schlafzimmer. Dann hielt es ihn nicht länger in seinem Zimmer und er trabte ruhelos durchs Haus, während er versuchte, irgendeinen Ausweg aus diesem wortwörtlich trostlosen Dasein zu finden. Vergeblich. Eine Lösung gab es ebenso wenig wie Trost oder die Hoffnung auf ein baldiges Kriegsende. Konrad hatte keine andere Wahl, als seiner Mutter zu helfen, sie zu versorgen und zu beschützen, so gut es ihm eben möglich war.

Doch dann war eines Tages die Tante mit ihren drei Kindern bei ihnen eingezogen. Mutters jüngere Schwester im nahen Landau war ausgebombt worden, sodass sie nun bei ihrer einzigen Verwandtschaft unterschlüpfte. Plötzlich wurde es eng in dem kleinen Häuschen im Pfälzer Wald, aber zumindest war Tante Kati eine tatkräftige junge Frau, die Konrads Mutter viel Arbeit abnahm und schon bald die gesamte Verantwortung im Haushalt auf ihren Schultern trug.

Weitgehend befreit von der Sorge um das Wohlergehen seiner Mutter hatte Konrad mit fünfzehn Jahren eine Ausbildung zum Werkzeugmacher begonnen. Zwar war diese mit einer zwölfjährigen Wehrpflicht verbunden, aber die Gelegenheit, etwas Sinnvolles zu tun und damit Geld zu verdienen, das er seiner Familie schickte, war Konrad die langjährige Verpflichtung zur Wehrmacht wert. Bei der Luftwaffe in Bayern hatte er im September 1944 eine kurze Spezialausbildung beendet. Er war jetzt Flugzeugwart und Teil eines Sonderkommandos im Flugzeugbau – eine Tatsache, die ihn letztendlich in diesen kleinen Ort an Bayerns Westgrenze geführt hatte.

Hier war er nun in einem eigens für das Sonderkommando Me 262 errichteten Flugzeugwerk beschäftigt. Verborgen vor den Augen der Alliierten und ihrer Luftstreitkräfte hatte man es vergangenen Herbst im Wald erbaut und arbeitete momentan in fieberhafter Eile an der Produktion dieses Düsenjägers aus der Firma Messerschmitt. Die Me 262 galt als modernstes, schnellstes Jagdflugzeug der Welt und war der ganze Stolz der Deutschen Luftwaffe. So wie Konrad das verstand, hielt der Führer verbissen daran fest, dass der Endsieg mithilfe dieser Wunderwaffe nach wie vor möglich sei. Er seufzte leise. Das Einzige, was ihm an dem Begriff Endsieg mittlerweile noch gefiel, war der Part mit dem Ende ...

Schließlich hatte er eine erträgliche Sitzposition für die Fahrt in den Wald zu seiner Arbeitsstelle gefunden und starrte aus dem Busfenster. Im Lauf der Nacht hatte es zu schneien begonnen und mittlerweile fielen die Flocken dicht und gleichmäßig. Eine äußerst unangenehme Aussicht für seine Tätigkeit in der halb offenen Montagehalle unter den Bäumen nahe der Reichsautobahn! Lieber würde er es wie die Bürger von Erlenbach halten, die offenbar vorhatten, heute so lange wie möglich in ihren vergleichsweise warmen Häusern zu bleiben. Bis auf die eine Frau zumindest, die mit einem Besen den Schnee vor sich herschob, und die Gruppe zerlumpter Gestalten am Straßenrand.

Erst auf den zweiten Blick erkannte Konrad, dass es sich bei diesen Fußgängern nicht nur um eine kleine Gruppe handelte.

Es waren Hunderte von Personen, die sich da mit schwanken-den Schritten die Hauptstraße entlangbewegten.

Flüchtlinge, die hier vor den im Osten anrückenden Rus-sen Zuflucht suchten?, fragte er sich. Doch nein, die schwarz uniformierten SS-Leute am vorderen und hinteren Ende der Menschenschlange ließen auf etwas anderes schließen. Gefan-gene waren es, notdürftig in Tücher und wollene Fetzen ge-hüllt, und allesamt Frauen. Oder sogar Kinder. Bei den zusam-mengekrümmten Gestalten und den ausgezehrten Gesichtern konnte man das schwer sagen. Auf einem der Mäntel, der wie ein Zelt um seine ausgemergelte Trägerin hing, glaubte er, im Vorüberfahren einen gelben Stern zu erkennen.

Betroffen starrte Konrad noch immer aus dem Busfenster, als sich die lang gezogene Schlange der Gefangenen schon längst außer Sichtweite befand.

2. Kapitel

Erlenbach, am selben Tag

Das neue Lager war wesentlich kleiner als Ravensbrück. Nur zehn Schlafbaracken und ein Krankenrevier und selbst die Verwaltungsgebäude waren nicht mehr als behelfsmäßige Baracken. Vor einer davon hatte man die Neuankömmlinge zum Appell versammelt.

Zitternd vor Kälte standen die fast fünfhundert Frauen in ordentlichen Reihen, während sie gezählt und registriert wurden, obwohl sich die meisten von ihnen kaum auf den Beinen halten konnten. Lediglich die Furcht vor dem neuen Lagerleiter, einem bärtigen SS-Mann mit rohen Gesichtszügen und einer langen Peitsche, hielt sie weiterhin aufrecht.

Betti stand Schulter an Schulter mit Eva, um ihre Schwester zu stützen. Durch ihren weiten Mantel notdürftig vor Blicken geschützt, hatte sie außerdem den Arm um Evas Mitte geschlungen, und jedes Mal, wenn ihre Schwester zu schwanken begann, hielt Betti dagegen.

Kurz bevor die Aufseherin mit den Listen in der Hand bei Neuankömmling Nummer 200 angekommen war, sank die erste Frau lautlos in den kalten Schnee. Aus dem Krankenrevier eilte der jüdische Arzt herbei, konnte jedoch nur noch ihren Tod feststellen. Bis zum Ende des Appells kauerten, soweit Betti mitbekam, mindestens vier weitere Frauen im Schnee oder lagen leblos entlang der Wand des Krankenreviers. Doch zu ihrer unendlichen Erleichterung hatte sich ihre Schwester auf den Beinen halten können.

Behutsam schob Betti sie auf ihr neues Quartier zu. Baracke 3 lag unmittelbar neben dem Stacheldrahtzaun, der das Frauenlager von den beiden Männerbaracken trennte, und enthielt zwei Reihen von schmalen, mit Strohsäcken befüllten Etagenpritschen. In eine davon bettete sie Eva, wickelte sie aus ihrem schneenassen Umhang und stattdessen in eine raue, mehrfach zusammengeflickte Wolldecke. Dann zog auch sie sich ihren Mantel aus.

Eine Gelegenheit, die durchnässten Kleidungsstücke zu trocknen, schien es nicht zu geben. Zudem war es riskant, sie aus den Augen zu lassen und damit eine der anderen Frauen zum Diebstahl zu verführen. Winterliche Kleidungsstücke waren beinahe so selten und deshalb so begehrt wie Nahrungsmittel, und Evas Umhang war besser erhalten als die Mäntel vieler Leidensgenossinnen. Folglich schob Betti ihr kostbares Eigentum kurzerhand unter die dünne Strohmatratze. Sie hoffte nur, dass das feuchte Kleidungsstück nicht das Stroh verdarb. Aufseufzend drängte sie sich dann so dicht wie möglich an Eva und breitete zusätzlich ihre eigene Decke über ihre beiden durchgefrorenen Körper.

Ihre Schwester fragte leise: »Was meinst du, wo wir hier sind, Betti? Wo haben sie uns hingebracht?«

Weil Evas Zähne dabei so heftig aufeinanderschlugen, hatte Betti Mühe, ihre Worte zu verstehen. Sie zögerte mit ihrer Antwort. Eigentlich hatte sie gehofft, ihre Schwester wäre zu benommen, um Fragen zu stellen, und würde jetzt, da sie dem qualvollen Tod im Viehwaggon entkommen waren, erst einmal tief und lange schlafen. Doch stattdessen fragte sie weiter: »Denkst du, wir sind hier, um zu arbeiten wie die Frauen in Ravensbrück, oder lassen sie uns endlich mal ein wenig in Ruhe?«

»Keine Ahnung, Eva«, gestand Betti bedächtig. »Ich weiß nur, dass wir weiterhin in Deutschland sind, denn ich konnte am Bahnhof das Ortsschild lesen. Aber wozu und weshalb sie uns hierhergebracht haben, kann ich dir nicht sagen. Wir müssen einfach abwarten. Und bis dahin nutzen wir unsere Zeit am besten mit Schlafen, sofern sie uns die Gelegenheit dazu lassen.«

»In Ordnung.« Eva zitterte noch immer. Dabei drückte Betti sich schon so eng an sie wie irgend möglich. Aber ihr war selbst dermaßen kalt, dass sie keine Wärme an ihre Schwester abgeben konnte. Um Eva abzulenken, bemerkte sie: »Ich finde die Pritsche hier richtig bequem. Nach dem harten Boden im Zug ist der Strohsack so weich wie ein Daunenbett, findest du nicht?«

Betti merkte selbst, wie falsch die Begeisterung klang, die sie mühsam in ihre Worte gelegt hatte, und aus der oben gelegenen Pritsche erklang ein verächtliches Schnauben.

Dennoch stimmte Eva ihr zu. »Allerdings. Und ich glaube, mir wird sogar ein bisschen wärmer.«

»Das freut mich!« In ihrem tiefsten Inneren spürte Betti so etwas wie ein Lächeln. Schon immer, seit Eva sprechen gelernt hatte, war sie der positivste Mensch gewesen, den man sich vorstellen konnte. Wenn ihr früher jemand Lakritze geschenkt hatte, die sie grässlich bitter fand, nahm sie diese trotzdem mit dankbarem Lächeln an, und wo andere einen Himmel voll schwarzer Wolken sahen, sah sie bereits die Sonne durchblitzen. So hatte ihr Vater sie auch immer genannt: mein kleiner Sonnenschein. Selbst in den Monaten in ihrem Versteck in der Fabrik hatte Eva nie ihren Optimismus verloren, sondern sich an jeder unverhofften Mahlzeit erfreut und stets von dem Tag gesprochen, an dem sie wieder alle vereint in ihrem eigenen Haus wohnen würden.

Einzig die qualvolle Zugfahrt hatte ihre fröhliche Zuversicht zu bremsen vermocht – doch nun schien diese wieder durch.

Liebevoll küsste Betti Eva auf die Stirn und beide verfielen erneut in Schweigen. Bald darauf verstummte Evas Zähneklappern und ihre tiefen Atemzüge verrieten der großen Schwester, dass sie eingeschlafen war. Endlich entspannte auch Betti sich ein wenig. Sie lauschte dem rasselnden Atmen, dem Husten und Schnupfen ihrer Barackengenossinnen, bis ihr die Augen zufielen.

~

Es war die harsche Stimme einer Aufseherin, die die Schwestern nachmittags wieder aufweckte. Mit einem lauten, unverständlichen Ruf betrat sie die Baracke, auf einem Leiterwagen einen dampfenden Kessel mit sich ziehend.

Betti sprang von der Pritsche, so rasch ihre steifen Gliedmaßen es zuließen, und stand als eine der Ersten vor der Wärterin. Mit ausdrucksloser Miene drückte diese ihr eine Blechschale voll farbloser, heißer Flüssigkeit in die Hand und winkte sie ungeduldig weiter. Betti hatte nicht einmal die Gelegenheit, um eine zweite Portion Suppe für Eva zu bitten, denn der Kreis der nachrückenden Frauen schloss sich im Nu wieder um den Leiterwagen. So kehrte sie mit der einen gefüllten Schale zu Eva zurück.

Nur mühsam stemmte diese sich in eine sitzende Position. Vollkommen ausgeschlossen, dass sie sich ihre eigene Portion abholen konnte! Betti unterdrückte einen Seufzer. Insgeheim hatte sie gehofft, Eva würde durch einigen Schlaf schon bald wieder zu Kräften kommen. Sie schluckte ihre Enttäuschung herunter und half Eva, die Schale zum Mund zu führen, ohne den kostbaren Inhalt zu verschütten. Eva nahm einen winzigen Schluck nach dem anderen. Als das Gefäß zur Hälfte geleert war, schenkte sie Betti ein strahlendes Lächeln und sagte heiser: »Iss, Betti, die Suppe ist schön heiß!«

Zweifelnd betrachtete Betti den Inhalt der Schale. Eine farblose Wassersuppe mit einigen wenigen Graupen darin war die einzige Mahlzeit, die man ihnen nach der jeder Beschreibung spottenden Fahrt hierher zugestand? Aber immerhin war sie heiß, wie Eva betont hatte.

Dennoch beharrte Betti: »Nein, nein, das ist deine Ration – ich hole mir gleich meine eigene. Und wenn du jetzt nicht mehr davon magst, sparen wir das eben für später auf!« Damit platzierte sie die Blechschale unter der Pritsche, bettete Evas Kopf wieder auf die Matratze und näherte sich erneut der Aufseherin.

Die groß gewachsene, starke Frau, die mit ihrem Körperumfang beinahe ihre Uniform sprengte, hatte unterdessen alle anderen abgefertigt und war eben dabei, den Leiterwagen vollends zu entleeren. Außer dem Suppenkessel hatte er einen Berg Holzschuhe und ein paar alte Kleidungsstücke enthalten, die die Wärterin nun neben der Barackentür aufhäufte. Mit einer großmütigen Geste forderte sie die Frauen dazu auf, sich zu bedienen. Als Betti vor ihr stand und bittend auf den Suppenkessel deutete, lachte sie laut auf.

»Du willst also noch mal, ja? Aber sicher doch, du dreckige kleine Jüdin, riechst ja wie ein ganzer Aborteimer!« Mit einem Naserümpfen und einem verächtlichen Blick auf Bettis abgerissenes Äußeres griff sie nach einer leeren Schale und tauchte sie tief in den Kessel. Im Verhältnis zu ihrem massigen Körper war ihre Stimme seltsam hoch.

Selbstverständlich sprach sie Deutsch, sodass Betti nur einen Bruchteil ihrer Worte verstanden hatte, dennoch atmete sie innerlich auf. Trotz der offensichtlichen Beschimpfung gab ihr die Wärterin noch eine zweite Portion! Offenbar war man hier ein wenig gnädiger als in Ravensbrück, wo es niemals jemand auch nur gewagt hätte, um mehr zu bitten. Hoffnungsvoll trat sie einen Schritt näher und streckte die Hand nach der Schale aus. Die Wärterin ging lächelnd auf sie zu – doch statt ihr die Suppenschüssel in die geöffneten Hände zu drücken, hob sie diese demonstrativ hoch und schüttete den Inhalt mit einem Schwung auf den Boden.

Dampf stieg von den Brettern auf und Betti fühlte mehrere Spritzer der nach wie vor heißen Flüssigkeit wie Messerstiche auf ihren Füßen und den Waden. Mit einem Schmerzensschrei taumelte sie zurück. Was hatte sie nur verbrochen, um eine solche Behandlung zu verdienen?

Verzweifelt blickte sie in das Gesicht ihrer Peinigerin. Deren braune Augen blitzten vor Vergnügen, ihr Lächeln war nun alles andere als freundlich. Sie zog ihre Mundwinkel nach unten und ihre ganze Miene verzerrte sich zu einer kalten, sadistischen Maske. »Eine Schale für jede Insassin, so lautet meine Regel«, blaffte sie. »Und es sind meine Regeln, die hier gelten, Judenbalg, dass das ein für alle Mal klar ist!« Ihre Worte unterstrich sie mit einem Aufstampfen, das den Fußboden erzittern ließ. Dann griff sie sich den Leiterwagen und verließ die Baracke.

Kraftlos wankte Betti ihrer Pritsche entgegen, verbarg ihren Kopf in den Händen und ließ ihre Gedanken weit zurück in die Vergangenheit wandern ...

Am besten erinnerte sie sich an die Donau. Als breites, blaugrünes Band trennte sie Budapest in zwei Teile. Buda westlich des Flusses und Pest im Osten. Verbunden waren beide Stadtteile nur durch die mächtige Kettenbrücke *Széchenyi Lánchíd* und acht kleinere Brücken.

Die Familie Strausz lebte in Pest, nicht weit von der *Magyar Tudományos Akadémia*, dem Arbeitsplatz des Vaters. Er forschte und unterrichtete an der Akademie der Wissenschaften. Von ihrem Zimmer im zweiten Stock des Elternhauses blickte Betti auf einen kleinen Ausschnitt des Donauufers hinunter. Sie liebte die gleichmäßige Ruhe und Kraft, mit der das Wasser dahinströmte, sich an den mächtigen Brückenpfeilern brach und den lebhaften Schiffsverkehr auf seinem Rücken willig erduldete. Hob Betti den Blick ein wenig höher, erkannte sie den imposanten Burgpalast am gegenüberliegenden Donauufer und konnte an den kahlen, grünenden oder bunt gefärbten Bäumen des weitläufigen Geländes rundum den Verlauf der Jahreszeiten verfolgen. Ebenso vertraut wie dieser Ausblick war ihr das Geläut der Kirchenglocken von St. Stephan.

Jeden Sonntagmorgen rief das erhebende, vielstimmige Läuten die Familie zur Messe in die nahe Basilika. Bettis Vater entstammte einer alteingesessenen österreichisch-ungarischen Familie und führte seine Familie in derselben streng katholischen Tradition, in der er selbst aufgewachsen war. Seine Liebesheirat mit einer andersgläubigen Frau, einer Jüdin, war die einzige Ausnahme, die er sich selbst jemals von dieser Tradition zugestanden hatte.

Sogar Bettis Mutter ging ihrem Mann zuliebe sonntags mit zur Kirche. Freitagnachmittags jedoch besuchte sie ihre Familie und Freunde im jüdischen Viertel nahe der Synagoge, meist gemeinsam mit ihren Kindern. Als Betti jünger gewesen war, hatte sie es genau wie Eva und ihr kleiner Bruder Szándor genossen, welches Aufhebens ihre jüdischen Großeltern, Onkel und Tanten um sie machten. Sie überschütteten die Kinder mit Liebkosungen und kleinen Geschenken, auch wenn sie selbst oft weit weniger besaßen als Bettis Vater. Die jüdischen Traditionen allerdings, etwa die allwöchentliche feierliche Zeremonie am Vorabend des Shabbat, waren Betti stets ein wenig fremd geblieben. Wenn ihr Großvater den Segen über die Töchter sprach und die Augen ihrer Mutter gerührt zu leuchten begannen, kniff sie ihre stets peinlich berührt zusammen. Sie hatte ganz und gar nicht die Absicht, einmal zu werden wie Abrahams Frau Sara oder Lea und Rachel, die als Schwestern beide mit demselben Mann verheiratet worden waren!

Im Lauf der Jahre, während sie die katholische Schule besuchte, war dieses Unbehagen weitergewachsen und sie hatte ihre Mutter immer seltener begleitet. Stattdessen hielt sie sich an den Glauben ihres Vaters und ihrer Freundinnen. Sie betete zu Schulbeginn sowie jeden Abend und jeden Sonntag zu dem dreieinigen Gott der Christen. Und auch wenn sie nie das eindeutige Gefühl hatte, ihr Gebet würde irgendetwas Konkretes bewirken, verlieh es ihr doch einen gewissen Trost, als die Zeiten immer unsicherer wurden.

Im November 1940, als Betti gerade zwölf Jahre alt war, verbündete sich ihr Vaterland mit dem nationalsozialistischen Deutschen Reich, und wenn das Leben der Juden in Ungarn noch nie leicht gewesen war, so wurde es jetzt noch weit schlimmer. Bettis jüdische Verwandtschaft wurde auf offener Straße angefeindet und Juden verloren ihre Arbeitsstellen oder mussten ihre Geschäfte schließen, weil kein nicht jüdischer Bürger mehr bei ihnen einkaufte. Selbst einer ihrer Onkel, ein Händler für Möbelstoffe, zu dessen Kundschaft einst die Oberschicht gehört hatte, kam kaum mehr über die Runden.

Im folgenden Sommer dann lieferte die ungarische Regierung sämtliche eingewanderten Juden, die nach dem deutschen Einmarsch in Polen hierhergeflohen waren, an die Nationalsozialisten aus. Gerüchte über deren Schicksal erreichten die Budapester Synagoge: Sie alle – Männer, Frauen und Kinder – sollten in eines der berüchtigten Konzentrationslager gebracht und viele von ihnen auf der Stelle getötet worden sein! Die gesamte jüdische Gemeinde war gelähmt vor Schreck und vertiefte sich umso intensiver ins Gebet. Nur wenige ihrer Mitglieder zogen praktische Konsequenzen aus den Ereignissen, indem sie das Land verließen, solange es noch möglich war. Unter ihnen Bettis Onkel, der seinen Laden zu einem Spottpreis verkaufte und nach England auswanderte. Doch bereits nach seinem ersten Brief, den er gleich bei seiner Ankunft an die Zurückgebliebenen schickte, riss der Kontakt zu ihm vollständig ab. Nicht einmal seine Eltern erfuhren jemals, ob es ihm gelungen war, in der Fremde Fuß zu fassen. Dies belastete ihre Mutter und Großeltern ebenso sehr wie die Nachrichten über die deutschen Konzentrationslager. Plötzlich wurde ihnen, die sich früher mehr an die althergebrachten Traditionen gehalten hatten als an die Person ihres Gottes selbst, ihr Glaube wichtiger als alles andere.

Als Nächstes registrierte Betti, wie viele Väter von Schulkameradinnen an der Seite der Nationalsozialisten in den Krieg zogen beziehungsweise ziehen mussten, und schließlich traf dieses Schicksal auch ihren eigenen Vater. Die ungarischen Truppen bei der Wehrmacht benötigten seine medizinischen Fähigkeiten im Lazarett. An einem kalten Wintermorgen im Januar 1942 verabschiedete er sich von seiner Familie. Der Reihe nach schloss er seine Kinder in die Arme und drückte sie fest an sich, küsste seine Frau, schulterte seinen Rucksack und zog entschlossen die Haustür hinter sich ins Schloss. Er hatte ihnen verboten, ihm hinterherzuwinken oder auch nur nachzuschauen, dennoch stürzten Betti, Eva und Szándor ans Fenster und verfolgten ihn mit ihren Blicken, bis seine vertraute Gestalt um die Straßenecke verschwand.

Es war das Letzte, was die Geschwister von ihrem Vater zu sehen bekamen. Noch ehe er zum ersten Mal einen kurzen Heimaturlaub bekommen konnte, traf das gefürchtete Telegramm ein: Kristóf Strausz war gefallen. Das Behelfslazarett nahe der Front, in dem er soeben operiert hatte, war getroffen worden, Überlebende gab es nicht.

Es waren nicht nur Schock und Trauer, die das Familienleben von diesem Tag an grundlegend veränderten, sondern im selben Maße auch Furcht. Mit seinem Tod fehlte nicht nur der geliebte Ehemann und Vater sowie der alleinige Versorger der Familie, sondern gleichzeitig das katholische Familienoberhaupt – ihr Schutzschild vor allen Repressalien gegen die Juden. Wohl waren die drei Kinder katholisch getauft, aber durch ihre Mutter trotz allem jüdischen Blutes. Sie hatten keine rein ungarische, katholische Abstammung vorzuweisen! Und was dies bedeutete, bekamen die ungarischen Juden bald in aller Härte zu spüren.

Mit abnehmendem Kriegserfolg der Deutschen sympathisierte Ungarns Regierungschef immer mehr mit den Alliierten. Und so besetzte im März 1944 die Wehrmacht das vordem verbündete Land.

Innerhalb von Wochen trugen alle Juden den gelben Stern, wurden in sogenannten Judenhäusern zusammengepfercht oder gesammelt und nach Auschwitz deportiert. An dem Tag jedoch, als Bettis Großeltern gehorsam den Judenstern an ihre Mäntel hefteten, schritt ihre Mutter zur Tat: Nur mit den notwendigsten Habseligkeiten beladen, ging sie mit ihren drei Kindern in den Untergrund. Sie würde es nicht zulassen, dass auch ihre Kinder den Judenstern tragen mussten und damit in aller Öffentlichkeit stigmatisiert und der Verfolgung ausgesetzt waren.

In einer ehemaligen Klosterschule hatte ein katholischer Priester eine Fabrik eröffnet, die mit ihrer Herstellung von Uniformen als kriegswichtig galt. Aus diesem Grunde waren viele der Frauen, die hier arbeiteten, behördlich registrierte Juden, doch mindestens ebenso viele lebten hier im Untergrund. Pater Pal Klinda wies niemanden ab, der an die Tore des einstigen Klosters klopfte. Frauen und Kinder waren ihm ebenso willkommen wie gebrechliche alte Menschen. In der Aprilnacht, als Hannah Strausz und ihre drei Kinder eintrafen, empfing er sie persönlich an der Tür und geleitete sie zu ihrem Schlafplatz.

Es war ein einfaches Matratzenlager in einem der ehemaligen Unterrichtsräume. Die Schulbänke standen zusammengeschoben an der hinteren Wand, die übrig gebliebene Bodenfläche war lückenlos mit Matratzen bedeckt. Auf diese Weise benötigte nicht jeder Schutzsuchende eine eigene. Betti und ihre Mutter nahmen Eva und Szándor zwischen sich, sodass Betti an der anderen Seite neben einem Fremden zu liegen kam. Sie wusste nicht einmal, ob es sich bei diesem leise vor sich hin schnarchenden Menschen um eine Frau oder einen Mann handelte. Noch dazu lag sie über einer Spalte, wo zwei Matratzen sich auseinanderschoben, und die Kälte des Bodens darunter sowie die Aufregung über ihre nächtliche Flucht hielten sie noch lange wach.

Sah so ihr künftiges Leben aus: Tag und Nacht auf engstem Raum umgeben von fremden Menschen, ohne jegliche Privatsphäre – es gab riesige Gemeinschaftswaschräume und -toiletten –, ohne Rückzugsmöglichkeiten oder die Chance, das Haus tagsüber auch einmal zu verlassen? Und, was Betti am meisten Sorgen machte, vollkommen abhängig von der Gunst einiger weniger wohlmeinender Menschen wie Pal Klinda? Wie sollte sie als Heranwachsende unter solchen Umständen einen halbwegs normalen Alltag leben können?

Ihre Frage nach dem »Wie« wurde schon bald beantwortet. Tagsüber arbeiteten sie, ihre Mutter und Eva in der Näherei, um etwas zu ihrem Lebensunterhalt beizutragen, der zwölfjährige Szándor besuchte bei Pal Klinda den Unterricht. Der Pater lehrte seine Schüler sogar Deutsch. Es konnte ihnen nur nützlich sein, so erklärte er, in einer möglichen Notsituation die Sprache des Feindes zu verstehen. Obwohl sie von ganzem Herzen hoffte, dass sie niemals in eine solche Lage geraten würden, ließ Betti sich von ihrem kleinen Bruder jedes Wort beibringen, das er selbst gelernt hatte.

Die Mahlzeiten wurden von allen Anwesenden gemeinsam eingenommen und fielen mal mehr, mal weniger dürftig aus. Richtig satt wurde Betti jedenfalls nie und ihre Röcke saßen viel zu locker auf ihrer Hüfte. Abends vor dem Schlafengehen rückte die kleine Familie auf ihrem Lager jeweils eng zusammen und unterhielt sich. Sie teilten ihre Erinnerungen an Vater und das Leben »draußen«, die Schule und ihre Freunde oder schmiedeten Pläne für ein Wiedersehen mit den Großeltern, wenn sich endlich wieder alle frei würden bewegen können. Doch mit der Zeit wurden die Erinnerungen an die Außenwelt zu schmerzlich und die Nachrichten von dort zu schreckenerregend, sodass Mutter begann, Eva und Szándor stattdessen Geschichten zu erzählen. Hauptsächlich davon, wie ihre jüdischen Vorväter vor Tausenden von Jahren gelebt und das verheißene Land eingenommen hatten. Wie gut Gott es mit diesen Menschen gemeint und alle seine Versprechen an sie eingehalten hatte.

Betti hörte stets nur mit halbem Ohr zu. Wenn ihre Geschwister in diesen uralten Geschichten Trost und Halt fanden, schön. Sie selbst allerdings war dafür zu nüchtern, zu erwachsen. Ihr schien, dass ihre Mitmenschen herzlich wenig auf Gott und dessen Worte gaben und dass ihre eigenen Gebete vollkommen ins Leere liefen. Weder hatte Gott ihren Vater lebend von der Front zurückgebracht, wie sie es so innig erbeten hatte, noch bewahrte er ihre restliche Familie vor dieser grausamen Verfolgung. So betete sie immer seltener, im Grunde nur noch dann, wenn es ihr in Notsituationen wie ein Hilfeschrei ganz automatisch über die Lippen kam. Oder ihrer Mutter zuliebe, der das so überaus wichtig war.

Bettis sechzehnter Geburtstag im September kam und ging nahezu unbemerkt. Bald darauf, im Oktober, wurde die gemäßigte ungarische Regierung gestürzt und die Pfeilkreuzler ergriffen die Macht. Die Pfeilkreuzler waren eine durch und durch faschistische, mit harter Hand regierende Partei, die eng mit der SS zusammenarbeitete. Razzien, Raub und Mord waren an der Tagesordnung, sowohl von offizieller Seite als auch durch marodierende Banden. Vor allem Letztere hetzten Zehntausende von Juden durch die Stadt zum Donauufer, um sie dort zu erschießen, oder zerrten sie gewaltsam in Züge nach Polen und Deutschland. Die Sorge um ihre alternden Eltern und den Rest ihrer Angehörigen im Getto verzehrte Bettis Mutter. Bei den Mahlzeiten nahm sie so gut wie nichts mehr zu sich, abends gab es statt Geschichten nur noch Tränen und Gebete.

Auch Pater Klinda wurde immer magerer. Tiefe Sorgenfalten gruben sich in sein hageres Gesicht und der Unterricht für die jüngeren Kinder endete von einem Tag auf den anderen. Heimlich begannen er und einige Helfer, an einem unterirdischen Fluchtweg aus dem Kloster zu arbeiten. Noch ehe dieser geheime Gang bereit war, fand die erste Razzia in der Kleiderfabrik statt. Dank einer einflussreichen ungarischen Helferin gelang es dem Pater zwar vorerst, seine Schützlinge zu retten, doch das Grauen hatte nun auch hier Einzug gehalten, an dem Zufluchtsort, den er mit Gottes Hilfe geschaffen hatte.

Seit jenem Novembertag zitterte Betti jedes Mal, wenn sie auf der Straße das Geräusch schwerer Stiefel vernahm oder abends in der Dunkelheit laute Stimmen ertönten. Was, wenn die Pfeilkreuzler sich damit nicht zufriedengaben und zurückkehrten, um sie alle zu holen? Sie war nicht die Einzige mit dieser Furcht: Mittlerweile schliefen sämtliche Schutzsuchenden in ihren Kleidern, ihre übrigen spärlichen Habseligkeiten quasi in der Hand, am Klostertor wurde eine Wache postiert. Und in der Tat kam Anfang Dezember die Nacht, als ihre schlimmsten Befürchtungen wahr wurden: Ein zweites Mal drangen die Pfeilkreuzler-Soldaten in die Fabrik ein. Sie folgten der Torwache, die hereinstürzte, um die Schlafenden zu warnen, auf dem Fuße.

Betti hörte die Alarmrufe der Wache im Treppenhaus und war mit einem Schlag hellwach. Panisch rüttelte sie ihre Mutter und Geschwister auf. Schon waren die Tritte der Eindringlinge zu hören, zuerst in der Produktionshalle im Erdgeschoss, dann im nebenan liegenden Schlafsaal. Raue Männerstimmen brüllten laute Befehle. Dazwischen das Schluchzen von Kindern, die man unsanft aus dem Schlaf riss, höhnisches Gelächter und das Poltern umgestoßener Schulbänke. Da eilten Betti und ihre Familie bereits in Richtung der Hintertreppe, die bis in den Keller und damit zum Eingang des Fluchtwegs führte.

Plötzlich durchbrach eine weitere Stimme das Tohuwabohu nebenan. »Ich bitte Sie, sich zu mäßigen, meine Herren! Sie können doch meine Arbeiterinnen nicht einfach mitten in der Nacht aus dem Schlaf reißen!«

Pater Klinda. Bettis Mutter atmete erleichtert auf. Vielleicht gelang es dem beredten Mann auch diesmal, das Unheil abzuwenden. Nicht zwingend wegen seiner Überredungskünste und seines Einflusses, sondern aus Respekt vor seiner Person als frommer Mann der Kirche. Doch trotz dieser Hoffnung drängte sie ihre Kinder den ersten Absatz der Hintertreppe hinunter. Solange der Ausgang von Pal Klindas Verhandlungen nicht feststand, war der geheime Gang der einzig sichere Ort für ihre Familie.

Der schlaftrunkene Szándor hing schwer an ihrem Arm, während Betti Eva mit sich zerrte, die kaum in der Lage war, die Augen offen zu halten. Schon wurde der Lärm im Obergeschoss leiser, die ersten Flüchtigen drängten sich durch die Kellertür und in den engen, unterirdischen Gang.

Würden auch sie es schaffen? Bettis Herz raste, ihre Hände waren so nass vor Schweiß, dass sie Evas Hand kaum noch halten konnte. Weshalb musste sie Eva überhaupt derart mit sich ziehen, sie konnte doch selbst laufen?! Ungeduldig herrschte sie die Jüngere an: »Jetzt reiß dich endlich zusammen, Eva, oder willst du denen in die Hände fallen?«

In ihrer rasenden Furcht riss sie dabei grob an Evas Arm, sodass diese stolperte und zu Boden ging. Mit einem Schmerzensschrei landete sie auf ihren Knien, doch Betti bekam nicht einmal die Gelegenheit, ihr wieder aufzuhelfen. Von hinten schoben und drängten die übrigen Flüchtenden mit aller Macht, stiegen ungeschickt über Eva hinweg und pressten die sich aneinanderklammernden Schwestern nach und nach erbarmungslos gegen die Wand des Treppenhauses. Ein schwitzender Körper nach dem anderen drückte sich an ihnen vorbei, zahlreiche Köpfe stießen gegen die ihren, knochige Schultern und spitze Ellbogen bohrten sich in ihr Fleisch. Betti erhaschte einen letzten Blick auf ihre Mutter, die sich nach ihnen umsah, die Lippen zu einem stummen Schrei geöffnet, dann wurden Mutter und Bruder gewaltsam aus ihrem Blickfeld geschoben.

Keuchend rang Betti nach Luft. War dies das Ende? Mussten Eva und sie hier sterben, allein, niedergetrampelt und erdrückt von ihren eigenen in Panik geratenen Landsleuten? Die Augen auf Eva geheftet, die vollkommen reglos auf den Treppenstufen kauerte, ergab sich Betti schweigend in ihr Schicksal.

Doch es war nicht der Tod, der sie schlussendlich auf dieser Treppe einholte, sondern die Pfeilkreuzler. Nachdem sie den katholischen Pater durch einen brutalen Schlag mit dem Gewehrkolben zum Schweigen gebracht hatten, durchsuchten sie nicht nur die Schlafsäle, sondern das ganze Haus von oben bis unten und fanden sowohl den Eingang in den geheimen Gang als auch die letzten Flüchtenden auf der Treppe. Darunter zwei vor Angst besinnungslose junge Mädchen, die sie rabiat hochzerrten, samt den übrigen Gefangenen zum Bahnhof schleppten und in einen Zug nach Deutschland verfrachteten.

Zunächst schickte man die Frauen und Mädchen ins Lager Ravensbrück, um mit ihrer Arbeitskraft dem Deutschen Reich zu dienen, wie es dort hieß. Doch kurz darauf forderte die unter höchstem Druck stehende Rüstungsindustrie in Süddeutschland weitere Arbeitskräfte an. Erneut wurden die sogenannten »jüdischen Schutzhäftlinge« gemustert und wie Zugpferde für die Landwirtschaft auf ihre Arbeitsfähigkeit hin überprüft. Betti und Eva waren unter denjenigen, die man für jung und kräftig genug und deshalb geeignet befand. Und so hatten sie jene qualvolle, wochenlange Reise im Viehwaggon angetreten, um zu guter Letzt in diesem kleinen Lager in Schwaben zu landen.

Mit einem abgrundtiefen Seufzer kehrten Bettis Gedanken in die noch unbekannten Schrecken exakt dieser Gegenwart zurück. Sie kuschelte sich an ihre Schwester und fiel in einen unruhigen Schlaf.

3. Kapitel

Klar und kalt brach der nächste Morgen an.

Die fahle Wintersonne glänzte auf den kahlen Ästen der Bäume und dem Wasser des Flusses auf der anderen Seite des Stacheldrahtzauns. Natürlich war das glitzernde, fließende Wasser mit seinen überhängenden Bäumen am Ufer nichts als ein Flüsschen im Vergleich zu ihrer geliebten Donau, dennoch gab sein Anblick Betti einen Hauch neuer Hoffnung.

Im Lauf der Nacht hatten die Schmerzen in ihren Beinen nachgelassen und die Ration Ersatzkaffee zum Frühstück, die sie sich vor wenigen Minuten mit ihrer Schwester geteilt hatte, stärkte sie wenigstens vorübergehend. Eva selbst war immer noch zu schwach gewesen, um aufzustehen und sich bei der Wärterin – zu Bettis Erleichterung eine andere junge Frau als die vom Vortag – ihre eigene Portion abzuholen. Auch jetzt, auf ihrem Weg durch das Lager, stützte sie sich schwer auf Bettis Arm. Ihre Füße in den klobigen Holzschuhen, die sie ab heute laut Anweisung zu tragen hatten, schleiften nur mühsam über den gefrorenen Boden.

Betti fragte sich erbittert, aus welchem Grund man schon wieder alle, selbst die schwächsten unter den Frauen, aus ihren Baracken und quer durch das Lager trieb, um sie in der eisigen Luft auf dem Appellplatz zu versammeln. Als wäre es nicht genug gewesen, sie gestern alle zu zählen, zu registrieren und ihnen neue Häftlingsnummern zuzuweisen! Einzig die demütigende Rasur ihrer Köpfe, wie Betti sie in Ravensbrück bei anderen Häftlingen mit angesehen hatte, war ihnen selbst zum zweiten Mal erspart geblieben. Derlei Schikanen dienten lediglich der Absicht ihrer Peiniger, sie neben allen körperlichen Qualen auch geistig zu zermürben, davon war sie überzeugt.

Sobald sie, in schnurgerade Reihen geordnet, zum Stehen gekommen waren, traten neben dem für das Lager verantwortlichen SS-Oberscharführer zwei weitere Männer vor sie. Einer von den beiden schien Betti fast zu jung für seine Uniform, die sich im Übrigen deutlich von der schwarzen SS-Tracht des Lagerleiters unterschied. Die grünbraune Schirmmütze mit dem Reichsadler wölbte sich über den abstehenden Ohren des jungen Soldaten und sein magerer Hals versank beinahe im Uniformkragen, der gegen die Kälte hochgeschlagen war. Unruhig trat er von einem Fuß auf den anderen, während sich der ältere Mann in Zivil mit dem Lagerkommandanten unterhielt, ehe alle drei prüfend ihre Blicke über die vordere Reihe der versammelten Frauen gleiten ließen.

Schließlich zeigte der Zivilist auf eine von ihnen, der Lagerleiter ließ sie heraustreten und die Männer bewegten sich auf die nächste Reihe der Frauen zu. Eine Reihe nach der anderen schritten sie prüfend auf diese Weise ab, und bis sie in der Nähe der Schwestern angelangt waren, standen bereits etwa fünfzehn ihrer Leidensgenossinnen von einer Wärterin bewacht abseits.

Bettis Herz klopfte bis zum Hals. Sie hatte sich offenbar getäuscht. Hinter diesem erneuten Appell im Freien steckte doch mehr als reine Niedertracht, um die Frauen zu demütigen, er diente einer erneuten Musterung. Die ausgesonderten Frauen gehörten zweifellos zu den Kräftigeren unter den Häftlingen. Auch sie selbst würde zu ihnen gehören, während Eva ohne ihre Hilfe nicht einmal aufrecht stehen konnte. Was letztlich nichts anderes bedeutete, als dass man sie von Eva trennen würde! Angespannt kaute Betti auf ihren Lippen, während die Männer immer näher kamen.

Da – jetzt blieben sie vor ihnen stehen und deuteten auf Betti. Sie sah rot. Mit dem Mut der Verzweiflung schrie sie es geradezu hinaus, dieses erste deutsche Wort, das sie einst von Szándor gelernt hatte: »Nein!«

Entsetzte Stille senkte sich über den Platz, nur Bettis heftiger Atem war zu hören. Die beiden Besucher verzogen unwillig ihre Mundwinkel, der Oberscharführer hob drohend seine Peitsche, doch Betti stemmte ihre Füße in den Boden und verharrte trotzig auf ihrem Platz. Sie spürte, wie Eva neben ihr sich vor Furcht versteifte und krampfhaft die Luft anhielt. Und genau deshalb durfte nichts und niemand sie beide trennen – ohne Betti wäre ihre ängstliche kleine Schwester wehrlos und diesen Unmenschen auf Gedeih und Verderb ausgeliefert!

Einmal, zweimal schnitt die Peitsche aus geflochtenem Elektrokabel, der ganze Stolz des Oberscharführers, durch die eisige Luft, dann ging sie auf Betti nieder. Der Hieb hinterließ einen blutenden Striemen von ihrer Stirn bis hinunter zum Kinn und riss den Kragen von ihrem Mantel. Laut stöhnend ging sie in die Knie, doch da war bereits der Arm des Lagerkommandanten, der sie wieder in die Höhe riss und fluchend und schimpfend vor sich herstieß, bis sie bei den übrigen Auserwählten angelangt war.

Hilflos musste Betti von hier aus mit ansehen, wie Eva, ihres stützenden Armes beraubt, kraftlos auf dem eisigen Boden zusammensank. Niemand kümmerte sich um sie, weder eine der Wärterinnen noch eine Mitgefangene. Die Furcht vor der Peitsche des Kommandanten hatte auch bei ihnen jeglichen Rest von Mitgefühl ausgelöscht.

Das Letzte, was Betti von ihrer kleinen Schwester sah, als sie und ihre ausgesonderten Gefährtinnen aus dem Lager hinaus und in einen wartenden Bus geführt wurden, war, wie der jüdische Arzt vom Vortag Eva zum Krankenrevier brachte. Zumindest in dessen Gesichtszügen glaubte sie noch so etwas wie Mitleid zu erkennen. Dann schlossen sich die Türen des Busses hinter Betti, er fuhr an und mit jedem zurückgelegten Meter vergrößerte sich die Entfernung zwischen den beiden Schwestern. Bettis schlimmster Albtraum war wahr geworden: Nun war jede von ihnen vollkommen auf sich allein gestellt.

～

Verstohlen blickte Konrad über seine Schulter. Die Frauen aus dem Lager drängten sich jeweils zu dritt oder zu viert in die schäbigen Sitzbänke, während sein vorgesetzter Ingenieur, er selbst und zwei SS-Wachen ganz vorn im Bus saßen.

Bis auf ein gelegentliches Husten oder ausgiebiges Schniefen herrschte verängstigtes Schweigen um sie herum. Möglicherweise wussten die Frauen gar nicht, wohin man sie brachte oder welch wichtige Funktion das Deutsche Reich ihnen zugedacht hatte. Die Aufseher in dem kleinen Lager hatten auf Konrad nicht gerade den Eindruck gemacht, dass sie den Gefangenen irgendetwas erklärten. Und waren diese verwahrlosten, abgemagerten, kränklichen Jüdinnen, die er schon gestern auf der Straße gesehen hatte, überhaupt noch in der Lage, irgendeine Arbeit zu verrichten?

Konrad unterdrückte einen Seufzer. Das hatte er sich sicherlich nicht vorgestellt, als sein Ingenieur und er heute Morgen dazu abkommandiert worden waren, neue Montagearbeiter aus dem nahen Konzentrationslager abzuholen! Tatsächlich war er bislang noch keinem KZ-Insassen persönlich begegnet, sondern kannte diese Menschen nur vom Hörensagen. Dabei hatte er sie vor seinem inneren Auge stets als eine form- und gesichtslose Masse gesehen, die vom Führer dazu ausersehen war, auf eine ganz spezielle Weise zum Bau des Deutschen Reiches und zum Endsieg beizutragen. Die sich beständig häufenden Berichte, dass Hitler Hunderttausende solcher Häftlinge auf grausamste Art habe ermorden lassen, hatte er zwar nicht direkt als feindliche Propaganda abgetan, aber zumindest für stark übertrieben gehalten. Heute dagegen rückte diese vermeintliche Übertreibung durchaus in den Bereich des Möglichen. Denn mit einem Mal hatte jene aus Hörensagen und einschlägigen Berichten bekannte Masse der sogenannten Schutzhäftlinge für ihn ein Gesicht bekommen.

Sehr viele Gesichter, Hunderte, um genau zu sein. Verhärmte Gesichter, in denen die Wangenknochen hervortraten wie bei einem Skelett und in denen die Augen abgrundtief in ihren Höhlen lagen und dennoch das einzig Lebendige zu sein schienen. Gebrechliche Gestalten, die in der Tat nur noch wenige Schritte vom Tod entfernt zu sein schienen. Während Ingenieur Gaugenrieder und er vorhin im KZ diese Reihen entlanggeschritten waren, hatte sich sein anfängliches Befremden zunehmend in Grauen verwandelt. Sozusagen in ein Grauen vor dem Grauen, das in diesen Gesichtern geschrieben stand und jeweils von der ganzen Person Besitz ergriffen hatte. Die älteren Frauen standen in der gleichen furchtsam geduckten, resignierten, unterwürfigen Haltung da wie die jüngeren, von denen einige fast noch Kinder waren, wenn er das richtig gesehen hatte.

Und plötzlich waren sie vor jenem jungen Mädchen angelangt, das sich weigerte, zu gehorchen. Ein erschrockener Ruck ging durch ihren ganzen Körper, als Gaugenrieder auf sie zeigte, und aus ihrem Aufschrei sprach die pure Verzweiflung. Doch der SS-Oberscharführer kannte kein Erbarmen. Als seine offenbar selbst angefertigte Peitsche aus Elektrokabeln scharf durch die Luft pfiff, schraken auch Gaugenrieder und Konrad zusammen, und er konnte kaum fassen, mit welcher Wucht der Schlag auf das Mädchen niederging. Dann quoll Blut aus ihrer Stirn und Wange und sein Herz ging über vor Mitleid. Das war doch keine Art, mit anderen Menschen umzugehen! Sicher, eine Verweigerung des Gehorsams war für einen Häftling ein Vergehen und jedes Vergehen zog eine Strafe nach sich – aber doch eine angemessene und nicht eine derart brutale körperliche Züchtigung! Noch jetzt im Bus spürte Konrad den Zorn auf den Lagerleiter, der ihn beim Anblick des Blutes gepackt hatte.

Unterdessen rumpelten sie um die letzte Biegung des Waldwegs. Vor ihnen lag das weitläufige, mit Stacheldraht umzäunte Flugzeugwerk, von den Arbeitern schlicht »Waldwerk« genannt. Dass es sich dabei um eine Fertigungsstätte von kriegsentscheidender Bedeutung handelte, war angesichts der behelfsmäßigen, mit Tarnnetzen überzogenen Montagehallen und dem Sichtschutz aus gefällten Fichten, die an Drahtseilen über der Anlage baumelten, nur schwer vorstellbar. Aber immerhin schien die Tarnung zu wirken, denn sie hatten bislang keine Bombe der Alliierten abbekommen.

Die Rückkehr in das vertraute Terrain milderte zwar ein wenig den Druck auf Konrads Brust, doch als Gaugenrieder und er anschließend allein vor den Gefangenen und der Wache standen, fühlte er sich heillos überfordert. Seinem Vorgesetzten erging es nicht anders.

»Was sollen wir denn mit ihnen anfangen? Ich meine, sieh dir die Frauen doch nur an!«, raunte er Konrad ins Ohr. »Ich bin mir nicht sicher, dass diese armen Jammergestalten überhaupt die Kraft besitzen, einen Schraubenschlüssel zu halten. Und sie sollen nun die große Arbeitskraftverstärkung sein, die man uns versprochen hat?« Bei den letzten Worten war seine Stimme kaum mehr hörbar.

Konrad nickte stumm. Er hatte das Mädchen entdeckt, das sich den zerfetzten Mantelkragen ums Gesicht geschlungen hatte. Doch er erkannte immer noch die Striemen mittlerweile getrockneten Blutes.

Schließlich hatte der Chefingenieur sich wieder gefangen und ordnete an: »Gut, wir werden ein paar leichte Routinetätigkeiten für sie auswählen, sodass wir keinen unserer ausgebildeten Männer mehr zum Schraubendrehen und Ähnlichem abstellen müssen. Das dürfte am effektivsten sein. Ich nehme die Hälfte der Frauen mit für Arbeitstakt drei und vier. Sie, Obergefreiter Kässmaier, verteilen die übrigen auf Takt acht und neun. Lassen Sie sich von Ihrem Kameraden Haller dabei helfen. Gemeinsam finden Sie beide eine Möglichkeit, die Häftlinge mehr oder minder nutzbringend einzusetzen, denke ich.«

Ohne eine Antwort abzuwarten, wandte er sich zum Gehen. Die vorgeschriebene Montage von vier abflugbereiten Flugzeugen pro Tag ließ keinen Raum für unnötige Pausen und überflüssige Gespräche.

Konrads Schultern sackten kaum merklich nach vorne. Ausgerechnet Siegfried Haller, der hartgesottenste Führeranhänger im ganzen Werk, wurde ihm zur Seite gestellt! Bereits in der Hitlerjugend, die sie in ihrem Heimatdorf gemeinsam durchlaufen hatten, war Konrad Siegfrieds übermäßige Bewunderung für den Führer unangenehm gewesen. Mit seinem blonden Haar, den kalten grauen Augen und der Uniform samt einer zunehmenden Anzahl von Abzeichen hatte er von Beginn an wie ein Bilderbuch-Arier und -soldat ausgesehen. Das hatte sich während ihrer Ausbildung noch verstärkt. Hallers Verehrung hatte sich zu einer wahren Leidenschaft und blindem Gehorsam gegenüber der Sache selbst und jeder Führungspersönlichkeit ausgewachsen. Konrad konnte sich nur zu gut vorstellen, mit welcher Genugtuung und Härte sein Kamerad die Macht über diese Jüdinnen ausüben würde, die der Werksleiter ihm gerade anvertraut hatte. Unter seiner Mit-Aufsicht würde es den Häftlingen aus dem Osten nicht besser ergehen als bei dem brutalen, mit der Peitsche um sich schlagenden Lagerleiter.

Und da war Haller auch schon an Konrads Seite, die Lippen zu einer schmalen Linie zusammengepresst.

»Das ist also das Judenpack, hm?!« Verächtlich spuckte er auf den Boden, ohne die Frauen eines weiteren Blickes zu würdigen, den SS-Posten dagegen winkte er höflich zu sich heran. »Bringen Sie unsere sogenannten Arbeitskräfte bitte in den rückwärtigen Teil der Montagehalle dort«, er deutete auf das lang gestreckte Gebäude vor ihnen, »mein Kollege und ich kommen gleich nach!«

Damit wandte er sich an Konrad: »Denen werden wir beide schon zeigen, wo es langgeht, was?« Kameradschaftlich hieb er ihm auf die Schulter. Die mangelnde Begeisterung in Konrads gemurmeltem »Sicher« registrierte er nicht einmal. »Du übernimmst die Hälfte des Judenpacks vorn auf Takt acht, Kässmaier, und ich nehme die Übrigen mit hoch zum Streichen, das dürfte das Sinnvollste sein. Und vergiss nicht, ihnen jeden Handgriff haarklein vorzuführen und vor allem zu überwachen – unsere neuen Arbeitskräfte sind nicht nur minderbemittelte Juden, sondern obendrein Frauen! Unter meiner Aufsicht jedenfalls wird es nicht dazu kommen, dass ihretwegen die Qualität unserer Messerschmitt leidet!«

Bald darauf hatten sie ihren Arbeitsplatz erreicht. Siegfried Haller postierte sich mit erhobenem Kinn vor den Frauen, schickte einen Teil von ihnen auf das hohe Gerüst, das unter dem von der Decke hängenden Flugzeugrumpf aufgebaut war, und überließ Konrad sich selbst.

Entschlossen, ihnen das Leben nicht noch schwerer zu machen, wandte dieser sich den Frauen zu.

Waldwerk, am selben Tag

Betti schauderte. Auf dem hölzernen Gerüst unter der Hallendecke war es fast ebenso kalt wie draußen. Wohl brannte in einer Ecke des lang gestreckten Baus ein Ofen, doch produzierte er mehr Qualm als Wärme, vermutlich wurde er mit feuchtem Holz geschürt. Zudem war das Gerüst instabil. Unter dem Gewicht der kleinen Frauengruppe neigte es sich deutlich zu einer Seite.

Betti, die nach dem Hieb mit der Peitsche noch immer nicht ganz sicher auf ihren Beinen war, streckte eine Hand aus, um sich abzustützen. Unglücklicherweise streifte sie dabei den Flugzeugrumpf neben sich exakt an einer frisch gestrichenen Stelle. Die sauber aufgemalte Markierung des Flugzeugs verwischte, vor allem aber zog Betti damit die Aufmerksamkeit des Aufsicht führenden Soldaten auf sich.

Er hielt mitten in den Bewegungen inne, mit denen er den Frauen ihre künftige Tätigkeit demonstrierte, und bedachte Betti mit einem vernichtenden Blick. Seine Augen waren hellgrau wie die Kiesel am Donauufer und der Blick daraus mindestens ebenso hart wie ebenjene Steine. Als er Bettis blutiges, zerschundenes Gesicht ansah, zeichnete sich unverhohlene Verachtung in den Zügen des gepflegten jungen Mannes ab. Herrisch bahnte er sich einen Weg durch die kleine Gruppe der Arbeiterinnen und drückte Betti mit weit ausgestrecktem Arm, ganz so, als ekelte er sich vor ihr, den Pinsel in die Hand.

»Was bist du doch für ein hässliches, ungeschicktes jüdisches Frauenzimmer«, zischte er leise, nur um gleich darauf mit lauter, von den Wänden widerhallender Stimme zu kommandieren: »Bring das wieder in Ordnung, und zwar ein bisschen plötzlich!«

Zitternd schloss Betti ihre Hand um den Pinsel und setzte ihn an. So unverständlich ihr die Worte des Soldaten teilweise waren, so eindeutig waren seine Gesten, und sie gab sich die größte Mühe, die verwischte Zahl »2« wieder lesbar zu machen. Doch ihre Finger waren steif und klamm vor Kälte, sodass der Pinsel abrutschte und ihre halb fertige Ziffer mit einem langen schwarzen Querstrich versah. Furchtsam zog sie den Kopf ein, um dem erwarteten Schlag des Soldaten zu entgehen, doch dessen Reaktion auf ihr Missgeschick war noch demütigender als eine körperliche Züchtigung: Er legte den Kopf zurück und brach in lautes Gelächter aus. Voll kalter Verachtung lachte er Betti und ihren Leidensgenossinnen ins Gesicht. Dann beugte er sich über das Gerüst und rief seinen Gefährten weiter unten in der Halle zu: »Wusste ich's doch: Dreckig und dumm wie Bohnenstroh sind sie, diese Jüdinnen, zu nichts zu gebrauchen!«

Betti erstarrte. *Dumm, dreckig, Jüdin* – diese Wörter verstand sie nur zu gut. Das also waren sie für diese Deutschen. Nicht mehr als ein Stück Dreck unter ihren schweren Soldatenstiefeln, das man getrost vollends in den Boden treten konnte. Zutiefst gedemütigt senkte sie den Blick, während der blonde Aufseher ihre Ziffer komplett verwischte und ihr befahl, wieder von vorne zu beginnen.

Irgendwann im Lauf des Vormittags hörte sie auf zu zählen, wie oft sie diese eine Ziffer aufmalen musste, bis ihr Peiniger sich endlich zufriedengab und ein schriller Klingelton die Schichtarbeiter zur Pause rief.

Ein Stück den Waldweg hinab gab es ein Küchengebäude, in dem sich sämtliche Werksarbeiter zum Essen versammelten. Auch die zur Hilfsarbeit gezwungenen Häftlinge wurden mit einer warmen Mahlzeit versorgt. Allerdings durften sie nicht im Innern des Gebäudes Platz nehmen, sondern saßen auf Baumstämmen und Holzklötzen davor.

Beim Anblick der dampfenden Suppenschüsseln bemerkte Betti kaum, wie nass und kalt ihr Sitzplatz war. Dieser Eintopf enthielt mehr Gemüse, als sie es während ihrer bisherigen Lagerhaft und Zugreise zu sehen bekommen hatte. Kartoffeln, Rüben, Kohl und etwas Weiches, Weißliches, was sie nicht identifizieren konnte. Obendrein gab es eine ganze Scheibe halbwegs frisches Brot dazu. Stumm gab sie sich diesem unverhofften Genuss hin. Wobei sie gleich zu Beginn die Hälfte der Brotscheibe in ihrem Kleid verstaute, um sie später Eva zu geben. Falls man sie nach diesem Arbeitstag tatsächlich wieder ins KZ und damit zu ihrer Schwester zurückbrachte, was sie sehnlichst hoffte.

Ihre Hoffnung sollte sich erfüllen. Als das diffuse Licht, das an diesem Wintertag unter der Tarnung vor der Montagehalle geherrscht hatte, in völlige Dunkelheit überging, kehrte der Bus zurück. Er hatte nicht nur die Arbeiterinnen geladen, sondern brachte auch viele der Werksmitarbeiter in ihre Unterkünfte in der Ortschaft zurück.

Zwei Sitzreihen vor Betti saß neben dem blonden Aufseher, der sie den ganzen Tag lang strengstens überwacht hatte, der andere junge Soldat. Der mit den abstehenden Ohren, der am Morgen im Lager mit angesehen hatte, wie brutal der Aufseher Betti geschlagen hatte. Er gab seinem Kollegen nur einsilbige Antworten, doch das schien diesen nicht weiter zu stören. Unverdrossen redete er auf den Dunkelhaarigen ein. Vermutlich berichtete er ihm in allen Einzelheiten davon, auf welche Art und Weise er heute seine Arbeiterinnen schikaniert und gedemütigt hatte.

Bei diesem Gedanken stieg plötzlich ein unbändiger Zorn in Betti auf. Am liebsten wäre sie aufgesprungen, um den beiden ihre Meinung ins Gesicht zu schleudern, ihre Meinung über Menschen, die andere wie Tiere oder gar wie Dreck behandelten statt wie ihresgleichen und auch noch Vergnügen daran hatten, diese zu quälen. Zum Himmel noch mal, die jungen Männer waren doch nur wenige Jahre älter als sie selbst – weshalb lehnten sie sich nicht auf gegen den ganzen Irrsinn ihrer Regierung, sondern machten gedanken- und gewissenlos mit?!

Doch ihr war nur allzu bewusst, dass sie sich damit noch weit mehr Peitschenhiebe einhandeln würde. Und das konnte sie sich nicht leisten, Eva brauchte sie. Folglich senkte Betti den Kopf, um die beiden jungen Deutschen nicht mehr zu sehen, betastete vorsichtig den Peitschenstriemen in ihrem schmerzenden Gesicht und versuchte, sich Evas Freude vorzustellen, wenn sie ihr das zusätzliche Stück Brot überreichte.

Zurück hinter dem Stacheldrahtzaun eilte Betti zu ihrer Baracke. Hoffentlich hatte sich ihre Schwester unterdessen von ihrem Zusammenbruch beim Appell erholt! Voller Erwartung schlug sie auf ihrer Pritsche die Decken zurück – und erstarrte.

Die Decken waren eiskalt, die Pritsche leer. Eva war fort.

4. Kapitel

»Hallo? Miss Betty?«

»Ja? Ich bin hier!« Betti erhob sich aus ihrer gebückten Haltung vor den Mehlsäcken. Sie war eben dabei, das frisch angelieferte Weizenmehl in die zwei Pfund fassenden Papiertüten abzufüllen, in denen es üblicherweise verkauft wurde. *Steiner's Shop & Post Office*, verkündete der Aufdruck auf den braunen Tüten die doppelte Funktion des kleinen englischen Dorfladens. Die Worte waren Betti so vertraut, dass sie sie längst nicht mehr wahrnahm, während sie sorgsam die Tüten verschloss.

Trotz ihrer Vorsicht beim Abfüllen war ihre Schürze derart mit Mehl bestäubt, dass von dem bunten Blumenmuster darauf fast nichts mehr zu sehen war. Als sie sich abklopfte, ehe sie sich ihrem Kunden zuwandte, stieg eine weiße Mehlwolke auf.

Ein Kichern war die Antwort, aber Betti konnte niemanden entdecken. Von dem hohen, mit Gläsern voller bunter, verlockender Süßigkeiten und einer ausladenden Registrierkasse beladenen Tresen bis hinüber zur Ladentür, die in diesem Moment mit einem sanften Klicken ins Schloss fiel, war keiner zu sehen. Erst als sie sich vornüberbeugte, gewahrte sie den sandfarbenen Haarschopf knapp unterhalb der Tresenkante.

Er gehörte zu einem etwa fünfjährigen Jungen in Kniehosen und einer blauen, ausgeleierten Strickjacke, der seine Mütze in den Händen hielt und sie vergnügt anlächelte.

Arthur Rackham, wenn sie sich nicht täuschte. Jedenfalls liefen sämtliche Rackham-Kinder des Dorfes in diesen leuchtend blauen, unförmig über das magere Hinterteil hängenden Jacken herum und es gab nur diesen einen Jungen unter den sechs Geschwistern.

»Das war lustig, fast wie eine Dampfwolke von der alten Eisenbahn!«, grinste er. »Und da oben in deinem Haar hast du auch noch was von dem Mehl!«

Er deutete auf ihren Kopf und Betti fuhr sich mit der Hand über ihr Haar. Wie stets während der Arbeit trug sie es streng zurückgekämmt in einem fülligen und von einem Netz gehaltenen Knoten auf dem Hinterkopf. Tatsächlich war ihre Hand weiß bestäubt, als sie sie zurückzog.

»So was aber auch«, bemerkte sie und lächelte dem Jungen ebenfalls zu. »Danke, dass du mich darauf hingewiesen hast.«

»Gern geschehen!«, erwiderte Arthur höflich. Gleich darauf jedoch verschwand sein vergnügtes Lächeln, stattdessen legte sich seine Stirn in bekümmerte Falten. »Eigentlich bin ich aber in den Laden gekommen, weil ich deine Hilfe brauche.«

»Das dachte ich mir schon. Was suchst du denn?« Bettis Blick glitt über die reichlich gefüllten Regale an der Wand hinter dem Tresen. Bis heute erschien ihr die Auswahl an Lebensmitteln sowie Haushalts- und Hygieneartikeln für den täglichen Gebrauch manchmal regelrecht überwältigend. Doch Levi Steiner legte größten Wert auf dieses reichhaltige Sortiment. Als einziger Laden am Ort müsse er schließlich dafür sorgen, dass es seinen Kunden und Mitbürgern an nichts fehle, betonte er stets. Er konnte es sich nicht leisten, dass sie statt seines Ladens lieber denjenigen im vier Meilen entfernten Harewood aufsuchten. Jedenfalls fand Betti es nicht weiter verwunderlich, dass dieses Angebot einen kleinen Jungen wie Arthur Rackham überforderte.

»Hat deine Mutter dir denn keine Liste mitgegeben?«, erkundigte sie sich deshalb mitfühlend.

»Eine Liste?«, echote Arthur verwirrt. Dann nickte er verstehend. »Nein, doch nicht so was! Ich suche Mister Rabbit!«

Nun war es an Betti, verwirrt zu wiederholen: »Mister Rabbit? Wen in aller Welt meinst du damit?«

»Mein Kaninchen!« Verlegen blickte Arthur sich nach eventuellen Zuhörern um, ehe er mit gedämpfter Stimme fortfuhr: »Er ist mein Stofftier, weißt du. Ich habe ihn vor ein paar Tagen verloren und jetzt vermisse ich ihn ganz fürchterlich. Mister Rabbit ist doch mein bester Freund und jetzt ist er vielleicht irgendwo ganz einsam ohne mich und fürchtet sich. Und da meinte Mutter eben, dass du mir vielleicht helfen kannst. ›Miss Betty findet alles, was jemand verloren hat, von einem Fahrrad bis hin zu einer Stricknadel oder einem gekauten und wieder ausgespuckten Kaugummi‹, hat sie gesagt.« Erwartungsvoll richtete Arthur seine blauen Augen auf sie.

»Ach, so ist das!« Betti bemühte sich, ihr Lächeln angesichts dieses drastischen Beispiels zu verbergen. Der Kummer des Kleinen war echt, er verdiente es, dass sie ihn ernst nahm. »Kannst du mir denn beschreiben, wie Mister Rabbit aussieht?«, fragte sie. »Ich muss ja wissen, wonach wir Ausschau halten müssen, nicht?«

»Natürlich. Also, er ist blau. Er hat lange Ohren und einen dicken Bauch und ...«

Während Arthur sprach, griff Betti nach dem Kassenblock und einem Bleistift und begann zu zeichnen. Seit sie es sich zur Aufgabe gemacht hatte, vermisste Gegenstände für die Dorfbewohner aufzuspüren, hatte sie diese zur Veranschaulichung aufgezeichnet und inzwischen beträchtliche Übung darin.

Als Arthur mit seiner ausführlichen Beschreibung geendet hatte, schob sie ihm den Block über den Ladentisch zu. Ihre Skizze darauf zeigte ein Kaninchen, das mit aufmerksam gespitzten Ohren und in Habachtstellung mit erhobenen Vorderpfötchen dasaß.

Arthur strahlte auf. »Ja, genau so ist Mister Rabbit! Nur eben blau!«

»Das sagtest du schon, aber ich habe leider keinen Buntstift. Wir werden es eben einfach dazuschreiben, was meinst du? Und dann hänge ich das Bild von Mister Rabbit gleich hier an die Ladentür, so wie ich es immer mache, wenn jemand etwas vermisst.«

Noch während sie sprach, vermerkte Betti eine entsprechende Notiz unter ihrer Skizze und kam anschließend um den Tresen herum zu Arthur. »Da steht es nun: ›Das Kaninchen ist blau, und wer es findet, möge es bitte im Laden oder auch gleich bei Familie Rackham abgeben.‹ Und das Ganze befestigen wir jetzt hier an der Tür, wo es jeder, der seine Post abholt oder einkauft, sofort sehen kann. Auf diese Weise sind schon viele verschwundene Dinge mit der Zeit wieder aufgetaucht!«

Mithilfe von zwei Klebestreifen befestigte Betti ihre Notiz an der Innenseite der gläsernen Ladentür. Unmittelbar daneben prangte auf einer ähnlich gestalteten Suchanzeige eine verzierte Tabakdose.

Arthur reckte sich in die Höhe, strich die Anzeige noch einmal sorgsam glatt und nickte dann zufrieden. »Das ist gut. Jetzt kann Mister Rabbit nicht mehr verloren gehen, denn jeder weiß, wo er ihn abgeben kann. Danke, Miss Betty! Gleich morgen früh komme ich wieder zum Nachsehen. Bis dann!«

Schon fiel die Ladentür hinter dem Jungen ins Schloss. Nachdenklich blickte ihm Betti hinterher. Sie konnte nur hoffen, die Zuversicht des Kleinen nicht zu enttäuschen. So wie sie in den vergangenen Jahren bereits die Erwartung manch anderer Kunden nicht hatte erfüllen können. Entgegen der großspurigen Erklärung von Arthurs Mutter fand sie nämlich bei Weitem nicht alle vermissten Objekte wieder. Der Eigentümer der Tabakdose beispielsweise wartete schon seit Monaten darauf, dass sich ein ehrlicher Finder bei Betti im Laden meldete. Das Sonnenlicht hatte die Notiz bereits derart ausgebleicht, dass das Datum – Juli 1959 – sowie die übrigen Angaben kaum mehr zu erkennen waren, wie Betti feststellte. Entschlossen entfernte sie das Blatt Papier von der Scheibe, um es noch einmal neu zu gestalten. Wenn man die Angaben wieder auf Anhieb lesen konnte – oder wenn sie für die Tabakdose eine weitere, eindeutigere Skizze anfertigte –, würde sie sich vielleicht doch noch irgendwo finden.

Aufgeben kam jedenfalls nicht infrage. Der Mensch, dem ein Gegenstand so wichtig war, dass er sich deshalb an Betti gewandt hatte, verdiente es auch, ihn wiederzuerhalten. Dafür setzte sie sich seit mittlerweile mehreren Jahren mit allen Mitteln, die ihr zur Verfügung standen, ein.

Mit einem nachdenklichen Lächeln nahm sie ihren Platz vor den Mehlsäcken am Boden wieder ein und füllte eine Tüte nach der anderen. Bis die Glocke über der Ladentür die Ankunft eines weiteren Kunden ankündigte.

5. Kapitel

Erlenbach, März 1945

Wie von Sinnen stürzte sich Betti auf die nächstbeste Schlafende und zog ihr die Decke vom Gesicht. Die Arbeiterinnen waren tatsächlich so spät von ihrer Schicht heimgekehrt, dass im Lager bereits tiefste Dunkelheit und Nachtruhe herrschten. Der Kopf ihrer Bettnachbarin war nichts weiter als ein undeutlicher Umriss im finsteren Raum.

»Wo ist sie? Was haben sie mit meiner Schwester gemacht?« Bettis Stimme, heiser und brüchig nach einem langen Tag des Schweigens, überschlug sich und sie bebte am ganzen Körper.

»Alles gut, sie haben die Kleine doch nur ins Krankenrevier gebracht!« Ihre ältere Pritschennachbarin legte Betti beruhigend die Hand auf den Arm. »Und wenn mich nicht alles täuscht, hat sie es dort sogar besser als wir Übrigen hier in dieser verflucht eisigen Baracke. Der jüdische Arzt jedenfalls, der sie heute Morgen vom Platz geführt hat, schien richtig sanft und fürsorglich zu sein. Würde mich nicht wundern, wenn er ihr sogar etwas zu essen gibt!« Die Eifersucht in der Stimme der älteren Frau war kaum zu überhören.

Betti machte auf dem Absatz kehrt. Mit Sicherheit war es gegen die Regeln, abends im Dunkeln und nach der Bettruhe noch auf dem Lagergelände unterwegs zu sein, aber das war ihr gleich. Sie musste zu Eva, musste sich von deren Wohlergehen überzeugen, nichts anderes zählte.

Zu ihrem Glück war das Gelände weit weniger gut ausgeleuchtet als das Lager in Ravensbrück. Während dort die Scheinwerfer bei Nacht alles taghell erleuchtet hatten, waren hier die Lichter des Wachturms hauptsächlich auf den Außenzaun gerichtet, der Rest lag mehr oder minder im Halbdunkel. Zudem dämpfte der frisch gefallene Schnee Bettis Tritte in den Holzschuhen. Auf diese Weise schlich sie sich entlang der Barackenwände bis nach vorne zum Appellplatz. Das Krankenrevier lag rechts davon, unmittelbar neben dem Waschhaus, sodass sie für den Fall, dass man sie erwischte, immer noch behaupten konnte, sie müsse dringend zur Toilette. Schließlich war während der Arbeit am Tag für so etwas kaum Zeit gewesen.

Tatsächlich gelangte Betti ungesehen bis an die Tür der Krankenbaracke. Im Gegensatz zu allen anderen Gebäuden drang hier schwaches Licht durch das Fenster dicht neben dem Eingang. Beherzt hob sie die Hand, um anzuklopfen, überlegte es sich dann aber anders. An der Bretterwand entlang schlich sie von einem Fenster zum anderen und spähte angestrengt ins Rauminnere.

Viel zu sehen bekam sie dabei nicht, lediglich die Umrisse einiger metallener Pritschen und in der Mitte des Raumes einen Tisch, auf dem eine elektrische Lampe stand. Im Schein dieser Lichtquelle beugte sich der Lagerarzt über die vor ihm aufgestapelten Papiere. Kummer und Sorge verzerrten sein Gesicht, hatten tiefe Falten um seine Augen und seinen Mund gegraben und ihn vorzeitig altern lassen. Betti vermutete, dass er noch jünger war als ihr Vater zu dem Zeitpunkt, da er an die Front berufen worden war.

Einen Augenblick lang zögerte sie. Konnte sie diesem Mann mit dem gelben Stern am Kittel vertrauen oder würde er es ihr übel nehmen, dass sie nach Eva fragte und ihn damit unter Umständen in Schwierigkeiten brachte, und sie an die Wache verraten? Und wie kam er als Jude überhaupt in die Position eines Lagerarztes, arbeitete er am Ende mit dem Feind zusammen?

Noch während sie das Risiko abwog, ihn durch ein Klopfen an die Scheibe auf sich aufmerksam zu machen, hörte sie bis nach draußen ein lautes Stöhnen, und der Arzt erhob sich. Eilig nahm er die Lampe mit dem langen Kabel in die Hand, trat an eins der Betten und beugte sich über die Kranke. War das Eva oder lag sie auf einer der anderen Pritschen? Betti hielt den Atem an, aber leider war die eng in eine Wolldecke gewickelte Person kaum zu erkennen.

Der Mund des Arztes bewegte sich, ohne dass Betti seine Worte verstehen konnte, aber in seinen Augen erkannte sie Mitgefühl. Er war ihres Vertrauens wert, beschloss sie. Nachdem er einen Becher an die Lippen seiner Patientin gehalten und ihr einige Schlucke eingeflößt hatte, hob Betti die Hand und klopfte behutsam gegen die Scheibe.

Ruckartig fuhr der Kopf des Arztes herum, aber als sein Blick auf Bettis Gesicht fiel, entspannten sich seine Züge. Leise trat er einen Schritt auf das Fenster zu und bedeutete ihr mit einem Handzeichen, vorne an die Tür des Krankenreviers zu kommen. Eilig befolgte sie seine Anweisung. Doch noch ehe sie die Hausecke umrundet hatte, prallte sie gegen ein Hindernis.

Eine Wache! Bettis Herz setzte aus.

Ein sarkastisches »Na, wen haben wir denn da?« drang an ihre Ohren, und sie hob ihren Blick. Vor ihr stand niemand anders als ihre Peinigerin vom Vorabend. Im selben Augenblick erkannte die Wärterin sie. Ihr Gesicht verzog sich zu einer ungläubigen Fratze.

»Du schon wieder!«, bellte sie, packte Betti rabiat am Arm und schüttelte sie. »Wie kannst du es wagen, dich während der Nachtruhe durchs Lager zu schleichen?! Meine Bestrafung gestern war wohl viel zu harmlos für dich, wie?!«

»Ich – keine andere Möglichkeit, wenn ich den ganzen Tag draußen im Wald bin, und ich muss doch – meine Schwester – ich muss sie sehen!«, stammelte Betti halb auf Deutsch, halb in ihrer Muttersprache und vergaß dabei vollkommen, dass sie eigentlich einen Toilettengang als Ausrede hatte vorschieben wollen.

Die Wärterin hörte ihr ohnehin nicht zu. Mit einem lauten Grunzen verwies sie den Arzt, der mittlerweile alarmiert vor die Tür getreten war, wieder zurück auf seinen Platz bei den Kranken und zerrte Betti mit sich. Fort vom Krankenrevier, quer über den Appellplatz bis ins Verwaltungsgebäude hinein.

»Mal sehen, was der Herr Kommandant zu deinem unerlaubten Ausgang sagen wird«, murmelte sie dabei. »Er wird dich schon Gehorsam lehren!«

Taumelnd kam Betti in einem hell erleuchteten Raum zum Stehen. Noch immer spürte sie den eisernen Griff um ihren Arm und lauschte mit gesenktem Kopf den unverständlichen Worten, die die Wärterin mit dem Mann wechselte, den Betti schon an seinen glänzend gewienerten Stiefelspitzen als den Lagerkommandanten erkannte.

Als er sich an sie wandte, klang seine Stimme noch schneidender als die der Wärterin. »Eine echte Rebellin haben wir hier also!«, stellte er fest.

Mit dem Griff seiner Peitsche, die er offenbar stets zur Hand hatte, hob er Bettis Gesicht an. Einen intensiven, qualvollen Moment lang starrte er Betti in die Augen, ehe sein Blick an ihrem ausgemergelten Körper entlang nach unten glitt. Obwohl sich Betti beim Anblick der Peitsche kaum mehr auf den Beinen halten konnte, gelang es ihr, die Augen nicht niederzuschlagen. Nicht vor diesem Mann, dessen einziges Lebensziel es war, sie selbst, Eva und alle übrigen Häftlinge zu erniedrigen und zu quälen. Die Überlegung, auf welche Weise er sie am wirkungsvollsten für ihren neuerlichen Ungehorsam strafen konnte, stand ihm direkt auf die gefurchte Stirn geschrieben. Endlich schien er zu einem Ergebnis gekommen zu sein.

»Nahrungsentzug«, sagte er, an die Wärterin gewandt. »Eine wirksamere Methode, solche ungehorsamen, aufsässigen Parasiten kleinzukriegen, gibt es gar nicht. Schicken Sie das Mädchen weiterhin zur Arbeit, aber mit dem ausdrücklichen Befehl, ihr dort nichts anderes zu geben als ein paar Schlucke Wasser. Zwei, drei Tage auf diese Weise behandelt, wird sie ergebener und gehorsamer sein, als wir es jemals in sie hineinprügeln könnten. Alles andere«, er hob den Finger an einen imaginären Pistolenabzug und zielte auf Betti, »ist uns bei dem spärlichen arbeitsfähigen Material, das man uns geschickt hat, ja leider verboten!«

Sein Finger senkte sich und er stieß sie mit dem Peitschengriff, ohne sie direkt zu berühren, gegen die Wärterin. Mit einem beifälligen Grunzen nahm diese Betti wieder in ihren schraubstockartigen Griff und zerrte sie schnellen Schrittes über den Platz zurück in Baracke 3.

»Ich behalte dich im Auge, nichtsnutzige Jüdin!«, erklärte sie, während sie Betti durch die geöffnete Tür stieß. »Und falls du dich weiterhin nicht an meine Regeln hältst, lernst du mich erst richtig kennen, glaub mir!«

Damit entließ sie Betti, die mit letzter Kraft zu ihrer Pritsche wankte. Sobald sie sich die Decke über den Kopf gezogen hatte, ließ sie ihren Tränen freien Lauf. Wie es aussah, waren sämtliche Versuche, die Kontrolle über ihr eigenes und vor allem Evas Schicksal auch nur halbwegs zu behalten, zum Scheitern verurteilt. Hier, in dieser neuen und auf den ersten Blick weniger brutalen Lagergemeinschaft, waren sie der Willkür ihrer deutschen Peiniger ebenso machtlos ausgeliefert wie in jedem anderen Lager. Deutlicher hätte der heutige Tag ihr das nicht zeigen können.

Frustriert bohrte sie ihre Fäuste ins Stroh, bis sie, von der Erschöpfung nach diesem ereignisreichen Tag übermannt, in einen unruhigen Schlaf fiel.

Waldwerk, einen Tag später

Der durch Mark und Bein dringende Klang der Lagersirene weckte sie kurz vor dem Morgengrauen. Betti blieb nicht einmal Zeit, sich mit den Fingern durchs strohige Haar zu fahren, ehe sie und die anderen Zwangsarbeiterinnen aus der Baracke zum Bus gebracht wurden. Und zwar ohne die übliche Tasse Ersatzkaffee zum Frühstück.

Die holprige Fahrt zuerst über die schneebedeckte Straße und anschließend über gewundene Waldwege, die Streicharbeiten unter den Augen des jungen Deutschen, die so verachtungsvoll auf den Arbeiterinnen ruhten, waren heute schon fast Routine. Wären da nicht der bohrende Hunger und die Kälte in der Montagehalle gewesen, die Bettis Hand mit dem Pinsel vollkommen gefühllos werden ließ, wäre es beinahe angenehm gewesen, hier zu arbeiten. Deutlich erträglicher zumindest als ihre Fahrt im Viehwaggon und möglicherweise sogar besser, als den ganzen Tag tatenlos im Lager unter den Augen der Aufseherinnen zu verbringen.

Hier, im Wald, hatte Betti wenigstens die Natur um sich – wogende Fichten und kahle Laubbäume über der Montagehalle, unter ihren Füßen feuchtes Laub, Fichtennadeln und knorrige, ineinander verschlungene Baumwurzeln ...

Als sie sich später, im Licht einer fahlen Wintersonne, unter den Bäumen zur Werksküche begeben durften, klapperten die Holzgaloschen ihrer Mitgefangenen eilig den gefrorenen Waldweg entlang. Betti war eine der Ersten, die die gesonderte Suppenausgabe der Zwangsarbeiter erreichten. Begierig nahm sie ihren dampfenden Blechnapf in Empfang und ergatterte sogar einen Sitzplatz auf einem von Schnee befreiten und nur leicht feuchten Baumstumpf. Doch kaum hatte sie einen Löffel zu sich genommen, baute sich einer der wachhabenden SS-Männer vor ihr auf und entriss ihr die Schüssel.

»Nicht für dich, Kleine«, sagte er kurz angebunden, »Befehl vom Kommandanten! Kein Essen für dich!« Um seine Worte zu verdeutlichen, zeigte er erst auf Betti und dann auf den Blechnapf. Anschließend leerte er dessen Inhalt, genau wie es die schreckliche Wärterin schon getan hatte, vor Bettis Füßen auf den Boden.

Hilflos sah sie ihm zu, während die übrigen Häftlinge sich dichter über ihre eigene Suppe beugten und sie eilig in sich hineinlöffelten. Denn sie durften ungehindert weiteressen.

Betti brauchte nicht lange, um eins und eins zusammenzuzählen. Das also war es, was der Lagerkommandant letzte Nacht mit »Nahrungsentzug« gemeint hatte! Das war die Strafe für ihren Regelbruch. Hungern sollte sie und trotzdem arbeiten. Und wahrscheinlich würde diese Strafmaßnahme so lange gelten, bis sie sich endlich genauso resigniert und unterwürfig zeigte wie ihre Leidensgenossinnen. Aber diesen Triumph würde sie den Deutschen nicht gönnen. Nicht, solange sie die Verantwortung für ihre kleine Schwester trug, solange Liebe und Treue zum kläglichen Rest ihrer Familie sie aufrecht hielten!

Als der Wachmann ihr wieder den Rücken zugekehrt hatte, erhob sich Betti und schlenderte unauffällig zum Rand der kleinen Gruppe ihrer speisenden Mitgefangenen. Vereinzelte Büschel Gras schoben sich hier durch den Waldboden, und obwohl es winterlich dürr und braun aussah, war das Moos dazwischen doch grün und saftig. Das brachte Betti auf eine Idee. Waren nicht viele dieser Pflanzen und vor allem ihre Wurzeln essbar? War das vielleicht eine Möglichkeit, ihren Hunger zu stillen?

Bei dem würzigen Geruch der Suppe in der Luft und nach der kurzen Kostprobe soeben nagte er noch einmal stärker an ihr.

Ein paar Sekunden starrte sie nachdenklich auf die Grasbüschel, ehe sie sich davor auf die Knie fallen ließ. Sicherlich boten die Pflanzen einen alles andere als appetitlichen Anblick, aber mittlerweile war Betti zum Äußersten bereit, wenn es nur ihren Magen füllte.

Auf einem einzelnen bitteren Grashalm kauend, bohrte sie am Rand eines Moospolsters ihre Fingerspitzen in den Boden, um an die Wurzeln zu gelangen. Doch auch hier im Schutz der Bäume war der Untergrund leicht gefroren und alles, was sie erreichte, war, dass sich Blätter und Dreck unter ihre Fingernägel schoben und einer davon abbrach. Wenn sie nur ein Grabwerkzeug hätte! Suchend blickte sie sich nach einem Ast oder etwas Ähnlichem um, als ihr der Malerpinsel einfiel, den sie heute beim Mittagsgong eilig in ihre Manteltasche geschoben hatte.

Sie fasste ihn an der Borstenseite und schob den spitz zulaufenden Holzgriff des Werkzeugs in den Boden. Tatsächlich, es funktionierte, die Erde gab nach! Prüfend hielt sie über die Schulter nach den Wachposten Ausschau, doch niemand schenkte ihr große Beachtung. Wie alle Übrigen waren die Wachtposten selbst mit ihrer Mahlzeit beschäftigt. Eifrig scharrte und grub Betti mit ihrem Pinselstiel im Boden, bis sie an die Pflanzenwurzeln gelangte. Sie zog sie heraus, schüttelte, so gut es ging, die Erde ab und wollte sich eben ein kurzes, gelblich-weißes Wurzelstück in den Mund schieben, als sie plötzlich innehielt. Sie fühlte sich beobachtet.

Ein Paar großer brauner Augen war auf sie gerichtet. Als Betti sich jedoch von dem ersten Schrecken erholt hatte, lächelte sie erleichtert in sich hinein. Das Augenpaar gehörte einem Fuchs – einem kleinen Waldbewohner mit zerzaustem Fell über den mageren Schenkeln und einem Bauch, an dem jede einzelne Rippe hervorstach. Der normalerweise so buschige Fuchsschwanz sah aus wie eine zerfledderte, vom Wind zerrissene und kläglich herabhängende rote Fahne und der ganze kleine Körper zitterte.

Trotzdem trat das Tier immer näher, bis Betti es mit ausgestreckter Hand berühren konnte, und blickte sie flehend an. Hatte der scheue Waldbewohner sich etwa an sie herangeschlichen, um sie um Futter anzubetteln, wie ein Haushund es tun würde? Wie hungrig musste er sein, dass er seine angeborene Furcht vor Menschen überwand und sich mitten unter sie wagte?

»Tut mir leid, *aranyos róka – niedlicher Fuchs –*, aber das ist nichts für dich«, flüsterte Betti voller Mitgefühl. »Du frisst doch genauso wenig Wurzeln, wie ich es unter normalen Umständen tun würde!«

Doch unverwandt blieben die Augen des Fuchses auf sie gerichtet und er tat einen weiteren winzigen Schritt auf sie zu. Bettis Herz ging über vor Mitgefühl. Sie fühlte sich dem Tier so verbunden, als wäre es ihresgleichen. Und war es das nicht auch? Ein Lebewesen, mehr tot als lebendig vor Hunger, das bereit war, schlichtweg alles zu tun, um an eine Mahlzeit zu gelangen. Das für einen Bissen Nahrung, die nicht einmal seiner natürlichen Lebensweise entsprach, sämtliche Instinkte ignorierte und sein Leben riskierte.

Behutsam, um ihn nicht durch eine rasche Bewegung zu verschrecken, streckte Betti die Hand aus und ließ das Wurzelstück vor ihm zu Boden gleiten. Ohne zu zögern, schnappte der Fuchs danach, verschlang es und blickte Betti weiterhin erwartungsvoll an.

Wieder lächelte Betti und überließ ihm auch das nächste mühsam ausgegrabene Wurzelstück. Sie war so vertieft in das Füttern des Fuchses, dass sie sogar das Signal überhörte, das das Ende der Mittagspause verkündete. Erst als ihr Gegenüber entsetzt den Schwanz einzog und wie der Blitz im Dickicht verschwand, weil die anderen sich hinter Betti erhoben, nahm sie ihre Umgebung wieder wahr. Sie rappelte sich ebenfalls auf, rieb den Pinselgriff an ihrem Mantelsaum sauber und begab sich mit bohrendem Hunger zurück an ihre Arbeit.

6. Kapitel

Langenberg, Süddeutschland, Januar 1960

Das Essen schmeckte vorzüglich.

Die Kartoffelknödel waren locker und eindeutig nicht aus einer der immer beliebter werdenden Fertigmischungen hergestellt, der würzige Schweinebraten mit einer ordentlichen Kruste versehen und die zugehörige Soße schön sämig. Die Frau seines Ingenieurkollegen war eine hervorragende Köchin. Als Konrad mit seinem vierten Knödel auch den letzten Rest Soße aufgesaugt hatte, lehnte er sich wohlig auf seinem Stuhl zurück und erklärte: »So gut habe ich schon lange nicht mehr gegessen, Frau Meixner. Sie sind eine tolle Köchin!«

»Vielen Dank, junger Mann«, lächelte die Hausfrau geschmeichelt, »es tut immer wieder gut, so etwas zu hören. Die eigene Familie ist leider nicht so freigiebig mit Komplimenten!«

Trotz ihres tadelnden Untertons glitt ihr Blick liebevoll von ihrem Mann am anderen Ende des Tisches zu ihrer Tochter, die man neben Konrad platziert hatte. Susanne Meixner war ein etwas fülliges, rotwangiges blondes Mädchen Anfang zwanzig – und der eigentliche Grund, weshalb Ingenieur Meixner Konrad sonntags des Öfteren zum Essen einlud, wie diesem sehr wohl bewusst war.

Sein Kollege aus der Konstruktionsabteilung konnte es partout nicht verstehen, dass Konrad mit seinen fast vierunddreißig

Jahren noch nicht verheiratet war und eine eigene Familie gegründet hatte. Er sah doch nicht übel aus, war ein umgänglicher, ehrgeiziger Bursche mit einem soliden Einkommen und guten Aufstiegschancen in der Firma Messerschmitt. Eine Frau und Kinder waren das Einzige, was ihm zu seinem Glück noch fehlte! Das zumindest gab er Konrad fast jedes Mal – »unter uns Männern« – zu verstehen, wenn er ihn zum Sonntagsbraten in sein eigenes Heim einlud.

Auch jetzt bemerkte der Hausherr lächelnd: »Ja, Susanne ist da bei ihrer Mutter in eine gute Lehre gegangen! Vielleicht möchtest du das nächste Mal kochen, wenn wir Konrad einladen, Susi. Was hältst du davon?«

»Aber, Vater, sei doch nicht so aufdringlich!«, tadelte Frau Meixner diesmal unüberhörbar, während Susanne zutiefst verlegen den Kopf senkte. Ihr Gesicht war flammend rot angelaufen.

Auch Konrad rutschte unbehaglich auf seinem Stuhl herum, bis die Hausfrau entschlossen in die Hände klatschte und erklärte: »Zeit für das Dessert, würde ich sagen! Wer hat Appetit auf Wackelpeter?«

Wie erlöst sprang Susanne auf, um ihrer Mutter beim Abtragen des Geschirrs zu helfen, und Ingenieur Meixner wandte sich einem beruflichen Thema zu. Nur allzu gerne ließ Konrad sich darauf ein. Auch wenn er sonntags eigentlich lieber von der Arbeit abschaltete, war doch jedes andere Gesprächsthema besser als die plumpe, unverhohlene Kuppelei seines Kollegen!

Sicher, Susanne war eine nette junge Frau und möglicherweise tatsächlich eine ebenso gute Köchin wie ihre Mutter – aber das war doch nicht alles, was zählte! So angenehm es auch wäre, umsorgt und bekocht zu werden und vielleicht auch einmal Kinder zu haben, brachte ihn das noch lange nicht dazu, eine Beziehung einzugehen. Sollte er tatsächlich doch irgendwann zu heiraten beabsichtigen, dann einzig und allein aus

Liebe. Und die fehlte ihm im Fall von Susanne. Bislang zumindest verspürte er in ihrer Gegenwart nicht den geringsten Anflug von echter Zuneigung.

Auch jetzt, als sie nach seinem leeren Teller griff und ihr Blick dabei für einen Sekundenbruchteil seinen eigenen traf, stellte er fest, dass die großen, klaren blauen Augen ihn vollkommen kaltließen. Oder vielmehr, dass deren Ausdruck nicht zu ihm durchdrang. Keine Gefühle in ihm auslöste und sein Inneres nicht berührte. Nicht in dem Maße jedenfalls, wie er es vor langer Zeit einmal beim Blick in ein anderes Augenpaar erlebt hatte.

Ein einziger Blick aus diesen Augen damals hatte genügt, sein bisheriges Weltbild zu verändern, hatte Fragen und Gefühle in ihm aufgeworfen, die er zuvor nie gekannt hatte und die ihn bis heute nicht losließen. Ein kalter Wintertag war es gewesen, genau wie heute, als er dieses Gefühl zum ersten Mal verspürt hatte, und wie heute hatte er damals bei einer Mahlzeit am Tisch gesessen. Nur seine Gesellschaft war eine andere gewesen, in jener Küchenbaracke mitten im Wald. Die Worte seines damaligen Kameraden Haller klangen ihm genauso deutlich im Ohr wie die Geräusche der Gegenwart ...

»Was starrst du denn so da raus? Gibt doch nichts weiter zu sehen als diese elenden Weibsbilder aus dem Lager«, wetterte Haller laut vor sich hin. »Mir scheint, heute kommen sie sogar noch mal ein Stück erbärmlicher daher als gestern. Und zur Arbeit taugen sie schon gar nicht, kann ich dir sagen – nichts als dreckiges faules Pack!«

Der Soldat schob sich einen weiteren Löffel voll Suppe in den Mund, während Konrad wie gebannt durchs Fenster nach draußen sah. Rein zufällig war sein Blick auf die Szene gefallen, wie der SS-Aufseher einer der Jüdinnen ihre Mahlzeit verweigert hatte und sie daraufhin am Rand der Gruppe mit irgendetwas im Boden gegraben hatte. Aus der Entfernung konnte er das Werkzeug nicht identifizieren, aber vermutlich suchte sie damit nach irgendeiner Art von

Nahrung. Jedenfalls sah das junge Mädchen derart verhungert aus, wie er es selten bei einem Menschen gesehen hatte. Und auf einmal hatte sich ein entsetzlich dürrer, zerzauster Fuchs zu ihr gesellt und sie hatte begonnen, ihn mit dem, was auch immer sie aus dem gefrorenen Boden zutage gefördert hatte, zu füttern.

War das Mädchen nicht mehr ganz bei Trost? Hatte das Leben in dem entsetzlichen Lager, das er gestern mit eigenen Augen gesehen hatte, sie um den Verstand gebracht oder war das eher der Peitschenhieb des Lagerobersten gewesen? Denn dass sie diejenige war, die sich dem Befehl des Kommandanten widersetzt hatte, sagte ihm der nach wie vor blutverkrustete Striemen in ihrem Gesicht. Aber aus welchen Gründen auch immer sie sich so verhielt, Konrad war auf unerklärliche Weise fasziniert von dieser kleinen, anrührenden Szene mit dem Fuchs.

Vielleicht war sie aber auch nicht verrückt, sondern hatte einfach Mitleid mit dem ebenfalls erbärmlich mageren Waldbewohner, zeigte eine Geste der Menschlichkeit inmitten einer Umgebung, in der sie selbst alles andere als menschenwürdig behandelt wurde. Konrad bedauerte, dass er aufgrund der Entfernung ihren Gesichtsausdruck nicht genauer erkennen konnte.

Wer weiß, am Ende unterscheiden Juden sich ja doch nicht in solchem Maß von uns, wie man uns von klein auf weisgemacht hat!, schoss es ihm durch den Kopf, als ein Rippenstoß seines Kameraden ihn unsanft in die Realität zurückholte.

»He, Kässmaier, Zeit, wieder an die Arbeit zu gehen! Unsere Wunderwaffe baut sich nicht von allein, und unsere neuen Hilfskräfte sind eher eine Last als eine Hilfe, wie du sehr wohl weißt!« Während Haller seine leere Suppenschale zu den anderen auf den Spültisch stellte, seufzte er dramatisch. »Meine Arbeiterinnen zumindest stellen sich an wie die letzten Idioten unter unserem deutschen Himmel. Ich frage mich ehrlich, wo man diese Frauen aufgetrieben hat und weshalb ausgerechnet wir uns nun mit ihnen abgeben müssen.«

69

Konrad nickte, ohne sich selbst dazu zu äußern. Wie meist bei den großmundigen, hasserfüllten Tiraden seines gleichaltrigen Kameraden stellte er auf Durchzug. Haller redete weiter, während sie nebeneinander auf die Montagehalle zuschritten.

»Eine von ihnen ist besonders auffällig, kann ich dir sagen! Sie ist zwar jung, aber so hässlich, dass mir jedes Mal die Galle hochkommt, wenn ich sie ansehe, und dabei ungeschickter, als ich es jemals für möglich gehalten hätte. Du kannst froh sein, dass ich sie unter meinem Kommando habe, denn sie braucht eine harte Hand. Du bist immer viel zu nachsichtig in solchen Fällen, Kässmaier, viel zu weich!« Er machte eine bedeutsame Pause und fuhr, nachdem sein Kamerad nicht widersprach, selbstgefällig fort: »Ach sieh an, da ist sie ja schon wieder!«

Er deutete auf die Gruppe Frauen, die sich wie befohlen nach ihrer Mittagspause vor der Montagehalle aufgereiht hatten und auf weitere Anordnungen warteten. »Die, die sich etwas abseits hält, meine ich.«

Mit den Augen folgte Konrad Hallers ausgestrecktem Zeigefinger und erschrak. Die Jüdin, auf die dieser Finger eindeutig wies, war das Mädchen mit dem Fuchs. Zugegeben, in einem Punkt hatte sein Kamerad recht: Mit ihrem wirr vom Kopf abstehenden Haar von undefinierbarer Farbe, den Lumpen an ihrem Körper und dem Striemen quer über dem Gesicht wirkte sie tatsächlich abstoßend. Gleichwohl hatte sie, nicht nur durch ihr Verhalten gegenüber dem Fuchs, etwas an sich, was Konrad unter die Haut ging. Und als sie sich den Frauen bis auf wenige Schritte genähert hatten, um sie wieder an ihre jeweiligen Arbeitsplätze zu schicken, erkannte er, worum es sich bei diesem »Etwas« handelte. Es waren ihre Augen.

Wie ihm bereits am Vortag bei den übrigen KZ-Insassinnen aufgefallen war, lagen sie tief in ihren Höhlen und wirkten überdimensional groß in dem eingefallenen Gesicht. Die Augen dieses Mädchens aber waren von dem gleichen dunklen, satten Grün wie die Moospolster am Waldboden. Als sich sein Blick für den Bruchteil einer Sekunde mit ihrem kreuzte, durchfuhr es Konrad heiß und kalt. Diese Augen waren das Schönste und zugleich Traurigste, was er jemals in seinem Leben zu sehen bekommen hatte. Ihre Intensität von Kummer und Not erschütterte ihn bis ins Mark. Er spürte, wie sich unter der Uniform die Härchen auf seinen Armen aufstellten, in seinem Magen bildete sich ein schmerzhafter Knoten.

Eiligst lenkte er seinen Blick auf irgendeinen Punkt weit hinter der jungen Frau, so wie auch sie selbst sofort wieder zur Seite gesehen hatte. Und dennoch verfolgten ihn diese grünen Augen den ganzen restlichen Tag lang. Während er die ihm unterstellten Arbeiterinnen anleitete, spürte er den Schmerz des Verlustes, der in ihnen stand. Bei jedem Befehl und Schimpfwort, das Haller »seinen« Hilfskräften weithin hörbar zubrüllte, fürchtete er, dass sie den grünen Augen galten. Und auf der Heimfahrt im Bus, als das Mädchen nur zwei Reihen hinter ihm saß, glaubte er körperlich zu spüren, wie ihr Blick auf ihm selbst, dem verhassten Feind, ruhte, ihn durchbohrte.

Auch als sie Erlenbach erreichten und die jüdischen Frauen am Lagertor ausstiegen – die Intensität ihres Blickes blieb an ihm haften ...

Und sie haftete bis heute an ihm, lebendiger als jede andere Erinnerung, und diente gewissermaßen als Messlatte für jedes weibliche Augenpaar, dessen Blick – absichtlich oder nicht – seinem eigenen begegnete.

Ingenieur Meixner und seine Absichten, ihn mit seiner Tochter Susanne zu verkuppeln, hatten da nicht die geringste Chance.

7. Kapitel

Erlenbach, März 1945

An diesem Abend erwartete Betti bei ihrer Rückkehr ins Lager eine Überraschung.

Bereits am Haupttor wartete, neben der Aufseherin, die sie alle zurück in ihre Baracken sperren sollte, der jüdische Arzt. Prüfend musterte er die Frauen, als sie an ihm vorübergingen, schritt dann zielstrebig auf Betti zu und führte sie, abseits von den übrigen Arbeiterinnen, direkt zum Krankenrevier. Wortlos ließ die Aufseherin ihn gewähren.

Betti wusste kaum, wie ihr geschah, als der Arzt sie vor sich her ins Innere der Baracke schob. Als ob es sich um einen Besuch in einer vollkommen normalen Klinik handelte, bemerkte er in Bettis Muttersprache: »Deine Schwester liegt dort, in dem Bett direkt an der Wand. Sie wird sich freuen, dich zu sehen!«

»Aber – wie kann es sein, dass ich sie jetzt plötzlich doch besuchen darf?«, stammelte Betti verwirrt. »Wie haben Sie das nur hinbekommen?«

»Das war gar nicht einmal so schwer. Die Lageraufseher stehen von oben her unter großem Druck, musst du wissen, weil nur so wenige der Frauen arbeitsfähig sind. Sie brauchen mich, um ihre ›Quote‹ aufzubessern. Zwar gibt es zusätzlich einen Arzt im Ort, der hier gelegentlich vorbeischaut, aber sie wissen genau, dass der sich nicht die Hände an uns Juden schmutzig machen will. Da benötigen sie eben meine ärztlichen

Fähigkeiten, um euch halbwegs am Leben zu erhalten. Und nachdem ich ihnen erklärte, dieses kranke junge Mädchen brauche seine Schwester, um wieder gesund zu werden, haben sie tatsächlich auf mich gehört! Vielleicht haben wir aber auch nur Glück, dass die brutale Gertrud Haslinger heute nicht im Dienst ist, die dich letzte Nacht erwischt hat.«

Seine Lippen verzogen sich zu etwas, was Betti unter anderen Umständen als verschmitztes Lächeln bezeichnet hätte. Es machte ihn um etliche Jahre jünger und sie fühlte sich sofort etwas wohler. Doch schon fügte der Arzt hinzu: »Trotzdem sollten wir die Situation nicht bis zum Äußersten ausreizen. Deshalb rasch zu deiner Schwester! Nutzt die wenigen Minuten, die man euch zugesteht!«

Das ließ Betti sich nicht zweimal sagen. Vorsichtig kauerte sie sich neben das Kopfende von Evas Bett. Ihre Schwester hatte die Augen geschlossen, doch als Betti zärtlich ihren Namen murmelte, schlug sie sie mühsam auf.

»Du bist hier«, wisperte sie, »ich habe mich so nach dir gesehnt!«

Betti brach schier das Herz, als sie bemerkte, wie mühsam Eva diese Worte über die ausgedörrten Lippen brachte. Ihre Augen glänzten fiebrig und ihre eingefallenen Wangen waren wie auch der Hals mit seltsamen, teilweise eitrigen Pusteln bedeckt. Wie hatte sich ihr Zustand in den nicht einmal zwei Tagen seit ihrer Trennung nur derart verschlechtern können?

Betti bemühte sich jedoch, ihren Schrecken zu verbergen, und erwiderte liebevoll: »Und ich mich nach dir, liebste Eva! Sie haben mich nur nicht zu dir gelassen, weißt du, aber jetzt bin ich ja hier.« Sie griff unter der Decke nach Evas Hand und nahm sie behutsam in ihre eigene. Evas Finger waren eiskalt und so kraftlos, als wäre längst alles Leben aus ihr gewichen, ihre Augen fielen bereits wieder zu. Über das Fußende des Bettes hinweg warf Betti dem Arzt einen Hilfe suchenden Blick zu.

Er nickte aufmunternd und flüsterte: »Sprich einfach mit ihr, Mädchen. Erzähl ihr etwas Schönes von früher, das bringt sie auf andere Gedanken!«

Betti überlegte einige Sekunden, dann begann sie in der sanften Stimmlage, in der ihre Mutter ihnen stets Geschichten erzählt hatte, zu sprechen.

»Erinnerst du dich an den Sommer, als wir alle drei, du, Szándor und ich, Mumps hatten? Zuerst ging es uns gar nicht gut – genau wie dir heute –, aber nach ein paar Tagen war es schon ein wenig besser. Da stellte Mama unsere Betten nebeneinander, sodass wir uns gegenseitig Gesellschaft leisten konnten. Unsere angeschwollenen Gesichter sahen zu der Zeit wieder fast normal aus, aber Szándor hatte noch richtig aufgeblasene Wangen, stimmt's?«

Ein Zucken von Evas Augenlidern verriet Betti, dass sie ihr zuhörte, und sie fuhr bemüht munter fort: »Wir haben ihn ›Hamsterbacke‹ genannt und damit aufgezogen, dass er beim Essen noch ein paar mehr Plätzchen in seine Backen stopfen soll. Und als er das wirklich tat, sodass er am Ende nicht mal mehr seinen Mund schließen konnte, haben wir uns gekringelt vor Lachen! Hinterher war das Bett voller Plätzchenkrümel und Mama schimpfte fürchterlich, weil sie es frisch beziehen musste, aber noch Wochen später brauchte nur einer von uns ›Hamsterbacke‹ zu sagen und wir alle konnten uns nicht mehr halten vor Lachen.«

Als Betti registrierte, wie sich ein leises Lächeln auf Evas Züge legte, stieg Erleichterung in ihr auf. So elend ihre Schwester auch aussah, ihr Verstand und ihr Geist zumindest waren klar. War das nicht ein gutes Zeichen? Sie erzählte eine weitere Geschichte aus jenem längst vergangenen Sommer, in dem es in Budapest so warm gewesen war, dass sie fast jeden Abend, statt zu Hause zu essen, im Park des Burgpalastes gepicknickt und bei ihren sonntäglichen Spaziergängen zum Kaffeehaus die größten Portionen Eis verschlungen hatten. Sich an diese herrlich normalen Zeiten und ihre Familie zu erinnern, tat nicht nur Eva gut, stellte sie fest und vergaß beinahe, wo sie sich befand.

Doch dann holte sie eine Bemerkung Evas abrupt auf den harten Boden der Tatsachen zurück. »Wir werden sie alle wiedersehen, nicht wahr, Betti?«, fragte ihre Schwester kaum vernehmbar. »Mama, Papa, Szándor …«

Nein, niemals wieder!, rief es schmerzerfüllt in Bettis Innerem, während sie ihre elende Umgebung plötzlich wieder wahrnahm. Doch statt ihre nüchterne Überzeugung laut hinauszuschreien, streichelte sie beruhigend Evas Finger und versicherte: »Ja, das werden wir, Eva. Eines Tages werden wir alle wieder vereint sein.«

Ihr schlechtes Gewissen wegen dieser beschönigenden Lüge beruhigte sie damit, dass ihre Worte – sollte hinter dem Glauben ihrer Eltern tatsächlich ein liebender Gott stecken – eines Tages vielleicht doch wahr werden würden. Sie selbst fühlte im Augenblick zwar nicht das Geringste davon, aber zu ihrer Erleichterung ließ Eva sich durch ihre Antwort trösten. Sie rutschte ein wenig tiefer unter ihre Decke und sagte, wie sie es in jenen glücklichen Zeiten oft getan hatte: »Ich hab dich lieb, Elisabeth, Kaiserin von Österreich-Ungarn.«

»Und ich dich, Eva, Prinzessin aus dem Hause Licht und Sonnenschein«, erwiderte Betti gerührt. Allerdings war sie sich nicht sicher, ob ihre Schwester sie überhaupt noch hörte. Evas Atem war langsamer geworden, sie schlief.

Einen Augenblick später war der Arzt an Bettis Seite. »Es ist Zeit«, stellte er fest. »Gleich wird die Aufseherin dich holen. Aber wenn alles glattgeht, kannst du Eva morgen wiedersehen.«

»Wird es das denn – gut gehen, meine ich?«, fragte Betti zaghaft. Ihr Blick verriet dem Arzt nur zu deutlich, dass sie damit mehr meinte als nur die Wahrscheinlichkeit eines weiteren Besuches.

Er öffnete den Mund, um etwas zu sagen, doch gleich darauf senkte er bekümmert den Blick. Unruhig rieb er mit der Hand über die grau melierten Bartstoppeln auf dem spitzen Kinn. »Ich tue mein Bestes, Kind«, erwiderte er dann nahezu tonlos, »aber meine Möglichkeiten hier sind begrenzt.«

Schweigen erfüllte das Krankenrevier, durchbrochen nur von Evas flachen Atemzügen und dem bellenden Husten einer anderen Patientin.

Betti verstand. Der erste Schreck, der sie bei Evas Anblick vorhin durchzuckt hatte, war nur allzu berechtigt gewesen. Ihre Schwester stand an der Schwelle des Todes, wie selbst der Arzt zugeben musste.

Das bekümmerte Schweigen in der Baracke breitete sich aus, wurde so dicht, dass Betti es fast mit Händen greifen konnte und davor am liebsten bis ans Ende der Welt geflohen wäre.

Schließlich aber sagte ihr Gegenüber: »Bete und hoffe für sie, mein Kind, so wie auch ich bete und hoffe, dass die Nacht bald vorüber ist und ein neuer Morgen für uns alle anbricht! Lange wird es nicht mehr dauern, davon bin ich überzeugt. Jedes Mal, wenn ich über den Zaun und den Fluss hinweg nach Westen blicke, hoffe ich, die ersten Vorboten unserer Befreier zu –«

Die Ankunft der Wärterin schnitt seine Bemerkung abrupt ab. »Mitkommen!«, blaffte sie und winkte Betti herrisch an ihre Seite.

Mit einem letzten Blick auf das Bett, in dem Eva sich bis zum Haaransatz unter ihrer Decke verkrochen hatte, folgte Betti der Gestalt in der verhassten SS-Uniform.

Das gleichmäßige Klappern der Schreibmaschinentasten verstummte, als die Sekretärin aufblickte.

Auch Konrad sah nach oben. Er saß in einer Ecke des Werksbüros über einem Bogen Papier und mühte sich mit einer Auflistung von Bauteilen, die ihm für die Verkleidung der Triebwerke fehlten. Allen voran die Tragflächen selbst, um die Triebwerke erst einmal zu montieren.

In letzter Zeit stellte er täglich solche Mängel fest. Die Tragflächen aus der werkszugehörigen Blechschmiede, die etwa dreißig Kilometer von ihnen entfernt ebenfalls im Wald versteckt lag, erreichten sie viel zu spät, ebenso wie die Rumpfspitzen aus einer anderen geheimen Produktionsstätte und ähnliche vorgefertigte Teile. Was durchaus daran liegen konnte, dass diese selbst Probleme mit der Nachlieferung ihres Materials hatten. Konnte es tatsächlich sein, dass die Alliierten mittlerweile sämtliche Transporte bombardierten, oder gab es schlicht und einfach kein Rohmaterial mehr?

Unter den gegebenen Umständen jedenfalls war es nahezu unmöglich, die vorgegebene Quote von vier fertig montierten Maschinen pro Tag zu erfüllen. Gänzlich abgesehen davon, dass die Lagerinsassinnen, die man ihnen als Verstärkung versprochen hatte, die Montage eher aufhielten als voranbrachten. Für einen Augenblick sah Konrad anstelle seiner Listen wieder die gequälten grünen Augen vor sich und war regelrecht dankbar für die Unterbrechung, die entstand, als Ingenieur Gaugenrieder den Raum betrat.

Dieser wechselte einen raschen Blick mit Paula Kreutzer, der jungen Sekretärin. Fragend hob sie eine Augenbraue. Wenn Konrad sich nicht täuschte, deutete sie dabei mit einem kaum merklichen Heben ihres Kinns auf ihn.

Leise beantwortete Ingenieur Gaugenrieder die fragende

Geste. »Kein Grund zur Sorge, Fräulein Kreutzer. Ich denke, Kamerad Kässmaier ist sauber.« Und an Konrad gewandt: »Sie behalten Fenster und Tür im Auge, Kässmaier, wir brauchen keine ungebetenen Zuhörer.«

Zu Konrads größter Verwunderung öffnete Paula daraufhin an ihrem Schreibtisch eine Klappe, hinter der ein kleines Rundfunkgerät zum Vorschein kam. Knisternd und rauschend erwachte es zum Leben, gleich darauf ertönte eine Männerstimme. In Englisch. Nun verstand Konrad auch Gaugenrieders rätselhafte Anweisung, Fenster und Tür im Auge zu behalten. Die beiden hörten BBC, den Radiosender des Feindes. Der Empfang war zwar denkbar schlecht, doch mit etwas Mühe waren die meisten Worte verständlich.

Kein Wunder, dass sie dabei keine ungebetenen Gäste brauchen konnten! Konrad mochte gar nicht daran denken, dass jemand wie Siegfried Haller sie dabei erwischen könnte. Er hätte keinerlei Skrupel, sie deshalb als Vaterlandsverräter anzuzeigen. Doch ihn selbst hielt der Ingenieur offenbar für jemanden, der die verbotene, geheime Tätigkeit für sich behalten würde.

Unterdessen lauschten die beiden, mit den Ohren dicht am Gerät, wie gebannt den für Konrad unverständlichen Worten. Gelegentlich übersetzte Gaugenrieder einen Begriff für Paula, sodass auch Konrad, der niemals Englisch gelernt hatte, klar wurde, dass es sich hier um einen Bericht über das Vorrücken der alliierten Truppen handelte. Nachdem die Wehrmacht im Herbst zahlreiche Soldaten zur Verstärkung der in Not geratenen Ostfront von derjenigen im Westen abgezogen hatte, verzeichneten die englischen und amerikanischen Truppen hier große Geländegewinne. Momentan bereiteten sie sich darauf vor, den Rhein zu überqueren. Über einen Fluss namens Erft hatte die US-Army bereits Brückenköpfe geschlagen und heute, am 5. März, standen die amerikanischen Soldaten unmittelbar am Rheinufer in Köln.

Bei der Nennung dieser Stadt erfasste Konrad ein eisiger Schrecken. Seine Mutter und Tante lebten im Rheinland. Was erwartete sie, falls die Alliierten weiterhin Erfolg hatten und in Kürze seine Heimat besetzten?

Ingenieur Gaugenrieder dagegen kommentierte diese Nachrichten mit einem zufriedenen Grunzen. Als er das Gerät schließlich ausschaltete, wandte er sich nach einem Augenblick bedeutungsschweren Schweigens an Konrad. »Sind Sie nun schockiert, Kässmaier?«

»Allerdings! Ich hatte ja keine Ahnung, dass der Feind in meiner rheinländischen Heimat schon so weit vorgedrungen ist. Aber falls Sie damit meinen, ob es mich schockiert, dass Sie ...« Verlegen senkte er den Blick und suchte nach den richtigen Worten.

»... dass ich auf die sogenannte gegnerische Propaganda höre oder mir genügend klaren Verstand bewahrt habe, um zu erkennen, in welch aussichtsloser Lage wir uns befinden?«, beendete Gaugenrieder den Satz für ihn. »Machen Sie doch nur mal die Augen auf, Junge!«, fuhr er etwas leiser und geradezu beschwörend fort. »Wir verstecken uns hier im Wald, um an zugegebenermaßen genialen Flugzeugen zu bauen, die aber nie mehr zum Einsatz kommen werden! Weder bekommen wir genügend Material, wie Sie ja selbst sehen, noch geeignete Arbeitskräfte, noch können wir die Vögel von hier aus überhaupt in die Luft bringen, nachdem die Autobahn noch immer nicht als Startpiste bereit ist. Und wie Sie eben sicher mitbekommen haben, arbeitet die Zeit eindeutig gegen unser Vorhaben. Egal, wie sehr wir uns anstrengen und wie viele Me 262 wir fertigstellen, die Alliierten werden hier sein, ehe wir die Maschinen zum Einsatz bringen können.«

»Dann sind Sie der Ansicht, der Führer unterliegt einem Irrtum mit seinem Glauben, der Einsatz der Me 262 könne das Kriegsglück noch einmal wenden?«, folgerte Konrad.

Ingenieur Gaugenrieder nickte lediglich, sodass Paula hinzufügte: »Können Sie denn noch alle Anordnungen des Führers nachvollziehen? Wenn auch nur die Hälfte von dem stimmt, was man sich über das Schicksal von Menschen wie unseren armen Häftlings-Hilfskräften da erzählt ...« Mit weit aufgerissenen Augen starrte sie nach draußen, wo eine der Arbeiterinnen mit zwei schweren Farbeimern beladen auf die Montagehalle zuwankte. Als die Frau über eine Wurzel stolperte und zu Boden ging, verdunkelte sich Paulas Blick vor Mitleid, und sie zuckte zusammen, als wollte sie aufspringen und der Frau zu Hilfe eilen. Doch stattdessen schob sie seufzend das Rundfunkgerät zurück in sein Versteck und setzte sich wieder an ihre Schreibmaschine.

Gaugenrieder erhob sich ebenfalls. Er klopfte Konrad auf die Schulter und bemerkte: »Sie brauchen nicht der gleichen Meinung zu sein wie Fräulein Kreutzer und ich, Junge, aber denken Sie über das nach, was Sie eben gehört haben. Und über alles, was wir neulich in diesem Konzentrationslager zu sehen bekommen haben.« Damit wandte er sich zum Gehen und Konrad war nicht sicher, seine folgenden Worte richtig zu verstehen: »Ich für meinen Teil werde mehr als froh sein, wenn sie kommen und dieses furchtbare Drama hier beenden.«

Bedrückt versuchte Konrad, sich wieder auf seine Papiere zu konzentrieren, aber es wollte ihm nicht gelingen. Was sollte er nur davon halten? Hatte der Chefingenieur nicht recht mit seiner Argumentation? Diese Gedanken waren doch genau das, was seit einiger Zeit in seinem eigenen Inneren rumorte, ohne dass er es jemals ausgesprochen hatte. Dasselbe galt für Paulas Vorbehalte gegen die Behandlung der Jüdinnen aus dem Lager. Aber durfte er als deutscher Soldat derlei Bedenken und vor allem den Zweifel an der Führung seines Heimatlandes wirklich zulassen? Unruhig wand Konrad sich auf seinem Stuhl. Er fühlte sich wie zerrissen zwischen seiner Loyalität zum Vaterland und Ingenieur Gaugenrieders Denkweise.

Mitten in seine Grübeleien hinein hallte plötzlich ein Schuss durch den Wald. Mit einem Satz war Konrad an der Tür. Er stieß sie auf. Von hier aus konnte er bis zur Montagehalle sehen. Direkt vor deren Eingang kauerte reglos eine Gestalt am Boden, neben ihr zwei Farbeimer mit aufgeplatztem Deckel. Einer der SS-Wachmänner schritt mit gezückter Waffe auf sie zu.

Konrad stieß einen Laut des Entsetzens aus. Er kannte diesen Mantel, er kannte diese Gefangene! O mein Gott, hatte der SS-Mann sie erschossen?

Ohne weiter zu überlegen, eilte er zu ihr. »Bitte lass sie noch leben«, flüsterte er dabei inbrünstig, »lass sie am Leben sein!«

Im Laufen erkannte er eine hellrote Blutlache unter und neben dem Körper des Mädchens. Gleichzeitig mit dem Wachmann kam er bei ihr an.

Dieser streckte ein Bein aus, trat mit seiner Stiefelspitze zuerst genau in die Blutlache und danach gegen die am Boden kauernde Gestalt. »Jetzt stell dich nicht so an, Weib! Steh auf und geh zurück an die Arbeit!«, kommandierte er dabei.

Das Mädchen regte sich, schluchzte laut auf.

Erst in diesem Augenblick wurde Konrads von Panik verschleierter Blick wieder klar: Bei dem roten Fleck am Boden handelte es sich um den Körper eines abgemagerten Fuchses, der tot in einer Lache von Blut und ausgelaufener roter Farbe lag. Das Mädchen kauerte unverletzt neben ihm. Sie hatte seinen Kopf auf ihre Knie gebettet, strich ihm zärtlich über das Fell und murmelte dabei beruhigend vor sich hin. Den Wachmann schien sie nicht einmal zu bemerken.

Als er jedoch erneut nach ihr trat, schob sie widerstrebend den Fuchs beiseite und erhob sich. »Mörder!«, murmelte sie dabei.

Der SS-Mann war schon im Gehen, sodass er ihre Bemerkung nicht mehr hörte. Anders als Konrad. Er hatte nicht gewusst, dass sie etwas Deutsch sprach, und war umso dankbarer, dass der Wachmann ihre Beschimpfung überhört hatte. Wer weiß, welche brutale Bestrafung sie sich damit wieder eingehandelt hätte!

Als die junge Frau nach ihren Farbeimern griff, fiel ihr Blick auf ihn. Er ging Konrad durch Mark und Bein. Noch deutlicher als das Schimpfwort vorhin drückten ihre Augen aus, was sie in ihm sah. Einen Mörder. Nichts als einen brutalen, gemeinen Mörder in deutscher Uniform, dem sie die Pest an den Hals wünschte!

Scham durchflutete ihn, eine vollkommen unerwartete, unbegreifliche Scham. Für die Tat des Wachmanns, für den Peitschenhieb des Lagerkommandanten, für die Tatsache, dass sein Volk diese Menschen nicht als solche behandelte, sondern nur als minderwertige, kosten- und rechtlose Arbeitskräfte – oder ihnen laut der Berichte über die deutsche Vernichtungsmaschinerie im Osten noch weit Schlimmeres antat. Er fühlte sich, als wäre er persönlich an der jungen Frau und ihren Leidensgenossinnen schuldig geworden.

»Lass mich dir helfen«, murmelte er in dem plötzlichen Verlangen, etwas von dieser Schuld abzutragen. »Die sind doch viel zu schwer für dich!«

Er wollte ihr eben die beiden Eimer abnehmen, als von der Montagehalle her ein scharfer Ruf ertönte. Siegfried Haller. Er war gekommen, um nachzusehen, wo seine Arbeiterin abblieb, die er vor einer ganzen Weile ins Lager geschickt hatte, um neue Farbe zu holen.

»Wo zur Hölle bleibst du –« Er verstummte, als er Konrad entdeckte. Seine Augen weiteten sich ungläubig, als ihm klar wurde, dass sein Kamerad im Begriff war, ihr die Eimer abzunehmen.

Konrad presste die Lippen zusammen. Er ließ die Arme sinken und trat einen Schritt zurück. Dann einen weiteren. Haller wartete und beobachtete ihn. Anklagend und stumm.

Ebenso schweigend schloss das Mädchen die Hände fester um die Eimer, streckte den Rücken durch, so gut es mit der schweren Last ging, und wankte auf ihren Aufseher zu, während Konrad selbst den Rückzug ins Büro antrat. Er fühlte Hallers ungläubiges Erstaunen – nein, seine plötzliche Verachtung für den Kameraden – wie einen Dolch in seinem Rücken. Bei jedem Schritt auf das Büro zu bohrte sich dieser Dolch ein Stück tiefer.

»Was war denn –« Paula Kreutzer unterbrach sich, als sie Konrads Gesichtsausdruck wahrnahm, und eilte ihm besorgt entgegen. »Ist Ihnen nicht gut, Kässmaier?«

Sie drückte ihn auf seinen Stuhl und reichte ihm das Glas Wasser, das auf ihrem eigenen Schreibtisch stand. »Hier, trinken Sie, Sie sehen aus, als könnten Sie eine Erfrischung gebrauchen!«

»Danke.« Konrad nahm einen tiefen Schluck, dann sagte er tonlos: »Das Mädchen ist unverletzt, der Schuss galt nur einem Fuchs.«

»Was für ein Glück! Ich habe Schlimmeres befürchtet«, atmete die Sekretärin auf.

»Nicht nur Sie«, murmelte Konrad.

Er zog seine Papiere zu sich heran und beugte sich tief darüber. Er war nicht sonderlich erpicht darauf, Fräulein Kreutzer weitere Einzelheiten des Zwischenfalls zu schildern. Und ihre Fürsorge, ihre Anteilnahme an seinem eigenen Wohlergehen, hatte er schon gar nicht verdient. Er war nichts als ein elender Feigling. Denn nur ein Feigling ließ sich vom Verhalten eines Kameraden derart einschüchtern, dass er die Flucht ergriff, statt das Richtige zu tun und dem Schwachen beizustehen.

Die Scham über sein Verhalten und sein ganzes Denken, das ihn bisher bestimmt hatte, ließ Konrad den ganzen Tag lang nicht mehr los.

8. Kapitel

Eine Woche nachdem Betti die Zeichnung des vermissten Stoffhasen im Laden aufgehängt hatte, wurde er bei ihr abgegeben.

»Ich hab ihn unter der Brücke aufgelesen, als ich nach den Fischen sah«, erklärte der Finder, ein älterer Herr und passionierter Angler. »Kann mir ja nicht vorstellen, dass dieses Ding für irgendjemand noch einen Wert haben soll!« Mit spitzen Fingern förderte er das schlammverkrustete, übel riechende Plüschtier aus seiner Tasche und legte es auf den Tresen. »Aber so sind Kinder wohl, hängen ihr Herz an die verrücktesten Dinge.«

»Das ist möglich«, stimmte Betti zu. »Arthur wird sich jedenfalls sehr freuen, seinen Mister Rabbit wiederzuhaben, also vielen Dank!«

Versonnen zupfte sie die ersten Dreckklumpen aus dem braunen Fell, sobald die Ladentür hinter dem Kunden ins Schloss fiel.

»Meinetwegen darfst du sofort zu ihm gehen«, forderte Levi Steiner sie auf. Offenbar hatte der Ladeninhaber die Szene vom angrenzenden Lagerraum aus beobachtet. »Ich weiß doch, dass du es gar nicht erwarten kannst, dem Kleinen sein Häschen zurückzugeben! Und jetzt am Nachmittag komme ich sehr gut auch allein im Laden zurecht.«

Betti lächelte schwach. Ihr Onkel kannte sie einfach zu gut. Er wusste, wie sehr ihr diese Angelegenheit am Herzen lag. »Wenn du das so sagst – gerne!«, stimmte sie deshalb zu.

Kurz darauf stand sie vor dem bescheidenen Cottage der Rackhams am Rand des Dorfes. Das Reetdach des Häuschens war so tief herabgezogen, dass Betti es im Eingangsbereich ohne Mühe berühren konnte, und als sie auf das laute »Herein« hin eintrat, stand sie unmittelbar im Wohnraum.

An dem großen, verschrammten Holztisch saßen die beiden jüngsten Kinder und halfen ihrer Mutter, blaue Wolle zu großen Knäueln zu wickeln. Im Kamin schwelte ein bescheidenes Feuer, daneben saß in einem zerschlissenen Sessel ein älterer Herr und döste. Sobald Arthur jedoch Betti erblickte, warf er seinen Wollstrang beiseite und sprang erwartungsvoll auf.

»Miss Betty! Haben Sie ihn gefunden? Ist Mister Rabbit wieder da?«

»O ja, das ist er!« Betti streckte ihm sein geliebtes Stofftier entgegen. »Er hatte sich wohl eine Weile unter der Brücke versteckt, aber jetzt wollte er wieder zu dir zurück.«

Doch Arthur hörte ihr gar nicht zu. Seine Wangen glühten geradezu, als er Mister Rabbit stürmisch an seine Brust drückte und sich dann mit ihm in eine Ecke des Raumes zurückzog, wo er ihm liebevolle Worte in eines der langen, schmalen Kaninchenohren raunte. Die reine Glückseligkeit stand in seinen strahlenden Augen.

»Aber, Arthur, was soll denn das? Miss Betty macht sich extra die Mühe, zu uns herauszukommen, und du bedankst dich nicht einmal bei ihr?«, tadelte Mrs Rackham, aber Betti winkte bescheiden ab.

»Schon gut, ich verstehe das. Sein bester Freund ist jetzt wichtiger als alles andere und ich freue mich, dass ich helfen konnte.«

»Na denn – ich hab ihm ja gleich gesagt, Sie finden alles, Miss Betty. Auf Sie ist einfach Verlass! Warten Sie, ich gebe Ihnen wenigstens einen Laib Brot mit als kleines Dankeschön, hab eben eines aus dem Ofen geholt.«

Mrs Rackham eilte in den Nebenraum und kehrte gleich darauf mit einem duftenden Laib Brot, notdürftig in ein Geschirrtuch gewickelt, zurück. »Da, nehmen Sie. Und schöne Grüße an den Herrn Onkel, Miss Betty!«

Zum Abschied hob sie grüßend die Hand und Betty trat mit dem warmen Laib Brot unter dem Arm den Heimweg an. Sie konnte das Cottage gar nicht rasch genug verlassen. In ihren Augen brannten die Tränen und würden jeden Augenblick fließen. Mrs Rackhams wohlmeinende Worte verhöhnten sie regelrecht.

Sie finden alles ... alles ... alles ...

Jeder Schritt auf dem nassen Kopfsteinpflaster echote diese Worte, schleuderte ihr die schrecklichen Ereignisse der Vergangenheit geradezu ins Gesicht. Denn sie selbst, die heute tatsächlich fast alles »fand«, hatte einst alles verloren. Ihren Vater, ihre Mutter, ihre Schwester – nahezu alles, was ihr lieb und teuer gewesen war, noch teurer sogar als dem kleinen Jungen sein bester Freund, hatte sie verloren und niemals wieder zurückerhalten. Das Schicksal, die Umstände, der Feind – man hatte ihr ihre Lieben geraubt, einen nach dem anderen. Ihr selbst war es nicht vergönnt gewesen, diese Seligkeit des Wiedersehens zu erleben wie Arthur soeben.

Betti schaffte es gerade noch zurück zum Laden und in die darüberliegende Wohnung, die Onkel Levi mit ihr teilte, ehe sie in Tränen ausbrach. Noch mit Schuhen und Mantel bekleidet warf sie sich auf ihr Bett und schluchzte in das weiche Kissen. Es passierte nicht mehr oft, aber wenn der Kummer ihrer Vergangenheit sie übermannte, dann mit aller Macht. Und heute, ausgelöst von Arthurs Wiedersehensfreude, war es wieder einmal so weit. Wieder einmal durchlebte sie in ihrer Erinnerung den Tag, an dem sie auch Eva für immer verloren hatte.

Noch immer beklommen durch den Tod des kleinen Fuchses am Vortag hatte sie am Lagerzaun gestanden und auf den Bus gewartet, der sie zur Arbeit ins Waldwerk bringen würde ...

Betti konnte sich nur mühsam auf den Beinen halten, hatte sie doch nachts kaum Schlaf gefunden. Jedes Mal, wenn sie die Augen geschlossen hatte, hatte sie das sterbende Tier vor sich gesehen. Den Schmerz und die Qual in den unschuldigen dunklen Augen, die sich direkt auf sie gerichtet hatten, als sie es im Schoß gehalten hatte. In diesem Augenblick hatte sie sich nichts sehnlicher gewünscht, als sein Leid zu lindern, ihm die Todesangst zu nehmen. Selten hatte sie sich machtloser gefühlt und plötzlich bereut, das Tier so nahe an sich herangelassen zu haben. Hätte sie ihn nicht gefüttert, hätte er niemals genug Zutrauen gefasst, um sich ihr ein zweites Mal zu nähern. Und genau damit hätte sie sein Leben retten können. Oh, wie hatte sie nur so dumm sein können?

Als wollte selbst das Wetter sie verhöhnen, schien an diesem Morgen eine warme Frühlingssonne auf sie herab, spiegelte sich im gemächlich dahinströmenden Wasser des schmalen Flusses und ließ das Eis auf den zahllosen Pfützen des Appellplatzes tauen.

Doch plötzlich, als sich statt des Busses ein laut brummender Lkw dem Lagertor näherte, verwandelten sich Bettis Ärger über ihr eigenes Verhalten und die Trauer um den Fuchs in eine bedrohliche Vorahnung. Ein Schauder durchfuhr ihren Körper. Sie fühlte sich, als wäre die Erschießung des armen kleinen *róka* nur das Vorzeichen eines kommenden Unheils gewesen.

Das Motorengebrumm verstärkte sich, als der Lkw durch das geöffnete Lagertor fuhr und unmittelbar vor dem Krankenrevier haltmachte. Der Motor erstarb. Die Führerkabine versperrte Betti den Blick auf den Barackeneingang, doch gleich darauf erschienen zwei Männer in ihrem Blickfeld, die ein Deckenbündel zwischen sich trugen. Einer der Männer trug einen weißen Arztmantel, in dem anderen erkannte Betti den jüdischen Lagerarzt. Sie legten das Deckenbündel auf der offenen Ladefläche ab, verschwanden erneut in der Baracke und erschienen mit einem zweiten Deckenpaket.

Taumelnd, nur mühsam nach Luft ringend tat Betti einige Schritte auf den Lkw zu. Die Angst schnürte ihr den Hals ab. Für den Bruchteil einer Sekunde fiel der Blick des Lagerarztes auf sie und Betti brach an Ort und Stelle zusammen.

Eva.

Eva war gestorben. Sie wusste es mit unumstößlicher Gewissheit, der mitfühlende Blick hatte es ihr lediglich bestätigt. Auch ihre kleine Schwester gehörte zu den reglosen, in Decken gewickelten Gestalten, die man auf der Ladefläche des Lkw jetzt sorgsam unter Tannenzweigen verbarg und abtransportierte!

Betti spürte kaum, wie der jüdische Arzt ihr wieder auf die Beine half und sie dabei einen Augenblick lang tröstend an seine Brust drückte, ehe eine Wärterin die beiden unbarmherzig voneinander trennte.

Wäre es damals nach ihr gegangen, wäre sie gar nicht mehr zurückgekehrt in eine Welt, in der sie ihre gesamte Familie, alle ihre Lieben, unwiderruflich verloren hatte. Am liebsten hätte sie sich zu Eva auf die Ladefläche des Lastwagens gelegt, um dort, neben ihrer vertrauten kleinen Schwester und dem letzten verbliebenen Stück Familie und Heimat, einzuschlafen und niemals wieder aufzuwachen.

Doch man hatte ihr keine andere Wahl gelassen – und heute war sie, trotz allem Kummer, der sie immer wieder übermannte, froh darüber.

Betti schnäuzte sich, drehte sich auf den Rücken und starrte reglos an die Decke, bis von draußen die Stimme ihres Onkels ertönte: »Alles in Ordnung, Liebes?«

9. Kapitel

Waldwerk, März 1945

Das Licht der ersten spürbaren Frühlingssonne im kalten März verwandelte das verborgene Waldwerk.

Durch die aus jungen Fichten bestehende Tarnung über den Köpfen der Arbeiter fielen die Sonnenstrahlen und bildeten auf dem Boden ein Muster wie ein kunstvoll gewobenes Spinnennetz. Vorher triste graue Baumstämme leuchteten in einem warmen Braunton, das Moos am Waldboden in einem nahezu sommerlich anmutenden Grün und selbst die Pfützen auf dem Weg spiegelten jeden einzelnen Sonnenstrahl. Es war, als atme die Natur nach dem eisigen Winter auf, taste, noch immer etwas beklommen, nach dem Puls neuer Hoffnung, neuen Lebens.

Eines jedoch war an diesem ersten Frühlingstag genauso deprimierend wie zuvor: die Atmosphäre im Werk.

In Konrads Ohren knirschten die Schrauben unter den Händen seiner Arbeiterinnen noch durchdringender als sonst. Hallers Befehle, die von der hohen Blechdecke echoten, waren noch harscher als üblich. Die Gesichter der geschundenen Frauen sowohl in seiner eigenen als auch in den anderen Gruppen wirkten noch elender als ohnehin schon.

Ihr Gesicht zumindest. Konrad hatte sie sofort entdeckt, als Siegfrieds Arbeiterinnen heute erst zur Spätschicht im Werk erschienen waren. Mit gesenkten Schultern und vollkommen kraftlos taumelte sie auf die Montagehalle zu, hätte auf der Leiter zu ihrem Arbeitsplatz unter der Hallendecke beinahe den Halt verloren. Als sie oben angekommen war, griff sie, ohne hinzusehen, nach ihrem Werkzeug und begann rein mechanisch, die Nummern auf den Flugzeugrumpf zu pinseln.

Gaben sie ihr etwa weiterhin gar nichts zu essen – oder weshalb sonst sollte sie so extrem kraftlos sein? Seine Empörung über diese Behandlung ließ Konrad das Blut in den Kopf steigen. Er war nahe daran, die eigene Arbeit niederzulegen und stattdessen ihre zu übernehmen oder ihr zumindest etwas zu essen zu bringen, ehe sie vor Entkräftung zu Boden stürzte. Doch irgendetwas hielt ihn nach wie vor davon ab, seinem ersten Impuls zu folgen. Siegfried Haller? Seine Vorgesetzten? Seine Erziehung zur Treue gegenüber Führer und Vaterland? Vor lauter Scham über sich selbst vermied es Konrad während seiner restlichen Schicht, zu ihr hinaufzusehen. Erst als er nach Dienstschluss auf den Bus zurück ins Dorf wartete, geriet sie wieder in sein Blickfeld.

Die Arbeiter der Spätschicht versammelten sich gerade vor der Küchenbaracke, um ihre Mahlzeit in Empfang zu nehmen. Konrad wollte wissen, ob sie die ihr zustehende Scheibe Brot und ihre Portion Suppe erhielt. Unauffällig machte er einige Schritte auf die Küche zu. Aber zu seinem Erstaunen stellte sich die junge Frau nicht einmal in die Schlange vor dem Ausgabefenster, sondern ließ sich sofort abseits der Gruppe am Boden nieder. Ein Gewirr aus dürren, ineinander verschlungenen Brombeerranken schützte sie hier vor den Blicken der anderen. Sie schlug die Arme um die aufgestellten Knie, legte ihren Kopf darauf ab und verharrte vollkommen regungslos.

So ging das doch nicht weiter! Unsicher blickte Konrad über die Schulter. Niemand schenkte ihm oder der jungen Frau Beachtung, sodass er all seinen Mut zusammennahm und zögernd auf sie zuging. So langsam, als koste die Bewegung sie alle noch verbliebene Kraft, hob sie den Kopf, als er vor ihr haltmachte, und zum zweiten Mal begegneten sich ihre Blicke. Konrad zog erschrocken die Luft ein.

Irgendetwas in ihrem Ausdruck hatte sich verändert. Wo gestern Leid, Empörung und Hass in ihren Augen gestanden hatten, war heute – nichts. Absolute, vollkommene Leere. Als wären ihre Augen eine Schiefertafel, über die der Schwamm des Lehrers hinweggefahren war, alles ausgelöscht und nichts als eine blanke grüne Fläche übrig gelassen hatte. Was war nur mit ihr geschehen?

Besorgt ging Konrad vor ihr in die Hocke. Ob Haller oder ein anderer Kamerad ihn von seinem Platz in der Küchenbaracke aus sehen konnte, war ihm augenblicklich vollkommen egal.

»Was ist los – geht es dir nicht gut?«, erkundigte er sich sanft.

Ihre einzige Reaktion bestand darin, dass sie ein Stück von ihm abrückte.

»Bist du hungrig?«, versuchte Konrad es erneut. »Soll ich etwas zu essen für dich besorgen?«

Letzteres war zwar ein Ding der Unmöglichkeit, doch da Konrad sich sicher war, dass sie seine Worte ohnehin nicht verstand, war diese Frage so gut wie jede andere. Der beruhigende, fürsorgliche Tonfall zählte, dachte er. Doch wider Erwarten bekam er eine Antwort, und zwar auf Deutsch, wenn auch mit starkem Akzent.

»Kein – Hunger!«, murmelte sie.

»Nein? Was ist es dann – hast du Schmerzen?«

Sie machte eine wegwerfende Geste, die von der Verneinung seiner Frage bis hin zu der Bitte, in Ruhe gelassen zu werden, alles bedeuten konnte.

Ratlos starrte er in ihre leeren Augen, auf die farblosen, rissigen Lippen, den allmählich verheilenden Peitschenstriemen quer übers Gesicht und wünschte nichts sehnlicher, als ihr in irgendeiner Weise helfen zu können. Wie entschlossen sie seine Hilfe auch zurückwies, sagte ihm doch sein Gefühl, dass er sie nicht einfach so hier sitzen lassen konnte.

Da durchzuckte ihn ein genialer Gedanke. Er hatte ihr doch etwas anzubieten! Nachdem er nachts in seiner Unterkunft stets hungrig wurde, hatte er heute Mittag auf die zweite Scheibe seiner Brotration verzichtet und sie als Proviant für später in seine Tasche gesteckt. Äußerst behutsam, um sein Gegenüber nicht unnötig zu erschrecken, schob er deshalb seine Hand in die Hemdtasche, holte das Brot hervor und streckte es ihr entgegen. Mehr als ablehnen konnte sie seine Gabe nicht. Und falls sie es doch tat, hatte er wenigstens getan, was in seiner Macht stand.

»Hier, nimm. Auch wenn du jetzt keinen Hunger hast, magst du es vielleicht später essen.«

Ein Zucken um ihre Augen, als sie tatsächlich danach griff, verriet ihm ihre Überraschung. Aber das, was dann geschah, verblüffte ihn selbst noch mehr.

∾

Zu ihrem eigenen Erstaunen nahm Betti einen kleinen Bissen von dem Brot, das noch warm war von der Hemdtasche des jungen Soldaten. Es war derjenige, der auch gestern nach dem Tod des Fuchses an ihre Seite geeilt war und dessen Blicke sie schon seit Tagen verfolgten, wie Betti sehr wohl bemerkt hatte.

Der Ausdruck seiner Miene bewog sie dazu, etwas zu essen, obwohl sie gar keinen Hunger mehr verspürte. Denn unfassbarerweise lag eine Bitte in seinen dunkelbraunen, fast schon schwarzen Augen. Er sah sie ganz so an, als läge ihm, dem deutschen Soldaten, etwas daran, dass sie aß!

Während sie kaute, hockte er weiterhin so dicht vor ihr, dass seine Stiefelspitzen fast gegen ihre viel zu großen Holzschuhe stießen. Er beobachtete jede ihrer Bewegungen, als sie mit ihren farbverschmierten Händen jeweils nur einen Bissen von der Brotscheibe abriss, in den Mund schob und bedächtig kaute.

Und plötzlich verzogen sich seine Lippen zu einem schwachen Lächeln. Es war eher zu erahnen als tatsächlich zu sehen und wirkte irgendwie – zufrieden. Nicht boshaft und sadistisch wie das Lächeln der Wärterin im Lager, wenn sie die Gelegenheit bekam, Betti zu quälen, sondern ganz so, als freue er sich allen Ernstes aufrichtig darüber, dass sie sein Geschenk angenommen hatte.

Betti konnte es nicht fassen. Zuerst zog ihr Herz sich in ihrer Brust zu einem harten, schmerzenden Klumpen zusammen, dann zerbrach dieser Klumpen und machte den Weg zu ihrem Inneren frei. Und ohne dass sie es gewollt oder bewusst gesteuert hätte, begannen die Worte nur so aus ihr herauszusprudeln.

»Letzte Nacht ist meine kleine Schwester gestorben. Meine Eva, die immer der Sonnenschein der ganzen Familie war und von allen geliebt wurde. Jetzt ist sie tot – und ich konnte nichts dagegen tun! Sie hat so entsetzlich gelitten und ich war nicht einmal bei ihr, um sie zu beschützen oder zu trösten. Ich hatte ihr geschworen, sie niemals im Stich zu lassen, und jetzt habe ich genau das getan! Ich war die Einzige aus der ganzen Familie, die sie noch hatte, und habe sie so schmählich im Stich gelassen. Kannst du dir überhaupt vorstellen, wie sich das anfühlt?!«

Betti schluckte. Die braunen Augen hingen an ihrem Mund, als könnte der Soldat sie tatsächlich verstehen. Dabei war das gar nicht möglich, denn sie benutzte ihre ungarische Muttersprache. Dennoch hörte er aufmerksam zu, ohne sie auch nur einmal zu unterbrechen. Vielmehr nickte er ihr jetzt auch noch so ermutigend zu, dass sie fortfuhr.

»Und das ist wirklich das Allerschlimmste für mich, dass ich selbst gewissermaßen mit Schuld habe an ihrem Tod! Ich als ihre große Schwester, die sich doch eigentlich um sie kümmern und auf sie achtgeben sollte! Wäre ich nicht so ungeduldig mit ihr gewesen, als wir in Budapest vor den Pfeilkreuzlern geflüchtet sind, und hätte sie nicht auf der Treppe angestoßen, dann wären wir ihnen vielleicht gar nicht erst in die Hände gefallen. Hätten vielleicht nicht wochenlang wie Schlachtvieh in diesem Zug gesessen, wo wir fast erfroren und verhungert sind, wären nicht in das Lager hier gekommen, wo man uns auch nicht besser versorgt, sondern offenbar nur darauf wartet, dass wir qualvoll verenden ...«

Betti wischte die Tränen aus ihren Augen, die Scheibe Brot lag unbeachtet in ihrem Schoß. »Als ihre Schwester habe ich total versagt. Ich konnte sie nicht beschützen oder verhindern, dass sie so entsetzlich krank und schwach geworden ist – und nun ist sie ganz einsam und verlassen in dieser elenden Baracke gestorben.«

Ihre Stimme war nur noch ein Wimmern und ihr Blick senkte sich beschämt zu Boden. Trauer und Schuldgefühle übermannten sie derart, dass sie nicht einmal mehr diesem deutschen Soldaten in die Augen sehen konnte. Sie registrierte kaum, dass er für einen kurzen Augenblick mitfühlend die Hand auf ihre Schulter legte und schließlich betrübt davontrottete, als sie nicht darauf reagierte. Vollkommen versunken in ihre Selbstanklage gesellte sie sich erst beim Klang der Werkssirene wieder zu ihren Leidensgenossinnen.

Von dem jungen Deutschen mit dem mitfühlenden Blick und den abstehenden Ohren war glücklicherweise nichts mehr zu sehen. Mit ihm war auch die wärmende Frühlingssonne verschwunden. Ihre letzten Strahlen berührten eben noch die Spitzen der höchsten Bäume um sie herum. Hier, tief unter den wogenden Ästen, herrschte bereits Dämmerung. Betti fröstelte.

Genauso freudlos und düster lag nun der Rest ihres Lebens vor ihr. Als eine endlose Aneinanderreihung von kalten, tristen Tagen voll Arbeit und körperlichen sowie seelischen Qualen.

Und selbst wenn sie die Zeit im Lager tatsächlich irgendwie überstehen würde – das erdrückende Gefühl, gegenüber ihrer Schwester Eva versagt zu haben, würde sie bis ans Ende ihrer Tage verfolgen.

Oh, weshalb nur hatte der junge Soldat sie nicht einfach in Ruhe gelassen, wie seine Kameraden es mit ihresgleichen taten, sondern sie noch mit seiner Mildtätigkeit verfolgt und vollkommen aus der Fassung gebracht? Nur seinem töricht mitfühlenden Blick und der verführerischen, krümeligen Scheibe Brot hatte sie es zu verdanken, ihre tiefsten Gedanken ausgesprochen und damit solche Schuldgefühle in ihrem Innern ausgelöst zu haben.

Dass er ihr Bekenntnis nicht einmal verstanden haben konnte, spielte keine Rolle. Sie hatte gewissermaßen den Feind ins Vertrauen gezogen und damit ihre eigene Familie verraten. Das durfte nicht sein! Künftig würde sie dem jungen Mann aus dem Weg gehen und es tunlichst vermeiden, ihm noch einmal in die Augen zu sehen.

In der Nähe vom Waldwerk, eine Woche später

Schweigend schoben die beiden Personen in Zivil ihre Fahrräder den Hügel hinauf.

Die Sekretärin und der leitende Ingenieur des Waldwerks lebten in demselben bäuerlichen Weiler am Waldrand. Paula Kreutzer entstammte einem der bescheidenen kleinen Höfe, während der Ingenieur nur vorübergehend hier wohnte. Als man die Flugzeugproduktion in den Wald verlegt hatte, hatte man ihn kurzerhand in dem nächstgelegenen Bauernhof einquartiert, damit er nicht täglich von seiner Heimatstadt Augsburg aus in den Wald fahren musste. Für solche vermeidbaren Fahrten gab es im Reich längst kein Benzin mehr.

So legten die beiden »Nachbarn«, falls sie in derselben Schicht arbeiteten, den Weg durch die waldigen Hügel stets gemeinsam zurück. Den letzten steilen Anstieg vor der kleinen Siedlung bewältigten sie nach einem langen, anstrengenden Arbeitstag meist zu Fuß und schoben ihre Fahrräder neben sich her.

Heute blies ihnen dabei ein kräftiger Wind entgegen. Es war ein warmer Südwind von den Alpen her, der die bauchigen Wolken mit rasanter Geschwindigkeit über den Himmel trieb und auf diese Weise immer wieder einzelne Sonnenstrahlen durchbrechen ließ.

Wind des Wachstums, so hatte Paulas Vater diesen Föhnwind im Frühling, der auf seinen Feldern die ersten grünen Spitzen aus dem Boden lockte, früher immer genannt. Damals, als die Welt noch in Ordnung gewesen war. Als noch keine Tieffflieger die Baumspitzen auf den Hügeln beinahe abrasiert hätten, die Bauernhöfe noch keine zwangseinquartierten Ingenieure beherbergt und der Wald noch nicht als Versteck für den Bau von Hitlers Wunderwaffe gedient hatte. Später hatte ihr Vater weit seltener ein Wort geäußert, das im Alltag nicht absolut notwendig gewesen war, und war schlussendlich für immer verstummt. An der Ostfront hatte er den Tod gefunden, während seine Frau und Paulas Großeltern den Hof mehr schlecht als recht am Laufen hielten. Ohne Paulas Sekretärinnengehalt wären sie jedenfalls kaum mehr über die Runden gekommen.

Trotz der schmerzlichen Erinnerungen an diesen Begriff gab es aber Zeiten, in denen die junge Frau selbst die milde Frische genoss, die der *Wind des Wachstums* mit sich brachte. Doch heute war sie zu tief in Gedanken versunken, um dem Wind oder dem Wetter im Allgemeinen große Beachtung zu schenken. Sie schwieg so lange, bis Gaugenrieder sie verwundert musterte. Derart nachdenklich kannte er die gesellige, gesprächige Bauerntochter gar nicht.

»Ist es Ihnen auch aufgefallen, Herr Ingenieur?«, brach sie endlich ihr Schweigen, als sie seinen Blick bemerkte.

»Nicht dass ich wüsste«, antwortete dieser, nachdem der rätselhaften Frage keine weitere Erklärung folgte. »Wovon genau sprechen Sie denn, Fräulein Kreutzer?«

»Na – vom Kamerad Kässmaier! Seit einer Woche oder so benimmt er sich wirklich seltsam. Ich glaube, es hat an dem Tag angefangen, an dem er mit uns im Büro den englischen Radiosender gehört hat.«

»Ja?« Der Ingenieur horchte auf. »Denken Sie, er gehört zu denen, die weiterhin blind und ergeben auf den Führer vertrauen, und könnte uns deshalb verraten? Ich habe mich doch nicht etwa in ihm getäuscht ...«

»Nein, nein, davon rede ich gar nicht. Ich meine sein Verhalten gegenüber, na ja, den Jüdinnen. Als der Wachposten an dem Tag den Fuchs erschoss und alle zuerst dachten, es wäre das Mädchen, ist der Kässmaier hinausgestürzt, als wollte er ihr zu Hilfe eilen, und bei seiner Rückkehr ins Büro sah er mir richtig elend aus! Und seitdem – ich weiß nicht ...« Sie zuckte ratlos die Achseln. »Er ist halt einfach komisch, furchtbar still und so. Und neulich erst hab ich gesehen, wie er nach Dienstschluss genau diesem Mädchen eine Scheibe Brot in die Hand gedrückt hat.«

»Nun, daran sehe ich aber nichts ›Komisches‹. Im Gegenteil finde ich es erfreulich, wenn er Mitleid mit diesen armen Geschöpfen hat«, bemerkte Gaugenrieder nachdenklich. »Denken Sie nicht, Fräulein Paula?«

»Natürlich ist es nett von ihm«, nickte sie. »Aber wieso ist er dann nicht zu allen so freundlich, sondern nur zu ihr? Das will mir nicht so recht in den Kopf.«

Alarmiert horchte Gaugenrieder auf. »Sie denken doch nicht etwa, der junge Mann könnte – ihm läge etwas Besonderes an dem Mädchen?«

Wieder hob Paula unbestimmt die Schultern. »Wie gesagt, ich bin mir nicht sicher. Aber sagt man nicht, im Krieg und in der Liebe sei alles möglich? Und ich meine, zumindest was den Krieg angeht, sehen wir ja jeden Tag, wie wahr dieses Sprichwort ist.«

»Genau genommen heißt es zwar: ›Im Krieg und in der Liebe ist alles erlaubt‹, aber ich verstehe, worauf Sie hinauswollen.« Der Ingenieur blieb stehen.

Sie hatten die Spitze des Hügels erreicht. In tiefes Grübeln versunken glitt sein Blick über das Tal zu den Höfen des Weilers mit ihren bisher kahlen Gärten und Feldern. Plötzlich hatte er es gar nicht mehr eilig, in seine Unterkunft zu kommen.

Paula machte neben ihm halt, während sie fortfuhr: »So ganz unwahrscheinlich ist es jedenfalls nicht. Ich hab mir die Frau heute etwas genauer angesehen und sie hat selten schöne grüne Augen. Außerdem ist sie jung, jünger als Konrad Kässmaier selbst. Kann mir schon vorstellen, dass sie ihm irgendwie gefällt, wenn man sich den ganzen Dreck und die Lumpen und so wegdenkt. Ich – na ja, ich hab selbst einen Freund. Zwar ist er gerade an der Front und schreibt so gut wie nie, sodass ich nicht einmal weiß, ob er überhaupt noch lebt, aber wegen ihm kenne ich mich in solchen Sachen ein bisschen aus. Mit den Blicken, meine ich, wie Konrad sie zurzeit draufhat.« Leicht verlegen verstummte sie.

»Aber –« Gaugenrieder stockte. »Aber das fühlt sich schlicht und einfach nicht richtig an, ganz und gar verkehrt sogar! Mitgefühl zu zeigen ist in dieser Situation sehr lobenswert, doch eine vollkommen andere Sache ist es, sich zu – nun ja, gewissermaßen in jemanden zu vergucken? Auch wenn ich Kässmaier dafür eigentlich für zu jung halte …«

»Ich kann es schon verstehen«, gestand Paula zögernd. »Gerade wegen dem Krieg und alldem. Man sehnt sich halt nach etwas anderem, nach einem Lichtblick, nach Zuneigung und Liebe, zumindest in Kässmaiers und meinem Alter.«

»Das mag ja alles durchaus zutreffen, Kind, und dennoch – ich finde es schlicht nicht gut!« Kopfschüttelnd setzte er sich wieder in Bewegung, das Fahrrad neben sich herschiebend. »Ein deutscher Soldat und eine Jüdin, das passt eben nicht, selbst wenn der Krieg bald vorbei sein und sie wider Erwarten noch leben sollte. Selbst wenn man die Behauptung Hitlers von minderwertigen Kulturen außer Acht ließe, gäbe es da zu viele Unterschiede in der Lebensweise. Ganz abgesehen davon, dass sie nicht einmal dieselbe Sprache sprechen. Diese Voraussetzungen reichen ja nicht einmal für eine Freundschaft – von einem gemeinsamen Leben ganz zu schweigen.«

»Aber eine fremde Sprache kann man lernen. Und wer weiß, vielleicht genügt dem Konrad Kässmaier ja die Sprache der Liebe«, wagte Paula einzuwenden.

»Ach, was für ein romantischer Unsinn, dergleichen gibt es doch gar nicht. Nein, Fräulein Paula, uns bleibt nur eine Möglichkeit: Wir müssen den jungen Flugzeugwart davor bewahren, weitere Dummheiten zu begehen. Wir beide, verstehen Sie? Sie, indem Sie ihn weiterhin unauffällig beobachten und mir davon berichten, und ich, indem ich ihn mir einmal unter vier Augen vornehme und ihm ins Gewissen rede.«

»Wenn Sie denken, das sei wirklich nötig ...« Paula runzelte die Stirn.

»Aber sicher, Kind, vertrauen Sie mir. Auch wenn es für Sie momentan nicht so scheint – auf lange Sicht betrachtet tun wir Kässmaier damit den größten Gefallen!«

Ingenieur Gaugenrieder nickte, wie um sich selbst von der Wahrheit seiner Worte zu überzeugen, dann schwang er sich wieder in den Fahrradsattel. »Und jetzt lassen Sie uns nach Hause fahren, Fräulein Paula. Wir wollen Ihrer Familie doch die guten Nachrichten vom Fortschritt der Alliierten bringen, die wir heute gehört haben.«

»Himmel, ja, die habe ich vor lauter Sorge um Konrad ganz

vergessen!« Paula tat es ihm gleich, und gemeinsam rollten sie den Abhang hinunter auf den Weiler zu. So leid es ihr für den jungen Mann tat – und ebenso für das jüdische Mädchen, falls es Gefallen an Konrad Kässmaier gefunden haben sollte –, es war vermutlich besser, auf den Ingenieur zu hören statt auf ihr Herz, das ihr etwas ganz anderes sagen wollte. Entschlossen trat sie in die Pedale, um die Stimme in sich zum Schweigen zu bringen.

10. Kapitel

Erlenbach, einen Tag später

Erleichtert betrachtete Konrad die Lieferung. Eine Woche nach seiner Anforderung war zumindest das Material aus der Blechschmiede endlich angekommen. Allerdings nicht per Lkw im Waldwerk selbst, sondern am Bahnhof in Erlenbach, wo er es mit dem Traktor abholen musste.

An seinem letzten Standort hatten sie einen wehrmachtseigenen Lanz-Schlepper mit Gummibereifung zur Verfügung gehabt, hier dagegen waren sie auf das geliehene, altmodisch eisenbereifte Zugfahrzeug des Kreutzer-Bauern angewiesen. Entsprechend lange würde Konrad allein für die Hin- und Rückfahrt zum Werk benötigen, ganz zu schweigen von der Zeit zum Beladen des Anhängers. Die Ganzmetalltragflächen ihrer Messerschmitt waren ausgesprochen sperrig und deshalb schwierig zu transportieren.

Zusammengenommen mit seinem zweiten Auftrag würde er demnach den ganzen Vormittag unterwegs sein. Und das bei heftig strömendem Regen, der selbst durch die Segeltuchplane des Verdecks über dem Fahrersitz drang. Wenigstens hatte man ihm die beiden kräftigsten männlichen Häftlinge, die schon lange vor den Frauen im Werk gearbeitet hatten, zur Unterstützung mitgegeben.

Gemeinsam machten sie sich daran, die meterlangen Tragflächen auf den hölzernen Anhänger zu heben und dort festzuzurren. Mehr als einmal entglitten die nassen Bleche dabei ihren Händen und landeten in den Wasserpfützen auf dem Bahnhofsplatz, sodass sie quasi die doppelte Arbeit damit hatten. Trotzdem schweiften Konrads Gedanken immer wieder zu *ihr*.

Am Tag nach ihrer ersten »Unterhaltung« hatte sich eine ähnliche Szene abgespielt wie schon am Tag zuvor: Sie hatte sich während ihrer Pause abseits von den anderen Frauen gehalten, er war nach Dienstschluss wie zufällig an dieser Stelle vorbeigeschlendert und hatte ihr erneut eine Scheibe Brot gegeben. Diesmal hatte sie seine Gabe ohne Zögern angenommen, ein undeutliches »Danke« gemurmelt und dann schweigend gegessen. Und zwar ohne einen kummervollen ungarischen Wortschwall von sich zu geben, wie er sich beim ersten Mal über ihn ergossen hatte. Stattdessen war ihr Gesichtsausdruck trostloser und verschlossener denn je gewesen.

Konrad hätte ihr so gerne Mut zugesprochen, ihr gleichzeitig mit dem Brot eine Portion neue Hoffnung überreicht, doch er hatte sich vollkommen machtlos gefühlt. Vom Vortag hatte er noch immer ihre Schulterknochen unter seiner Handfläche gespürt. Sie hatten sich so spitz angefühlt, als wären sie nicht mit Fleisch, sondern nur von einer feinen Schicht Haut überzogen, und er hatte sich gefragt, ob es für jemanden in ihrer Lage überhaupt noch so etwas wie Hoffnung geben konnte. So hatte er sich, als sie etwa die Hälfte des Brotes verzehrt hatte, hilflos und ebenso schweigend wieder zurückgezogen.

Was er danach sogleich bereut hatte. Ein, zwei mitfühlende Worte, um ihr zu zeigen, dass ihre Not ihm nicht gleichgültig war, hätte er doch wenigstens über die Lippen bringen können! Aber da er diese einfach nicht herausgebracht hatte, hatte er das Mädchen stattdessen an jedem einzelnen Tag mit einer Scheibe Brot versorgt, sodass es ihm schon zur Gewohnheit geworden war. Eine Routine, die ihm tatsächlich Freude bereitete.

Seufzend entfernte er sich nun einen Schritt von der Ladefläche, während seine beiden Helfer das letzte Tragflächenteil
aufluden. Auch diese jungen Männer waren so kraftlos, dass sie
mit vereinten Kräften nicht einmal so viel heben konnten wie
Konrad allein. Zu dritt bestiegen sie die Fahrerkabine, er ließ
den Motor an und das schwer beladene Gefährt kroch mühsam
die Straße entlang.

Das Konzentrationslager lag nur wenige Hundert Meter entfernt und Konrads Auftrag lautete, von dort einige neue Arbeiter abzuholen. In Ergänzung zu den beiden Transporten aus
Ravensbrück und dem einen Tag später eingetroffenen aus
Bergen-Belsen hatte man vereinzelt weitere Häftlinge in das
kleine Außenlager verlegt, um Arbeitskräfte für das Waldwerk
zu gewinnen.

Beklommen steuerte Konrad das Lagertor unterhalb des
großen Wachturms an. Es war wie der gesamte Zaun mit derart
starkem Stacheldraht überspannt, dass es schon unter anderen
Umständen lächerlich gewirkt hätte. Als ob auch nur ein einziger dieser elenden, nur aus Augen, Sehnen und Knochen bestehenden Lagerinsassen tatsächlich die Kraft zu einem Ausbruch
besessen hätte! Der Oberscharführer selbst stand mit seiner
Peitsche aus geflochtenem Elektrokabel und der Schusswaffe
als Wachtposten am Tor und befahl Konrad, draußen zu warten, bis die Hilfskräfte zu ihm gebracht würden.

Während der Oberscharführer seine Befehle ins Lagerinnere
brüllte, wanderte Konrads Blick über den großen Appellplatz.
Die vormalige Grasnarbe hatte sich in knöcheltiefen Morast
verwandelt, übersät mit spiegelnden Wasserpfützen. Ob das
Wasser bis ins Innere der Baracken dringen würde, wenn es
weiterhin so heftig regnete?

Im Gegensatz zu seinem ersten Besuch im Lager, wo hier
Hunderte von Frauen versammelt gewesen waren, war der
Platz diesmal nahezu leer. Lediglich vor einer kleinen Baracke

links vom Tor erkannte er zwei Personen: einen männlichen Häftling und eine Aufseherin. Es war eine groß gewachsene, korpulente Frau mit kantigen Gesichtszügen. Auf Konrad machte sie nicht den Eindruck, als ließe sie mit sich diskutieren, doch genau das schien der vor ihr Stehende zu tun.

Zwar befand Konrad sich zu weit entfernt, um zu verstehen, worüber sie sprachen, doch jede kurze Bemerkung der Wärterin und jedes abwehrende Kopfschütteln erwiderte der Mann mit weiteren bedächtigen Worten. Erst als er dabei einen Schritt zur Seite trat, erkannte Konrad, dass noch eine dritte Person vor der geschlossenen Barackentür stand.

Mit leicht geneigtem Kopf lauschte sie offensichtlich angestrengt dem Gespräch der beiden. Es war niemand anderes als *sie*.

~

»Aber ich bestehe darauf! Bei der ständig wachsenden Zahl an Patienten brauche ich eine zusätzliche Hilfskraft! Erst letzte Nacht brachte Ihre Kollegin vier weitere Frauen ins Krankenrevier und mehr als zehn Patientinnen kann ich allein nicht rund um die Uhr pflegen«, beharrte Dr. Moses Sternfeld.

Für gewöhnlich war er nicht sonderlich durchsetzungsstark, doch Bettis Anwesenheit gab ihm den nötigen Mut. Das Mädchen hatte sonst niemanden, der sich für sie einsetzen konnte. Vor allem aber war sie die Schwester der kleinen Eva. Jener Eva, die in seinen Armen gestorben war. Die trotz ihrer Schmerzen bis zum Ende ein sonniges Lächeln auf ihrem eingefallenen Gesicht behalten und damit schier unerträgliche Erinnerungen in ihm geweckt hatte. Ihr Tod hatte ihn, bei allen Dramen und allem Leid, das er als Lagerarzt mit seinen fünfunddreißig Jahren Tag für Tag zu sehen bekam, bis ins Innerste aufgewühlt. Dasselbe galt für den Schock, der sich wie eine schwarze

Wolke über das Gesicht der Schwester gelegt hatte, als sie von Evas Tod erfahren hatte. Der Wunsch, wenigstens sie zu trösten, nachdem er schon die Kleine verloren hatte, hatte sich seiner geradezu bemächtigt. Zumindest dieses eine Mädchen mit dem unvorstellbar trostlosen Blick – Evas Schwester – durch die Hölle des Lagers zu bringen, war ihm in jenem Augenblick zum obersten Gebot geworden. Und zwar ungeachtet der Tatsache, wie machtlos er im Grunde sogar in seiner Funktion als Lagerarzt war.

Er war ja schließlich selbst nicht mehr als ein Häftling, dessen Daseinsberechtigung eben in seiner Betätigung als Arzt bestand statt in derjenigen als Werksarbeiter. De facto war er aber nichts Besseres als eine medizinische Hilfskraft für die anstrengenden Pflegearbeiten, während der ortsansässige Doktor die eigentliche Entscheidungsbefugnis innehatte. Nichtsdestotrotz tat er sein Bestes, um die ihm anvertrauten Patienten am Leben zu halten – wenn man ihr elendes Dasein wirklich so bezeichnen wollte. Seine größte Hoffnung dabei war, dass es damit schon bald ein Ende haben würde. Jeder Tag und sogar jede Stunde, die verging, brachte die Alliierten und somit die Rettung für ihn und sein Volk ein wenig näher. Folglich galt es, nur noch diese letzten Wochen oder Tage durchzuhalten und für einen raschen Erfolg der anrückenden Truppen zu beten.

So hatte es nicht lange gedauert, bis ihm ein Mittel eingefallen war, wie er die junge Betti wenigstens von der harten Arbeit im Waldwerk befreien und dabei gleichzeitig unter seine fürsorglichen Fittiche nehmen konnte. Allein für sie wagte Moses es jetzt, ausgerechnet die unbarmherzigste, für ihre enorme Brutalität bekannte Lagerwärterin Haslinger um Erlaubnis für diese unübliche Maßnahme zu bitten.

Ohne ihr dabei in die Augen zu sehen allerdings. Das war für ihre Begriffe die schlimmste Art von Widerstand, die sich ein Lagerinsasse leisten konnte, wie Moses im Lauf seines bisherigen Aufenthalts hier festgestellt hatte. Und er wollte sie nicht unnötig gegen sich aufbringen. Folglich richtete er seinen Blick auf ihre tief im Morast steckenden Stiefelspitzen.

Gertrud Haslinger trug Männerstiefel zu der Uniform, die sie als Mitglied des SS-Helferinnenkorps auswies, was ihn durchaus nicht weiter verwunderte. Mit ihrer grobschlächtigen Figur, der streng am Kopf fixierten Flechtfrisur und den außergewöhnlich harten Gesichtszügen erinnerte ihre ganze Erscheinung ohnehin an einen Mann. Einzig ihre extrem hohe Stimme, die in seltsamem Kontrast zu ihrem Körper stand und sich manchmal überschlug, widersprach diesem Eindruck.

»Kommt überhaupt nicht infrage!«, entgegnete sie jetzt energisch. »Dr. Wagner aus dem Ort schaut täglich vorbei und zu zweit werdet ihr die Frauen wohl versorgen können. Sind ohnehin viel zu empfindlich, jeder Windhauch scheint diese Jüdinnen umzublasen!«

Verächtlich spuckte sie auf den Boden, unmittelbar vor Bettis Füße. Erschrocken zuckte Betti zurück, während ihre Peinigerin sich räusperte. Ihre Stimmlage hatte schon wieder eine beträchtliche Höhe erreicht. »Jedes dreijährige deutsche Mädel ist widerstandsfähiger als diese ausgewachsenen jüdischen Weiber!«

»Das mag sein.« Moses schluckte die Galle hinunter, die bei seinen eigenen Worten in ihm aufstieg. Einzig für Betti, die ihren Blick aufmerksam von einem zum anderen wandern ließ, war er bereit, dieser widerwärtigen Frau derart Honig ums Maul zu schmieren. »Dennoch muss ich darauf bestehen. Ohne eine Hilfskraft kann ich mich nicht ausreichend um meine Patienten kümmern und ohne die entsprechende Pflege kann ich für nichts garantieren, was ihre Genesung betrifft.«

Er hielt den Atem an und wartete ab, was seine versteckte Drohung bewirken würde. Denn die Lagerkommandantur steckte in einem großen Dilemma: Von der Führung her stand sie unter massivem Druck, mehr arbeitsfähige Hilfskräfte zu liefern. Dem standen aber die äußeren Umstände sowie der Mangel an Lebensmitteln und der ausgesprochen üble Gesundheitszustand der meisten Häftlinge entgegen. Deshalb konnte der Oberscharführer und Lagerkommandant es sich ganz einfach nicht leisten, noch mehr von den Häftlingen zu verlieren. Sie waren auf Moses' ärztliche Fähigkeiten angewiesen. Doch die große Frage war: Wie würde die Haslinger darauf reagieren, wenn er sie mit seinem Wissen darüber quasi erpresste? Würde sie explodieren und ihre ganze Wut an ihm – oder an Betti – auslassen oder seiner Forderung nachgeben? Beides war möglich, aber ihm blieb keine andere Wahl, als dieses Risiko einzugehen. Und er brauchte nicht lange auf die Antwort zu warten.

Ungläubig starrte Gertrud Haslinger ihn an. »Du wagst es, mir zu drohen?! Glaubst wohl, nur weil du ein Studierter bist, könntest du so mit mir, einer aufrechten deutschen Frau, umgehen, ja? Aber das werde ich dir schön austreiben, du eingebildeter Arzt, du! Und für dich gilt genau dasselbe, dreckige Göre!«

Damit krallte sie beide Hände um Bettis Hals, als wollte sie ihr Opfer erwürgen, riss sie stattdessen aber nur grob zu sich heran und versetzte ihr etliche Ohrfeigen. Betti sackte zu Boden, nur um umgehend wieder in die Höhe gerissen zu werden.

»Ab mit dir in deine Baracke – und wehe, du wagst es, dich noch mal hier beim Krankenrevier herumzutreiben! Wenn ich euch beide«, sie bedachte Moses mit einem vernichtenden Blick, »das nächste Mal erwische, wie ihr die Köpfe zusammensteckt, kriegt ihr die Kugel, kapiert?!« Ihre Stimme überschlug sich endgültig, und sie stapfte mit Betti davon.

Der Matsch, den sie dabei aufwühlte, bespritzte das Mädchen bis hinauf zur Hüfte. Moses hätte sich selbst ohrfeigen mögen. Er hatte sich verkalkuliert. Seine Drohung war nach hinten losgegangen, und weil seine Tätigkeit im Lager von größerer Wichtigkeit war, bekam jetzt vermutlich Betti die geballte Wut der Wärterin ab. Wie hatte er sich nur einbilden können, die Frau in irgendeiner Art und Weise manipulieren zu können?

Hilflos sah er mit an, wie sie Betti zunächst in Richtung der Schlafbaracken stieß, dann aber, sobald sie die Gruppe der Häftlinge am Tor bemerkte, die zum Waldwerk transportiert werden sollten, kehrtmachte. Sie schob Betti vor sich her und drängte sie auf den bereits vollkommen überladenen Traktoranhänger.

»Die hier muss auch noch mit!«, blaffte sie den jungen Soldaten an, der den Transport führte. »Kommt nur auf dumme Gedanken, wenn sie faul im Lager herumlungert.«

Der junge Mann nickte stumm und schon verließ der Traktor das Lagergelände. Mit gebeugten Schultern zog Moses Sternfeld sich ins Krankenrevier zurück.

Betti kauerte am äußersten Rand des Anhängers. Ihre Beine hingen über die Laderampe hinab und es kostete sie die größte Mühe, überhaupt oben auf der regennassen, glatten Ladung sitzen zu bleiben. Ihr einziger Halt bestand in den Seilen, mit denen die Flugzeugflügel auf dem Hänger festgezurrt waren. Krampfhaft klammerte sie sich daran fest und wäre dennoch, bis sie die letzten Häuser von Erlenbach hinter sich gelassen hatten, zweimal beinahe abgerutscht und auf der Straße gelandet.

In der Tat überlegte sie kurz, genau das zu tun: sich zu Boden fallen zu lassen und dann zu laufen, was ihre Beine hergaben, bis sie sich im dichten Wald verstecken konnte. Vielleicht würde es der einzige SS-Mann, den das Lager für die Überwachung der Häftlinge unterwegs mitgeschickt hatte, im strömenden Regen gar nicht bemerken, zumal er selbst damit kämpfte, sich überhaupt oben auf dem Anhänger zu halten. Und der Soldat am Steuer des Traktors – ihr Wohltäter der letzten Tage, wie sie sofort festgestellt hatte – hielt den Blick starr nach vorn auf die Straße gerichtet.

Auf eine bessere Gelegenheit, ihren Peinigern unbemerkt zu entkommen, konnte sie praktisch nicht hoffen. Nur, was sollte sie mit ihrer Freiheit anfangen, falls ihr die Flucht wahrhaftig gelang? Ihre Schwester, die ganze Familie, ihre Heimat sowie alles, was ihr jemals lieb und teuer gewesen war, existierten nicht länger. Sie war vollkommen verlassen auf dieser Welt. Nach wie vor seit jenem Tag, als man Evas geschundenen Körper auf den Lkw geladen hatte, fühlte sie sich mehr tot als lebendig.

Da nützte auch Dr. Sternfelds plötzliche Sorge um sie nichts. Aus Gründen, die Betti nicht nachvollziehen konnte, hatte Evas Tod ihn offenbar auf die Idee gebracht, ihr zu einer anderen, weniger anstrengenden Arbeit im Lager zu verhelfen. Aber eigentlich hätte er es besser wissen müssen, als ausgerechnet die strengste Wärterin um eine derartige Vergünstigung zu bitten, das war Betti gleich klar gewesen. Und als Resultat seiner gut gemeinten Aktion hatte sie jetzt – wieder einmal – unter ihrem Zorn zu leiden.

Weshalb also nicht gleich alles stumm über sich ergehen lassen und darauf warten, dass der Tod auch diesen erbärmlichen letzten Rest ihrer Existenz auslöschte! Womöglich bestand am Ende ja genau darin die Buße für ihr Versagen an Eva? Hatte der Gott des Volkes Israel in den Erzählungen ihrer Mutter die Menschen nicht immer wieder für ihre Verfehlungen büßen lassen?

Willenlos registrierte Betti, wie der strömende Regen sie durchnässte, bis ihr Kleid eine einzige steife Hülle um ihren Körper bildete und ihre Beine taub wurden, während der Traktor sich Meter für Meter auf das Waldwerk zuschleppte.

11. Kapitel

Obwohl Konrad es sich verbot, vom Fahrersitz aus nach hinten zu sehen, wo sich die Häftlinge im strömenden Regen mühsam auf der Ladung zu halten versuchten, waren seine Gedanken ununterbrochen exakt dort.

Aus welchen Gründen auch immer die Aufseherin das Mädchen im letzten Augenblick mit auf den Anhänger geschoben hatte – es war nicht recht! Er wusste genau, dass sie erst zur Spätschicht eingeteilt war, und ebenso, dass sie in ihrer elenden Verfassung jede Minute der ihr zustehenden Ruhepausen brauchte. Zu behaupten, dass sie nur faul im Lager herumlungern würde, war eine himmelschreiende Ungerechtigkeit von dieser SS-Frau! Die vorausgehenden Ohrfeigen hatten nur allzu deutlich gemacht, dass sie das Mädchen nur aus Wut Stunden zu früh zur Arbeit im Werk schickte.

Konrad erkannte sich selbst kaum wieder, als er den Wunsch verspürte, die Aufseherin im Nacken zu packen, zu würgen, zu schütteln und so heftig zu schlagen, wie sie es mit dem Mädchen getan hatte. Auf die Art würde sie ihre eigene Medizin zu schmecken bekommen! Aber das war natürlich Unsinn, er sollte sich besser auf ihr armes Opfer konzentrieren. Irgendeine Möglichkeit musste es doch geben, ihr zusätzlich zu der täglichen Scheibe Brot etwas Gutes zu tun. Womöglich war diese Fahrt eine passende Gelegenheit dafür.

Grübelnd steuerte Konrad sein Fahrzeuggespann mit der kostbaren Fracht im Anhänger auf das Werk zu. Und hatte in der Tat in dem Augenblick, als er vor der großen Halle anhielt, die zündende Idee.

Zunächst teilte er sie mit ein, den Wagen abzuladen, wobei er ihr nur die leichtesten Teile in die Hände drückte, und lieferte dann die neuen Hilfskräfte zur Registrierung bei der Sekretärin im Büro ab. Sie sollte derweil beim Traktor auf ihn warten.

»Eine von Hallers Arbeiterinnen habe ich auch mitgebracht, aber ich nehme sie mit zum Hof, um den Anhänger zu reinigen, ehe ich ihn zurückgebe. Sie ist ohnehin erst zur Spätschicht eingetragen, also wird er sie nicht vermissen«, teilte er Paula Kreutzer beiläufig mit.

Verwundert hob sie die Augenbrauen. Niemand im Werk wusste besser als sie, dass ihre Familie selbst nach einem solchen Einsatz den geliehenen Anhänger zu reinigen hatte. Erst als Konrad sie flehentlich ansah, ging ihr ein Licht auf.

»In Ordnung, Flugzeugwart, ich werde das genau so protokollieren«, erklärte sie förmlich, senkte aber den Kopf, damit er das leichte Lächeln auf ihren Lippen nicht bemerkte. Dem Herrn Ingenieur würde es zwar nicht behagen, doch diesen kleinen Gefallen konnte sie dem Kässmaier kaum verweigern.

Dieser kehrte eiligst zum Traktor zurück, der kurz darauf holpernd den Waldweg entlangkroch. Seine Begleiterin musste angestrengt um ihren Halt auf dem Wagen kämpfen, denn jedes Schlagloch und jede Baumwurzel unter den Stahlrädern des Traktors hob sie regelrecht aus ihrem Sitz und ließ sie äußerst unsanft wieder aufkommen. Zumindest saß sie diesmal nicht auf dem Anhänger, sondern vorne bei ihm, wo das Gestänge des Verdecks ihr einen festeren Halt bot und der Regen nicht ungehindert auf sie herabströmte. Trotzdem fror sie erbärmlich in ihrem durchnässten Umhang und ihre Zähne klapperten so heftig, dass er es selbst bei dem Rattern des Motors hörte.

Er musterte sie prüfend, dann bemerkte er: »Dir ist sicher entsetzlich kalt. Ich friere ja selbst, dabei bin ich nicht halb so nass geworden wie du.« Und um ihr zu verdeutlichen, wovon er sprach, schüttelte er sich theatralisch.

Sie nickte stumm. Auch ohne jedes einzelne Wort zu erfassen, verstand sie gewiss den Sinn dahinter, denn sie schien ihm keineswegs auf den Kopf gefallen. Ob sie sich wohl fragte, weshalb sie hier allein mit ihm durch den Wald fuhr, statt wie üblich mit einem Pinsel auf dem Gerüst in der Montagehalle zu stehen? Argwöhnte sie, dass diese Fahrt durch den Wald nur einer weiteren Schikane ihrer Peiniger dienen würde? Wenn er ihr doch nur irgendwie verständlich machen könnte, dass sie von ihm nichts zu befürchten hatte, sondern er es tatsächlich gut mit ihr meinte!

In den nächsten Minuten waren die einzig hörbaren Geräusche das ungleichmäßige Orgeln des Dieselmotors und ihr Zähneklappern. Konrad suchte verzweifelt nach Worten. Nach irgendeiner Bemerkung, um sie aufzumuntern und zum Reden zu bringen. Er durfte diese Möglichkeit, die er sich auf nicht ganz legale Weise selbst geschaffen hatte, nicht ungenutzt verstreichen lassen. Immerhin hatte er es schon einmal geschafft, sie aus der Reserve zu locken. Er würde zu gerne sehen, wie das Leben in diese leeren grünen Augen zurückkehrte, und erfahren, wer sie überhaupt war, aus welchem Land sie stammte, wo ihre Familie war und so vieles mehr. Schließlich startete er einen neuen Versuch.

»Ich bin Konrad«, sagte er und legte eine Hand auf seine Brust. »Konrad Kässmaier. Wer bist du – wie heißt du?«

Sie zögerte. Erst, als er seine dunklen Augen bittend auf sie richtete, überwand sie sich zu einer Antwort. »Ich bin Betti – Elisabeth – Strausz«, antwortete sie. Ihre Aussprache war ungeübt und ungewöhnlich betont, aber zweifellos bemühte sie sich, Deutsch zu sprechen.

»Betti!« Konrad lächelte. Der klangvolle Name passte zu ihr, vor allem, wenn die wachsame Anspannung in ihrem Gesicht sich wie in diesem Moment etwas lockerte. »Und aus welchem Land kommst du? Polen, Ungarn oder ...?«

»Ja, aus Ungarn. Budapest!« Die Worte kamen immer rascher über ihre Lippen, auch wenn ihr ganzer Gesichtsausdruck noch höchstes Misstrauen spiegelte.

»Und, ist es schön dort in Budapest?«

Verwundert über sein Interesse runzelte sie die Stirn, antwortete aber trotzdem. »Ja, sehr schön, in Budapest.« Ihr Blick wanderte träumerisch in die Ferne. Wahrscheinlich sah sie ihre Heimat vor sich, jene große Stadt an der Donau, die Konrad nur vom Hörensagen und von einem Foto der großen, berühmten Brücke kannte. Und plötzlich füllten sich ihre Augen mit Tränen.

Unwillig biss Konrad sich auf die Lippen. Genial. Er hatte wirklich ein Talent dafür, immer das Falsche zu sagen. Jetzt brachte er sie wieder zum Weinen, statt sie aufzumuntern. Doch deswegen aufzugeben kam nicht infrage.

»Meine Heimat hier kann ebenfalls schön sein«, erklärte er angeregt. »Ohne den Krieg, meine ich. Im Frühling zum Beispiel. Dann singen hier im Wald die Vögel und der Boden ist ein einziges Meer aus kleinen weißen Blüten, die aussehen wie Sterne. Oder im Sommer, wenn die Weizenfelder dort wie ein goldener Teppich die Hügel überziehen, Kühe und Pferde auf den grünen Wiesen grasen und die Bauern abends auf der Bank vor ihrem Haus sitzen und plaudern. Kannst du dir das vorstellen?«

Konrad deutete auf die Landschaft, die sich jetzt, da sie die letzten Bäume des Mischwalds hinter sich gelassen hatten, vor ihnen ausbreitete. Oder vielmehr ausgebreitet hätte, wenn nicht das meiste davon hinter dem dichten Regenvorhang verschwunden wäre. Deshalb fügte er hinzu: »Nein, natürlich kannst du es dir nicht vorstellen, wenn nicht einmal ich es bei diesem elenden Regen kann. Und vermutlich hast du eben auch kein Wort von meiner Schwärmerei verstanden ...«

Mit einem verschämten Grinsen strich er sich das feuchte Haar aus der Stirn und registrierte erstaunt, dass Betti sein Lächeln erwiderte. Zumindest wanderten ihre Mundwinkel andeutungsweise nach oben, in ihre erstaunlichen Augen trat so etwas wie ein zaghaftes Funkeln. Sein Herz schlug ein wenig rascher bei diesem Anblick und er begann, leise vor sich hin zu pfeifen.

Währenddessen kämpfte der Traktor sich mühsam die Anhöhe hinauf und erreichte bald darauf den Bauernhof. Vor dem Stall machte Konrad halt und wies Betti an, mit ihm zum Wohnhaus zu kommen. Zwei-, dreimal klopfte er kräftig gegen die Tür, bis sie endlich geöffnet wurde. Vor ihnen stand die Bäuerin, Paula Kreutzers Mutter, ein Schälmesser und eine schrumpelige, keimende Kartoffel in der Hand.

»Was gibt's? Wieso macht ihr nicht wie sonst einfach den Anhänger los und fahrt den Bulldog unters Dach!?«

»Weil ich heute eine Bitte an Sie habe. Ihre Tochter, Fräulein Kreutzer, meinte, Sie könnten dieser jungen Frau hier etwas zu essen geben. Wie Sie selbst sehen, ist sie nämlich halb verhungert!« Konrad brachte die höfliche Bitte hervor, ohne mit der Wimper zu zucken. Zwar hatte Paula Kreutzer nichts dergleichen gesagt, doch so, wie er sie kannte, hätte sie genau das getan, wäre sie hier gewesen. Um Bettis willen wagte er sich sogar noch etwas weiter vor und fügte hinzu: »Und vielleicht erlauben Sie ihr, sich für ein paar Minuten bei Ihnen am Ofen aufzuwärmen? Dafür werde ich den Anhänger sauber machen, sodass Sie damit keine Arbeit haben.«

»Ist das Ihr Ernst?«, entgegnete die Bäuerin zweifelnd, aber nicht mehr ganz so unwirsch. Dabei nahm sie Betti ins Visier, die sich unauffällig hinter Konrad gehalten hatte, und ihre Stimme wurde etwas weicher. »Na schön.«

~

Die Hausherrin steckte Kartoffel und Messer in ihre Schürzentasche und winkte Betti zu sich. »Komm mit, Mädchen, irgendwas wird sich schon für dich finden und warm ist's bei mir in der Küche auch. So warm zumindest, wie es ohne eine ordentliche Ladung Kohle im Ofen sein kann. Wir heizen schon seit Monaten mit dem guten Holz aus unserm Wald, bald wird gar nichts mehr davon übrig sein, das wir nach diesem vermaledeiten Krieg überhaupt noch verkaufen könnten. Aber dafür kannst du ja nix, du armes Ding, bist wahrlich nur Haut und Knochen, meine Güte, was denken die sich da oben nur ...«

Konrad Kässmaier war direkt wieder in den Regen hinausgelaufen und so folgte Betti dem beruhigenden Gemurmel in die Küche. Der Herd in der Ecke strahlte eine verlockende Wärme aus.

»Da, setz dich!« Die Bäuerin schob einen Stuhl so nahe wie möglich an den Herd. »Deine Kleider werden in den paar Minuten zwar nicht komplett trocknen, aber du siehst aus, als hättest du jedes bisschen Wärme nötig, das du nur kriegen kannst.«

Damit machte sie sich an einem Topf zu schaffen, dessen Inhalt auf der Herdplatte leise vor sich hin blubberte. Mit einem tiefen Löffel schöpfte sie eine gehörige Portion davon in eine Suppenschale und stellte sie mit einer Scheibe Brot neben Betti auf den Tisch. »'s ist nur Brühe, die Kartoffeln schäle ich grade erst, aber heiß und kräftig, sogar mit ein bisschen Fleisch drin. Also lang zu, Mädchen!«

Betti wusste kaum, wie ihr geschah: Zuerst unterhielt dieser Soldat sich mit ihr so ausführlich, so normal, dass sie sich tatsächlich wieder einmal als Mensch, als Gegenüber und nicht als ungeliebtes Arbeitstier fühlte, das man getrost zugrunde richten durfte, und nun gab diese Frau ihr zusätzlich noch eine warme Mahlzeit? Überwältigt griff sie nach dem Esslöffel und schob sich einen ersten davon in den Mund. Die Brühe war ein wenig zu heiß und dennoch das Beste, was ihr seit Monaten vorgesetzt worden war. War das etwa Fleisch, das der Suppe diese herrliche Würze verlieh? Nach und nach breitete sich der intensive Geschmack in ihrem Mund aus, sodass sie es kaum übers Herz brachte, die Suppe tatsächlich herunterzuschlucken.

Schließlich überwand sie sich doch und spürte, wie sich die Wärme in ihrem Magen ausbreitete. Die Bäuerin hatte ihr längst wieder den Rücken zugekehrt, daher sagte Betti laut und deutlich: »Danke, vielen Dank!«

»Schon gut.« Die Frau blickte kurz über die Schulter und winkte ab, doch ihr Gesicht verzog sich zu einem zufriedenen Lächeln.

Bedächtig löffelte Betti die restliche Suppe, wobei sie jeden Schluck eine Weile in ihrem Mund hin- und herbewegte, um so lange wie möglich der ungewohnten Würze nachzuspüren. Dabei beobachtete sie die Bäuerin, die nach dem Kartoffelschälen geschäftig durch die Küche eilte, hier und dort einen Schrank öffnete, Teller und Besteck auf den Esstisch legte und dabei immer wieder etwas zu ihr sagte, ohne eine Antwort zu erwarten. Mit Essen im Bauch und der behaglichen Wärme in ihrem Rücken fühlte Betti sich wie in einer anderen Welt. In der Beschaulichkeit und Normalität eines Alltags, den es auch für sie einmal gegeben hatte, der momentan jedoch so weit entfernt war wie der Mond von der Erde.

Sie tauchte eben ihren letzten Bissen Brot in die Suppenschale, als Konrad seinen Kopf durch die Tür steckte. »Tut mir leid, Betti, aber wenn ich keine echten Probleme bekommen will, müssen wir wieder los.« Mit einem bedauernden Lächeln winkte er sie an seine Seite, ehe er sich an ihre Wohltäterin wandte. »Vielen Dank, Frau Kreutzer, das werde ich Ihnen niemals vergessen!«

»Schon gut«, sagte sie, »ich hab das gerne getan. Die Kleine ist ja mehr tot als lebendig, unser Herrgott im Himmel erbarme sich!«

Er nickte zustimmend, dann zog er die Tür hinter sich und Betti ins Schloss. »O weh, du bist ja kein bisschen trockener geworden«, bemerkte er unglücklich. »Und jetzt müssen wir schon wieder raus in die Kälte!«

Gemeinsam traten sie hinaus in den nach wie vor prasselnden Regen. An der Hauswand lehnte das Fahrrad der Sekretärin, auf dem Konrad morgens zum Hof gekommen war. Er richtete es auf und erklärte entschuldigend: »Ist nicht unbedingt das beste Fahrzeug, aber schneller als zu Fuß sind wir damit allemal. Und ich werde fahren wie der Blitz, sodass wir bald wieder ins Trockene kommen. Also, setz dich auf den Gepäckträger.«

Er wies auf das Drahtgeflecht hinter dem Sattel und Betti verstand. Gehorsam ließ sie sich auf dem unbequemen Platz nieder, während Konrad sich auf den Sattel schwang. Doch ehe er losfuhr, griff er nach hinten, nahm eine ihrer Hände und legte sie wie selbstverständlich um seine Hüfte. »Du musst dich an mir festhalten, Betti, sonst landest du im Nu unten im Dreck! Nimm am besten beide Hände dazu.«

Und sobald sie widerstrebend tat, was er angeordnet hatte, trat er kräftig in die Pedale. Ein Schauder kroch ihren Rücken hinab, der weder von der Kälte noch von der Nässe herrührte. Ihre Hände lagen auf dem Stoff einer verhassten deutschen Soldatenuniform! Sicher, es war keine SS-Uniform, wie die meisten ihrer Peiniger sie trugen, und der Luftwaffensoldat, der darin steckte, war ihr gegenüber bisher nur freundlich gewesen – und dennoch. Näher konnte sie dem Feind kaum mehr kommen! Nur mühsam konnte sie sich dazu überwinden, ihre Hände nicht sofort wieder an sich zu ziehen. Aber in dem eisigen Schlamm unter den Fahrradreifen zu landen war auch keine Option, sodass sie sich wohl oder übel festhielt.

Obwohl ihr Gewicht ihm nicht sonderlich zu schaffen machen konnte, musste Konrad kräftig in die Pedale treten, bis sie die Anhöhe erreichten, von welcher der Weg steil bergab auf den Waldrand zulief. Schwer atmend ließ er das Fahrrad von hier aus rollen, achtete lediglich darauf, den tiefsten Schlaglöchern und Schlammpfützen auszuweichen.

Sie befanden sich etwa auf halber Höhe des Abhangs, als sich ein vertrautes Geräusch unter das Rauschen des Regens mischte. Das Dröhnen eines Flugzeugmotors! Und es kam nicht aus dem Wald und der Richtung des verborgenen Werkes, sondern eindeutig von oben.

Einen lauten Warnruf ausstoßend trat Konrad kraftvoll in die Bremse, Betti wurde gegen ihn geschleudert und beide fielen sie vom Rad. Achtlos ließ er es auf dem Weg liegen, packte sie am Arm und zerrte sie mit sich in das Gebüsch am Wegrand, wo er sich schützend über sie warf. Die beste Deckung boten die kahlen Büsche nicht, aber sie waren das Einzige, was ihnen hier in den Feldern zur Verfügung stand. Das Dröhnen des starken Bombermotors wurde immer lauter.

Konrads Gewicht drückte Betti schmerzhaft in die dürren Brombeeren, ihre Knochen bohrten sich in den schlammigen Untergrund, bis sie glaubte, keine Luft mehr zu bekommen. Mühsam drehte sie den Kopf zur Seite, sodass sie auf ihrer Wange zu liegen kam und halbwegs atmen konnte. Unterdessen dröhnte der Motor des Tieffliegers, der Konrads Verhalten nach ein alliierter sein musste, qualvoll laut in ihren Ohren.

»Eine Flying Fortress«, murmelte er jetzt in ihr Ohr, »von der Air Force – Amerikaner!«

Er schob die dichten, kahlen Brombeerranken leicht auseinander und beide riskierten einen kurzen Blick nach oben. Wegen der miserablen Sichtverhältnisse flog der Bomber so tief, dass er gewiss jeden Augenblick die hohen Baumwipfel streifen würde.

Jetzt befand er sich unmittelbar über ihnen, sodass sie deutlich erkennen konnten, wie sich langsam die Bombenklappe öffnete. Die Höfe in der Umgebung und das verlassene Fahrrad auf dem Weg verrieten schließlich nur zu deutlich ihre Anwesenheit.

Erneut schnürte die Furcht Betti die Luft ab und sie spürte, wie auch Konrads Herz an ihrem Rücken vor Angst wahre Trommelwirbel schlug. Innerhalb von Sekunden würde der alliierte Flieger seine zerstörerische Fracht abwerfen und nichts und niemand konnte sie davor bewahren. So also fühlte es sich an, wenn man dem Tod direkt ins Auge sah. Nach allem, was Betti bereits durchgemacht hatte, hatte sie nicht vermutet, dass sie noch Furcht empfinden würde, wenn in einem Moment ihr Leben vorbei sein konnte, und doch war genau das der Fall. Sie wollte nicht sterben, hing wider Erwarten mit aller verbliebenen Kraft an diesem letzten erbärmlichen Rest ihres Lebens als Häftling!

Hilf mir, Gott!, schrie ihr Inneres ganz automatisch und plötzlich fühlte sie Konrads kalte Hand, die nach ihrer tastete. Ohne zu zögern, legte sie ihre Hand hinein. Fest umschlossen seine Finger die ihren und in dem Augenblick, als in der weit geöffneten Bombenklappe ein Schatten sichtbar wurde, schnappten sie beide vereint nach Luft.

12. Kapitel

Stowbridge, März 1960

Oben auf der Hügelkuppe hielt Betti an. Von hier aus bot sich ihr ein ungehinderter Ausblick über das Flusstal mit seinen Wäldern, Feldern und der malerisch von Nord nach Süd geschwungenen Hügelkette. Allerdings hingen die Wolken heute so tief im Tal, dass sie die komplette Landschaft in den englischen West Midlands in eine graue, nasskalte Decke hüllten.

Dennoch wollte Betti es sich nicht nehmen lassen, ihre arbeitsfreien Stunden hier oben in der Freiheit der Hügel zu verbringen. Sowie ihr Onkel Levi sie für heute aus dem Laden entlassen hatte, hatte sie sich auf ihr altes schwarzes Fahrrad geschwungen und war aufgebrochen. Dadurch blieben ihr selbst an diesem kurzen Märztag noch ein bis zwei Stunden Tageslicht, ehe sie nach Hause zurückkehren und das Abendessen für sie beide zubereiten musste.

Schwer atmend von der steilen, über Stock und Stein führenden Fahrt bergauf ließ sie ihren Blick wandern. Von ihrer erhöhten Warte aus hatte sich die dicke Wolkendecke zum Kunstwerk einer Patchwork-Decke in den unterschiedlichsten Formen und Farben gewandelt: Immer wieder ragten einzelne kahlbraune Baumspitzen, das mit schwarzen, quaderförmigen Schindeln gedeckte Dach einer abseits gelegenen Farm oder der runde sandsteinfarbene Kirchturm eines der beschaulichen Dörfer im Tal aus dem vorherrschenden Grau.

Ehe Betti sich vollkommen daran sattgesehen hatte, spürte sie die ersten Tropfen auf ihren Wangen. Der Nieselregen, den sie den ganzen Vormittag über durch das Schaufenster beobachtet hatte und der ihre Kunden vor Kälte und Nässe hatte erschaudern lassen, setzte wieder ein. Betti zog sich den Wollschal um ihren Hals bis hinauf zur Nasenspitze und die fellgefütterte Kapuze über den Kopf, legte ihre behandschuhten Hände fest um den hochgezogenen Lenker und begann die Abfahrt.

Der scharfe Fahrtwind riss ihr einmal die Kapuze vom Haar und brachte ihre kalten Wangen zum Kribbeln, doch davon ließ sie sich nicht beirren. Ihr Ziel war, wie meist bei ihren ausgedehnten Streifzügen, das verborgene Tal. Eingekesselt zwischen zwei steil aufsteigenden Hängen lag es abseits des Weges und eine Gruppe von dicht an dicht stehenden Laubbäumen verbarg es vor den Blicken der Vorübergehenden. Betti selbst hatte das Tal, nicht lange nachdem sie nach England gekommen war, eines Tages eher zufällig entdeckt.

Es war einer jener Tage gewesen, an denen sie sich morgens vollkommen erschöpft aus dem Bett gequält hatte. Wie so oft in jenen ersten Nachkriegsjahren hatte die Dunkelheit der Nacht ihr die schlimmsten Albträume beschert. Träume von Stacheldrahtzaun und Peitschenhieben, von quälendem Hunger und unerträglicher Kälte. Und wie stets gipfelten sie in Evas Tod oder endeten mit ohrenbetäubenden Schüssen, die sich jedoch lediglich als Onkel Levis Klopfen an ihrer Schlafzimmertür erwiesen.

Nach einem einzigen Blick in Bettis rot unterlaufene Augen am Frühstückstisch hatte ihr damals ihr mitfühlender Onkel ein Paket mit belegten Broten – oder Sandwiches, wie ihre neuen Landsleute sie nannten – samt einer Thermoskanne voll Tee gepackt. Wohl wissend, dass nichts anderes Bettis seelisches Gleichgewicht so gut wiederherstellen würde wie einer ihrer Ausflüge in die Hügel, hatte er sie umgehend ins Freie statt in den Laden geschickt.

Eine Wildfährte hatte sie damals weg vom Hauptweg bis hinter das dichte Laubgehölz und damit in das winzige, verborgene Tal gelockt. Dessen Anblick an einem sonnigen Frühlingsmorgen hatte ihr für einen kostbaren Augenblick tatsächlich den Atem verschlagen. Frisches zartgrünes Gras bedeckte den Boden der kleinen Lichtung. Ein lauer Windstoß raschelte in den blühenden Zweigen mehrerer alter Ulmen. Die Kätzchen der Weidenbäume waren mit gelbem Blütenstaub gepudert und umschwirrt von ungezählten Bienen und Hummeln. Und zu Füßen der dornenbewehrten Weißdornbüsche reckten etliche Veilchen der noch tief stehenden Sonne ihre samtigen violetten Köpfchen entgegen.

Überwältigt hatte Betti sich neben den Veilchenbüscheln ins Gras geworfen und den ganzen Tag lang nichts weiter getan, als die vollkommene Schönheit des verborgenen Tales in sich aufzunehmen, und war am späten Nachmittag so freudig erregt zu Levi zurückgekehrt, wie er es niemals zuvor bei ihr gesehen hatte.

An diesem ersten Märztag jedoch waren die Weidenkätzchen nicht mehr als knospige Erhebungen an den Zweigen, die werdenden Veilchen nichts weiter als erste grüne Spitzen, die sich gegen den Widerstand des verrottenden Laubes aus dem Erdboden ans Tageslicht kämpften. Dafür gewahrte Betti ein zartes Gebilde aus kurzen, trockenen Stöckchen und Halmen zwischen den Weißdornästen: ein im Bau befindliches Vogelnest. Und noch während sie sinnend vor dem Gebüsch stand, flog dicht an ihrem Kopf eine Singdrossel vorüber, in ihrem Schnabel einige trockene Pflanzenstiele als weiteres Baumaterial.

Leben inmitten von Kälte, Tod und Vergänglichkeit – das ist es, was sie alle gemeinsam haben, dachte Betti unwillkürlich. *So unwirtlich die Bedingungen auch sind, stecken Kätzchen und Veilchen doch ihre ganze Kraft in die Bildung einer Blüte. Durch die verwesenden Blätter kämpfen sich die Blumen ans Licht und die Drossel denkt inmitten der Dornen an nichts anderes als an ein Nest und ihre künftigen Nachkommen. Wahrscheinlich betrachtet sie die spitzen Ästchen dabei sogar als nützlichen Schutz vor ihren Feinden.*

Seltsam, welche Assoziationen – welchen Schmerz – derartige Beobachtungen noch immer in ihr auslösen konnten und sie doch gleichzeitig mit einem stillen, gefassten Frieden erfüllten. Hier draußen, umgeben von der Natur und ihren Geschöpfen, fühlte auch sie das Leben durch ihre Adern pulsieren. Sie fühlte sich geradezu beschenkt mit einem Leben, das trotz allen erlittenen Elends die Chance hatte, zu wachsen und zu erblühen. Eine stille Zuversicht breitete sich in ihr aus, die ihre Albträume verblassen ließ. Leider hielten diese Gefühle meist nicht lange vor, wenn sie in ihren Alltag und die Gesellschaft ihrer Mitmenschen zurückkehrte.

Betti kauerte sich neben den werdenden Veilchen zu Boden und befreite behutsam eine der grünen Spitzen von einem steifgefrorenen Laubblatt, in dem diese gefangen war. Je ungehinderter das Pflänzchen sich entfalten konnte, desto früher und reicher würde es blühen!

Als sie die letzte modrige Blattfaser sorgsam entfernt hatte, stießen Bettis Finger unter den übrigen Blättern plötzlich gegen einen harten, zweifelsfrei nicht pflanzlichen Gegenstand. Nur ein Stein oder doch etwas Ungewöhnlicheres?

Erwartungsvoll schob sie die Blätterdecke beiseite. Ihr Fundobjekt war glatt und rund und überzogen von einer gefrorenen Kruste aus Dreck und Schlamm. Als sie ein kleines Stück davon abkratzte und ihr Fundstück aus dem Untergrund befreite, blitzte es metallisch auf. Golden oder silbern, so genau ließ sich das im momentanen Zustand nicht sagen. Jedenfalls handelte es sich um einen Haushaltsgegenstand, einen Trinkbecher oder dergleichen.

Betti verwahrte das Gefäß sicher in ihrer Manteltasche. Wenn sie es zu Hause erst einmal gründlich von Schlamm und Dreck gereinigt hätte, könnte sie es gewiss eindeutig identifizieren und sich per Aushang im Laden auf die Suche nach dem Eigentümer machen.

Sie freute sich schon darauf, als sie ihr Fahrrad zurück in Richtung des Dorfes lenkte.

13. Kapitel

Konrads Herz trommelte wie verrückt, sodass er nicht einmal mehr den Bombermotor über sich hören konnte. Sein Körper war ein starrer, bewegungsunfähiger Eisklumpen, einzig Bettis Hand in seiner fühlte sich noch lebendig an. Denn keine militärische Maßnahme, keine Lektion seiner eiligen Ausbildung als Flugzeugwart hatte ihn auf diesen Augenblick vorbereitet. Vor allem nicht auf diese eiskalte Angst um sein bescheidenes, für ihn aber durchaus kostbares Leben.

Denn jetzt erkannte er einen menschlichen Umriss in feindlicher Uniform vor der offen stehenden Bombenklappe. Der Umriss beugte sich hinaus, irgendeinen rätselhaften Gegenstand in der Hand, hielt ihn vors Gesicht, wie um zu zielen – doch die Maschine flog über sie hinweg! Keine Bomben, keine Maschinengewehrsalven, die auf Betti und ihn herabfielen oder niederprasselten. Stattdessen zog die Flying Fortress eine Schleife so dicht über den Baumwipfeln, dass diese sich im Luftzug gefährlich vornüberbeugten, und verschwand in der Ferne.

Als das Motorengeräusch vollständig verklungen war, rollte sich Konrad zur Seite. Hoffentlich hatte er Betti nicht vollkommen erdrückt, nachdem er sich zu ihrem Schutz ganz instinktiv über sie geworfen hatte. Benommen richtete er sich auf. Sie lebten! Wie ein Wunder erschien es ihm, nachdem sie dem Tod gerade direkt ins Angesicht gesehen hatten.

Betti tat es ihm gleich und wie auf ein geheimes Kommando hin zogen sie beide erschrocken die Hände zurück, die noch immer ineinander verschlungen waren. Trotzdem waren sie einander so nah, dass ihre Köpfe sich beinahe berührten. Zum zweiten Mal an diesem Morgen blitzte in den grünen Augen etwas anderes auf als Furcht und Kummer, bemerkte Konrad, aber Betti gab ihm nicht die Gelegenheit, dieser Regung genauer auf den Grund zu gehen. Schon senkte sie den Blick und rückte ein Stück von ihm ab.

Abrupt stand sie auf und begann, sich die Brombeerranken vom Mantel zu zupfen, ohne ihm dabei die geringste Beachtung zu schenken. Ebenso stumm klopfte Konrad sich etliche Schlammbrocken von der Uniform und hob das Fahrrad auf. Gemeinsam gingen sie weiter. Für den Rest des Rückwegs fiel kein einziges Wort mehr zwischen ihnen.

Ehe sie um die letzte Kurve des Waldwegs bogen, vernahm Konrad aufgeregtes Stimmengewirr auf dem Werksgelände. Selbstverständlich hatte man auch hier den feindlichen Flieger bemerkt. Durch die Tarnnetze und die über ihren Köpfen hängenden Fichten hatte ihn jedoch niemand so deutlich gesehen wie er draußen auf dem freien Feld. Er musste seinen Kameraden dringend von dem Gegenstand in der Hand des amerikanischen Schützen berichten. Aufgrund der Tatsache, dass man Betti und ihn wider Erwarten nicht beschossen hatte, war er mittlerweile nämlich zu dem Schluss gekommen, dass es sich dabei um eine Kamera gehandelt haben musste. Was wiederum hieß, dass die Alliierten auf irgendeine Art und Weise Wind von dem verborgenen Waldwerk bekommen hatten und mithilfe von Bildern nun genauere Informationen darüber einholen wollten. Weshalb sonst sollte eine Flying Fortress in dieser abgelegenen, waldigen, wenig besiedelten Gegend auf die Jagd gehen? Sie waren auf der Suche nach ihnen, nach dem verborgenen Flugzeugwerk, hatten einen Verdacht geschöpft oder von irgendeiner Seite Hinweise bekommen. Und nun schossen sie Bilder, um ihre genaue Position festzustellen. Es gab doch nicht etwa einen Verräter in ihren Reihen?

Hektisch lehnte Konrad das Fahrrad gegen die Wand des Büros und wandte sich an Betti. Sosehr ihm ihr Wohlergehen auch am Herzen lag und so gerne er ihre Nähe noch ein wenig länger genossen hätte, musste er sich jetzt doch dieser anderen, überlebenswichtigen Angelegenheit widmen.

»Geh am besten gleich hinüber zu den anderen Frauen«, wies er sie an. »Bei der ganzen Aufregung hier wird dich kaum jemand fragen, wo du so plötzlich herkommst. Niemand wird etwas davon erfahren, dass du mit mir unterwegs warst. Und – bis zum nächsten Mal, auf Wiedersehen!«

Er nickte mit dem Kopf in Richtung der kleinen Gruppe Häftlinge, die sich im Eingang der Montagehalle versammelt hatte, während Siegfried Haller und alle übrigen Facharbeiter sowie die SS-Wachen sich zur Beratung um Ingenieur Gaugenrieder scharten. Ohne ihn eines weiteren Blickes zu würdigen, folgte Betti seiner Anweisung.

Mit einem leisen Stich des Bedauerns schritt Konrad auf seine Landsmänner zu. Aber die Pflicht rief, das Werk brauchte ihn, um herauszufinden, was oder wer die Amerikaner mit ihrer Kamera zu dem Spähflug bewogen hatte. Ansonsten würde es nicht mehr lange dauern, bis der Feind zurückkehrte und diesmal tatsächlich Bomben abwarf, statt lediglich Bilder zu schießen. Bomben, die das gesamte Werk und ihre kostbaren Maschinen in Schutt und Asche legen würden.

Aufmerksam lauschte Ingenieur Gaugenrieder Konrads Beobachtung draußen auf dem freien Feld und seinen Vermutungen. Er überlegte kurz und sagte dann: »In Ordnung. Wenn wir sie schon nicht davon abhalten konnten, Bilder zu schießen – wobei fraglich ist, ob man darauf wirklich etwas vom Werk erkennen kann –, müssen wir umso entschlossener dafür sorgen, dass sie uns nächstes Mal nicht wiederfinden! Wir verstärken unsere Tarnung, und zwar umgehend. Der nächste feindliche Flieger wird noch weniger von uns entdecken als der heutige. Kässmaier und Haller, Sie setzen alle Ihre Häftlinge dazu ein, sämtliche Gebäude sowie die fertigen Maschinen mit zusätzlichen Fichtenzweigen zu bedecken. Ich will nicht mehr das kleinste bisschen Metall durch die Tarnung blitzen sehen! Für die übrigen Arbeiter gilt: Weiter mit der Produktion, und zwar mit voller Kraft!«

»Richtig!«, pflichtete Siegfried Haller seinem Vorgesetzten eifrig bei. »Denn jede fertige Me 262, die unser Werk verlässt, bringt uns dem Endsieg unseres Reiches näher!«

Beifall heischend blickte er in die Runde, während Konrad stattdessen die Umgebung mit den Augen absuchte. Dort hinter ihrem momentanen Standpunkt, direkt an der Reichsautobahn, parkten mindestens zwanzig startbereite Düsenjäger, die aber aus Mangel an Treibstoff und wegen ihres enormen Verbrauchs genau das nicht konnten: starten und sich in die Luft erheben. Alliierte Bomber wie die B-17 vorhin jagen und, wie der Führer es ausdrücklich wünschte, selbst Bomben abwerfen.

Falls Konrad sich nicht täuschte, wanderte Gaugenrieders Blick in dieselbe Richtung. Trotz aller Bedenken und seinem Wissen um das Nahen des Feindes gab der Ingenieur weiterhin sein Bestes, um die Produktion aufrechtzuerhalten. Oder zielten die angeordneten Maßnahmen eher darauf ab, das Werk und seine Arbeiter vor den feindlichen Bomben zu schützen?

Achselzuckend begab sich Konrad zu seinen Arbeiterinnen, Haller folgte ihm auf dem Fuße. Und wie Konrad es sich erhofft hatte, bemerkte sein Kamerad nicht einmal, dass Betti sich auf einmal unter ihnen befand, obwohl die Frauen der Spätschicht noch gar nicht eingetroffen waren. Mit seinem üblichen, von zahllosen Beschimpfungen gespickten Gebrüll teilte er den Arbeiterinnen ihre Aufgaben zu.

∼

Betti gehörte zu den Frauen, die von den männlichen Häftlingen abgesägte Fichtenzweige quer durch das Werk zu schleppen hatten, während ihre beiden Aufseher damit die fertig montierten Messerschmitts bedeckten. Es galt, vor allem die Stellen zu tarnen, an denen eventuelles Sonnenlicht sich in dem glitzernden Metall spiegeln und somit feindliche Flugzeuge auf den Plan rufen konnte.

Die Zweige waren sperrig und schwer, und während Betti sie eher hinter sich herzerrte als trug, zerstachen die Nadeln ihr die Hände, bis sie bluteten. Wenigstens hörte es im Lauf des Nachmittags auf zu regnen und die Sonne schob sich zwischen die Wolken, sodass ihr Kleid trocknete. Während der wenigen Minuten Pause, die man ihnen zugestand, gelang es ihr sogar, die gröbsten Dreckklumpen von ihrem Weg durch den Wald abzuklopfen. Je gründlicher sie die Spuren dieses seltsamen »Ausfluges« mit Konrad beseitigte, desto sicherer fühlte sie sich. Denn ihr gemeinsames Erlebnis dort draußen auf dem Feldweg, genau genommen des ganzen gemeinsam verbrachten Vormittags, beunruhigte sie zutiefst.

Seine aufrichtige, bekümmerte Sorge um sie oder was immer es war, was sie schon während der Fahrt auf dem Traktor in Konrads dunklen Augen erkannt hatte, machte ihr fast ebenso viel Angst wie der Fliegerangriff danach, der sich glücklicherweise doch als Fehlalarm erwiesen hatte. Mit aller Macht musste sie sich ins Gedächtnis rufen, dass er ein Deutscher war. Er war der Feind! Er und seine Landsleute trugen die Schuld nicht nur am tausendfachen Tod ihrer Mithäftlinge, sondern ebenso an ihrem ganzen persönlichen Elend, und zwar einschließlich ihres quälenden Gewissens wegen Evas Tod. Selbst wenn er aktiv nichts dazu beigetragen hatte und nichts anderes getan haben mochte, als die Grausamkeiten seines Führers widerspruchslos hinzunehmen – er war der Feind! Nichts als ihre abgrundtiefe Verachtung verdiente er!

Er sollte sie gefälligst in Ruhe lassen, statt sie voller Mitgefühl zu beobachten und ihr nachzustellen. Und dennoch – dennoch hatte sein *Auf Wiedersehen* vorhin ihr Herz ein wenig rascher schlagen lassen, und als er ihr den Rücken gekehrt hatte, hatte sie sich seltsam allein gelassen gefühlt ...

Gegen Abend bedeckten die grünen Äste nahezu jeden Zentimeter der Blechdächer auf den Gebäuden und der fertigen Flugzeuge an der Autobahn. Nichtsdestotrotz musste die gesamte Frühschicht bis zum Dienstschluss auch der Spätschicht arbeiten, um die vorgegebene tägliche Quote an startbereiten Maschinen zu erfüllen.

Als der Bus sie spät in der Nacht am Lagertor absetzte, war Betti vollkommen ausgelaugt. Sie taumelte die Stufen hinab, mühsam einen Fuß vor den anderen setzend. Nur noch wenige Schritte waren es durch das Tor und zu ihrer Baracke, wo sie endlich ihren geschundenen, kraftlosen Körper würde ausstrecken dürfen. So unbequem die Pritsche auch war, nach diesem entsetzlich langen Arbeitstag lechzte ihr Körper geradezu danach. Seit dem Morgen, als sie sich von ihrem Lager erhoben und Dr. Sternfeld sie mit zum Krankenrevier genommen hatte, schienen Jahrzehnte vergangen zu sein.

Zu ihrem größten Erstaunen empfing der Doktor die zurückkehrenden Arbeiterinnen unmittelbar am Lagertor, wie schon einmal vor etlichen Tagen. Sie mussten eine Reihe bilden und langsam an ihm vorübergehen, wobei er jede von ihnen aufmerksam musterte, manchmal einen Puls fühlte oder in einen geöffneten Mund blickte. Danach erst durften sie sich in ihre Schlafbaracken zurückziehen. Die Aufseherin, die Blockführerin Haslinger von heute Morgen abgelöst hatte, hielt sich bei dieser Parade auffallend im Hintergrund.

Als Betti an der Reihe war, fühlte Dr. Sternfeld auch ihren Puls und legte eine Hand an ihre Stirn. Absichtlich langsam, wie ihr schien, während er ihr hastig zuraunte: »Hier, ich habe etwas für dich, steck es rasch unter deinen Umhang!«

Er griff in seinen eigenen Mantel, aus dem er ein verschnürtes Bündel zutage förderte und ihr in den Arm drückte. »Ich hoffe, das hält dich besser warm als dein zerrissener alter Umhang.«

Noch bevor Betti sich bedanken konnte, schob er sie bereits weiter und widmete sich der nächsten Arbeiterin. Die Aufseherin hatte nicht das Geringste bemerkt.

Erst in ihrer Baracke zog Betti das Bündel hervor. Viel war in dem diffusen Lichtschein, der durch das kleine Fenster hereinfiel, nicht zu erkennen, sodass sie es eher ertastete als sah: Dr. Sternfeld hatte ihr einen Pelzmantel überreicht. Verdreckt, mit vielen abgewetzten, haarlosen Stellen und muffig wie er war, kitzelte er dennoch weich und warm ihre geschundenen Hände. Ein wenig fühlte er sich an wie Mutters guter Wintermantel mit dem Nerzkragen, den Eva und sie sich immer geborgt hatten, wenn sie Prinzessin gespielt hatten.

Für einen kurzen Augenblick streifte Betti der Gedanke an die Vorbesitzerin des Pelzes, die vermutlich im Krankenrevier gestorben war, denn wie sonst sollte Dr. Sternberg in dessen Besitz gekommen sein, aber sie schob ihn entschlossen beiseite. Für derartige Empfindlichkeiten war jetzt wahrhaftig nicht der geeignete Zeitpunkt. Sie wickelte sich aus ihrem verschmutzten Umhang, steckte ihn für alle Fälle unter ihre Strohmatratze und schlüpfte in den weichen Pelz. Ein wohliger Schauer durchfuhr ihren Körper.

»Doktors Liebchen also, wie?«, stichelte ihre Pritschennachbarin.

Sie hatte direkt hinter Betti in der Schlange vor dem Arzt gestanden und alles mit neidischen Blicken beobachtet. Betti kümmerte sich ebenso wenig um die boshafte Bemerkung, wie sie ansonsten Notiz von ihren Leidensgenossinnen nahm. Seit Eva nicht mehr da war, gab es unter ihnen keine, für die sie sich in irgendeiner Art und Weise interessierte, sie hatte genug mit ihrem eigenen Überleben zu tun.

Die weiche Wärme des Pelzes umhüllte sie mit einer Behaglichkeit, die sie seit einer Ewigkeit nicht mehr gespürt hatte, und ließ sie schon bald in ihren wohlverdienten Schlaf sinken.

~

Unterdessen trabte Moses Sternfeld unruhig durch das Krankenrevier. Er war zu aufgewühlt, um sich an seinem Tisch in der Mitte des Raumes niederzulassen oder sein eigenes Lager in der abgetrennten Ecke aufzusuchen, bis ihn die Bedürfnisse seiner Patienten wieder aus dem Schlaf reißen würden.

Die Stille der Nacht hatte sich über das Gelände gebreitet. Das Verwaltungsgebäude lag im Dunkeln und der dichte Nebel, der sich gegen Abend über die Gegend gelegt hatte, verschluckte einen guten Teil des Lichtes vom Wachturm. Auch zwischen den metallenen Krankenpritschen herrschte Ruhe, abgesehen von den mühsamen Atemzügen einer Patientin, die mit dem Tode rang.

Dies war die Tageszeit, in der Moses am stärksten von den Bildern aus der Vergangenheit geplagt wurde. Menschen erwachten zum Leben, obwohl sie längst in den Gaskammern von Auschwitz umgekommen und ihre Körper als ekelhaft süßlicher Rauch aus den Schornsteinen gen Himmel aufgestiegen waren. Gesichter verzogen sich zu einem Lächeln, die es längst nicht mehr gab, und das Kichern seiner dreijährigen Tochter, wenn er sie an ihrem weichen kleinen Bauch gekitzelt hatte, tönte in seinen Ohren, obwohl er es aus ihrem Mund nie wieder hören würde.

Manchmal klang Evas Kichern so laut, dass er sich die Hände über die Ohren legte. Aber es blieb, ertönte schmerzhafter in seinem Inneren als alle übrigen Erinnerungen. Vor allem, seit er jene andere Eva während ihrer letzten Atemzüge in den Armen gehalten hatte. Bettis Schwester. Obwohl viel älter als seine kleine Tochter und dieser äußerlich überhaupt nicht ähnlich, hatte sie ihn mit ihrer zarten Stimme ein bisschen an seine Eva erinnert, als sie ihm in einem ihrer wachen Momente ihren Namen verraten hatte. Danach hatte er sie kaum einen Augenblick aus den Augen gelassen und alles in seiner Macht Stehende getan, um sie durchzubringen. Doch es war einfach zu wenig, was hier an diesem grauenvollen Ort in seiner Macht stand: Er hatte weder ausreichend Nahrung noch Medikamente oder andere Möglichkeiten zur Verfügung.

So hatte er Bettis Schwester Eva am Ende nur noch halten können. Sie hatte ihn still angelächelt, sich dankbar an seine Brust geschmiegt und ihren letzten Atemzug getan. Ein stummer Schrei hatte sich seinen Lippen entrungen, als er den ausgezehrten Körper behutsam auf die Pritsche zurückgelegt hatte. Er hatte sich gefühlt, als habe er seine Tochter ein zweites Mal verloren. Als habe er ein weiteres Mal dabei zugesehen, wie sie bei der Ankunft in Auschwitz in der Schlange der Frauen mit kleinen Kindern auf den sicheren Tod in den Gaskammern zugetrieben und er selbst, halbwegs jung und arbeitsfähig, zum Leben selektiert worden war.

Einem Leben, das im Grunde nicht mehr das Geringste wert war. Er war es nicht wert zu leben, während seine restliche Familie grausam zum Tode verurteilt worden war! Hatte nicht der Gott seines Volkes, *HaShem*[2], in seiner Güte den Mann zum Versorger und Beschützer der Familie ausersehen? Seine, Moses', Familie hatte nach dem frühen Unfalltod seiner Frau nur noch aus seinen Eltern und Eva bestanden – und als ihr Be-schützer hatte er auf schändlichste Weise versagt.

Ebenfalls versagt hatte er bei der anderen Eva sowie bei unzähligen weiteren Frauen und Jugendlichen, die unter sei-ner medizinischen Obhut gestorben waren. Aber mit Betti, so schien es ihm, gab *HaShem* ihm die Gelegenheit, ein klein wenig davon wiedergutzumachen. Denn auch die Schwester jener zweiten Eva war jung und der Willkür und Boshaftigkeit ihrer Bewacher schutzlos ausgeliefert. Er war fest entschlos-sen, in ihrem Fall kein weiteres Mal zu versagen!

Zwar war sein Versuch, sie von der harten Arbeit im Wald-werk zu befreien, fehlgeschlagen, doch als er heute den zer-schlissenen, aber warmen Nerz der verstorbenen Polin an sich genommen hatte, war ihm sofort Betti in den Sinn gekommen. Ihre Hände waren ständig eiskalt und bei ihrer Rückkehr vor-hin waren selbst ihre rissigen Lippen blau verfärbt gewesen. Er mochte sich gar nicht vorstellen, in welchem Maß ihr Kör-per während der Arbeit bei den großteils winterlichen Tem-peraturen im Wald auskühlen musste. Und diesmal war sein Schachzug wie erhofft gelungen. Die diensthabende Wärterin war sofort auf seine beiläufige Bemerkung über einen mögli-chen Typhusfall unter den Häftlingen eingegangen und hatte ihm freie Hand gelassen, jede der heimkehrenden Arbeiterin-nen zu überprüfen. Was es ihm ohne weiteres Aufsehen er-möglicht hatte, Betti heimlich den Mantel zuzuspielen. Der dicke Pelz würde ihr dort draußen im Wald wesentlich bessere Dienste leisten als der erbärmliche Fetzen, den sie bisher als Umhang getragen hatte.

Moses stellte sich vor, wie sie ihren ausgemergelten Körper in den Pelz einhüllte und sich an seiner Wärme erfreute und wie viel besser sie morgen bei der Arbeit gegen die widrige Wit-terung im Wald geschützt sein würde. Eine zufriedene Wärme erfüllte auch sein Inneres.

14. Kapitel

Langenberg, Süddeutschland, März 1960

Langenberg war ein wirklich schöner kleiner Ort, selbst an einem feuchtkalten Märztag wie diesem. Gepflegte einstöckige Häuser schmiegten sich an den Fuß eines waldbewachsenen Hügels, auf der anderen Seite des Dorfes schlängelte sich ein schmaler Fluss durch den Wiesengrund. Dank der milden Temperaturen und des vorzeitigen Frühlingsregens wirkten die Wiesen bereits erstaunlich grün, auf einer weideten schon Kühe. Gleichmütig ließen die Tiere den Nieselregen an ihren Körpern herablaufen, während sie an den sprießenden Grashalmen zupften oder ihre bereits genossene Mahlzeit wiederkäuten.

Beinahe beneidete Konrad sie für diesen Gleichmut. Er selbst nämlich fühlte sich alles andere als gleichmütig oder gar behaglich und das lag nicht einmal so sehr an der Nässe, sondern vielmehr an seiner Begleitung.

Susanne – er konnte sich einfach nicht dazu durchringen, sie mit dem vertraulichen »Susi« anzusprechen –, die Tochter seines Kollegen. Wieder einmal hatte Konrad sich zu einem sonntäglichen Mittagessen im Hause Meixner überreden lassen, und ohne zu wissen, wie ihm geschah, wurden Susanne und er anschließend auf einen »kleinen Verdauungsspaziergang hinauf zur Burg« geschickt. Ingenieur Meixner hatte sie geradezu zur Haustür hinausgedrängt, sodass es seiner Frau nur mit Mühe noch gelungen war, ihnen einen Regenschirm mit auf den Weg zu geben.

Und da waren sie nun: Er hielt den Schirm über ihre Köpfe, während Susanne sich bei ihm eingehakt hatte und sich, durch den kleinen Schirm bedingt, dicht an ihn schmiegte. Dabei plauderte sie unentwegt fröhlich vor sich hin, über den Regen und den frühen Frühling, die Aussichten, an Ostern doch noch einmal Schneefall zu bekommen, die weidenden Kühe und die Burgruine im Wald, die das Ziel ihres Spaziergangs war.

Vielleicht war sie aber auch genauso peinlich berührt von diesem erzwungenen Spaziergang wie er und plauderte aus lauter Verlegenheit über derlei Nebensächlichkeiten. Konrad jedenfalls wand sich innerlich geradezu und steuerte nur ein gelegentliches Ja oder Nein zu ihrem Gespräch bei. Als sie endlich den Hügelkamm und damit die Burg erreicht hatten, atmete er erleichtert auf. Ein Teil des Burginnern war noch überdacht, sodass er endlich den Schirm schließen konnte und Susanne sich von seinem Arm losmachte. Ein wenig verloren wanderten sie beide danach durch die Ruine, bis Susanne vor einer Schießscharte in der Wand stehen blieb und nach draußen starrte.

»Was für ein Ausblick!«, seufzte sie bewundernd. »Ich sehe jedes einzelne Haus im Dorf und durch die Bäume auf der anderen Flussseite kann ich sogar die Autobahn erkennen. Zumindest glaube ich, dass sie es ist.«

»Na ja, genau das war ja der Sinn der Sache – ich meine, dass man die Burg auf einer Erhebung baut, von der aus man die ganze Umgebung im Blick hat«, gab Konrad zurück. Aber kaum waren die Worte über seine Lippen, bereute er diese Bemerkung. Er konnte nur hoffen, dass Susanne sie als nicht genauso herablassend empfunden hatte, wie sie eben in seinen Ohren geklungen hatte. Denn, Verkuppelungsversuche hin oder her, sie war eine freundliche junge Frau und mit ihren feinen Gesichtszügen und weiblichen Rundungen ganz gewiss nicht unattraktiv! Er verstand gar nicht, weshalb Meixner sich unbedingt ihn als Heiratskandidaten für sie ausgesucht hatte, sie hatte doch sicherlich noch viele andere Verehrer!

Um sein schlechtes Gewissen zu beruhigen, trat er ebenfalls an eine Schießscharte und starrte hinaus. Und tatsächlich nahm Susanne ihm seine Bemerkung nicht übel, sondern fuhr träumerisch fort: »Ich frage mich, wie viele edle Damen wohl von hier aus ins Tal gestarrt und sehnsüchtig auf die Rückkehr ihrer Männer oder Söhne gewartet haben. Oder sogar auf einen Verehrer, einen Anwärter auf ihre Hand?«

»Ich tippe eher auf die Rückkehr der Männer und Söhne«, gab Konrad nüchtern zurück. »Schließlich diente die Burg hauptsächlich kriegerischen Zwecken. Und sie werden nicht selten vergeblich darauf gewartet haben.«

»Meinst du?«, fragte Susanne betrübt, doch Konrad hörte ihr nicht länger zu.

Auch er hatte durch die Bäume am anderen Flussufer die Autobahn erspäht. Jenes Stück Autobahn, das bei Kriegsende als Startbahn für die ersten Düsenjäger hatte dienen sollen und auf dessen gegenüberliegender Seite sich die geheimen Gebäude verborgen hatten, die ebenfalls kriegerischen Zwecken dienten. Wahrscheinlich befanden sie sich heute in einem noch viel deutlicheren Zustand des Verfalls als die stabilen Mauern der Burg, aber das war nur eine Vermutung. Auch wenn er bis heute in der unmittelbaren Umgebung des Waldwerks lebte, war er niemals dorthin zurückgekehrt. Nicht körperlich zumindest.

In seinen Träumen dagegen stand er immer noch dort in der Montagehalle, blickte hoch zu Betti auf ihrem Gerüst unter der Hallendecke, wo sie Flugzeugrümpfe mit Zeichen bepinselte, und verspürte dabei eine Zuneigung zu ihr, die längst über reines Mitgefühl hinausging. Das war ihm an dem Tag nach der

Beinahe-Bombardierung klar geworden, als er ihre Hand gehalten und sie gemeinsam um ihr Leben gebangt hatten.

Plötzlich hatte es keinen Unterschied mehr gegeben zwischen ihm, dem deutschen Soldaten und Flugzeugwart, und ihr, der ungarischen Jüdin aus dem Konzentrationslager. Gemeinsam hatten sie in Erwartung einer Bombe oder Gewehrsalve aus der B-17 den Atem angehalten, hatten dieselbe Furcht gespürt, dass ihr Leben im nächsten Moment zu Ende sein könnte. Zu Ende, ehe sie überhaupt die Chance auf ein selbstbestimmtes Dasein ohne das allgegenwärtige Grauen des Krieges gehabt hatten. Für diesen einen kostbaren Augenblick waren sie nichts anderes gewesen als zwei junge Menschen mit dem sehnlichen Wunsch, schlicht und einfach zu überleben!

Konnte es denn nicht immer so sein? Konnten sie nicht mehr solcher Augenblicke erleben, in denen sie einander auf Augenhöhe begegneten statt als jüdische Gefangene und ihr verhasster deutscher Feind? Das hatte er sich damals gefragt und gleichzeitig inbrünstig darauf gehofft. Doch dann war alles ganz anders gekommen ...

Eine schwere Hand legte sich auf Konrads Schulter. »Haben Sie einen Moment Zeit, Kässmaier? Ich muss mit Ihnen sprechen.«

Ingenieur Gaugenrieder sprach gedämpft, seine Hand lenkte Konrad von dem Bus, aus dem er gerade ausgestiegen war, auf das Büro zu. Schweigend betraten sie die Baracke. Die Sekretärin war nicht da, sodass sie unter sich waren.

Gaugenrieder ließ sich auf einem Stuhl nieder und bedeutete Konrad, sich ihm gegenüber zu setzen. Dessen Herz schlug angesichts des seltsamen Verhaltens seines vorgesetzten Ingenieurs deutlich rascher. Was hatte der Mann ihm zu sagen, wobei er keine Zeugen riskieren wollte? Er musste nicht lange auf die Antwort warten.

»Ich habe gestern zufällig etwas beobachtet, was ich mir nicht erklären konnte, Kässmaier«, begann sein Gegenüber umständlich.

»Ich hoffe, Sie können mir da weiterhelfen. Es geht um …« Er zupfte verlegen an seinem Bart, ehe er den begonnenen Satz vollendete: »Nun, um Sie und eine der jüdischen Arbeiterinnen.«

Alarmiert hob Konrad den Kopf.

»Wie gesagt, ich habe beobachtet, wie Sie, Kässmaier, die Gefangene mit zum Hof nahmen, als Sie dem Bauern seinen Traktor zurückbrachten. Und zwar ohne dass jemand Ihnen den Befehl oder die Erlaubnis dafür gegeben hätte, wenn mich nicht alles täuscht. Habe ich da nur irgendetwas nicht mitbekommen oder ist das korrekt?«

»Es … ist korrekt.« Konrad nickte schuldbewusst. Sein eigenmächtiges Handeln war also doch nicht unbemerkt geblieben, wie er es sich in dem Chaos bei ihrer Rückkehr erhofft hatte.

Gaugenrieder schluckte schwer, dann ging ein Ruck durch seinen Körper und er beugte sich über den Schreibtisch, bis er beinahe Konrads Gesicht berührte. »Aber wie können Sie nur so unbedacht handeln, Junge! Wenn nun jemand anders als ich es bemerkt hätte – ein Mann wie Ihr Kamerad Haller beispielsweise –, was denken Sie, wie schnell Sie dann ein Disziplinarverfahren am Hals gehabt hätten? Sie haben sich in vollem Bewusstsein der Anordnung widersetzt, dass die Häftlinge das Werk während ihrer Arbeitszeit hier nicht verlassen dürfen. Das ist Ungehorsam, Kässmaier, Befehlsverweigerung!«

»Aber sie war gar nicht zur Arbeit eingeteilt, sondern erst zur Spätschicht!«, ereiferte sich Konrad. »Es war reine Schikane der Blockaufseherin im Lager, dass sie sie so viel früher ins Werk geschickt hat.«

»Das mag sein, aber vielleicht hat sie auch einen triftigen Grund dafür gehabt. Und vor allem gibt Ihnen das längst nicht das Recht zu solch eigenmächtigen Aktionen. Sie sind schlichtweg nicht befugt, für Gerechtigkeit und eine menschlichere Behandlung der Häftlinge zu sorgen. Das müssen Sie doch einsehen, Kässmaier!«, drang der Ingenieur in Konrad.

»Natürlich ist mir das bewusst. Aber in dem Moment konnte ich einfach nicht anders, es fühlte sich so richtig an, ihr etwas Gutes zu tun, verstehen Sie?«

Der Ingenieur nickte, einmal und schließlich ein zweites Mal, ehe er mit kaum hörbarer Stimme fragte: »Kann es sein, Kässmaier, dass Sie sich in dieses Mädchen ver– äh, also verguckt haben?«

»Verguckt?«, echote Konrad, während ihn ein heißer Schreck durchzuckte. »Aber nein, sie tut mir einfach nur so leid!«

»Mehr als die anderen Häftlinge, die übrigen Frauen? Seien Sie ehrlich zu sich selbst, Kässmaier!«

Betroffen senkte Konrad den Kopf. *Weit, weit mehr als die übrigen Frauen* – anders konnte die Antwort auf diese Frage nicht lauten, wie er sich eingestehen musste.

Indessen fuhr der Ingenieur fort: »Wie dem auch sei, Mitleid oder eine kindische, unbedachte Verliebtheit, Konrad – reißen Sie sich zusammen! Eine weitere Dummheit wie diese und Sie machen es mir enorm schwer, das für mich zu behalten. Also versprechen Sie mir, das Mädchen ab sofort genauso zu behandeln wie die übrigen Zwangsarbeiter!«

»Aber das kann ich nicht, sie braucht meine Hilfe. Betti ist etwas Besonderes, Herr Ingenieur, glauben Sie mir!«, beschwor er sein Gegenüber.

»In dem Fall«, Gaugenrieder war sichtlich blass geworden, »lassen Sie mir keine andere Wahl, als es Ihnen zu sagen: Es gibt eine Anweisung, was die Häftlinge betrifft. Die gab es schon, ehe die Ersten von ihnen hier eingetroffen sind. Der Befehl lautet, sie ohne Ausnahme zu erschießen, sobald das letzte Flugzeug fertig montiert ist. Demnach werden sie früher oder später ohnehin alle sterben, verstehen Sie, Kässmaier?«

Konrad sprang auf. »Nein! Das ist nicht wahr – es darf einfach nicht wahr sein!«

»Und doch ist es das. Jeder Mitwisser dieser Geheimoperation ist einer zu viel, Kässmaier, deshalb wird man mit sämtlichen

Fremdarbeitern kurzen Prozess machen.« Schwer atmend lehnte Gaugenrieder sich in seinem Stuhl zurück, während Konrad sich die Hände vor das leichenblasse Gesicht schlug und laut aufstöhnte.

»Behalten Sie das unbedingt für sich!« Gaugenrieder legte alles, was er, der niemals ernsthaft verliebt gewesen war, an Mitgefühl empfinden konnte, in seine leisen Worte, als er hinzufügte: »Ich will nicht, dass diese Anweisung im ganzen Werk die Runde macht. Und finden Sie sich damit ab, so leid Ihnen das Mädchen auch tut: Sie hätten niemals eine gemeinsame Zukunft. Nicht Sie beide. So etwas existiert nicht in einer Welt, wie sie gegenwärtig leider ist – selbst wenn ausgerechnet dieses jüdische Mädchen aus irgendeinem Grund verschont werden sollte.«

Als Konrad weiterhin reglos an Ort und Stelle verharrte, erhob sich der Ingenieur entschlossen. »Jetzt aber zurück an die Arbeit, Flugzeugwart. Ihre Fachkenntnisse werden dringend gebraucht!«

Als die Tür hinter Gaugenrieder ins Schloss fiel, zuckte Konrad zusammen. Er nahm die Hände vom Gesicht, taumelte und fing sich wieder.

Keine Zukunft für Sie beide! Gaugenrieders Worte waren wie ein Schlag in die Magengrube. Sie raubten ihm den Atem. Nicht nur wegen der sicheren Gewissheit und Endgültigkeit, mit der sie ausgesprochen worden waren, sondern auch wegen der Erkenntnis, die sie Konrad bescherten: Er erhoffte sich wahrhaftig genau das, eine gemeinsame Zukunft mit Betti. Er hatte dieses Mädchen mit den sprechenden grünen Augen so gern, dass er sie am liebsten für immer an seiner Seite wissen wollte. Er wollte nicht nur sein Brot, sondern sein ganzes Leben mit ihr teilen, schon jetzt und vor allem später, nach dem Krieg. Sie durfte nicht sterben!

Ein älterer, unverheirateter Mann wie der Ingenieur konnte es vermutlich nicht nachvollziehen, wie man sich in ein Mädchen, das man praktisch überhaupt nicht kannte, »vergucken« konnte, aber so war es nun mal: In Konrads und Bettis Alter weckte gelegentlich ein einziger Blick aus einem Paar wundervoller Augen die reinste, intensivste Zuneigung und stellte damit die ganze Welt auf den Kopf.

Völlig benommen von diesem Wissen um seine Gefühle wankte er hinüber in die Montagehalle. Er wollte – er musste und würde – einen Weg finden, Betti vor dem Erschießungskommando zu bewahren!

»Konrad?« Eine sanfte weibliche Stimme holte ihn in die Gegenwart zurück. »Ich denke, wir sollten uns auf den Heimweg machen. Es hat aufgehört zu regnen, das sollten wir nutzen.«

»In Ordnung.« Gemeinsam verließen Konrad und Susanne die Burgruine.

»Tut mir leid, dass ich dich mit meinem Geplauder gelangweilt habe«, bemerkte seine Begleiterin und es klang, als meinte sie es ernst.

»O nein, das hast du nicht!«, versicherte Konrad eilig und platzte heraus: »Es ist nur – nun, du musst verstehen, mir ist das alles ein wenig unangenehm. Dieses Drängen deines Vaters – du weißt sicher, wovon ich spreche? Und da bin ich in meinen Gedanken wohl irgendwohin anders geflohen.«

»Ich verstehe.« Enttäuscht senkte Susanne den Kopf.

»Es liegt nicht an dir und deiner Person, das musst du mir glauben, Susanne, du bist eine gut aussehende junge Frau mit Charakter, aber –« Wieder ließ er seine Aussage unvollendet in der Luft hängen, sodass Susanne den Satz für ihn vollendete: »Aber es gibt eine andere, nicht wahr? Eine Frau, die du vielleicht wirklich liebst?«

»Lieben?« Konrad überlegte. »Ich weiß nicht. Liebe ist ein starkes Gefühl und wir waren noch so jung damals, dass mir nicht ganz klar ist, ob es tatsächlich Liebe oder nur Zuneigung war. Und ehe ich die Chance hatte, mehr über diese Gefühle herauszufinden, die sie in mir ausgelöst hat, haben wir uns aus den Augen verloren. Wir trafen uns in den letzten Wochen des Krieges, weißt du – auch wenn wir das zu der Zeit natürlich nicht wussten.«

»Oh. Und du hast später nicht nach ihr gesucht?«

»Aber sicher doch! In ganz Europa, sogar bis nach Amerika, aber jede Spur von ihr führte quasi ins Nirgendwo.« Mit der regenschirmfreien Hand fuhr Konrad sich ratlos durchs Haar.

Mitfühlend kommentierte Susanne: »Das tut mir leid für dich. Denn eines steht für mich fest: Wenn es dir fünfzehn Jahre später immer noch zu schaffen macht, dass du sie nicht finden konntest, dann liebst du sie wirklich!«

»Meinst du?«

»Allerdings. Und – falls ich dir einen Rat geben darf – ich finde, du solltest dich noch einmal auf die Suche nach ihr machen. Heute sind die Chancen bestimmt größer als im Nachkriegschaos.«

»Mag sein«, nickte Konrad, ehe er in tiefes Nachdenken verfiel, bis sie wieder vor Susannes Haustür standen.

15. Kapitel

Waldwerk, März 1945

»Betti?«

Sie blickte auf. Wie immer hatte sie sich zum Essen abseits der Gruppe gesetzt, dorthin, wo sie vor Kurzem noch nach Wurzeln gegraben hatte. Und da stand der junge Soldat wieder vor ihr, flüsterte ihren Namen und hielt ihr seine Brotration hin.

Wie hartnäckig er doch war! Und dennoch, dank seiner täglichen zusätzlichen Scheibe Brot fühlte sie sich etwas besser. Zumindest, was ihren Körper betraf. Endlich war auch die Wunde auf der Wange verheilt, die die Peitsche des Kommandanten am ersten Tag nach ihrer Ankunft gerissen hatte. Zudem war sie wacher, mehr bei sich selbst als noch wenige Tage vorher. Sie registrierte beim Essen die Krähen, die hoch in den Baumwipfeln ihr Gefieder putzten oder sich lautstark um etwas zankten. Das erste Buschwindröschen, das sich durch das Moos an die Oberfläche gearbeitet hatte, und die angenehme Wärme, die ihr der schäbige Pelzmantel an diesem nebelfeuchten Tag spendete.

Windschief hing die Kappe mit dem Reichsadler auf dem dunklen Haar des jungen Mannes, auf seinen Lippen lag ein zaghaftes Lächeln und der Ausdruck in seinen Augen war einmal mehr äußerst rätselhaft. Ähnlich wie gestern, als sie sich vor dem Tiefflieger im Gebüsch versteckt hatten, und doch anders. Genau genommen hatte sich in dem Augenblick, als

144

sie gemeinsam um ihr Leben gebangt hatten, etwas verändert. In ihr selbst auf jeden Fall: Sosehr sie sich anfangs auch dagegen gewehrt hatte, geriet ihr Bild von Konrad als »Feind« zunehmend ins Wanken. Wo sie vorher gewünscht hatte, er würde sie einfach nur in Ruhe lassen, begann sie mittlerweile, ihre gelegentlichen, unbeholfenen Unterhaltungen zu schätzen. Sie fühlte sich wohl in seiner Gegenwart. Wenn sie die Montagehalle betrat, suchte sie unwillkürlich den ganzen Raum nach ihm ab, und hatte sie ihn erst einmal entdeckt, vermochte sie sogar die Gemeinheiten des großen Blonden halbwegs gleichgültig hinzunehmen. Es war, als machte allein Konrads Anwesenheit sie stärker, widerstandsfähiger. Ob er, Konrad, sich auf ähnliche Weise besser fühlte, wenn sie in seiner Nähe war?

»Du hast einen anderen Mantel. Wie schön, der ist bestimmt wärmer als der alte Fetzen zuvor«, sagte er jetzt und streckte die Hand aus, wie um über den Pelz zu streichen, zog sie aber im letzten Augenblick wieder zurück. »Ich muss dir etwas sagen, und es ist wichtig, Betti, lebenswichtig sogar! Nur leider habe ich nicht die leiseste Ahnung, wie ich es dir begreiflich machen soll.«

Er nahm die Kappe ab, fuhr sich mit der Hand übers kurz geschorene Haar und wirkte insgesamt so ratlos, dass Betti sich plötzlich wünschte, seine Sprache zu sprechen. Irgendetwas wollte er von ihr – und augenscheinlich etwas Wichtiges –, konnte es ihr aber nicht erklären. Abwartend richtete sie den Blick auf ihn.

❧

In einer Situation wie dieser war es wirklich zum Verzweifeln, dass sie nicht dieselbe Sprache sprachen, dachte Konrad. Auf welche Weise konnte er Betti nur erklären, welche Gefahr für

sie schon in naher Zukunft lauerte und dass ihre einzige Über-
lebenschance in einer Flucht bestand?

Genau das war nämlich das Ergebnis eingehender Überlegungen während der nicht enden wollenden Arbeitsstunden
seiner heutigen Schicht gewesen: Nur eine Flucht konnte Betti
noch retten. Nur wenn sie bei der letztendlichen Auflösung des
Werks nicht mehr hier war, entging sie dem sicheren Tod durch
Erschießen. Und er war derjenige, der ihr zu dieser Flucht verhelfen würde. Da mochte Gaugenrieder so eindringlich warnen, wie er konnte, und ihm auf drastische Weise alle möglichen schwerwiegenden Konsequenzen vor Augen malen, es
ging eben nicht anders. Betti dem sicheren Tod zu überlassen
war keine Option. Er musste ihr helfen, aus dem Konzentrationslager und dem Werk zu entkommen, durfte sich lediglich
nicht dabei erwischen lassen.

Über das Wie war er sich zwar noch nicht im Klaren, aber
irgendeine Möglichkeit würde er sicher finden. Zunächst einmal musste es ihm gelingen, Betti klarzumachen, worum es
überhaupt ging.

»Es ist ... du musst ...« Er stockte und beschloss, zur Zeichensprache überzugehen. »Du, Betti«, er zeigte auf sie, seine
Stimme war nur ein Wispern, »du musst fliehen!« Er legte eine
Hand auf den Boden und ließ die Finger seiner anderen Hand
so rasch darüber hinwegkrabbeln, wie fliehende Menschen
laufen würden. »Fliehen, verstehst du? Vor alldem hier.« Eine
verstohlene Handbewegung, die das ganze Waldwerk erfasste.
»Vor den Wachen, vor den SS-Männern und den deutschen Soldaten. Davonlaufen musst du, sonst«, er drückte den Abzug
einer imaginären Pistole, »erschießen sie dich!«

Atemlos beobachtete er ihre Reaktion. Zuerst blickte sie ihn
nur fragend an, aber als er noch einmal in aller Deutlichkeit
seine Finger über die andere, flach ausgestreckte Hand fliehen
ließ, nickte sie verstehend. Um jedoch gleich darauf vehement

den Kopf zu schütteln. »Nein«, wisperte sie ebenso leise zurück, »nicht davon-lauf!«

»Aber du musst, sonst –« Ein zweites Mal drückte er den imaginären Abzug.

»Nein!«, wiederholte sie kaum vernehmbar und doch nachdrücklich.

Kopfschüttelnd erhob sie sich und schritt davon. Sie stellte ihre leere Suppenschale in das Ausgabefenster und begab sich in die Montagehalle, um schon vor dem Ende ihrer Pause wieder mit der Arbeit zu beginnen.

Vollkommen aus der Fassung gebracht starrte Konrad ihr hinterher. Mit einer so rigorosen Ablehnung hatte er nicht gerechnet. Begriff sie denn nicht, dass es ums nackte Überleben ging? Um ihre Zukunft – und gegebenenfalls, hoffentlich, irgendwann einmal auch um seine?

Unwillkürlich ballte er die Hände zu Fäusten und schwor sich, Betti so lange ins Gewissen zu reden, bis sie seinen Plänen zustimmte. Und bis sie merkte, dass er nichts anderes als ihr Bestes im Sinn hatte, weil er sie ehrlich und aufrichtig mochte.

Deshalb sollte er sich auf der Stelle daranmachen, einen präzisen, durchführbaren Fluchtplan auszuarbeiten. Je konkreter dieser Plan bis zu seiner nächsten Begegnung mit ihr aussah, desto besser. Doch wo beginnen? Suchend schweiften seine Augen über das Werksgelände. Von dem abseits gelegenen Schießplatz zum Einschießen der Bordkanonen über die Montagehalle, das Küchengebäude und die Sanitärbaracken bis ans andere Ende des Geländes an der Autobahn. Hier warteten die startbereiten Maschinen auf ihren Einsatz und seit gestern gruben einige Männer an einem unterirdischen Bunker für einen möglichen Bombenangriff.

Von welchem dieser Orte aus konnte eine Flucht am ehesten gelingen? Oder bestanden im Erlenbacher Lager – wo er selbst sich allerdings nicht auskannte – die besseren Möglichkeiten, zu entkommen? Dreifachen Stacheldraht und schießfreudige SS-Wachen gab es hier wie da ...

Überwältigt von der Größe der Aufgabe, die er sich vorgenommen hatte, stieß Konrad einen tiefen Seufzer aus, als er sich schließlich zum Büro begab, um seinen Arbeitstag zu beenden. Paula Kreutzer hatte ihm ausrichten lassen, dass er rasch vorbeikommen solle, um irgendein Schriftstück zu unterzeichnen.

Sie saß an ihrem Schreibtisch und tippte eine Liste. Als er eintrat, hob sie den Kopf und blickte ihn besorgt an. »Was ist los, Kässmaier? Sie sind ja ganz blass um die Nase. Meine Mutter würde sagen, Sie sehen aus, als trügen Sie alle Sorgen dieser Welt auf Ihren Schultern!«

»Tatsächlich?«, gab er kurz angebunden zurück, bemühte sich aber um einen unbeschwerten Gesichtsausdruck.

Doch so knapp ließ die Sekretärin sich nicht abspeisen. »Es geht um das Mädchen, nicht wahr? Mutter hat mir erzählt, wie freundlich Sie gestern zu ihr waren, und nun fürchten Sie eine Strafe dafür?«

So aufdringlich ihre Frage auch war, glaubte er doch, aufrichtige Anteilnahme darin zu hören, deshalb erklärte er: »Im Grunde war es Ihre Mutter, die so freundlich war, sie mit Essen zu versorgen. Ich selbst habe nichts weiter getan, als sie im Haus auf mich warten zu lassen.«

Er wandte ihr den Rücken zu, nahm einen Federhalter zur Hand und schraubte die Kappe ab. »Wo soll ich unterzeichnen?« Suchend blickte er sich nach dem Schriftstück zur Unterschrift um.

Doch die Sekretärin überhörte seine Frage. »Natürlich, Kässmaier, ich wollte Ihnen ja gar nichts Unrechtes unterstellen«, erklärte sie stattdessen. »Ganz im Gegenteil, ich finde es sehr zuvorkommend, wie Sie Ihre eigene Ration in den vergangenen Tagen immer mit ihr geteilt haben.«

»Verd–!« Der Füllhalter glitt Konrad aus der Hand. Er rollte über den Boden und verteilte überall seine schwarze Tinte, während Konrad mit der Erkenntnis kämpfte, dass er bei seinen vermeintlich heimlichen Wohltaten eine unerwünschte Beobachterin gehabt hatte.

Gelassen bückte sie sich nach dem Schreibgerät und bemerkte: »Von mir haben Sie nichts zu befürchten, Kässmaier, ich werde Sie sicher nicht verpfeifen oder dergleichen. Ich kann mir doch vorstellen, wie es Ihnen geht, ich bin selbst ...« Eine leichte Röte überzog ihr Gesicht, als sie vollendete: »... ich habe selbst einen Verehrer.«

»Dann bist du also im Bilde. Ich dachte nicht, dass es so offensichtlich sei!« In seinem Schreck ging Konrad, ohne es zu bemerken, zu der vertraulichen Anrede über. Und dafür, alles abzustreiten, war es ohnehin zu spät.

»Ich glaube, nicht für jeden«, tröstete sie. »Aber du solltest wirklich vorsichtiger sein, Konrad!«

»Damit bist du bereits die Zweite heute, die das sagt. Ich habe aber keine Zeit mehr dafür, umsichtig zu sein, versteh doch! Wenn ich ihr jetzt – heute oder morgen – nicht helfe, kann es bald schon zu spät sein!« Beinahe hätte er erneut geflucht.

»Ich weiß«, nickte sie bedeutungsvoll. »Ich habe diese schreckliche Anweisung auch gelesen. Also, was willst du tun, hast du schon einen Plan?«

»Ich –« Im letzten Moment biss Konrad sich auf die Lippe. In diesem Fall war er es, der keine Mitwisser gebrauchen konnte, so verständnisvoll Paula auch schien.

Doch sie erriet es ohnehin. Zwar sprach sie es nicht aus, doch nach einem prüfenden Blick in Richtung Tür nahm sie ein Stück Papier, schrieb etwas darauf und schob es ihm zu.

Flucht, nicht wahr?, las Konrad, ehe sie das Papier wieder zu sich heranzog und weitere Worte kritzelte. *Das schaffst du*

nicht allein. Ich werde dir helfen, einen Plan für sie zu schmieden.
Triff mich morgen in deiner Pause am Waldrand zwischen unserem
Hof und dem Werk, dann können wir die Angelegenheit besprechen.

Ungläubig blinzelte Konrad Paula an. Sie nickte erneut und bekräftigte flüsternd: »Wir müssen doch zusammenhalten. Und darauf vertrauen, dass die Liebe stärker ist als alles andere.«

Als ein weiterer Mitarbeiter das Büro betrat, verstummte sie, nahm das Stück Papier mit ihren Notizen und warf es unauffällig in den Ofen in einer Ecke des Raumes. »Das wäre dann alles – bis morgen, Flugzeugwart«, verabschiedete sie ihn gleichzeitig mit kühlem Ton und Konrad verließ pflichtbewusst das Büro.

Als er außer Sichtweite war, tat Paula im Stillen Abbitte bei Ingenieur Gaugenrieder. Jetzt hatte sie doch gegen seine Anordnung verstoßen – aber Konrads deprimierender Anblick hatte ihr gar keine andere Wahl gelassen. Selbst – oder vielleicht gerade – in Zeiten wie diesen, da die Welt auf dem Kopf stand und das größte, himmelschreiendste Unrecht sich den Anschein von Recht und Ordnung gab, sollten doch Zuneigung und Liebe das Wichtigste sein und bleiben!

Erlenbach, März 1945

Ihr alter Umhang war nicht mehr da. Betti hob ihre Strohsackmatratze einige Zentimeter höher, doch es blieb dabei. Das schlammverkrustete, mehrfach eingerissene Stück Stoff war verschwunden. Ein weiterer Gegenstand, der sie trotz all seiner Mängel bis hierher mit der Heimat verbunden hatte, war verloren.

Sie brauchte nicht lange darüber nachzudenken, wo er hingekommen sein könnte, wenn sie sich an den neidischen Blick ihrer Pritschennachbarin letzte Nacht erinnerte. Als zusätzlicher Umhang oder Decke taugte das Kleidungsstück nach wie vor. Und nötig hatte das jede Einzelne hier, das stand fest. Prüfend musterte Betti die Frau, die sich jedoch vollkommen unter ihre Decke verkrochen hatte und wie die übrigen Barackenbewohnerinnen, die den ganzen Tag im Lager verbrachten, schlief. Oder zumindest so tat als ob. Zweifelsfrei war das im Halbdunkel nicht festzustellen.

Sei's drum, befand Betti trotzig, *den Pelz nimmt sie mir nicht, den lege ich keine Sekunde lang mehr ab. Seine Wärme wird mir auf der Flucht gute Dienste leisten.*

Als sie sich bei diesem Gedanken ertappte, erschrak sie über sich selbst. War sie jetzt bereits so weit, dass Konrads Ideen in ihrem eigenen Kopf herumspukten und allmählich zu den ihren wurden? Auf eine unerfindliche, für sie nicht nachvollziehbare Weise stahl sich das Bild des jungen Deutschen immer wieder vor ihre Augen. Sein bekümmerter Blick, als er sie nachmittags in unbeholfener Zeichensprache zu überreden versucht hatte, hatte ihre Verbundenheit nach ihrer Aktion außerhalb des Waldwerks noch weiter verstärkt, wie ihr schien. Aber das durfte nicht sein! Sie musste sich selbst wieder in aller Deutlichkeit ins Gedächtnis rufen, dass er der Feind war, kein Verbündeter. Konrad war Deutschland, und sobald sie ihn mit anderen Augen betrachtete oder seine Unterstützung annahm, machte sie sich zur Verräterin – nicht nur am Volk ihrer Mutter, sondern an ihrer ganzen Familie!

Nein, mit seiner Hilfe zu fliehen war das Letzte, was sie tun würde. Ganz abgesehen davon war eine Flucht eine vollkommen absurde Idee, durch die sie ihr Leben eher verlieren als retten würde. Ihr Erlebnis mit dem unschuldigen kleinen Fuchs hatte das nur allzu deutlich gemacht. Und selbst wenn es ihr gelingen sollte zu entkommen – wohin sollte sie gehen? Wovon sollte sie in einer durch und durch menschen- und lebensfeindlichen Umgebung leben?

Betti streckte ihren müden Körper aus und zog, ähnlich wie ihre Pritschennachbarin, den Pelz bis über ihr Gesicht. Sie wünschte nur, sie könnte diesen aberwitzigen Gedanken an eine Flucht dadurch ebenso wirkungsvoll ausblenden wie ihre Umgebung.

~

Doch auch am nächsten Morgen war der Gedanke an eine mögliche Flucht noch da.

Als Betti die Baracke für den verhassten Zählappell verließ, der mittlerweile nur noch alle paar Tage stattfand, wanderte ihr Blick auf der Suche nach einer eventuellen Schwachstelle den ganzen Stacheldrahtzaun entlang.

Auf der zum Fluss hin gelegenen Seite des Zauns zu entkommen, lag schon einmal außerhalb des Möglichen. Dort müsste sie zusätzlich den Stacheldraht zu der Schlafbaracke der Männer hin überwinden, denn diese lag zwischen ihrer eigenen Baracke und dem Rand des Lagers. Die Seite zur Straße hin wiederum war vom Wachturm aus deutlich einsehbar und nachts zudem bestens ausgeleuchtet. Blieben noch die beiden Schmalseiten des Stacheldrahtverhaus, von denen eine aber in Richtung des Dorfes zeigte.

Folglich konnte es nur die letzte, nach Süden und damit zur Reichsautobahn gelegene sein. Würde es ihr gelingen, hier den Stacheldraht zu überwinden, könnte ihr diese Straße als Wegweiser nach Westen dienen. Denn aus dieser Himmelsrichtung, so hatte Dr. Sternfeld neulich angedeutet, würden schon bald die Alliierten anrücken, ihre Befreier. Sie müsste also nur so lange allein überleben, bis sie auf diese Männer stieß, die ihr höchstwahrscheinlich weiterhelfen würden. Demzufolge war eine Flucht vielleicht doch nicht die schlechteste Idee? Sie konnte sich Konrads Vorschläge dazu zumindest einmal anhören ...

In ihre widerstreitenden Gedanken und Gefühle versunken ließ Betti den Appell über sich ergehen und bestieg wenig später den Bus hinaus zum Werk. Ganz vorne saß wie üblich der blonde Soldat, ihr Aufseher aus dem Waldwerk, der das gleiche Rangabzeichen an der Uniform trug wie Konrad. Als sie an ihm vorüberging, fiel ihr zum ersten Mal auf, dass er auch nicht wesentlich älter sein konnte. Nur dass er im Gegensatz zu Konrad niemals lächelte, sondern seine Lippen oft so hart aufeinanderpresste, dass sie schon ganz wund waren. Betti hatte gehört, wie ihre Leidensgenossinnen ihn wegen seines ausgiebigen Gebrauchs von Schimpfworten und seiner Niedertracht den Höllenhund nannten. Sie selbst benannte ihn niemals irgendwie, denn ein Name, welcher Art auch immer, würde ihm einen Wert einräumen, den er in ihren Augen nicht verdiente.

Sobald sich alle Häftlinge im Bus befanden, gab der Soldat dem Fahrer einen Befehl und beugte sich hinaus zu der Aufseherin in der offen stehenden Tür. Die Haslinger bedachte ihn mit einem koketten Lächeln, dann wechselten die beiden ein paar scherzhafte Worte. Betti wurde übel. Ihre beiden größten Peiniger, seit sie im Erlenbacher Lager angekommen war, schäkerten miteinander. Ausgerechnet diese zwei, die sich in ihrer Menschenverachtung und Grausamkeit in nichts nachstanden, machten sich hier vor all ihren Opfern schöne Augen!

Sie schluckte den bitteren Ekel hinunter, der in ihr aufgestiegen war, und wandte eilig den Blick ab. Um sich abzulenken, schritt sie in Gedanken ein weiteres Mal die Umzäunung des Lagers ab.

Mit einem amüsierten Lächeln auf den Lippen lehnte Siegfried Haller sich in seinem Sitz zurück.

Es war doch immer wieder erheiternd, wie die Mehrheit der Frauen auf sein gutes Aussehen reagierte. Ein einziger schmeichelnder Blick aus seinen strahlend blauen Augen genügte, um selbst eine abgebrühte KZ-Wärterin wie Gertrud Haslinger dahinschmelzen zu lassen. Nicht, dass er ernsthaft im Sinn gehabt hätte, etwas mit ihr anzufangen. Mit ihrem männlich anmutenden Körperbau und der ungewöhnlich hohen Stimme entsprach sie überhaupt nicht dem Typ Frau, zu dem er sich hingezogen fühlte. Auf die junge Sekretärin draußen im Werk, bis auf die Gefangenen die einzige weibliche Mitarbeiterin, traf das schon eher zu. Doch die gehörte zu seinem Ärger tatsächlich zu der Minderheit der Frauen, die sich immun gegen seinen Charme zeigten. Statt seinem Lächeln zu erliegen, hatte sie ihm freudestrahlend von den zahllosen Vorzügen ihres Freundes an der Front erzählt, sodass er bald aufgehört hatte, ihr nachzustellen.

Bei Gertrud, wie gesagt, lag der Fall anders. Schon bei ihrer ersten Begegnung hier am Lagertor hatte er in ihren Zügen eine ähnliche Härte und einen Machthunger erkannt, wie sie ihn selbst erfüllten. Sie war nicht minder darauf versessen als er, ihre Mitmenschen zu beherrschen und absolut jeden, der unter ihr stand, ihre Autorität spüren zu lassen. Die sichtbare Abscheu, mit der sie die jüdischen Gefangenen betrachtete, und die Willkür, mit der sie sie schonungslos herumkommandierte, sprachen in Siegfrieds Augen Bände. Wie er stand sie voll und ganz hinter der Ideologie seines verehrten Führers und er sah sich förmlich dazu verpflichtet, sich mit ihr zu verbünden. Im Waldwerk selbst hatte er bedauerlicherweise keine derartigen Verbündeten gefunden.

Kässmaier mit seinen jüdisch anmutenden dunklen Augen und dem ebenso dunklen Haar war schon in der Hitlerjugend ein Waschlappen ohne den geringsten Ehrgeiz gewesen. Und auch die übrigen Kameraden und vor allem die zivilen Ingenieure waren ihm zu weichherzig. Allesamt zu tolerant im Umgang mit den Juden und sämtlichen anderen minderwertigen Rassen. Ihm wurde schon übel, wenn er nur an ihren nahezu mitfühlenden Umgangston gegenüber den Häftlingen im Werk dachte.

Gertrud mit ihrer jederzeit gewaltbereiten Haltung war da eine ganz andere Nummer. Abgesehen von ihrer ähnlichen Gesinnung stand die junge Frau in ihrer Funktion zudem nur wenig unter dem Lagerleiter und hatte vermutlich Einblick in alle Angelegenheiten des Konzentrationslagers, eventuell sogar in die des Werkes. Sie konnte ihm unbemerkt Informationen verschaffen, die sich in Zukunft als nützlich erweisen könnten, ganz zu schweigen von ihrem Zugang zu einem Telefon.

Und nicht zuletzt fand er es in der Tat amüsant, selbst diese hartgesottene Frau mit nur einem seiner berüchtigten Blicke nach seiner Pfeife tanzen zu lassen. Gerade eben hatte er sogar ein Treffen mit ihr vereinbart: Heute spätabends, sobald sie ihre jeweiligen Dienste hinter sich gebracht hatten, würde er sie hier am Lagertor abholen. Während sie nach seinem vielsagenden Lächeln die Verabredung mit Sicherheit als Rendezvous betrachtete, verfolgte er damit jedoch ganz andere Pläne.

Siegfried musste nämlich dringend mit einem Vorgesetzten sprechen. Da sich aber im Werk selbst kein entsprechender Offizier befand, wollte er das telefonisch tun. Der Fernsprecher im Büro schied in diesem Fall allerdings aus. Denn da würden ausgerechnet die Personen mithören, um die es ihm bei der Sache ging. Also blieb ihm keine andere Wahl, als das Telefon im Lager zu nutzen.

Seit Tagen hegte er den Verdacht, dass sich unter seinen Mitarbeitern mindestens einer, wenn nicht sogar mehrere

Verräter befanden. Weshalb sonst sollten Ingenieur Gaugenrieder und die weit unter ihm stehende Sekretärin und Bauerntochter ständig die Köpfe zusammenstecken und miteinander
tuscheln? Oder sogar, wie er neulich zufällig mitbekommen
hatte, heimlich den Radiosender des Feindes hören? Und der
Tiefflieger war mit Sicherheit nicht aus reinem Zufall genau am
folgenden Tag über dem Werk aufgetaucht!

Sogar Kässmaier schien in dieses Komplott verwickelt zu
sein. Nicht nur, dass er in einer Art und Weise mit seinen Arbeiterinnen umsprang, die man in ihrer Milde und Höflich-
keit geradezu staatsfeindlich nennen konnte. Nein, es gab weit
mehr Verdachtsmomente. Die Tatsache beispielsweise, dass er
sich beim Auftauchen der B-17 außerhalb des Werkes statt in
seiner Schicht befunden hatte und den feindlichen Flieger in
allen Einzelheiten beschreiben konnte. Auch wenn Siegfried
bisher nichts Genaueres über den Grund von Kässmaiers Abwesenheit herausbekommen hatte, deutete doch alles darauf
hin, dass er von einem bevorstehenden Angriff gewusst hatte.

Um einen ersten Verdacht gegenüber den Vorgesetzten zu
äußern, schienen ihm die bisherigen Hinweise auf jeden Fall
auszureichen. Vor allem, da er vorhatte, die aufwieglerischen
Personen im Lauf der folgenden Stunden und Tage sehr genau
im Auge zu behalten, Konrad ebenso wie den Ingenieur und
die Sekretärin. Vor diesem Hintergrund durfte er sogar einmal
in Kauf nehmen, sich nicht vollkommen auf den Flugzeugbau
konzentrieren zu können. Als verantwortungsbewusster Soldat
des Vaterlands blieb ihm definitiv keine andere Wahl, hatte er
doch nicht die Absicht, das Flugzeugwerk einem möglichen
Angriff der Amerikaner preiszugeben.

Sowie der Bus im Werk zum Stehen gekommen war, teilte
Siegfried Haller also seinen Schichtarbeiterinnen ihren heu-
tigen Arbeitsplatz zu, positionierte sich selbst aber an einer
Stelle, wo er den größten Teil der Montagehalle im Auge hatte.

Der offen stehende Eingang und der Waldweg hinunter zum Bürogebäude lagen ebenfalls in seinem Blickfeld.

Seine Geduld wurde auf eine harte Probe gestellt. Zunächst bewegte sich weder Konrad von der Stelle noch suchte der Ingenieur das Büro mit dem versteckten Rundfunkgerät auf. Einige Minuten vor Dienstschluss jedoch legte Kässmaier sein Werkzeug beiseite, verließ die Halle und steuerte auf den Ausgang des Werkes zu. Wollte er es auch heute verlassen? Siegfried zögerte einen Augenblick, wog die Chancen ab, dass seine Arbeiterinnen sich unerlaubt entfernen könnten, beschloss, das geringe Risiko einzugehen, und folgte Kässmaier.

Sobald er das Tor mitsamt Wachtposten hinter sich gelassen hatte, eilte der potenzielle Verräter durch den Wald, ohne nach rechts oder links zu sehen. Sein Verfolger musste sich nicht einmal Mühe geben, unentdeckt zu bleiben. Von einer Deckung hinter dichten Fichten- und Buchenstämmen zur nächsten folgte er Kässmaier bis zum Waldrand, wo bereits jemand auf ihn wartete. Es war niemand anders als die kleine Sekretärin.

Zufrieden grinste Haller in sich hinein. Er hatte es doch gewusst, die beiden steckten unter einer Decke! Ohne auf seine Uniform zu achten, die er ansonsten stets in tadellosem Zustand hielt, drängte er sich in dem kahlen, dornigen Gebüsch unter den letzten Bäumen so dicht wie möglich an sie heran. Trotzdem brauchte er für seine Begriffe viel zu lange, bis er endlich nahe genug war, um zu lauschen.

Er kam gerade noch rechtzeitig, um Konrads unterdrückten Ausruf zu hören: »Wie soll ich ihr das denn klarmachen, Paula? Sie versteht kaum ein Wort von dem, was ich sage. Ich hatte ja bereits Mühe, ihr überhaupt zu erklären, worum es geht!«

»Das schaffst du schon!« Die kleine Sekretärin lächelte ihm aufmunternd zu. »Wenn du ihr erst einmal das Werkzeug in die Hand drückst, kapiert sie sofort, was sie tun muss. Es geht jetzt also nur darum, es ihr heimlich zuzustecken.«

Kässmaier stöhnte auf. »*Nur,* sagst du! Keine Ahnung, wie ich das anstellen soll, Gaugenrieder lässt mich ja kaum eine Sekunde aus den Augen.«

»Er macht sich halt Sorgen um dich. Aber ich bin mir sicher, wir tun das Richtige, Konrad«, betonte die junge Frau nachdrücklich.

»Das auf jeden Fall!«

Mit Verschwörermiene nickten die beiden einander zu, dann fragte sie: »Also – wann?«

»Sobald ich sie überzeugt habe. Jeder Tag zählt!«

»Das ist wahr. Tag für Tag dringen die Amerikaner weiter nach Westen vor, daran lässt die BBC keinen Zweifel. Und je näher sie rücken, desto größer ist die Wahrscheinlichkeit, dass wir hier schließen und die Häftlinge, nun, du weißt schon …«

»Natürlich!« Frustriert boxte Konrad mit der rechten Faust gegen die geöffnete Handfläche seiner Linken, wieder und wieder. »Ich wünschte nur, ich könnte mehr tun.«

In seiner Verzweiflung hatte er nicht mehr darauf geachtet, seine Stimme zu dämpfen. Siegfried, der bei der Erwähnung der Amerikaner und der BBC unwillkürlich den Atem angehalten hatte, holte tief Luft. Ein wenig zu laut, denn Kässmaier erstarrte mitten in der Bewegung und die Sekretärin schlug sich erschrocken die Hand vor den Mund.

Fieberhaft suchten sie mit den Augen das Gebüsch ab. Der Lauscher duckte sich noch ein wenig tiefer zwischen die Dornen. Endlich wandte Kässmaier den Blick wieder ab. »War sicher nur ein Feldhase, den wir aufgeschreckt haben. Aber geh jetzt lieber nach Hause, ehe uns jemand zusammen sieht, und ich mache mich auf den Weg zurück, ihre Pause dürfte jeden Moment beginnen.«

Damit machten seine beiden Verdächtigen sich auf den Weg, diesmal wesentlich vorsichtiger als bei ihrer Ankunft. Haller richtete sich kopfschüttelnd auf. Das war nicht das, was er

erwartet hatte. Zwar waren Begriffe wie BBC und so weiter gefallen, aber keine Rede von einem Bombenangriff oder dergleichen, stattdessen von irgendeiner mysteriösen weiblichen
Person. Eine weitere Verschwörerin? Wer um Himmels willen
war »sie« – und wie hing »sie« mit den Amerikanern und der
BBC zusammen? Womöglich war da etwas weit Größeres im
Gange, als er bislang vermutet hatte.

Fester denn je dazu entschlossen, sämtliche Vorgänge heute
Abend telefonisch zu melden, stapfte er zurück ins Werk.

16. Kapitel

Schon von Weitem registrierte Betti Konrads Besorgnis. Seine Stirn war in tiefe Falten gelegt und nicht der leiseste Anflug eines Lächelns umspielte seinen Mund. Er kam auch nicht direkt zu ihr wie sonst, sondern winkte ihr stattdessen aus der Entfernung verstohlen zu.

Betti verspürte eine ungewohnte Wärme in ihrem Innern. Es gab einen Menschen auf dieser Welt, dem sie nicht verhasst oder zumindest vollkommen gleichgültig war! In den Tagen, seit sie ihn wegen seines Fluchtvorschlags einfach hatte stehen lassen, hatte sie nichts mehr von ihm zu sehen bekommen und schon daran zu zweifeln begonnen. Trotzdem senkte sie nun den Kopf und konzentrierte sich auf ihre Suppe, statt zurückzuwinken.

Erst bei seinem dritten oder vierten Handzeichen begriff sie, dass dies mehr als ein verstohlener Gruß sein sollte: Er winkte sie zu sich. Aber konnte sie es riskieren, ihren Platz am Rande der speisenden Mitgefangenen zu verlassen?

Bedächtig erhob sie sich und ging in Richtung der Toiletten, was ihr am unauffälligsten erschien. Auf diesem Weg hatte sie bislang keiner aus der Wachtruppe aufgehalten. Das Sanitärgebäude lag abseits der übrigen. Eine Gruppe junger Fichten, die bislang nicht zu Tarnzwecken gefällt worden waren, diente der Abschirmung des restlichen Werkes, vor allem wegen der unangenehmen Gerüche.

Unmittelbar hinter der Baumgruppe traf sie auf Konrad. »Da bist du ja, Betti! Hast du über meinen Vorschlag nachgedacht?«, begann er ohne Umschweife. Dabei unterstrich er seine Worte mit der gleichen Handbewegung für Flucht, die er auch beim letzten Mal verwendet hatte.

Sie wiederholte seine Handbewegung, nickte, schüttelte gleich darauf den Kopf und hob dann unentschlossen die Schultern. Auf diese Weise sollte er wohl begreifen, dass sie nicht wusste, was sie davon halten sollte.

Trotzdem erklärte er erfreut. »Das ist gut, sehr gut sogar!«

Noch einmal zuckte sie unentschlossen die Achseln, ehe sie mit dem Kinn auf den dreifachen Stacheldrahtzaun deutete und zweifelnd auf Deutsch fragte: »Wie – Zaun? SS-Manner?«

»Ich weiß, das ist schwierig. Aber ich werde dir bald ein Werkzeug dafür geben. Dann kannst du den Zaun durchtrennen und fortlaufen.«

Mit beiden Händen, die Finger der rechten um einen unsichtbaren Gegenstand geschlossen, vollführte er ein paar seltsame Bewegungen, während er eindringlich erklärte: »Aber nicht hier im Wald, dieser Zaun ist zusätzlich mit Sprengfallen gesichert. Du musst vom Lager aus fliehen, verstehst du? Vom Lager, dort, wo du schläfst.«

Betti wiegte lediglich den Kopf, doch Konrad gab nicht auf. »Ich sehe schon, ich muss es dir zeigen, damit du es begreifst. Ich konnte nur leider bisher –«

Er unterbrach sich. In der Tür des Toilettengebäudes erschien eine von Bettis Leidensgenossinnen. Ihre Augen weiteten sich, als sie den Kopf hob und den deutschen Soldaten im Gespräch mit Betti sah. Rasch trat Konrad zwei Schritte zurück, während er ihr zum Abschied zuraunte: »Morgen – hier, Betti. Ja?«

Kaum merklich nickte sie ihr Einverständnis und er trat eilig den Rückzug an. Betti setzte ihren Weg zur Toilette fort, als hätte sie von Beginn an nichts anderes im Sinn gehabt.

Dennoch musterte die entgegenkommende Frau sie misstrauisch und warf die Toilettentür so haarscharf vor Bettis Nase zu, dass diese dagegenstieß.

»Ich muss vorsichtiger sein«, ermahnte sich Betti, während sie ihre schmerzende Nase massierte, »sonst ist meine Flucht von vornherein zum Scheitern verurteilt!«

Dank Konrads Zuversicht schien es ihr in der Tat zum ersten Mal möglich, ihren Peinigern zu entkommen. Tief in diese Gedanken versunken bemerkte sie nicht den blonden Soldaten und Aufseher Haller, der im selben Augenblick das Häuschen der Männer verließ, in dem sie die Tür daneben öffnete.

≈

Erst etwa eine Woche später gelang es Betti, Konrad wieder hinter den jungen Fichten anzutreffen. Ohne ersichtlichen Grund hatte der Soldat und »Vorarbeiter« Haller sie jeden Tag zu einer anderen Zeit in die Pause geschickt, sodass sie die Hoffnung auf das geplante Wiedersehen schon fast aufgegeben hatte. Umso mehr freute sie sich nun darüber, Konrad endlich wieder gegenüberzustehen.

Auch er lächelte, als er ihr mit vielen Worten ein in schmutzigen Stoff gewickeltes Päckchen zusteckte. Für einen Sekundenbruchteil lüftete er die Umhüllung und Betti erkannte eine schwarze Lederscheide mit einem Messer darin. Damit sollte sie eine Holzwand durchtrennen, falls sie seine Zeichen richtig deutete. Davon also hatte er das letzte Mal gesprochen!

Die Frage war nur, welche Wand er damit meinte. Die der Montagehalle konnte es nicht sein, denn hier waren die Frauen nicht einen Augenblick lang unbeaufsichtigt. Blieb demnach nur diejenige in ihrer Schlafbaracke im Lager, wo die Frauen zumindest in der Nacht unter sich waren. Doch selbst wenn es ihr gelingen sollte, mit dem Messer ein Schlupfloch in die dünnen Bretter der Barackenwand zu schneiden, würde sie spätestens am Lagerzaun scheitern. Dreifacher Stacheldraht und ein gewöhnliches Schneidwerkzeug – wie sollte das jemals funktionieren?

Fragend blickte sie ihn an, während er sich beeilte, das Päckchen unter ihren Pelz zu schieben. Dabei streiften seine Hände ihren Unterarm. Seine langen, schlanken Finger umschlossen das gefährliche Gut und Betti glaubte, ihre Wärme sogar durch den Ärmel ihres Mantels hindurch zu spüren.

Was natürlich unmöglich war, wie sie sich selbst versicherte, als er davoneilte. Dennoch fühlte sich ihr Arm immer noch warm an, als sie längst wieder mit dem Pinsel in der Hand auf dem Gerüst unter dem Flugzeugrumpf stand und arbeitete.

Doch schon bald beschlich sie ein seltsames Unbehagen. Bildete sie es sich nur ein oder hatte der Blonde sie heute ganz besonders im Blick? Ständig fühlte sie seine Augen auf sich gerichtet, und während er normalerweise einen größtmöglichen Abstand zu den Frauen hielt, erschreckte er sie gleich mehrmals mit seinem plötzlichen Auftauchen dicht hinter ihr. Mit einer stummen Drohung auf den fest zusammengepressten Lippen und in den kalten Augen starrte er sie finster an. Gerade so, als hätte er nichts Besseres zu tun, als ausschließlich sie und ihre Arbeit zu überwachen.

Mit der Zeit begannen ihre Hände – diesmal nicht vor Kälte – zu zittern und die aufgemalten Ziffern wurden immer undeutlicher. Weshalb rückte Haller ihr dermaßen auf den Leib? Hatte er sie gemeinsam mit Konrad gesehen und einen Verdacht geschöpft? Das verräterische Päckchen unter ihrem Mantel brannte wie Feuer und sie bildete sich ein, ihr Feind könnte es trotz des weiten, dichten Pelzmantels sehen. Wenn er sie mit dem Fluchtwerkzeug erwischte, war alles vorbei. Eine winzige Bewegung eines Fingers an seiner Waffe, ein Schuss – und Bettis Leben war Geschichte.

Selten war sie so erleichtert wie dieses Mal, als sie und die anderen Frauen spätabends ins Lager zurückgebracht wurden. Wie üblich schickte man sie direkt zum Schlafen, aber daran war für Betti heute nicht zu denken. Hellwach lag sie auf ihrer Pritsche. Die Lederscheide mit dem Messer, die sie mittlerweile um ihren Oberkörper gebunden in der Achselhöhle trug, brannte noch immer und der wachsame Blick aus einem Paar stahlblauer Augen verfolgte sie selbst hinter geschlossenen Lidern. Sie versuchte, stattdessen an Konrads sanftes, tiefdunkles Augenpaar zu denken, doch es funktionierte nicht. So starrte sie brennenden Blickes auf die Wand neben ihrem Lager – wo ihre quälenden Gedanken allerdings erst recht keine Ruhe fanden.

Denn das war die Wand, durch die sie fliehen sollte, wenn es nach Konrad ging. Zwar waren die Bretter dünn und die Ritzen dazwischen an einzelnen Stellen breit genug, dass von draußen schmale Lichtstreifen hereinfielen, aber ob das Messer sich tatsächlich dazu eignete, einen Durchlass für ihren ganzen Körper hineinzuschneiden? Und wie sollte das überhaupt gehen? Denn selbst wenn das Geräusch, das sie damit verursachen würde, nur so schwach wäre, dass die Nachtwache im Lager es nicht hören konnte – sämtliche Frauen in der Baracke würden sofort hellwach sein und einen Tumult verursachen. Vielleicht würden sie sie beobachten, ihr möglicherweise auch helfen, dann aber selbst hindurchschlüpfen und versuchen wollen, den Stacheldraht zu durchtrennen. So würde zumindest sie es an ihrer Stelle machen. Oder sie würden versuchen, ihr das Werkzeug abzunehmen, und sie aus Furcht vor Entdeckung und zusätzlichen Misshandlungen für die ganze Gruppe bei der Wache melden ... Es gab so viele Möglichkeiten und alle waren beängstigend!

Nein, dem allen fühlte sich Betti nicht gewachsen. Nicht heute, da der misstrauische, hasserfüllte Blick des Blonden sie verfolgte und die Erinnerung an Eva, die nachts stets neu erwachte, sämtliche Zuversicht in ihrem Herzen auszulöschen drohte. Morgen war auch noch ein Tag. Morgen Abend oder in einer der folgenden Nächte war immer noch genug Zeit, um zu fliehen.

Erlenbach, März 1945

Obwohl Betti sich bestimmt mehrere Stunden sorgenvoll auf ihrem Lager umhergewälzt hatte, musste sie doch etwas Schlaf gefunden haben, denn der nächste Tag brach rascher an als erhofft.

Nach ihrer morgendlichen Ration, einer Blechtasse voll brauner Brühe, die die Aufseherinnen als Kaffee bezeichneten und nach deren Genuss Betti stets genauso hungrig war wie zuvor, trat sie ins Freie. Sie hoffte, die frische Luft würde ihre Müdigkeit vertreiben und es ihr ermöglichen, etwas Ordnung in das Knäuel ihrer unentwirrbaren Gedanken zu bringen.

Am Himmel hinter dem Wachturm ging gerade die Sonne auf, die Luft war klar und kalt. Von dem Nebel, der spätabends noch ihre Rückkehr aus dem Waldwerk begleitet hatte, war nichts weiter übrig als kleine weißliche Kappen gefrorener Feuchtigkeit auf jeder einzelnen Spitze des Stacheldrahtzaunes. Nahezu malerisch sah das aus, ganz so, als versuchte die Sonne, die Hässlichkeit des Gefängnisses und dessen Brutalität zu überdecken.

So etwas in der Art hätte zumindest Eva jetzt gesagt, vermutete Betti. Erneut überrollte sie bei dieser Erinnerung an ihre Schwester die Hoffnungslosigkeit. Hier im Lager waren Konrad, seine Sorge um sie und seine Zuversicht, die auf geheimnisvolle Weise stets auf sie abzufärben schien, so weit weg wie der Morgen vom Abend. Innerhalb dieses Zaunes existierten nichts anderes als Hunger und Kälte und Furcht vor der Willkür ihrer Bewacher.

Allerdings schien deren Aufmerksamkeit immer mehr nachzulassen. Neuerdings wirkten die Aufseher, selbst ihre spezielle Peinigerin Haslinger, irgendwie abgelenkt. Sie versammelten sich in Grüppchen und tuschelten miteinander, statt permanent jeden Schritt der Häftlinge zu überwachen, wie sie es zuvor getan hatten. Heute steckten die beiden SS-Wachen auf dem Appellplatz vor dem Hauptgebäude die Köpfe zusammen und musterten besorgt den Himmel sowie den Waldrand jenseits des Flusses, statt auf die Häftlinge zu achten, die sich deshalb ungehindert über den ganzen Platz bewegen konnten.

Seltsam. Betti wandte den Blick von ihnen ab und verfolgte selbst den Lauf des Flüsschens. Es floss nach Norden, wo sie in etlicher Entfernung eine Brücke erkannte, und etwa auf der Höhe des Wachturms zweigte ein kleiner Kanal davon nach Osten ab. Zur Orientierung im Fall ihrer Flucht konnte der Fluss jedenfalls nicht dienen, lag ihre ganze Hoffnung doch im Westen bei den Alliierten.

Ein betontes Räuspern riss sie aus ihren Gedanken. Dr. Sternfeld trat neben sie an den Zaun. »Guten Morgen, Betti«, grüßte er und fuhr besorgt fort: »Du wirkst erschöpft, Kind, fühlst du dich nicht wohl?«

Wohl? Verständnislos blickte sie zu ihm auf. Meinte er das tatsächlich ernst? Das letzte Mal, dass sie sich wohlgefühlt hatte, musste Jahre zurückliegen.

Im selben Moment schien auch ihm seine absurde Wortwahl aufzufallen und er verbesserte sich: »Krank wollte ich sagen: Fühlst du dich krank oder ...«

»Nein, nein, nur das Übliche!«, versicherte sie. »Aber zumindest ist mir nicht mehr so kalt. Deshalb noch einmal vielen Dank für den warmen Mantel, Dr. Sternfeld, er ist wie ein Geschenk des Himmels!«

»Das freut mich!« Er lächelte und wie schon einmal glätteten sich die tiefen Falten um seine Augen und den Mund deutlich. Wahrscheinlich war er weit jünger, als Betti bislang gedacht hatte. Für einen kurzen Augenblick fragte sie sich, welche Grausamkeiten die Deutschen ihm und seiner Familie angetan haben mochten, dass er äußerlich so vorzeitig gealtert war, doch da sprach er bereits weiter.

»Siehst du die beiden dort?« Mit einer Bewegung seines Kinns wies er auf die Aufseherinnen am Rand des Appellplatzes. »Siehst du, wie erregt sie miteinander flüstern? Sie haben Angst, dessen bin ich mir sicher!«

»Angst vor den näher rückenden Alliierten, meinen Sie?«

»Exakt. Allmählich registrieren selbst sie als unbedeutende kleine Rädchen im System, dass das Kriegsglück sich nicht nur im Osten gewendet hat, sondern im gesamten Deutschen Reich.«

»Ist das wirklich wahr?«, zweifelte sie.

»So wahr ich hier stehe, Betti. Ich weiß zwar nicht konkret, wie weit die Alliierten mittlerweile nach Westen vorgerückt sind, aber sie sind definitiv auf dem Weg hierher. Wenn mich nicht alles täuscht, nannte der ansässige Arzt dem Lagerleiter neulich einen Ort diesseits des Rheins, den sie vor Kurzem eingenommen haben.«

»Aber wenn ihre Niederlage so bald bevorsteht, weshalb produzieren die Deutschen dann immer noch wie verrückt Flugzeuge draußen im Wald? Ich habe wahrhaftig das Gefühl, als glaubten die Arbeiter dort nach wie vor an den Sieg.«

»Was du nicht sagst!« Mit zusammengezogenen Brauen starrte nun auch Dr. Sternfeld auf den waldigen Hügelrücken jenseits des Flüsschens. Überfielen ihn nun selbst Zweifel an den Schlüssen, die er aus dem Verhalten des Feindes gezogen hatte? Sein tiefer Seufzer untermauerte Bettis Vermutung.

Mitfühlend legte sie ihm die Hand auf den Arm und raunte leise: »Haben Sie schon einmal daran gedacht, Ihr Schicksal – na ja, gewissermaßen in die eigene Hand zu nehmen, Dr. Sternfeld?«

»Mein Schicksal in meine eigene –« Seine Augen weiteten sich. »Du meinst, zu fliehen?«

Das letzte Wort war kaum hörbar, doch Betti nickte bedeutungsvoll.

Entgeistert griff er sich an die Stirn. Dann beugte er sich ihr entgegen, bis ihre Köpfe sich berührten, und wisperte: »Niemals, Betti! Und auch du darfst daran nicht einmal denken, hörst du? Niemals! Selbst wenn es dir gelingen sollte, aus dem Lager zu entkommen, ohne erschossen zu werden, werden sie dich früher oder später finden. Sie haben Hunde, die jede Spur aufnehmen können, und fangen dich im Nu wieder ein. Und dann –«

Mit aschfahlem Gesicht brach er ab. Sein Blick verfinsterte sich zusehends, sein Schweigen zog sich in die Länge. Welche schrecklichen Bilder mochte er vor seinem inneren Auge sehen?

Als er sich endlich wieder gefangen hatte, legte er seine Hände um ihren Kopf, als könnte er damit jeden Gedanken an Flucht darin auslöschen, und murmelte beschwörend: »Glaub mir, Kind, das willst du nicht erleben.«

Beschämt senkte Betti die Augen. Sie hatte ja nicht geahnt, dass ihre spontane Idee, den erfahrenen Mann ins Vertrauen zu ziehen, ein derartiges Entsetzen bei ihm auslösen würde. Er reagierte so besorgt, als hätte sie ihm erklärt, dass sie sich in voller Absicht vor die Kugeln der Deutschen werfen wolle.

»Ich bitte dich inständig, Betti: Versprich mir, nichts Unüberlegtes zu tun!«, drang er in sie und seine Hände hielten ihren Kopf so verzweifelt umklammert, als ginge es jetzt schon um ihr Leben.

Zögernd nickte sie. Dieses Versprechen konnte sie halbwegs guten Gewissens geben, denn etwas »Unüberlegtes« hatte sie ganz sicher nicht im Sinn. Ganz im Gegenteil, nie zuvor in ihrem Leben hatte sie derart verzweifelt um eine Entscheidung gerungen wie bei diesen Fluchtplänen!

Schweigend verharrten sie noch einige Minuten gemeinsam am Zaun, bis Moses an die Seite seiner Patienten zurückkehrte.

17. Kapitel

Stowbridge, März 1960

»Das ist doch sicher nicht nur ein gewöhnlicher silberner Trinkbecher, nicht wahr?«

Fragend wandte Betti sich an ihren Onkel Levi. Vor der Zubereitung des Abendessens hatte sie ihr Fundstück aus dem verborgenen Tal gereinigt und es zwischen ihnen auf dem gedeckten Tisch platziert, um es ihm zu zeigen. Das silberglänzende Gefäß oder der Pokal oder wie immer man es bezeichnen wollte, stand auf einem etwa zwanzig Zentimeter hohen, wie eine Weinranke gearbeiteten Fuß und war mit einer feinen Einlegearbeit verziert, deren verschiedenfarbige Steine im Lampenschein glitzerten.

»Nein, das kann ich mir nicht vorstellen.« Ihr Onkel ergriff das Gefäß und platzierte seine Lesebrille auf der Nase. Behutsam fuhr er mit den Fingerspitzen über die Windungen des hohen Fußes und die Oberfläche der eingearbeiteten Steine, als ob er etwas Bestimmtes suchte. Plötzlich starrte er angestrengt auf eine konkrete Stelle.

»Da ist er ja«, murmelte er und fügte lauter hinzu: »Es handelt sich definitiv um reines Silber, wie der Stempel hier beweist, und wenn mich nicht alles täuscht, sind die Steine keine bloße Imitation. Demnach ist dein Fundstück entweder ein antiker, durchaus wertvoller Trinkpokal, der schon seit ungezählten Jahren dort vergraben war, oder aber«, über den Rand seiner Brille hinweg blickte er Betti bedeutsam an, »ein sakraler Gegenstand.«

»Ein sakraler – aber natürlich, daran hat es mich gleich zu Anfang schon erinnert!« Sie schlug sich die Hand vor die Stirn. »Es ist ein Kelch aus der Kirche, für den Messwein. Zu Hause in St. Stephan, wo wir mit Vater immer die Messe besucht haben, gab es ein ähnliches Gefäß. Es war sogar mit vergleichbaren Edelsteinen verziert. Ich erinnere mich, wie ich als kleines Mädchen die Art und Weise bewundert habe, wie sich das Licht der vielen hellen Kerzen oder der Sonne darin gebrochen hat. Damals habe ich geglaubt, es sei Gott beziehungsweise das Licht der Welt persönlich, das in dem Kelch wohne und sich auf diese Weise zeige.«

Wie kindlich naiv sie damals gewesen war mit ihrem blinden, vertrauensvollen Glauben an einen Gott, der sie später einfach tatenlos ihrem Schicksal überlassen hatte! Und den sie, als Reaktion darauf, danach weitestgehend ignoriert und aus ihrem Leben verbannt hatte. Dennoch brachte der Kelch eine Saite in ihr zum Klingen, die sie schon lange nicht mehr gespürt hatte. Erregt drehte sie ihn in ihren Händen, um die Lichtreflexe in der Einlegearbeit zu bewundern.

Levi nickte zustimmend. »Gut vorstellbar. In diesem Fall wäre auch die Frage nach seinem Besitzer geklärt: Der Kelch gehört der Kirche. Du solltest ihn so bald wie möglich dort abgeben.«

Offenbar befriedigt über die rasche Lösung des Rätsels verstaute ihr Onkel seine Brille in der Westentasche und ergriff anschließend die Gabel, um sich dem Hühnergericht auf seinem Teller zu widmen. Betti bereitete das *Csirkepaprikás nokedlivel* stets genau so zu, wie es in ihrer ungarischen Heimat üblich war, weil sie wusste, dass ihr Onkel es genau so liebte. Sie sprachen zwar niemals darüber, aber ihnen beiden war es gleichermaßen wichtig, wenigstens auf diese Weise die Vergangenheit ihrer Familie mit dem Leben der Gegenwart zu verbinden. Daran hatte sich in den fünfzehn Jahren, in denen Betti mittlerweile bei ihrem Onkel lebte, nichts geändert und vermutlich würde es das auch in Zukunft nicht tun.

Betti hob erstaunt die Augenbrauen. »Du sprichst aber nicht von der Kirche hier in Stowbridge, oder? Auf welche Weise sollte der Kelch denn von hier in das verborgene Tal gelangt sein – er ist doch kein Alltagsgegenstand, den man einfach so mit sich herumträgt.«

»Nun, das kann ich mir ebenso wenig erklären wie du. Der örtliche Pfarrer wird aber zumindest wissen, an wen er sich mit deinem Fund zu wenden hat, damit er seinen ursprünglichen Platz wiederfindet.« Levi schob sich eine weitere Gabel voll Hühnchen in den Mund und schlug vor: »Am besten gehst du gleich morgen vor dem *Kiddusch* zum Pfarrhaus.«

»Na gut.« Schon morgen am Freitag vor dem Abend also, vor dem Sprechen der rituellen Segensworte über den Wein, die den Shabbat einläuteten. Betti konnte sich nicht dagegen wehren, dass bei diesem Ratschlag leichter Widerwille in ihr aufstieg. Sie trennte sich nur ungern von ihrem neuesten Fundstück. So befriedigend sie es für gewöhnlich fand, ihre Fundgegenstände wieder den rechtmäßigen Eigentümern zu überreichen, dieser Fall lag irgendwie anders. Der Abendmahlskelch war kein Stofftier oder eine Tabakdose, er war etwas Besonderes.

Während sie ihn mit viel Mühe Schicht für Schicht unter seinem Schutzmantel aus Dreck herausgearbeitet hatte, hatte sich ihr Herzschlag spürbar beschleunigt, und als er endlich im Lampenlicht mit seidig schimmernder Oberfläche vor ihr stand, hatte eine seltsame Erwartung sie ergriffen. Unerklärlicherweise fühlte sie sich mit ihren einunddreißig Jahren wie ein Schulmädchen, das sich die Ferien oder seine Geburtstagsfeier oder ein ähnliches freudiges Ereignis herbeiwünschte.

Auch in dem Augenblick, in dem sie nun den Kelch vom Esstisch hinüber auf die Anrichte stellte, glaubte sie ein aufgeregtes Kribbeln in ihren Fingern zu spüren. Immer wieder wanderte ihr Blick zu dem Kelch. Er besaß eine unwiderstehliche Anziehungskraft und allein der Gedanke, ihn tatsächlich aus den Händen zu geben, erfüllte sie mit einem Gefühl des Verlustes.

»Vielleicht«, bemerkte ihr Onkel, der ihr womöglich das Widerstreben ansah, »möchtest du ihn auch lieber bei Sandy abgeben.«

»Sandy?«, echote Betti irritiert. »Was sollte er denn damit anfangen?«

»Nun, vielleicht hätte ich besser sagen sollen, bei der Polizei. Immerhin besteht die Möglichkeit, dass der Kelch als Diebstahl gemeldet ist, sodass er ohnehin zunächst mal in die Hände der Polizei gehört.«

»Oh – natürlich!« Betti überlegte einen Augenblick, doch der Gedanke, den Kelch der Polizei zu übergeben, behagte ihr noch weniger. Nein, Levis erster Impuls war schon richtig gewesen. Dieses sakrale Gefäß gehörte zurück in die Kirche, zurück an den Ort, wo es seine geheiligte Funktion bei jenem Mahl ausführte, das den Christen so wichtig war. Je rascher sie den Kelch zurückbrachte, desto eher würde sie hoffentlich diese unerwarteten, mysteriösen Gefühle überwinden. Entschlossen widmete sich Betti ihrer Mahlzeit.

Als sie am folgenden Nachmittag durch strömenden Regen zum Pfarrhaus lief und den Messingtürklopfer betätigte, klopfte ihr Herz zum Zerspringen. Der Pfarrer selbst war ihr kein Unbekannter, holte er doch regelmäßig persönlich seine Zeitschriften sowie die übrige Post im Laden ab. Betti hatte ihn oft genug bedient.

»Miss Betty! Was führt Sie zu mir, obendrein bei solch grauenvollem Wetter?«

Doch ehe sie die Gelegenheit zu einer Antwort bekam, fand Betti sich in einem kleinen düsteren Vorraum wieder, wo der Reverend ihr den tropfenden Regenschirm und Regenmantel abnahm und sie, eine Hand auf ihren Arm gelegt, auf direktem Weg weiter in sein Studierzimmer führte.

In der Mitte des Raumes stand ein wuchtiger, unter Büchern nahezu begrabener Schreibtisch, während sich ebenso voll beladene Bücherregale über alle vier Wände und bis hinauf zur Decke zogen. Einzig für ein schmales Fenster, den offenen Kamin und die Türöffnung ließen die Büchermengen Platz.

Für einen kurzen Augenblick fühlte Betti sich in ihre Kindheit zurückversetzt, direkt in das Arbeitszimmer ihres Vaters. Auch er hatte sich mit unzähligen Büchern umgeben, mit medizinischen Fachbüchern und literarischen Werken aus der ganzen Welt. Oft hatte er diesen Raum im Scherz seinen »Salon« genannt, in dem er sich am liebsten mit den »vielseitigsten Freunden« traf, die man auf dieser Welt finden konnte. Beinahe erwartete sie, seine hochgewachsene, junge Gestalt hinter den Bücherstapeln am Schreibtisch auftauchen zu sehen. Doch stattdessen war es der hagere, etwa fünfzigjährige Pfarrer, der sich dort niederließ und sie mit einer freundlichen Handbewegung einlud, auf dem einzigen anderen Stuhl Platz zu nehmen. Ein schmerzhafter Stich fuhr durch Bettis Herz, während sie sich mühsam in die Gegenwart zurückrief.

»Schön, meine Liebe. Was genau ist Ihr Anliegen?« Erwartungsvoll blickte Reverend Morgan sie an.

»Das hier.« Entschlossen, ihr kostbares Fundstück aus den Händen zu geben, ehe sie es sich anders überlegte, holte Betti den Kelch aus ihrer Handtasche. Um ihn vor Kratzern und neuerlichem Schmutz zu schützen, hatte sie ihn in Seidenpapier eingeschlagen, das sie jetzt behutsam entfernte. »Diesen Kelch

habe ich in einem kleinen Tal etwa fünf Meilen von Stowbridge gefunden. Er war unter einer Schicht von Blättern und
Schlamm begraben. Und da ich, wie Sie vielleicht wissen, im
Laden eine Art Fundbüro betreibe, bin ich nun auf der Suche
nach dem Besitzer und dachte, Sie wüssten vielleicht ...«

Betti kam nicht dazu, den Satz zu beenden. Kaum hatte sie
den Kelch fertig ausgewickelt und vor dem Pfarrer auf den
Schreibtisch gestellt, sprang dieser abrupt auf.

»Aber das ist doch nicht möglich!«, rief er erregt. »Ich – wo
haben Sie – doch, er ist es tatsächlich!«

Er starrte auf das Gefäß, als könnte er seinen Augen nicht
trauen, ehe er behutsam danach griff. »Wie lange ist es her,
dass ich diesen Kelch zum letzten Mal in Händen gehalten
habe?«, murmelte er dabei, mehr zu sich selbst als an Betti gewandt. Ehrfürchtig – oder war es zärtlich? – zeichnete er die
Weinranke nach und strich der Reihe nach über jeden einzelnen Edelstein.

Betti beobachtete ihn schweigend. Der Reverend bekam den
Kelch heute nicht zum ersten Mal zu Gesicht, das war nicht
zu leugnen. Und egal, welche Geschichte hinter dem Wiedersehen steckte, bedeutete diese mit Sicherheit, dass Betti sich
von ihrem speziellen Fundstück würde trennen müssen. Ihre
Hoffnung, es zu behalten, obwohl es keinen einzigen rationa-
len Grund dafür gab, und die sie sich selbst kaum hatte eingestehen wollen, war dahin.

Endlich wandte der Pfarrer sich gerührt an sie. »Wenn Sie
wüssten, Miss Betty, wie lange ich Gott darum angefleht habe,
dass sich dieser Kelch wieder in der Kirche einfindet! Dass Sie
ihn mir heute zurückbringen, ist wahrlich ein unerwartetes
Geschenk, nein, im Grunde ein wahres Wunder für mich. Ich
kann Ihnen gar nicht genug dafür danken!«

Er räusperte sich, um seiner brüchigen Stimme wieder
mehr Festigkeit zu verleihen. »Sie müssen wissen, es ist der

Abendmahlskelch unserer Kirchengemeinde, der vor vielen Jahren geraubt wurde. Er besitzt einen erheblichen materiellen Wert, doch für mich persönlich hat er auch eine ganz spezielle, geistliche Bedeutung. Aber bitte, berichten Sie doch: Wo und wie haben Sie ihn gefunden? Ich möchte alles darüber erfahren!«

18. Kapitel

Waldwerk, April 1945

Auch heute fieberte Konrad dem Beginn der zweiten Schicht entgegen. Wie jeden Morgen, seit er Betti vor etlichen Tagen das Messer übergeben hatte, konnte er es kaum erwarten, bis die Arbeiterinnen aus dem Lager eintrafen. Er erledigte nur die nötigsten Handgriffe, während sein Blick immer wieder zum Eingang der Halle wanderte.

Wie jeden Tag stellte er sich die immer gleichen quälenden Fragen: Würde Betti heute hier auftauchen oder hatte sie in der Nacht einen Fluchtversuch gewagt? Und falls sie nicht zur Arbeit erscheinen würde: Wie sollte er wissen, ob ihr die Flucht geglückt war? War seine Idee überhaupt durchführbar gewesen und hatte sie seine Worte überhaupt gut genug verstanden? Oh, diese elende Sprachbarriere zwischen ihnen! Weshalb konnte er ihr nicht alles klipp und klar in ihrer Muttersprache erklären? Warum gab es nicht wenigstens zwischen zwei Menschen, die sich gernhatten – falls die Zuneigung wirklich nicht nur einseitig war –, eine Universalsprache, die jedes Missverständnis auszuschließen vermochte?!

Konrad würde es sich niemals, niemals verzeihen, wenn sie wegen seiner unzureichenden Erklärung gescheitert und, von den Kugeln der Wachen durchlöchert, im Dreck verscharrt oder wie manch anderer Lagerinsasse mit einem Stein um den Hals im nahen Autobahnsee versenkt worden wäre. Letzteres munkelten die Erlenbacher hinter vorgehaltener Hand und allein bei dem Gedanken daran drehte sich ihm der Magen um.

Abrupt ließ er sein Werkzeug fallen und eilte in Richtung der Toiletten. Auf halbem Wege lief er seinem Kameraden Haller in die Arme. Was hatte der denn schon vor seiner Schicht hier im Werk zu suchen?

»Hoppla!«, bemerkte er in der ihm eigenen schleppenden Art. »Wohin so eilig, Kässmaier?«

»Na, wohin wohl?«, gab Konrad ruppig zurück und schob sich an ihm vorbei zu seinem Ziel.

Doch so rasch ließ der Kamerad sich nicht abfertigen. Im Denken mochte er nicht der Schnellste sein, was er aber durch seine Hartnäckigkeit mehr als wettmachte. Als Konrad wieder ins Freie trat, fing er ihn sofort ab.

»Du siehst ziemlich fertig aus, Kässmaier. Was ist los mit dir?«

Konrad konnte sich nicht helfen, aber der Unterton in der betont lässigen Frage des Kameraden war eindeutig lauernd. Hatte am Ende auch er Betti und ihn bei ihren heimlichen Unterhaltungen beobachtet?

»Nichts ist los, worüber wir uns nicht alle den Kopf zerbrechen. Oder bereiten dir die Gerüchte vom Näherrücken der Alliierten etwa keine Magenschmerzen?«, ging er deshalb seinerseits in die Offensive.

»Offen gestanden – nein! Ist doch nichts als feindliche Propaganda, die du da aufgeschnappt hast!«

»Und was ist dann mit der amerikanischen Maschine neulich? Die kannst du wohl kaum als bloße Propaganda abtun.«

»Tja, diese Frage stelle ich mir allerdings auch.« Haller trat einen Schritt auf ihn zu, die Arme vor der Brust verschränkt und das Kinn herausfordernd vorgeschoben. »Was hat es mit diesem Flieger auf sich? Und weshalb warst du nicht im Werk, als er über uns hinweggedonnert ist? Weshalb konntest du uns den Feind in der offenen Klappe so genau beschreiben – das verrate mir mal, Kässmaier?!«

»Ganz einfach – weil ich den geliehenen Lanz zum Bauern zurückgebracht habe und die B-17 auf offenem Feld über mich *hinweggedonnert* ist, wie du so schön sagst.«

Konrads Herz pochte zum Zerspringen. Das war nicht gut, gar nicht gut. Haller hatte in der Tat Verdacht geschöpft. Seine drohenden Fragen verfolgten eindeutig ein Ziel, und selbst wenn sie keinen Bezug zu Betti zu haben schienen, bedeuteten sie doch eine Gefahr für sie beide und ihr Fluchtvorhaben. Er konnte nur hoffen, dass der andere sich durch seinen gleichgültigen Tonfall beschwichtigen ließ.

»Den Lanz zurückgebracht, ha. Das soll ich dir abkaufen?«

»Ist mir gleich, ob du es glaubst oder nicht. Aber falls dir das Probleme macht, kannst du gerne bei Gaugenrieder nachfragen.«

»Gaugenrieder, natürlich! Ausgerechnet bei dem Mann, der heimlich die Nachrichten des Feindes hört!«, höhnte Haller, blickte sich kurz nach eventuellen Beobachtern um und packte Konrad dann am Uniformkragen. »Mit den anderen könnt ihr eure Spielchen spielen, Gaugenrieder, die kleine Sekretärin, du und das Judenweib«, zischte er durch seine zusammengepressten Zähne hindurch, »aber nicht mit mir! Mir entgeht nichts! Also seht euch vor: Wenn ihr euch weiterhin derart verdächtig macht, werdet ihr rascher wegen Landesverrat die Kugel bekommen, als ihr denkt – falls ich euch nicht direkt an Ort und Stelle selbst richte! Betrachte das als Warnung, Kässmaier, die du nur einmal und zudem auch nur wegen unserer gemeinsamen Vergangenheit bekommst.«

Mit seinen langen Armen schüttelte der Größere Konrad kräftig durch, dann wandte er sich zum Gehen. Aber ehe er die Fichtengruppe umrundete, drehte er sich noch einmal um. »Wie kannst du, ein deutscher Soldat, dich nur mit einem Judenweib zusammentun, Kässmaier, schäm dich!«

Voller Verachtung spuckte er in Konrads Richtung, dann verschwand er endgültig.

∾

Ehe er die Montagehalle betrat, warf Siegfried Haller einen letzten Blick zurück und sah, wie Kässmaier von den Toiletten auf den Hauptweg einbog, mit hängenden Schultern und offenbar in tiefes Nachdenken versunken. Nur um ein Haar entging er dem Zusammenstoß mit einem der Wachmänner und handelte sich dafür einen scharfen Tadel ein.

Haller verzog den Mund zu einem befriedigten Grinsen. Dem hatte er es gründlich gegeben! Er hatte ihm Respekt eingeflößt – oder vielmehr die nötige Ehrfurcht vor einem aufrechten Vertreter des Vaterlandes. Genau diese Anerkennung nämlich hatte ihm der Offizier neulich am Fernsprecher verweigert. Er hatte ihn schlicht nicht ernst genommen! Sämtliche Verdachtsmomente, die Siegfried ihm ausführlich geschildert hatte, hatte er als Lappalien abgetan und ihm geraten, sich lieber auf seine Arbeit an der Wunderwaffe zu konzentrieren, statt die Kameraden zu beobachten und Hirngespinsten nachzuhängen. Wie ein geprügelter Hund hatte Siegfried am Ende des Gesprächs den Hörer aufgelegt und die Haslinger, die sich auf einen schönen Abend mit ihm gefreut hatte, unfreundlich zurechtgewiesen.

Seine Beobachtungen reine Hirngespinste – wie konnte dieser Kerl es wagen! Nachdem er Konrad mit der jungen Jüdin zusammen beobachtet hatte, war er sich absolut sicher, dass hier irgendein Verrat oder eine groß angelegte Verschwörung im Gange war!

Die Zurechtweisung am Telefon hatte ihn bis in seine Träume hinein verfolgt und die Erkenntnis, dass man seine

Beobachtungen für Unsinn hielt, hatte ihn letztlich dazu gebracht, seine Strategie gegen die offensichtlichen Verräter noch einmal zu überdenken. Er musste selbst die Initiative ergreifen, indem er sie direkt mit seinen Kenntnissen konfrontierte, ihnen damit Furcht einjagte und sie so zu überhasteten, ungeplanten Aktionen herausforderte. Die er anschließend höchstpersönlich vereiteln konnte.

Am Ende würde er als Held dastehen. Er freute sich schon jetzt auf die reumütige, unterwürfige Bemerkung des Offiziers am Telefon, wenn ein Mann wie beispielsweise Reichsmarschall Göring als Oberbefehlshaber der Luftwaffe persönlich ihn dafür ehren würde!

Mit einem fröhlichen Pfeifen auf den Lippen begab sich Haller schon vor Dienstbeginn an die Arbeit.

~

Der Schock steckte Konrad in allen Gliedern. Was auch immer sein Kamerad da angedeutet hatte, war weit schlimmer als befürchtet: Er wusste nicht nur von den Treffen mit Betti, sondern auch vom versteckten Rundfunkgerät und Konrads Gesprächen mit Paula. Womöglich hatte er eines davon belauscht und wusste oder ahnte zumindest von Bettis bevorstehender Flucht! Es war katastrophal.

Jetzt blieb ihnen nur noch eine letzte Chance: Sie mussten rascher handeln als Haller. Betti musste fliehen, ehe er auf irgendeine Art und Weise die Initiative ergriff, die SS alarmierte oder Ähnliches. Noch in dieser Nacht musste sie fliehen! Irgendwie musste er ihr das heute – sollte sie tatsächlich wieder zur Arbeit erscheinen – klarmachen. Sonst würde ihr der sichere Tod durch Erschießen drohen. Das durfte nicht sein. Betti musste leben!

Konrads widerstreitende Gefühle und seine Befürchtungen ließen seine Gedanken keinen Augenblick zur Ruhe kommen, bis die Arbeiterinnen der Spätschicht endlich eintrafen. Beim Knirschen des Werkstores, das für die Frauen geöffnet wurde, ruckte sein Kopf automatisch herum, und als sie die Halle betraten, entfuhr ihm ein tiefer Seufzer. Er wusste nicht, was stärker war – der freudige Schreck, als er zwischen den anderen Frauen Bettis vertraute Gestalt ausmachte, oder die Sorge darüber, dass sie sich nach wie vor unter den Häftlingen und damit in Todesgefahr befand. Mit bebenden Händen erledigte er seine Arbeit, bis den Frauen endlich die erste Toilettenpause zugestanden wurde.

Kaum hatte Betti die Halle verlassen, stahl auch Konrad sich möglichst unauffällig nach draußen. Trotzdem bemerkte er, wie Hallers Blick ihm folgte. Egal, darauf konnte er nun keine Rücksicht mehr nehmen. Ihm blieb keine andere Wahl, als auf volles Risiko zu gehen!

Im letzten Augenblick griff er sich eine kleine Kneifzange von seinem Arbeitsplatz und ließ sie in seine Tasche gleiten. Noch vor ein paar Tagen wäre ihm das viel zu gewagt erschienen, schließlich wurden die Häftlinge beim Verlassen des Werkes stets stichprobenhaft nach möglichem Diebesgut durchsucht. Aus diesem Grund hatte er Betti nur sein kleines Messer zugesteckt – nicht unbedingt das geeignetste Werkzeug, um einen Stacheldrahtzaun zu durchtrennen –, doch mehr war er nicht zu riskieren bereit gewesen. Eine verzweifelte Lage erforderte jedoch verzweifelte Maßnahmen und immerhin hatte er Haller dabei den Rücken zugekehrt, sodass dieser eigentlich nichts bemerkt haben konnte.

Mit gleichgültiger Miene schlug Konrad den Weg zum Materiallager ein, als ob er etwas holen müsse, und bog erst im letzten Augenblick in Richtung ihres üblichen Treffpunktes bei der Baumgruppe ab.

Wie auf Kommando trat Betti hinter einer Fichte hervor, die sie offenbar als Sichtschutz genutzt hatte. Konrads Herz machte einen freudigen Satz, obwohl er sich wegen möglicher Beobachter um eine nichtssagende Miene bemühte. Seine Lippen verzogen sich kaum, als er Betti nur im Vorübergehen zuraunte: »Heute, Betti! Du musst heute fliehen – schnell!«

Er betonte das Wort *heute* mit einer Intensität, als hinge ihr Leben tatsächlich allein davon ab, schob ihr dabei die kleine Zange unter den Pelz, drückte für einen Sekundenbruchteil ihre Hand zum Abschied und eilte bereits weiter in Richtung des Materiallagers. Erst, als er dieses erreicht hatte, wandte er sich noch einmal um, doch von Betti war nichts mehr zu sehen.

Konrad spürte, wie ihm das Herz in der Brust schwer wurde. War dies das letzte Mal, dass er sie zu Gesicht bekommen hatte? Ihre gebeugten Schultern in dem viel zu weiten Pelz mit gelbem Stern, darüber das wirre, schmutzig-blonde Haar und darunter ihre knochigen Beine und Füße mit den klobigen Holzschuhen?

Ja, genau so wäre es, falls sie seinen Ratschlag befolgte und heute Nacht aus dem Lager in die Freiheit floh. Gerade das wünschte er sich doch von ganzem Herzen, so versicherte er sich immer wieder. Und dennoch ballten sich seine Hände zu Fäusten und sein Herz wurde mit jeder Sekunde noch schwerer, bis es ihm so schwer vorkam wie eine komplette Messerschmitt. Weshalb nur hatte er ihr nicht wenigstens im letzten Augenblick noch gestanden, wie viel sie ihm bedeutete?

Jeder Schritt zurück zur Halle kostete ihn seine gesamte Konzentration und für den Rest des Tages war er sogar blind für Hallers vernichtende Blicke, die immer wieder auf ihn fielen.

Es war eine Zange. Konrad hatte ihr eine kleine, leicht rostige Kneifzange zugesteckt. Aber das stellte Betti erst am Abend nach ihrer Rückkehr ins Lager fest.

Bei ihrer heutigen Begegnung im Waldwerk und während der folgenden Arbeitsstunden hatte sie es nicht gewagt, nachzuschauen, was genau sich da in ihrer Tasche befand, so intensiv fühlte sie sich unter Hallers Beobachtung. Und nicht nur seine unablässigen wachsamen Blicke, sondern auch die Beschimpfungen, mit denen er speziell sie neuerdings bedachte, hatten an diesem Tag noch einmal zugenommen. Nichtsdestotrotz war ihr heute leichter ums Herz gewesen als seit Langem und Betti war sich sehr wohl bewusst, weshalb.

Konrad. Jede Begegnung mit ihm erschien ihr bedeutungsvoll, aufgeladen mit ungesagten Worten und unterschwelligen Botschaften. Ein kaum merkliches Heben der Augenbrauen, ein Griff an die Kappe, als wollte er sie zum Gruß lüften, wenn er sie sah, und alles stets begleitet von der stummen Besorgnis in den dunklen Augen. Bei jeder einzelnen dieser Gesten und seinen Blicken fühlte sie sich wahrgenommen als der Mensch und die junge Frau, die sie wirklich war – wahrgenommen und wertgeschätzt, ja sogar gemocht. Ihm lag wahrhaftig etwas an ihrem Wohlergehen! Diese zunehmende Gewissheit machte ihr die Last ihres Versagens bei ihrer Schwester Eva ein kleines bisschen leichter und die Qualen der Gegenwart ein wenig erträglicher.

Diesmal also hatte Konrad ihr eine Zange zugesteckt. Er hatte gestohlen, damit sie fliehen konnte! Zwar hatte er damit auch sie der Gefahr einer Entdeckung mit dem Diebesgut ausgesetzt, doch momentan ließ die Wachsamkeit der Aufseher deutlich nach, weil sie von anderen Dingen abgelenkt wurden. Immer wieder musterten die SS-Männer im Werk nervös den

Himmel oder zuckten bei unerwarteten Geräuschen erschrocken zusammen. Die Häftlinge kontrollierten sie, wenn überhaupt, nur oberflächlich. So war sie vorhin, die kleine Zange unter Pelz und Kleid verborgen, ungehindert durch das Werkstor hinaus- und ins Lager hineingelangt.

Damit hatte Konrad sie endgültig mit allem Notwendigen ausgestattet. In dem Messer besaß sie ein Werkzeug, um die primitive Barackenwand zu öffnen, und mit der Zange eines, um den Stacheldrahtzaun zumindest notdürftig zu durchtrennen. Ihrer Flucht stand vom praktischen Standpunkt aus nichts mehr im Weg!

Ihre entsetzliche Furcht vor dem Scheitern des Fluchtversuchs und den unweigerlichen Folgen blieb jedoch. Aber sie war imstande, diese Furcht zu überwinden! Eva zuliebe hatte sie es schon einmal getan. In dem Versuch, ihre Schwester zu beschützen, hatte sie dem brutalen Lagerkommandanten widersprochen. Und obwohl dieser Versuch erbärmlich fehlgeschlagen war, hatte sie sich später verbotenerweise zum Krankenrevier geschlichen, um sie zu sehen. Folglich würde sie auch diesmal den Mut zum Widerstand und damit zur Flucht finden und sei es allein Konrad zuliebe.

Dr. Sternfelds gut gemeinten Ratschlag musste sie dafür wohl oder übel in den Wind schlagen. Denn den einzigen Menschen außerhalb dieses Lagers, dem genug an ihr lag, dass er ihretwegen Risiken einging, durfte sie noch weniger enttäuschen als den Arzt. Der Wermutstropfen dabei war nur, dass sie nicht zu sehen bekommen würde, wie Konrad sich mit einem breiten Grinsen von einem seiner abstehenden Ohren zum anderen über ihre Flucht freute. Denn sie würde den warmherzigen jungen deutschen Soldaten nicht mehr wiedersehen. Betti hatte nicht erwartet, dass sie diese Vorstellung derart schmerzte.

Als sie sich abends auf ihre Pritsche legte, waren ihre Knie weich, und ihr schwindelte vor Aufregung. In ihre Decke gehüllt wartete sie halb bangend, halb hoffend, bis endgültig Ruhe in ihrer Baracke einkehrte. Erst, als sie das Gefühl hatte, dass jede einzelne Frau tief und fest schlief, wagte sie sich unter der Decke hervor. Das Messer in der Hand, tastete sie sich Schritt für Schritt an der Wand entlang bis zu der Stelle in der Ecke, für die sie sich im Vorfeld entschieden hatte. Das Schlupfloch sollte sich etwa auf Kniehöhe befinden, sodass es den Wachen beim Betreten der Baracke nicht sofort ins Auge fallen würde.

Hier angekommen hielt sie erneut inne und legte lauschend ein Ohr an die Bretterwand. Aber bis auf den stürmischen Frühlingswind, der seit heute Morgen wehte und die Pappeln am Fluss gehörig durchschüttelte, war draußen nicht das Geringste zu hören.

Ein letztes Mal vergewisserte sie sich, dass die Zange an Ort und Stelle unter ihrem Kleid steckte, und kniete vor der Bretterwand nieder. Sie zog Konrads Messer hervor und setzte die Klinge ans Holz. Ihr Puls raste, ihre Halsschlagader pochte wie wild. Das Messer war scharf genug, durchdrang von einer Ritze ausgehend das erste Holzbrett. Aber welchen Lärm es dabei verursachte, was für ein verräterisch lautes Knarzen und Schaben!

Betti hielt den Atem an, ihr Arm verharrte mitten in der Bewegung. Doch nichts geschah. Keine der Schlafenden hinter ihr rührte sich. Falls eine von ihnen sie wider Erwarten dennoch heimlich beobachten sollte, war ihr offenbar gleichgültig, was Betti tat.

Millimeter für Millimeter bewegte sie die Hand mit dem Messer weiter, Millimeter für Millimeter arbeitete sie sich mühsam voran, bis der erste waagrechte Schnitt geschafft war. Behutsam drückte sie gegen die dünne Holzplatte. Sie ließ sich bereits ein ganzes Stück nach außen biegen! Ein Schwall frischer Nachtluft drang herein und kühlte Bettis erhitztes Gesicht.

Und immer noch keine vernehmbare Reaktion in ihrem Rücken. Keine einzige ihrer Leidensgenossinnen registrierte oder kümmerte es, was hier vor sich ging. Demnach war eine Flucht also doch nicht so aussichtslos, wie sie vermutet hatte!

Ermutigt setzte Betti erneut das Messer an, diesmal von Beginn an etwas kräftiger. Auf diese Weise kam sie rascher voran.

Schon zerrten die Windböen an ihrem offenen Haar und pfiffen hörbar durch die Bretterlücke ins Innere der Baracke. Über diesem Geräusch und ihrer anstrengenden Tätigkeit war Betti blind und taub für alles andere – selbst für die Schritte, die sich von draußen näherten.

Und als die Barackentür aufsprang und Gertrud Haslingers schwere Männerstiefel, beleuchtet vom grellen Licht der Lampe in ihren Händen, in Bettis Blickfeld auftauchten, war es zu spät.

19. Kapitel

Als der junge Mann den Laden betrat, hielt Betti ihn für einen Urlauber. Es war wenige Wochen vor Ostern und um diese Jahreszeit pflegten die ersten Wanderer in der Gegend einzutreffen, um an ihren freien Tagen die malerische Hügel- und Flusslandschaft rund um Stowbridge zu erkunden. Nicht selten hatten sie ein Fernglas zur Vogelbeobachtung dabei oder auch, wie dieser Mann, eine teure, professionell wirkende Spiegelreflexkamera.

Erst, als er Notizblock und Stift aus seiner Umhängetasche holte, sich bedeutsam räusperte und sich über den Tresen hinweg zu ihr beugte, registrierte sie, dass er in einer anderen Funktion als der des Erholungssuchenden unterwegs sein musste.

»Guten Tag! Miss Betty, nicht wahr? Ich bin James Welland vom *Daily Telegraph* – Sie kennen doch gewiss unsere Zeitung?«

Stumm wies Betti auf den Zeitungsständer neben ihm, der mit mehreren Exemplaren des genannten Blattes gefüllt war. Für einen professionellen Reporter schien dieser ihr kein sonderlich begabter Beobachter zu sein. Aber was hatte der junge Mann, der seinem modischen Regenmantel und dem förmlichen dunklen Anzug nach vermutlich aus der Großstadt stammte, im Laden ihres verschlafenen kleinen Ortes zu suchen und woher kannte er ihren Namen?

Die Lösung des Rätsels ließ nicht lange auf sich warten. »Sie

haben doch gewiss nichts dagegen, mir einige Fragen zu be-
antworten, Miss Betty? Wegen des Kelches, meine ich, den Sie
vor Kurzem der Kirche als dessen rechtmäßigen Eigentümer
überreicht haben?«

»Ich – na ja, warum nicht«, gab Betti überrumpelt zurück.
Die Anfrage überraschte sie nicht weniger als das Schreiben
der Church of England, das sie vor einigen Tagen erhalten hatte.
Mit überschwänglichen Worten hatte sich die Kirche darin in
aller Form für die Rückgabe des wertvollen Abendmahlskel-
ches bedankt. Dass ihr Fund solche Wellen schlagen würde,
hatte sie ganz gewiss nicht erwartet, als sie ihn Reverend Morgan vor zwei Wochen überreicht hatte.

Zurückhaltend, aber wahrheitsgemäß beantwortete sie
James Wellands ausführliche Fragen. Offensichtlich beabsichtigte er, eine möglichst aufsehenerregende Geschichte aus der
Angelegenheit zu machen. Allzu wohl war ihr dabei nicht, doch
Onkel Levi, der sich während des Interviews schützend an ihre
Seite stellte, nickte ihr immer wieder aufmunternd zu. Sogar
als der Reporter sie darum bat, ihn zu Reverend Morgan zu begleiten, damit er sie beide gemeinsam mit dem Kelch fotogra-
fieren konnte, erteilte Levi nickend sein Einverständnis.

Der Reverend schien über James Wellands Interviewanfrage
nicht weniger überrascht als Betti selbst, doch er willigte rasch
ein. Anstandslos erteilte er dem jungen Reporter die erforder-
lichen Auskünfte und posierte anschließend gemeinsam mit
dem Kelch in der Hand und der verhalten lächelnden Betti
neben sich für das gewünschte Foto.

Dennoch war Betti mehr als erleichtert, als Mr Welland seine
Schreibutensilien wieder in der Aktentasche verstaute, sich die
Kamera umhängte und sich an der Tür des Pfarrhauses zufrie-
den von ihnen verabschiedete. Dabei hielt er Bettis Hand einen
Augenblick länger in seiner eigenen, als nötig gewesen wäre,
und rang sichtlich nach Worten, ganz so, als wollte er seinem

Abschiedsgruß noch etwas hinzufügen. Schließlich ließ er es aber doch bei einem einfachen »Auf Wiedersehen« bewenden, stieg in seinen Wagen ein, mit dem er und Betti zum Pfarrhaus gekommen waren, und verschwand.

»Was für eine Prozedur«, seufzte Reverend Morgan erleichtert. »Wer hätte gedacht, dass Ihr Fund nicht nur mich in solche Aufregung versetzt, sondern sogar die Presse auf den Plan ruft! Aber jetzt haben wir es hinter uns gebracht und uns damit eine gute Tasse Tee verdient, finde ich. Wie ich meine Haushälterin kenne, hat sie auch bereits eine frische Kanne aufgebrüht. Leisten Sie mir noch ein wenig Gesellschaft, Miss Betty?«

Bittend legte er eine Hand auf ihren Arm und Betti, die bereits ihren Mantel und den Schirm ergriffen hatte, legte beides wieder auf die Garderobe zurück.

Kurz darauf saßen sie, jeder eine Tasse Tee vor sich, in seinem Studierzimmer. Befangen spielte Betti mit dem Henkel der goldgeränderten Porzellantasse, während der grauhaarige Reverend zu plaudern begann. »Der junge Mann schien sich ja enorm für Sie zu interessieren, Miss Betty, er konnte kaum die Augen von Ihnen lassen. Aber das wundert mich gar nicht, Sie tragen Ihr Haar heute ausgesprochen hübsch!«

»Ja? Das habe ich gar nicht bemerkt«, wehrte Betti ab. »Aber danke für das Kompliment!«

Wie freundlich von Reverend Morgan, auf ihr am Hinterkopf aufgestecktes Haar einzugehen statt auf den alten braunen Wollrock samt der dunkel gemusterten Bluse, die sie wie meist bei der Arbeit im Laden trug, weil darauf eventuelle Flecken weniger auffielen. Der Reporter hatte ihr ja nicht einmal Zeit gelassen, sich etwas Passenderes für die geplante Aufnahme anzuziehen oder das Haar zu richten.

»Ich fand eher, dass Ihre Geschichte ihn fasziniert hat, so intensiv, wie er nach den Einzelheiten jener Nacht gefragt hat, als Sie den Kelch im Boden vergruben«, wechselte sie das Thema.

»Mir ging es im Übrigen ähnlich, als Sie mir das erste Mal davon erzählt haben. Vor allem finde ich es bewundernswert, dass Sie sich mitten im Krieg freiwillig für die Front gemeldet haben. Immerhin wusste oder ahnte man 1941 doch schon einiges von der Art, wie die Deutschen mit denjenigen umgingen, die ihnen in die Hände fielen.«

Wie stets in den wenigen Momenten, in denen Betti sich gestattete, an die Kriegsjahre zurückzudenken, lief ihr ein kalter Schauder über den Rücken. Da konnte sie sich um eine unbeteiligte Stimme bemühen, sosehr sie mochte, ihr ganzer Körper reagierte auf dieses Gesprächsthema. Die Teetasse in ihrer Hand begann zu beben, sodass sie diese abrupt auf den Schreibtisch stellte.

Reverend Morgan kam um den Schreibtisch herum, schob seinen Stuhl neben ihren und entgegnete in seinem beruhigenden Seelsorgertonfall: »Eben. Das war genau der Grund, weshalb ich mich gemeldet habe. Ich habe gespürt, dass die Soldaten einen geistlichen Beistand brauchten. Jemanden, der sie inmitten des ganzen Grauens an die Liebe Gottes erinnerte. Der ihnen aufzeigte, an wen sie sich mit all ihrem Kummer angesichts des Leidens und des Todes wenden konnten.«

»Dann glauben Sie trotz allem an ihn - einen liebenden Gott?« Fassungslos schüttelte Betti den Kopf.

»Ja, das tue ich!« Seine tiefe, entschlossene Stimme vibrierte in Bettis Innerem. »Sie nicht?«

»Ich bin Jüdin, zur Hälfte zumindest. Ich war im Konzentrationslager.« Unwillkürlich strich Betti über die feine Narbe auf ihrer Wange – eine bleibende Erinnerung an die Peitsche und die Brutalität des Lagerkommandanten in Erlenbach. »Beantwortet das Ihre Frage?«

Schroff wandte sie sich ab. Nach allem, was sogenannte Christen wie er ihrem Volk angetan hatten, konnte er das noch fragen? Sie wollte schon aufstehen und gehen, doch seine vollkommen unerwartete Erwiderung hielt sie an ihrem Platz fest.

»Ich war ebenfalls dort, in einem Lager«, erwiderte er schlicht. »Meine Truppe gelangte im April 45 mit als erste nach Bergen-Belsen. Ich habe mit eigenen Augen gesehen, was kein menschliches Wesen jemals zu sehen bekommen sollte und wofür es bei aller Beredsamkeit niemals die treffenden Worte geben wird. Ich kniete zwischen den Körpern von Zehntausenden Menschen, die auf die grausamste Weise zu Tode gequält worden waren oder nicht mehr viel Leben in sich hatten, und als ich endlich aufhören konnte, mich zu übergeben, schrie ich zu meinem Vater im Himmel, wie er so etwas hatte zulassen können.«

»Und? Lassen Sie mich raten: Er hat Ihnen keine Antwort gegeben.« Betti hörte selbst, wie bitter ihre Stimme klang und wie betroffen der Reverend sie deshalb anblickte, doch in seiner Gegenwart konnte sie einfach nicht anders, als ihren Gefühlen, die sie sonst streng unter Verschluss hielt, einmal ordentlich Luft zu verschaffen. »Er hat Ihnen niemals eine Antwort gegeben, sondern sich fein aus dem Ganzen herausgehalten, Ihr Gott und der meiner jüdischen Familie! So jedenfalls habe ich ihn erlebt. Falls Gott im Himmel sich tatsächlich auch nur im Entferntesten für das Schicksal der von ihm geschaffenen Menschen interessiert, hat er das in den letzten zwanzig, dreißig Jahren sehr gut zu verbergen gewusst. Nicht eine einzige meiner Bitten hat er erhört, sondern tatenlos zugesehen, wie die Deutschen mit uns umgesprungen sind. Irgendwann habe ich aufgehört, ihn überhaupt noch zu bitten. Da bezweifle ich doch sehr, dass er für Sie und Ihre Gebete eine Ausnahme gemacht hat, selbst wenn Sie so etwas wie ein professioneller Frommer sind.«

»Nun – zumindest antwortete er mir nicht auf die Weise, die ich mir erhofft hatte, und auch nicht sofort«, gestand Reverend

Morgan zögerlich, aber nicht im Geringsten beleidigt durch ihre herablassende Bezeichnung. »Zuerst warf ich alle meine Überzeugungen bezüglich seiner Liebe, ja, meinen gesamten Glauben über Bord. Das Beten verging mir und ich verbot mir, überhaupt zu denken. Ich konzentrierte mich ausschließlich darauf, den Überlebenden beizustehen. Diesen geschundenen Menschen zumindest körperlich zu neuen Kräften zu verhelfen, wenn ich schon in geistlicher Hinsicht nichts mehr zu geben hatte. Im Laufe der Wochen jedoch ...«

Er verstummte, ehe er erneut ansetzte: »Es ist nicht leicht, zu erklären, auf welche Weise ich das Erlebte zu verarbeiten und zu meinem Glauben zurückzufinden begann. Was halten Sie deshalb davon, Miss Betty, mich nächste Woche wieder zu besuchen? Dann habe ich noch ein wenig Zeit, darüber nachzudenken, und kann versuchen, Ihnen meinen Standpunkt begreiflich zu machen.«

»Die Mühe können Sie sich sparen, Reverend Morgan. Ein solches Gespräch ist in meinem Fall die reinste Zeitverschwendung!« Diesmal erhob Betti sich endgültig, um nach Hause zu gehen.

»Und wenn ich Ihnen nun versichere, dass ich meine Zeit gerne dafür verschwende, und Sie ganz herzlich darum bitte?«

»Dann - na schön, ich werde wiederkommen und mir anhören, was Sie zu sagen haben.« Die Hand auf der Türklinke wandte Betti sich noch einmal zu ihm um. »Ändern wird es an meiner Einstellung allerdings nichts, das kann ich Ihnen jetzt schon versichern.«

»Das ist völlig in Ordnung!« Reverend Morgans Gesicht strahlte auf. »Und lassen Sie mich Ihnen heute schon eines mit zum Nachdenken auf den Weg geben: Einer Ihrer jüdischen Leidensgenossen machte mich damals in Bergen-Belsen auf Vers vier aus Davids Psalm 121 aufmerksam – ›Siehe, der Hüter Israels schläft noch schlummert nicht!‹«

Der Hüter Israels! Betti unterdrückte ein frustriertes Schnauben. Wenn überhaupt, dann war er ein denkbar schlechter Hüter gewesen, einer, der sich Augen, Ohren und Nase zugehalten hatte, statt hinzusehen. Oder er hatte, entgegen dieser Worte, eben doch geschlafen. Der mächtige Hüter war jedenfalls nichts als reines Wunschdenken – eine schöne, gutgläubige Vorstellung von Menschen, die die Grausamkeiten der Nationalsozialisten nicht am eigenen Leib erfahren hatten! Auf einen derart billigen Trost konnte sie wahrhaftig verzichten.

Sie bemühte sich um einen halbwegs höflichen Abschiedsgruß und floh aus Reverend Morgans Studierzimmer.

20. Kapitel

Erlenbach, April 1945

»Genug geschlafen, faules Judenpack, jetzt wird aufgestanden und marschiert! Also auf, auf, beeilt euch!«

Die hohe Stimme der Aufseherin war über dem Pfeifen des Sturms kaum zu hören, sodass sie ihrem Befehl mit einem kräftigen Aufstampfen Nachdruck verlieh. Ihr Stiefelabsatz bohrte sich in den provisorischen Barackenboden.

Augenblicklich schraken die schlafenden Frauen hoch, während Betti sich so tief wie möglich zu Boden duckte. Noch hatte Gertrud Haslinger sie und ihr Fluchtloch in der Wand nicht bemerkt, leuchtete mit der Laterne in ihrer Hand lediglich ins Rauminnere zu den Schlafenden hin. In fieberhafter Eile ließ Betti das verräterische Messer wieder in der Tiefe ihres Pelzes verschwinden und robbte bäuchlings auf die nächstgelegene Pritsche zu. Wenn der Lampenschein auf sie fiel, wollte sie vorgeben, soeben von ihrem Schlaflager gefallen zu sein.

Aber die Wärterin verlor keine weitere Zeit mit bloßen Befehlen. Sie trat an eine Pritsche und riss die darin Schlafende unsanft in die Höhe. »Aufstehen habe ich gesagt, aber ein bisschen plötzlich! Packt eure Decken und ab mit euch nach draußen!«

Nachdem sie auch die zweite und dritte Frau von der Pritsche gezerrt und Richtung Tür gestoßen hatte, sprangen die Übrigen freiwillig auf, griffen nach ihren Decken und reihten sich an der Tür auf.

Für Sekunden zögerte Betti. Sollte sie das Chaos nutzen und sich hinter dem Rücken der Blockführerin zum Zaun schleichen, um doch im letzten Augenblick zu fliehen? Aber wie weit würde sie kommen, wenn das ganze Lager auf den Beinen war, wie es die lauten Rufe im Freien andeuteten? Sie beschloss daher, sich unbemerkt zu den Frauen an der Tür zu schleichen.

Sobald sich die Letzte mühsam von ihrem Lager hochgestemmt hatte und Haslinger sich an die Spitze der kleinen Schar setzte, bemerkte sie die Beschädigung der Bretterwand. Da, wo Betti mit ihrem Messer am Werk gewesen war, klaffte ein Loch im Holz.

»Wer war das?«, donnerte die Aufseherin, soweit ihre hohe Stimme das zuließ. Wutentbrannte Blicke schossen über die Frauengruppe hinweg und hefteten sich unmittelbar auf Betti. Verzweifelt bemühte diese sich um eine gleichgültige Miene.

Zu ihrer Erleichterung ließen die lauten Befehle des Lagerführers draußen der Wärterin keine weitere Gelegenheit, die Schuldige auszumachen.

»In Zweierreihen aufstellen, los, los!« Ein Peitschenhieb begleitete seine Befehle. Knallend durchschnitt er die Luft und übertönte das Brausen der Bäume am Flussufer. Die Frauenschar aus Bettis Baracke bewegte sich nach draußen. Dort sahen sie einen Hund an der Seite des Oberscharführers. Hechelnd und mit gespitzten Ohren wachte das wolfsähnliche Tier jederzeit zum Sprung bereit neben seinem Herrn. Sein kräftiges Gebiss blitzte im Licht der Scheinwerfer, als er auf eine leise Anweisung hin begann, die Häftlinge zu umkreisen wie eine Herde Schafe. Hier und dort zwickte er unsanft in ein Bein oder eine Ferse, bis alle eine ordentliche Gruppe bildeten.

Auch Betti spürte einen scharfen, schmerzhaften Stich in der Wade, während sie sich einreihte. Sie mochte nicht einmal daran denken, wie es sich anfühlen würde, wenn der Hund den ausdrücklichen Befehl bekam, zuzubeißen.

Schließlich waren alle Lagerinsassen einschließlich Dr. Sternfeld und den wenigen Gefangenen aus der Männerbaracke versammelt und das Kommando zum Aufbruch schallte über den Appellplatz. Fügsam setzte die Gruppe sich in Bewegung.

Durch das Lagertor ging es hinaus auf die nächtliche Landstraße, über die Brücke der Reichsautobahn hinweg in die Richtung, die Betti bei Tageslicht als Süden definiert hatte. Wohin brachte man sie so plötzlich und was sollte dieser überstürzte nächtliche Aufbruch bedeuten? Er fühlte sich an wie eine groß angelegte Flucht – die Frage war nur, wovor sie gemeinsam mit ihren Peinigern flohen. Waren es, wie Dr. Sternfeld behauptet hatte, die anrückenden Amerikaner, die die Deutschen derart in Panik versetzten? Bettis Gedanken jagten sich rascher als die Sturmwolken am Himmel, die nur gelegentlich einen Schimmer Mondlicht durchließen. Ansonsten herrschte finsterste Nacht.

Immer wieder stolperte einer der Häftlinge über ein unsichtbares Hindernis oder strauchelte, weil seine Beine nicht mehr in der Lage waren, ihn zu tragen. Die mangelhafte Ernährung – falls man sie überhaupt noch als solche bezeichnen konnte – der vergangenen Wochen und Monate forderte ihren Tribut. Doch unbarmherzig rissen die Aufseherinnen die strauchelnden Personen wieder in die Höhe, wiesen die Frauen an, sich gegenseitig zu stützen, oder luden die kraftlose Gestalt kurzerhand einem der wenigen Männer auf den Rücken.

Als der Erste von ihnen unter der Last zusammenbrach und weder die Aufseher noch die scharfen Bisse des Schäferhundes ihn wieder auf die Beine bringen konnten, zückte der Oberscharführer entschlossen seine Waffe. Ein Schuss hallte durch die Nacht und ein derber schwarzer Stiefel stieß den Getöteten grob in den Straßengraben.

Vor Schreck stolperte Betti. Obwohl sie sich mit den Händen abzufangen versuchte, stürzte sie mit dem Gesicht voran zu

Boden. Spitze Steine bohrten sich in ihre Stirn und die Hand-
flächen und Schmerz und Erschöpfung raubten ihr jegliche
Kraft, wieder aufzustehen. Sie glaubte schon, Haslingers brutalen Griff um ihren Arm zu spüren, der sie in die Höhe riss
oder auf den Rücken drehte, um sie zu erschießen, als eine
sanfte Stimme in ihr Bewusstsein drang.

»Lass mich dir helfen, Betti!« Mit diesen Worten zog Dr.
Sternfeld sie hoch, legte stützend seinen Arm um ihre Hüfte
und Seite an Seite wankten sie die Straße entlang.

Waldwerk, April 1945

Still, ja nahezu friedlich lag das Gelände des Konzentrationslagers in der Morgensonne, als der Bus am folgenden Tag vor
dem Tor haltmachte. Keine Spur von den Arbeiterinnen der
Frühschicht, die für gewöhnlich schon hier auf ihren Transport zum Werk warteten. Keine Spur auch von der Wache am
Tor und auf dem Turm oder von dem regen Treiben, das üblicherweise um diese Tageszeit auf dem Appellplatz herrschte.

Beunruhigt starrte Konrad aus dem Busfenster. Das stand
doch mit Sicherheit im Zusammenhang mit Bettis Flucht!

Der Busfahrer hupte, laut und nachdrücklich. Noch immer
rührte sich nicht das Geringste.

Konrad sprang auf. »Ich gehe nachsehen, wo sie bleiben«,
erklärte er dem Fahrer, »bitte warten Sie einen Moment.«

Ohne dessen Einverständnis abzuwarten, stieg Konrad
aus dem Bus und lief zum Lagertor. Sämtliche Riegel und das
Schloss standen offen! Fassungslos schritt er über den leeren
Appellplatz auf das Verwaltungsgebäude zu und rief: »Hallo?
Wo sind Sie, Herr Oberscharführer?«

Keine Antwort aus der sperrangelweit geöffneten Tür. Im
Inneren des Gebäudes herrschte ein heilloses Durcheinander

in Form von offen stehenden Aktenschränken, Bergen von Papier auf einem Schreibtisch und angekohlten Resten weiterer Schriftstücke rund um den Ofen in einer Zimmerecke. Es waren Namenslisten, Rechnungen, Arbeitsausweise, wie Betti einen besessen hatte ...

Ungläubig musterte Konrad das Chaos, dann eilte er zu einem weiteren Gebäude, aus dem bei seinem ersten Besuch im Lager damals der jüdische Arzt gekommen war. Die Baracke bestand aus einem Raum voll leerer, eiserner Krankenbetten. Lediglich in einem davon erkannte Konrad eine kaum bekleidete, magere weibliche Gestalt. Sie lag lang ausgestreckt auf dem Rücken, die ausdruckslosen Augen zur Zimmerdecke gerichtet.

Schaudernd suchte Konrad das Weite und floh zurück in die Sicherheit des Busses, wo er dem Fahrer mit einem kurzen Winken bedeutete, loszufahren. Sprachlos vor Entsetzen ließ er sich in seinen Sitz fallen. Der Sachverhalt war eindeutig: Das Lager war in aller Eile geräumt worden, sämtliche Häftlinge samt dem Wachpersonal waren verschwunden. Zurückgelassen hatte man nur überflüssigen Ballast wie Papierkram.

Und Leichen. Konrad rieb sich die Augen, doch so rasch wurde er das grauenvolle Bild des nur aus wächserner Haut und Knochen bestehenden Körpers im Krankenbett nicht los. Die erbarmungswürdige Frau musste schon im Leben ausgesehen haben wie ein Skelett!

Währenddessen kommentierte sein Sitznachbar ungerührt: »Ist am Ende besser, wenn sie alle wieder weg sind. Zur Arbeit im Werk haben die ohnehin nicht wirklich getaugt.«

Konrad war innerlich zu bewegt, um etwas zu erwidern. Wie betäubt starrte er auf die Straße, bis sie im Waldwerk angelangt waren, wo Chefingenieur Gaugenrieder sie bereits erwartete. Prüfend musterte er die Arbeiter beim Aussteigen und nickte, als er die Information, die ihn vergangene Nacht erreicht hatte, bestätigt sah.

»Sämtliche Lager in der Gegend wurden oder werden in den nächsten Stunden evakuiert«, erklärte er den Ankommenden. »Wir müssen künftig wieder ohne unsere Hilfskräfte auskommen. Ansonsten geht alles weiter wie bisher, deshalb: Mit voller Kraft ans Werk, Männer!«

Die meisten Arbeiter gehorchten widerspruchslos seiner Anweisung, doch Konrad folgte dem Ingenieur auf seinem Weg zum Büro.

»Es ist wegen der Amerikaner, nicht? Sind sie schon so nahe?«, fragte er leise, sobald sich die Tür hinter ihnen geschlossen hatte.

»Näher, als ich dachte«, nickte sein Gegenüber. »Wenn die Gauleitung die Lager räumen lässt, ist der Boden unter unseren Füßen allmählich zu heiß. Nichtsdestotrotz befiehlt man uns hier im Wald, weiterzumachen wie bisher, quasi nach dem Motto: Erfüllt euer Soll und setzt weiter auf Sieg, dann kommt schon alles in Ordnung!«

»Aber wohin bringt man die Frauen – gibt es überhaupt noch einen sicheren Ort für sie?«, drängte Konrad, ohne auf Gaugenrieders zynisch geäußerte Anmerkung einzugehen. Das Einzige, woran er denken konnte, war Betti.

»Das weiß der Himmel«, bemerkte sein Vorgesetzter bitter. »Aber achten Sie lieber auf Ihre eigene Sicherheit, statt sich um die Häftlinge zu sorgen, Kässmaier! Ich fürchte nämlich, wir werden hier ebenfalls nicht mehr lange unbehelligt bleiben. Jetzt gehen Sie an die Arbeit – und halten Sie Augen und Ohren offen dabei!«

Konrad nickte halbherzig. Was kümmerte ihn seine eigene Sicherheit, solange er nicht wusste, was mit Betti geschehen war. Ob sie noch im allerletzten Augenblick allein aus dem Lager entkommen oder doch gemeinsam mit allen anderen evakuiert worden war. Und wohin man sie bringen würde, falls Letzteres zutraf.

Früher oder später würden die Alliierten ja ohnehin das ganze Land kontrollieren, wie es aussah. Im Grunde konnte er Betti doch gar nichts Besseres wünschen, als dass der Feind so rasch wie möglich vorrückte und sämtliche Häftlinge von ihren deutschen Peinigern befreite. Gewiss würden diese Soldaten die Juden wie Menschen behandeln und dafür sorgen, dass sie endlich ausreichend Nahrung und Kleidung erhielten.

Außerdem entging Betti dadurch sicher dem Erschießungsbefehl bei der Auflösung des Werks, genau wie alle ihre Leidensgenossinnen. Doch nicht einmal dieser Gedanke vermochte Konrad zu trösten.

∼

Seine Niedergeschlagenheit und die Ungewissheit um Bettis Schicksal hatten Konrad auch am folgenden Tag fest im Griff. Rein mechanisch erledigte er seine Arbeit, während seine Gedanken stets bei Betti weilten.

Als ihm während der nachmittäglichen Pause plötzlich jemand von hinten auf die Schulter schlug, fuhr er entsetzt herum.

»Ein wenig schreckhaft heute, wie?«, spöttelte Haller. Er schien ein ausgeprägtes Talent dafür entwickelt zu haben, sich unbemerkt anzuschleichen. »Außerdem läufst du herum wie ein Mondsüchtiger. Vermisst du die dreckige jüdische Verräterin so sehr oder liegt es eher daran, dass durch ihr Verschwinden eure ganzen schönen Pläne vereitelt wurden?«

Konrad musste sich angesichts von Hallers Ausdrucksweise beherrschen. Statt einer barschen Entgegnung hob er jedoch nur die Schultern. »Keine Ahnung, wovon du sprichst, Haller. Lass mich einfach in Ruhe, ich will allein sein!«

»Das hättest du wohl gerne! Aber lass dir gesagt sein, Kässmaier, du bist hier niemals allein oder unbeobachtet. Ich hab dich im Blick«, unsanft stieß er Konrad mit dem Zeigefinger gegen die Brust, »und zwar rund um die Uhr!«

Wortlos wandte Konrad sich zum Gehen. Er war es müde, sich Hallers rätselhafte Anschuldigungen anzuhören, und jetzt, da Betti nicht mehr hier war, stellte der andere trotz seiner großen Worte ohnehin keine Bedrohung mehr dar. Am besten, er ignorierte ihn künftig. Doch ehe er zwei Schritte getan hatte, spürte er Hallers stahlharten Griff um seinen Arm und wurde unsanft herumgewirbelt.

»Hiergeblieben, Kamerad, ich bin noch nicht fertig mit dir!« Hallers Stimme war kaum mehr als ein grimmiges Zähneknirschen.

»Da sind Sie ja, Kässmaier, ich habe Sie schon überall gesucht«, ertönte plötzlich Gaugenrieders Stimme. »Ich möchte, dass Sie heute länger bleiben. Wir sollten endlich den Bunker fertigstellen, den wir neulich begonnen haben. Also schnappen Sie sich eine Schaufel und ein paar zusätzliche Männer und graben Sie!«

»Jetzt sofort?«

Der Chefingenieur nickte. »Je schneller wir fertig sind, desto besser. Deshalb gehen Sie am besten gleich mit, Obergefreiter Haller. Wir brauchen jede Hand, die kräftig zupacken kann.«

Er senkte seinen Blick auf Hallers Rechte mit ihrem schraubstockartigen Griff um Konrads Arm. Mit einem unwilligen Schnauben ließ Siegfried los und erklärte: »Zu Befehl, Herr Ingenieur. Sie können sich auf mich verlassen!«

»Gut. Dann an die Arbeit mit euch!«

Gehorsam machten die beiden jungen Soldaten sich auf den Weg zu dem begonnenen Bunker. Sobald Gaugenrieder außer Sichtweite war, warf Konrad einen prüfenden Blick zum Himmel. Rechnete der Ingenieur wirklich schon bald mit einem Luftangriff? Im Moment zumindest war alles ruhig. Kein verdächtiges Brummen in der Ferne, lediglich das Rauschen der

Baumwipfel in der stürmischen Brise, die seit mittlerweile zwei Tagen herrschte.

»Euch beiden geht aber mächtig die Muffe!«, höhnte Haller. »Man könnte glatt vermuten, ihr wisst etwas, was wir anderen nicht wissen.«

Konrad schnaubte. »Blödsinn. Gaugenrieder ist ein umsichtiger Mann, das ist alles. Er will nicht unnötig unser aller Leben riskieren und daran ist wahrhaftig nichts Verkehrtes, wie du selbst zugeben musst. Also hör endlich auf mit deinen unseligen Verdächtigungen, Haller, damit machst du dich nur lächerlich.«

Zähneknirschend verzog sein Kamerad das Gesicht. Dessen ungeachtet fuhr Konrad fort: »Und jetzt geh und besorg uns ein paar Mitarbeiter, während ich die Schaufeln hole. Wir treffen uns am Bunker.«

»Bunker« war ein nobler Ausdruck für das bescheidene Erdloch in einem natürlichen kleinen Hügel hinter dem Schießplatz, wie Konrad feststellte. Da sich nach dem Vorfall neulich kein Tiefflieger mehr genähert hatte, hatte man die Arbeit daran rasch wieder eingestellt – was offenbar ein Fehler gewesen war, den es nun wiedergutzumachen galt. Konrad nahm seine Schaufel und begann zu graben, noch ehe Haller mit den übrigen Helfern zur Stelle war.

Sie arbeiteten bis tief in die Nacht hinein.

Als sie ihr Werkzeug endgültig zur Seite legten, bestand der Erdbunker aus einem kurzen, mit Pfosten abgestützten und einer Metallplatte verschließbaren Gang und einer ersten Kammer, in der aber nicht mehr als zehn bis fünfzehn Mann Unterschlupf finden würden. Bis hier ausreichend Platz für alle Werksmitarbeiter geschaffen war, lagen noch viele Stunden schweißtreibender Arbeit vor ihnen.

Am nächsten Morgen nahmen sie daher erneut die Schaufeln zur Hand.

Konrad betrachtete die Innenseiten seiner Hände, die von der Schufterei am Vortag mit dicken roten Blasen bedeckt waren. Neben ihm arbeiteten Haller und die übrigen Männer verbissen vor sich hin. Die Kappen tief ins Gesicht gezogen, versuchten sie sich vor den scharfen Böen zu schützen, die die Büsche auf der Kuppe des winzigen Hügels schüttelten.

Mittlerweile hatten offenbar alle den Ernst der Lage begriffen. Die Tatsache nämlich, dass die US Army bereits so nahe war, dass man zwar das Konzentrationslager evakuiert hatte, ihnen selbst aber nicht die Erlaubnis erteilte, die Arbeit niederzulegen und sich in Sicherheit zu bringen. Weshalb sie keine andere Wahl hatten, als sich selbst – auf welche bescheidene Weise auch immer – zu behelfen. So legten sie nicht einmal mittags ihre Spitzhacken und Schaufeln nieder, um sich die übliche Pause zu gönnen.

Dafür kam wenig später Paula zu ihnen, den Suppentopf auf einem Handkarren. Dankbar scharten sich die Männer darum und löffelten die Mahlzeit unmittelbar aus dem Kochtopf.

Konrad stippte eben seinen Kanten Brot in die Suppe, als sich das Brausen in den Baumwipfeln plötzlich unnatürlich verstärkte. In dem Moment, in dem er verwundert den Blick nach oben richtete, wurde ihm schlagartig die Bedeutung des zunehmenden Lärms klar. Denn schon erkannte er zwischen zwei Fichtenwipfeln den ersten Flugzeugrumpf.

»Eine B-17«, keuchte er. »Rein in den Bunker, Männer!«

Er packte Paula am Arm und schob sie allen voran in die relative Sicherheit des Erdlochs. Der letzte Arbeiter schloss eben die provisorische Tür hinter sich, als die erste Detonation den Boden und die Wände der Kammer erzittern ließ. Diesmal lud der feindliche Flieger tatsächlich seine todbringende Fracht über ihnen ab.

Vereinzelte Erdklumpen rieselten von der Decke auf sie herab und Paula warf voller Panik die Arme über den Kopf. Die anderen Eingeschlossenen lauschten mit angehaltenem Atem den Einschlägen rund um ihr Schlupfloch, in dem vollkommene Dunkelheit herrschte. Schließlich nestelte einer der Männer an seiner Hosentasche und zog ein Feuerzeug hervor. Für Sekunden beleuchtete die winzige Flamme einen Kreis von aschfahlen, angstverzerrten Gesichtern.

Konrad erkannte, dass Haller krampfhaft die Hände auf seine Ohren presste, das Weiße in seinen Augen schimmerte in fiebrigem Glanz. Beim nächsten Einschlag gingen weitere Erdbrocken auf sie nieder, die Flamme erlosch.

Dann war alles still. Der Angriff war vorüber.

»Verdammt, das war knapp!«, rief Haller aus und erhob sich. »Lasst mich durch, ich muss dringend hier raus!«

Aber noch ehe er den Ausgang erreicht hatte, setzte die nächste Runde an Detonationen ein. Die B-17-Staffel hatte eine Schleife geflogen und war mit der nächsten Salve an Bomben zurückgekehrt.

Insgesamt zweimal kamen die Bomber auf diese Weise wieder, sodass am Ende keiner der Männer oder Paula mehr sagen konnte, wie viel Zeit sie in ihrer winzigen Erdhöhle verbracht hatten. Jedenfalls harrten sie nach den letzten Einschlägen noch etliche Minuten aus, ehe sie sich wieder ins Freie wagten.

Dort bot sich ihnen ein Bild der Verwüstung. Der Schießplatz war ein einziger Bombenkrater, die Stacheldrahtumzäunung des Werks an vielen Stellen durchbrochen und etliche der Barackengebäude brannten lichterloh. Das Büro als eines der wenigen gemauerten Gebäude war verschwunden, ein bloßer Steinhaufen zeugte noch von seiner einstigen Existenz.

Unmittelbar davor lag regungslos ein menschlicher Körper. In Zivil.

Konrad schrie auf, bahnte sich einen Weg durch rauchende Trümmer und zwischen mehreren Verletzten hindurch und ging neben seinem Ingenieur in die Knie. Dessen Gliedmaßen waren auf groteske Weise verdreht, doch in den ausgestreckten Händen hielt Gaugenrieder den angesengten Konstruktionsplan eines Messerschmitt-Strahltriebwerks. Sanft entwand Konrad ihm das Schriftstück. Nie wieder würden diese geschickten Finger einen solchen Plan anfertigen.

Paula war Konrad gefolgt und kniete neben ihm nieder. Laut schluchzend schloss sie die Augen des Toten. Einen Augenblick lang verharrten die beiden wortlos neben ihrem Vorgesetzten und Freund.

Als Konrad sich schließlich abwandte, brannten seine Augen vor nicht geweinten Tränen.

21. Kapitel

Ein Vorort von München, Mai 1945

Ein linder, wohltuender Luftzug drang durch die offen stehende Tür herein. Er trug den Duft nach warmem Regen auf frischer Erde mit sich, stellte Betti fest.

Sie hätte nicht sagen können, wie viele Kilometer sie bisher auf ihrem tage- und nächtelangen Marsch ins Ungewisse zurückgelegt hatten. Unerbittlich hatte man sie in den letzten Wochen vorangetrieben, ernährt von nichts weiter als ein paar Schlucken Wasser, die man ihnen ab und zu verabreicht hatte. Feste Nahrung gab es keine mehr, und war das Dasein im Lager bereits unvorstellbar hart und qualvoll gewesen, so war dies der reinste Todesmarsch!

Von Stunde zu Stunde wurden es mehr Frauen, die nicht länger in der Lage waren, das Marschtempo einzuhalten, und am Straßenrand zusammenbrachen. Ein eiliger Schuss aus der Waffe eines der Aufseher, der ihrem qualvollen Dasein ein Ende setzte, und der Marsch wurde fortgesetzt. Wie Wegweiser oder Grenzsteine säumten die Leichen im Straßengraben ihren Weg durch das Land. Und ohne Moses Sternfelds ausdauernde Unterstützung hätte Betti wahrscheinlich ebenfalls bald zu diesen sichtbaren Marksteinen menschlicher Erbarmungslosigkeit gehört.

Getrieben von dem Wunsch, ihre Gefangenen vor den Alliierten zu verbergen, schoben die Deutschen sie quer durchs

Land, von einem überfüllten Lager ins nächste. Von dem in Erlenbach in eines, das in Sichtweite hoher, schneebedeckter Berge lag und in dem die Neuankömmlinge auf dem nackten, eisigen Boden zwischen den Pritschen der bereits dort lebenden Frauen schlafen mussten.

Von dort in ein Lager im Moor, das im Lauf von zwölf Jahren die Ausmaße einer Kleinstadt angenommen hatte und dessen Name – Dachau – allein schon namenlose Angst und Schrecken verbreitete. Von diesem allerersten deutschen Konzentrationslager wiederum in ein kleines, behelfsmäßiges Lager in einem Vorort der Großstadt München.

Hier endlich schien man sie ruhen zu lassen – was Betti jedoch kaum mehr registrierte. Vollkommen entkräftet und fiebrig verbrachte sie ihre Tage im Krankenrevier, wo Moses sich aufopfernd um sie kümmerte. Obwohl er sich selbst nur unter Aufbietung seines ganzen Willens auf den Beinen halten konnte, wachte er Stunde um Stunde an ihrer Pritsche. In den spärlichen Momenten, in denen Betti sich ihrer Umgebung bewusst war, sah sie beständig sein hohles, bärtiges Gesicht mit dem bangen Blick über sich.

Konrads Gesicht dagegen mit seinen tiefdunklen Augen und dem jungenhaften Lächeln rückte mit jeder Stunde mehr in den Hintergrund, bis es nichts weiter war als eine schmerzliche, schemenhafte Erinnerung, die sich zu derjenigen an Eva und Bettis übrige Familie gesellte. Doch in ihrem Zustand entglitten ihr selbst diese immer wieder. Die Welt bestand ausschließlich aus Schmerzen, die von ihrem Inneren ausgehend ihren ganzen Körper in erbarmungslosem Griff hielten, aus brennender Hitze und eisiger Kälte, die sie in ständigem Wechsel überfielen, und aus Moses' allgegenwärtigem, mitfühlendem Blick.

Doch nun war der Augenblick da, in dem Betti auch die Außenwelt wieder bewusst wurde. Sie roch die Luft und sog sie tief in ihre schmerzenden Lungen. Angenehm belebt richtete sie den Blick auf die Türöffnung, nur um dort den Schattenriss eines Soldaten mit drohend erhobener Waffe zu erkennen.

Ein lautes Kommando ertönte und Betti war hellwach. Irgendetwas an diesen Worten, diesem Befehl, war jedoch anders als die üblichen harschen, bellenden Stimmen ihrer Bewacher, er war vielmehr weich und voll seltsam klingender, rollender Laute.

Die Uniform des hochgewachsenen, breitschultrigen Mannes erschien ihr ebenso fremdartig wie seine Stimmfarbe und neben seinem erhobenen Maschinengewehr zog sich ein reich bestückter Munitionsgürtel quer über seine Brust. Doch noch während Betti ihn verwirrt musterte, senkte sich der Lauf dieser Waffe zu Boden, und der wachsame Ausdruck ihres Trägers verwandelte sich in unverkennbares Mitleid, als er die Krankenbetten gewahrte.

Sollte Betti insgeheim trotz allem noch gebangt haben, ob es sich um Freund oder Feind handelte, wischte Moses' Reaktion auch diesen letzten Vorbehalt beiseite. »Sie sind da – unsere Retter sind da!«, stieß er fassungslos aus. »Wir haben es geschafft, Betti!«

Damit sank er vollkommen entkräftet über ihrem Bett zusammen. Besorgt eilte der amerikanische GI an seine Seite, tupfte ihm aus seiner Feldflasche einige Tropfen kalten Wassers auf die Stirn und flößte ihm, als Moses den Kopf leicht anhob, einen Schluck davon ein.

Mühsam richtete Betti sich von ihrem Krankenlager auf. So also fühlte sich Befreiung an – ein freundlicher und mitfühlender Fremder, erfrischendes Wasser aus seinen Händen und der Duft von Erde und neu erwachendem Leben, der durch eine nicht länger verschlossene Tür drang …

Erschöpft setzte Konrad einen Fuß vor den anderen.

Den ersten Teil ihres überstürzten Rückzugs vor der US-Army hatten sie auf der Ladefläche eines Wehrmachtsfahrzeugs zurückgelegt, aber sobald sie Landsberg am Lech hinter sich gelassen hatten und in den hügeligen Ausläufern der Alpen angelangt waren, war ihnen der Treibstoff ausgegangen. Seitdem marschierten sie auf der Landstraße, oft steil bergauf, gelegentlich etliche Kilometer bergab.

Inzwischen war es Ende April und die einstige Landesgrenze zu Österreich lag bereits hinter ihnen. Sie wanderten durch den Reichsgau Tirol-Vorarlberg, aber an Ausruhen war nicht zu denken. Soviel er mitbekommen hatte, war die Stadt Innsbruck ihr Ziel. Falls man überhaupt von so etwas wie einem Ziel sprechen konnte und ihre Offiziere sie auf dem Rückzug vor den nachrückenden Amerikanern nicht nur sinnlos immer weiter und immer höher in die vermeintliche Sicherheit der Berge trieben. Diesen Eindruck zumindest gewann Konrad allmählich und er verstärkte sich mit jedem zurückgelegten Kilometer.

Ihr sogenannter Rückzug war nichts anderes als eine feige Flucht. Seiner Meinung nach würden sie wesentlich besser daran tun, sich dem Feind zu stellen beziehungsweise sich freiwillig sofort zu ergeben. Auf diese Weise würden sie sich wenigstens einen letzten Rest von Ehre und Würde bewahren, statt entgegen aller Vernunft stur davonzulaufen.

Finster brütete er vor sich hin, fragte sich, was mit Betti geschehen war, und rekonstruierte wieder und wieder die Ereignisse seit ihrer letzten Begegnung und dem folgenden Bombardement des geheimen Werkes.

Sie hatten die Leichen des Chefingenieurs und der übrigen Opfer noch am Tag des Bombenangriffs nach Erlenbach gebracht, wo sie von ihren Hinterbliebenen abgeholt oder sofort beerdigt werden konnten. Am folgenden Tag waren Konrad und seine Kameraden ein letztes Mal ins Waldwerk zurückgekehrt. Ihr Befehl lautete, so rasch wie möglich sämtliche schriftlichen Unterlagen zu verbrennen sowie die Montagehalle und die gesamte Technik unbrauchbar zu machen. Selbst die Flugzeuge, Hitlers Wunderwaffen, die startbereit neben der Autobahn auf ihren Einsatz gewartet und den Angriff unbeschadet überstanden hatten, sollten sie zerstören. Nicht ein einziges funktionsfähiges, brauchbares Teil durfte der Feind vorfinden, wenn er hier eintraf.

Konrad sträubten sich die Haare angesichts dieser sinnlosen Zerstörung. Wochenlang hatten sie samt der mangelernährten, kraftlosen Häftlinge bis zum Umfallen gearbeitet, um so viele Flugzeuge wie möglich fertigzustellen, und nun dies? Chefingenieur Gaugenrieder hätte es das Herz gebrochen, wenn er ihr zerstörerisches Treiben hätte mit ansehen müssen. Die einzigartigen, mit ihrem Strahltriebwerk hochmodernen Flugzeuge, die er geliebt und gehütet hatte wie seinen Augapfel, geradezu dahingeschlachtet zu sehen! Beinahe war Konrad froh, dass der Ingenieur nicht mehr unter ihnen war, als er der Reihe nach die Motoren jeder einzelnen startbereiten Messerschmitt anwarf, damit sie sich heiß liefen und damit selbst zerstörten.

Einige seiner Kameraden eröffneten zusätzlich mit ihren Schusswaffen ein Dauerfeuer auf die Maschinen, durchlöcherten erbarmungslos Tragflächen und Flugzeugrümpfe. Andere lösten die Drahtseile, mit denen die tarnenden Fichten über den Fliegern befestigt waren, und ließen diese von oben darauf herabfallen. Baumstämme bohrten sich in die Maschinen, verbogen Propeller und durchschlugen Pilotenkanzeln. Haller griff sogar nach einem Schneidbrenner, um die Messerschmitts auf rabiateste Weise wieder in ihre Einzelteile zu zerlegen, während Paula den Ofen im Büro und eine zusätzliche Feuerstelle mit sämtlichen Plänen und Akten fütterte.

Alles musste in fieberhafter Eile geschehen, denn am Abend dieses Tages wurde der Lastwagen erwartet, der sie von Erlenbach und dem Waldwerk fortbringen sollte.

Einerseits war Konrad heilfroh, als er dem Anblick der Verwüstung, die zuerst die Bomben und danach sie selbst angerichtet hatten, endlich den Rücken kehren konnte. Gleichzeitig aber ergriff ihn so etwas wie Wehmut. Dies war der Ort, an dem Betti und er einander nähergekommen waren! Hier, auf dem mittlerweile mit Gebäudeteilen übersäten Rastplatz unter den Bäumen bei der Küchenbaracke, hatte er sie mit dem Fuchs beobachtet und bald darauf hatten sie ihre ersten Worte miteinander gewechselt. Und dort, auf dem Weg zum Toilettenhäuschen, hatten sie einander so oft wie möglich zu treffen versucht. Jedes einzelne Mal hatte er sich über ihren Anblick gefreut. Denn so elend, ausgemergelt und zerlumpt sie äußerlich wirkte, waren ihre Augen doch das Lebendigste und Schönste, was er je im Leben gesehen hatte. Mit der Zeit hatte er ihrer erschreckenden äußeren Erscheinung keinerlei Beachtung mehr geschenkt, einzig ihrem Blick. Und jetzt würde er sie niemals wieder zu Gesicht bekommen, wusste nicht einmal, ob sie noch am Leben war.

Mit tonnenschwerem Herzen verabschiedete Konrad sich von dem vertrauten Ort und von Paula, ehe er auf der Ladefläche des Lkw Platz nahm. Als zivile Mitarbeiterin durfte die Sekretärin von hier aus sofort nach Hause und in ihren Alltag zurückkehren, während die Luftwaffenangehörigen ihren Befehlen zufolge den Rückzug antraten. Schon bogen sie um die erste scharfe Kurve des Weges und das geheime Waldwerk lag hinter ihnen.

Und hier waren sie nun, trotteten müde und verzagt immer weiter hinein in die Berge und sehnten den Augenblick herbei, in dem man ihnen gestatten würde, zu rasten und mit ein wenig Glück sogar etwas zu essen. Irgendwann hatte Konrad aufgehört, die Tage ihres Fußmarsches zu zählen. Wie die meisten seiner Kameraden war er in eine seltsam stumme Gleichgültigkeit verfallen. Was spielte es schon für eine Rolle, ob sie liefen oder schliefen, ob sie aßen oder tranken, ihr Schicksal war ohnehin längst besiegelt! Eher früher als später würden die Alliierten sie einholen, festnehmen und vermutlich als Kriegsgefangene in ein Lager sperren, so wie sie selbst es vorher mit den Juden getan hatten. Blieb nur zu hoffen, dass sie menschlicher mit ihren Häftlingen umgehen würden, auch wenn diese es nicht verdient hatten!

Auch an diesem Abend gab es nichts anderes für Konrad und seine Kameraden als ein paar Bissen kaltes Dosenrindfleisch, das sie unterwegs in einer Fabrik erbeutet hatten, und ein Nachtlager im Stroh einer Scheune am Wegesrand.

Erst während der nächsten Tage, als sie sich Innsbruck näherten und sich auf beiden Seiten des breiten Inntals, in dem die Straße verlief, hohe und winterlich schneebedeckte Gipfel erhoben, stießen sie wieder häufiger auf Ortschaften. Gelegentlich fanden sie sogar ein Gasthaus, dessen Besitzer gutmütig genug war, die deutschen Soldaten aufzunehmen.

Die meisten Ortsansässigen dagegen, denen sie begegneten, brachten dem kleinen Trupp nichts als Spott und Hohn oder sogar Hass entgegen. Auf einem kleinen, abgelegenen Bergbauernhof hatten der Bauer und seine Frau die erschöpften Soldaten sogar mit der Mistgabel vertrieben. Konrad konnte es ihnen nicht verübeln: In Tirol hatte es nicht wenige Partisanenkämpfer gegeben, mit denen die meist bäuerlichen Bewohner sympathisiert hatten, sodass sie jetzt das Ende der deutschen Herrschaft über ihr Land kaum mehr erwarten konnten.

Am späten Abend des 1. Mai erreichten sie die Landeshauptstadt. Konrad traute seinen Augen kaum, als sie matt und abgeschlagen die Straße zum Stadtzentrum entlangwankten. Von nahezu jedem einzelnen Haus, in zahllosen Wohnungs- und Schaufenstern hingen und wehten Fahnen in schlichtem Rot-Weiß-Rot, die während des Nazi-Regimes verboten gewesen waren. Nirgends die Spur einer Hakenkreuzflagge oder einer Wehrmachtsuniform. Die wenigen Passanten, die um diese abendliche Zeit unterwegs waren, gingen allesamt in Zivil und betrachteten die Neuankömmlinge voller Abscheu. Konrad wunderte sich kaum, als einer von ihnen sich nach einem Pferdeapfel auf der Straße bückte und ihn ihrem Offizier an den Kopf schleudern wollte, diesen aber knapp verfehlte.

Gesenkten Hauptes trotteten die Kameraden weiter und erreichten endlich das Regierungsgebäude, in dem sie sich bei ihrer Ankunft melden sollten. Doch ihre Erwartung, dort einen ranghöheren Befehlshaber der Wehrmacht anzutreffen, wurde enttäuscht. Örtliche Widerstandskämpfer hatten den General der Innsbrucker Division bereits gefangen genommen – und das Gleiche geschah nun mit ihnen. Die Widerständler, die das Haus besetzt hielten, entwaffneten sie und sperrten sie bis auf Weiteres darin ein.

Dieses »Weitere« erfolgte zwei Tage später, als die ersten US-Soldaten in der Stadt eintrafen. Von einem Fenster ihres Gefängnisses aus beobachtete Konrad, wie die Einwohner sie freudig und Fahnen schwenkend empfingen. Für sie selbst änderte sich nicht viel: Sie wurden weiterhin im Gebäude gefangen gehalten, nur dass ihre Bewacher nun amerikanische Uniformen und Waffen trugen statt die abenteuerlich zusammengewürfelten »Uniformen« der Partisanenkämpfer.

Dann kam der Morgen des 9. Mai. Sie wurden vor einem Rundfunkgerät versammelt und mussten den sachlichen Worten des deutschen Wehrmachtsadmirals Dönitz lauschen: »Seit Mitternacht schweigen nun an allen Fronten die Waffen.«

Ein Raunen ging durch die Reihen der Soldaten und das Rauschen des Empfängers verstärkte sich, sodass Konrad die nächsten Worte nicht verstehen konnte, sondern nur noch den Schluss der knappen Ansage vernahm: »Die Wehrmacht ist am Ende einer gewaltigen Übermacht ehrenvoll unterlegen.«

Schweigen senkte sich über den Raum, während der triumphierend grinsende US-Soldat das Gerät wieder ausschaltete.

Unterlegen! Wenngleich die endgültige Niederlage der Wehrmacht seit Langem abzusehen gewesen war und sich im Grunde jeder bereits damit abgefunden hatte – dieses offizielle Eingeständnis von höchster Stelle ausgesprochen zu hören, war doch etwas anderes. Schicksalsschwer hing das Wort zwischen den Wänden, seine Bedeutung spiegelte sich in den fassungslosen Mienen der Kameraden. Für geraume Zeit war nichts anderes zu vernehmen als ihre schweren Atemzüge und das erregte Scharren ihrer Füße.

Plötzlich jedoch durchbrach ein lauter Schrei das Schweigen. »Unterlegen – ha!! Das ist alles deine Schuld, Kässmaier!«

Wie ein Wahnsinniger stürzte Siegfried Haller sich auf Konrad, rang den Überraschten zu Boden und warf sich mit vollem Gewicht auf seine Brust. »Männer wie du und Gaugenrieder, ihr habt uns den Endsieg vermasselt, ihr allein! Vaterlandsverräter seid ihr und nichts anderes! Du«, er hob seine Faust und rammte sie Konrad mitten ins Gesicht, »du hast mit dem Jud gemeinsame Sache gemacht, ich habe es mit eigenen Augen gesehen, habe mit eigenen Ohren gehört, wie Gaugenrieder sich feindlicher Propaganda der Alliierten ausgesetzt hat.«

Ein Bestätigung suchender Blick in die Runde der Umstehenden, dann noch ein Faustschlag. »Ihr beide wart es außerdem,

die unser Werk an den Feind verraten und die Bomber herbei-
zitiert haben, gib – es – doch – zu!« Jedes einzelne dieser Worte
unterstrich er mit einem weiteren Fausthieb, bis es Konrads
Kameraden endlich gelang, ihn zu überwältigen und von ihm
wegzuzerren.

Benommen rollte Konrad sich zur Seite. Sein Kopf dröhnte
wie ein komplettes Kampfgeschwader beim Angriff und er blu-
tete aus Mund und Nase.

Unterdessen hatte der US-Soldat Verstärkung herbeigerufen und die beiden schleppten den tobenden, weiterhin unter
wüsten Beschimpfungen um sich schlagenden Haller in eine
andere Ecke des Raumes.

Konrad hob die Hand und betupfte sich mit seinem Hemds-
ärmel behutsam das blutende Gesicht. Das also war es, was
Haller ihm die ganze Zeit vorgeworfen hatte: Er bezichtigte
ihn und Gaugenrieder, das verborgene Waldwerk an die Amerikaner verraten zu haben. Nach dem erfolgten Angriff auf ihr
Waldwerk war das nicht einmal sonderlich weit hergeholt. Das
Bombardement war derart aus dem Nichts heraus gekommen,
dass man in der Tat einen Verräter dahinter vermuten konnte.
Auch wenn er selbst entgegen Hallers Vorwürfen nicht das Geringste damit zu tun hatte. Aber wen außer Haller kümmerte
das jetzt noch? Seine Kameraden definitiv nicht, sie taten dessen Anschuldigung als exakt die hysterische Reaktion auf die
Niederlage ab, die sie darstellte.

Denn es war vorbei. Endgültig vorbei. Sein Heimatland war
überwältigt, zerstört und von den Alliierten besetzt, er und
seine Kameraden der siegreichen Armee auf Gedeih und Verderb ausgeliefert.

Etwas wie Erleichterung durchströmte Konrad, als er den
Arm wieder sinken ließ und ein amerikanischer Sanitäter ihm
leicht widerwillig Verbandszeug reichte, ohne selbst Hand an-
zulegen.

Zwei Tage später wurden er und seine Kameraden auf Lastwagen in ein amerikanisches Gefangenenlager auf deutschem Boden gebracht. Von dort aus ging es weiter nach Belgien, wo sie in einem Kohlekraftwerk arbeiten sollten.

Als sich das Tor des belgischen Lagers hinter ihm schloss, der über allem liegende Kohlenstaub in seine Nase stieg und die englischen Aufseher sie zu ihren kümmerlichen Unterkünften brachten, dachte Konrad an Betti.

War wenigstens sie frei und in Sicherheit? Kümmerten sich die alliierten Besatzer ausreichend um sie und alle ihre Leidensgenossinnen? Wenn dem so war – und an diese Hoffnung klammerte er sich mit aller Kraft –, konnte auch er stark sein und die Zeit in diesem Arbeitslager überstehen. Und später, sobald er diese Haft abgedient hatte, würde er sich auf die Suche nach ihr machen, selbst wenn er dafür die ganze Welt bereisen musste.

22. Kapitel

»Konrad, wie schön! Kaum zu fassen, was für ein ansehnliches Mannsbild aus dir geworden ist, früher warst du so ein langer, dürrer Zaunpfahl!«

»Na, das Kompliment kann ich nur zurückgeben, Paula. Du warst damals nicht viel mehr als ein Schulmädchen und sieh dich jetzt an: Du bist die Großbäuerin hier im Weiler und hast schon ein ganzes Haus voll Kinder!«

»Ja, man tut halt, was man kann, stimmt's?« Lachend schloss die ehemalige Sekretärin des Waldwerks ihn in die Arme. Eine derart herzliche Begrüßung hatte Konrad gar nicht erwartet, als er Paula vor wenigen Tagen angerufen und ein Treffen mit ihr vereinbart hatte.

Susanne Meixners Worte auf der Burg hatten ihm keine Ruhe gelassen. *Wenn das Mädchen dir nach so langer Zeit immer noch nicht aus dem Kopf geht, dann liebst du sie wirklich!*

Konnte das wirklich wahr sein? Liebte er Betti Strausz, die ungarische Jüdin und einstige Zwangsarbeiterin im geheimen Waldwerk, tatsächlich und bis heute? Oder waren seine Gefühle eher der Tatsache geschuldet, dass er im Nachhinein seine wenigen positiven Erinnerungen an jene Zeit verherrlichte und romantisierte? War es wirklich sinnvoll, Susannes Vorschlag zu befolgen und sich noch einmal auf die Suche nach ihr zu machen, wie er es damals nach seiner Kriegsgefangenschaft getan hatte?

Fragen über Fragen, die ihn tagelang gequält und schluss-endlich dazu bewogen hatten, mit Paula zu sprechen. Sie als die Einzige, die damals alles miterlebt und seine Gefühle tatsächlich verstanden hatte, konnte ihm vielleicht auch heute einen guten Rat geben. Ihm helfen, seinen Empfindungen auf den Grund zu gehen und die nötigen Konsequenzen zu ziehen. Zwar hatte er sie nach dem Bombardement und dem Tod von In-genieur Gaugenrieder niemals wiedergesehen, aber er hoffte, die kameradschaftliche Beziehung von damals wieder aufleben lassen zu können. Folglich hatte er Kontakt zu ihr aufgenom-men – und wie es aussah, konnten sie bei diesem Wiedersehen in der Tat nahtlos an ihre alte Freundschaft anknüpfen.

»Komm nur rein in die gute Stube«, ermunterte sie ihn jetzt und half ihrer Aufforderung damit nach, dass sie ihm einen sanften Schubs ins Hausinnere gab. »Wir wollen ja wohl kaum länger hier draußen im Schneeregen herumstehen als unbe-dingt nötig. Ist schon ziemlich unangenehm heute – fast wie in dem Frühling damals ...«

Unvollendet blieb ihr Satz in der Luft hängen, während sie die große Bauernküche betraten. Auch diese hatte sich kaum verändert in den vergangenen eineinhalb Jahrzehnten: In der Ecke knisterte noch immer das Feuer im Holzkohlenherd, auf dem einst der Eintopf vor sich hin gekocht hatte, am Fenster standen noch immer Esstisch, Eckbank und Stühle, wo Betti einst gesessen hatte, sodass Konrad sich plötzlich fühlte, als sei all das erst gestern geschehen.

Er setzte sich auf denselben Platz wie sie damals, während Paula bereits eine volle Kaffeetasse vor ihm abstellte und gleich darauf einen Teller mit einem Stück Marmorkuchen.

»Ich hoffe, es macht dir nichts aus, dass ich den Kuchen schon vorher für die Kinder angeschnitten habe. Irgendwie musste ich sie ja bestechen, dass sie für eine Weile brav aus der Küche wegbleiben, damit wir in Ruhe miteinander reden können. Denn aus diesem Grund bist du doch hier?« Fragend hob sie die Stimme, während sie sich auf dem Platz ihm gegenüber niederließ und ihre eigene Tasse zu sich heranzog.

Konrad nickte stumm. Plötzlich war er sich seiner Sache gar nicht mehr so sicher, zumindest hatte er keine Idee, wie er das Gespräch auf Betti und die ganze Angelegenheit bringen sollte.

»Hast du – gehst du noch manchmal dort hinaus? Zum Waldwerk, meine ich«, stammelte er schließlich zögernd.

»Nein«, antwortete Paula rasch und klar. »Ist mir zu sehr mit alten – schlechten – Erinnerungen belastet. Ich geh da nie wieder hin!«

Wieder nickte Konrad. Paula hatte noch nie ein Blatt vor den Mund genommen, und auf genau diese Offenheit und Ehrlichkeit zählte er nun.

»Das Letzte, was ich davon gesehen habe, waren die amerikanischen Soldaten und wie sie scharenweise auf ihren Jeeps dorthin gefahren sind«, berichtete sie. »Sie fanden unsere Messerschmittflugzeuge scheinbar ziemlich sehenswert. Und irgendwann später kam mal jemand bei uns am Hof vorbei, der eine riesige Blechplatte auf seinen Anhänger geladen hatte, die mir verdächtig nach einem Teil des Dachs von unserer Halle aussah.«

Konrads Augen weiteten sich erstaunt. »Du meinst, irgendjemand hat einfach das Dach mitgenommen?«

»Warum nicht?«, entgegnete sie achselzuckend. »Es wurde halt entsprechend der neuen Zeit umfunktioniert. Genau wie die Baracken aus dem Lager in Erlenbach, in denen man zuerst Kriegsgefangene und danach Heimatvertriebene einquartiert hat. Teilweise sind sie bis heute bewohnt, von Vertriebenen aus dem Osten. Obwohl, vor ein paar Jahren hat man damit angefangen, richtige Häuser auf dem Gelände zu bauen, sodass unterdessen auch andere Leute dort leben.«

»Natürlich, warum auch nicht«, stellte Konrad fest. So war es schließlich an den meisten Orten gelaufen, wo sich zur Zeit des Dritten Reichs Lager oder Produktionsstätten befunden hatten.

»Und du«, wechselte Paula das Thema, als er nichts weiter von sich gab, »bist also beim Flugzeugbau geblieben. Bist Ingenieur geworden, wie unser verehrter Gaugenrieder.«

»Richtig. Ich habe diese Arbeit schon immer gemocht.«

»Ja, das hast du wohl. Und wie geht's sonst, ich meine, in Bezug auf Familie? Bist sicher auch schon mehrmals Vater geworden, oder?«

»Nein, leider nicht. Irgendwie habe ich noch nicht die richtige Frau gefunden. Und das – na ja …« Hastig nahm Konrad einen Schluck Kaffee, verschluckte sich daran und brachte anschließend mühsam heraus: »Irgendwie ist das auch der Grund, weshalb ich mit dir reden wollte.«

»Wegen einer Frau? Soll ich dich etwa mit einer verkuppeln, oder –« Abrupt unterbrach sie sich, schlug sich mit der Handfläche gegen die Stirn und sprudelte heraus: »Nein, wieso bin ich da nicht gleich draufgekommen? Es geht um die kleine Ungarin, nicht wahr? Du hast noch niemanden, weil du sie nicht vergessen kannst!«

»So ungefähr, ja.« Konrad zerdrückte ein Stück Marmorkuchen zwischen den Fingern, bis es in feinen Bröseln auf seinem Teller lag. »Und da meinte eine Bekannte neulich, ich hätte sie damals nicht nur einfach so gemocht, sondern würde sie noch heute lieben. Dabei weiß ich ja nicht einmal, ob sie rechtzeitig fliehen konnte.«

»Aber natürlich hast du sie auch damals geliebt, das war für mich gar keine Frage! Ich war doch genauso jung, als ich mich in meinen Mann verliebt habe, der Gott sei Dank auch halbwegs heil wieder nach Hause zurückgekehrt ist. Weshalb sonst hättest du dich derart für ihre Flucht starkmachen sollen?«

Sie griff über den Tisch, nahm den nächsten Kuchenbrocken aus Konrads Hand und legte ihre eigene ermutigend auf seine.

»Für mich persönlich scheint die Lösung deines Problems sonnenklar, Konrad: Du musst sie – wie hieß sie noch gleich, Bettina oder so –, also, du musst sie suchen und finden! Dann ist sie entweder bereits verheiratet, sodass du sie innerlich loslassen kannst und mit der Zeit offen wirst für eine andere Beziehung, oder aber ihr findet tatsächlich noch irgendwie zusammen.«

»Betti war ihr Name, als Kürzel von Elisabeth. Und was, wenn ich sie wie bei meiner früheren Suche nicht finde oder sie längst tot ist? Bei ihrem Fluchtversuch aus dem Lager erschossen oder wie so viele andere umgekommen auf dem Todesmarsch?«, quälten sich die Worte über Konrads Lippen.

»Dann hat der Herrgott womöglich eine andere für dich vorgesehen, Konrad«, versicherte Paula pragmatisch. »Ich glaube jedenfalls, dass du erst mal Gewissheit über ihr Schicksal brauchst. Also fahr in ihre alte Heimat, nach Ungarn, und dreh dort jeden Stein um, bis du sie entweder findest oder weißt, was mit ihr geschehen ist.«

»Aber dort war ich doch 1947 längst und habe nicht das Geringste gefunden!«

»Dann fahr noch einmal hin, forsche noch einmal nach. Gib nicht auf, Konrad, echte Liebe ist es wert, darum zu kämpfen!« Sie drückte seine Hand, als ginge es um ihr eigenes Schicksal.

»Hm ...« Konrad schluckte schwer. Aber schließlich war er wegen Paulas Ratschlag zu ihr gekommen, also sollte er ihn sich auch zu Herzen nehmen. Und entsprach er nicht genau dem, was sein eigenes Herz ihm zuflüsterte?

»Du hast recht«, sagte er schließlich und straffte die eingesunkenen Schultern. »Ich fahre noch einmal nach Budapest. Dort gab es nach dem Krieg einen Mann, einen Arzt, der mich und meine Frage nach Betti auffallend schroff abgewiesen hat.

Am Ende wusste er doch mehr, als er mir mitteilen wollte, und vielleicht ist er heute sogar bereit, darüber zu sprechen.«

»Na siehst du?« Paula strahlte. »Da hast du doch so etwas wie eine Spur. Mach dich so schnell wie möglich auf den Weg, am besten gleich morgen oder nächste Woche!«

»So rasch kann ich leider nicht fort, ich muss beruflich zuerst nach London zu einem Kongress. Aber gleich danach werde ich –«

Ein durchdringendes Geheul unterbrach ihr Gespräch, die Küchentür flog auf und ein weinendes kleines Mädchen warf sich in Paulas Schoß. »Ludwig hat mich geschlagen, Mama, direkt ins Gesicht! Er ist so gemein, ich hab doch nur ...«

Schon kam auch der beschuldigte Bruder in die Küche gestürzt und Konrad überließ Paula ihren Mutterpflichten. Er hatte für heute genug gehört. Genügend guten Rat bekommen, den er so bald wie möglich in die Tat umsetzen musste.

23. Kapitel

Betti und Moses saßen in einvernehmlichem Schweigen vor einer Baracke in der Sonne. Die Bretterwand in ihrem Rücken wärmte sie wohltuend und selbst die Temperatur des steinigen Bodens unter ihnen kündete bereits vom nahenden Sommer.

Gedankenverloren spielte Betti mit einem der Steine, wechselte ihn von einer Hand in die andere und registrierte dabei, dass sich zwischen den Steinen sogar ein paar einzelne Grashalme durch die Erde gekämpft hatten. Kümmerlich dürr und dennoch aufrecht trotzten sie der Härte des Untergrundes und ihrer im Grunde lebensfeindlichen Umgebung aus Schatten werfenden Barackenwänden und -böden sowie unzähligen Füßen, die achtlos über sie hinwegschritten. Ganz zu schweigen von dem Blut jüdischer Mithäftlinge, das diesen Boden noch vor wenigen Wochen getränkt hatte.

Die Grashalme erschienen Betti wie ein Sinnbild ihres gegenwärtigen Lebens. Obwohl sie nach wie vor in dem deprimierenden, verhassten Lager lebte, in dem die amerikanischen Truppen sie vorgefunden hatten, und ihr Herz noch immer kalt und hart in ihrer Brust lag, sprießten allmählich zarte Keime der Hoffnung in ihr auf.

Von den ersten Tagen nach ihrer Befreiung hatte sie kaum etwas mitbekommen, hatte diese zwischenzeitlich sogar für einen ihrer wirren Fieberträume gehalten. Doch bald darauf war das Fieber gesunken und dank der verbesserten Versorgung mit Nahrung begann ihr Körper, sich von den vergangenen Strapazen zu erholen. Am Morgen des 9. Mai, als die Rundfunkgeräte auf der ganzen Welt die endgültige Kapitulation des Deutschen Reiches und das um Mitternacht offiziell gewordene Ende dieses entsetzlichen Krieges verkündeten, saß Betti aufrecht im Bett und nahm zum ersten Mal wieder feste Nahrung zu sich. Währenddessen lag Moses auf der gegenüberliegenden Seite des Krankenreviers und schlief, nach einem Zustand absoluter Entkräftung und Erschöpfung. Vielleicht waren es diese Worte aus dem Radio gewesen, die den ersten Grashalm ihrer Hoffnung durch den kalten Boden emporgetrieben hatten.

Einen zweiten hatte die Verbesserung von Moses' Zustand, verbunden mit der Erkenntnis, in ihm einen verlässlichen Freund zu besitzen, hervorgelockt; und einen dritten, schon etwas kräftigeren Halm die Mitarbeiter des Roten Kreuzes, die bald darauf im Lager aufgetaucht waren. Sie sammelten Namen und Daten der ehemaligen jüdischen »Schutzhäftlinge«, um eventuelle Familienangehörige wieder zusammenzuführen, die dem Massaker an den Juden lebend entkommen waren, dessen unvorstellbares Ausmaß erst ganz allmählich sichtbar wurde.

Betti hatte kaum ihren Ohren trauen wollen, als sie von diesem Suchdienst des Internationalen Roten Kreuzes erfahren hatte, und die Namen sämtlicher Familienmitglieder angegeben, derer sie sich entsann. Dabei hatte es sich ausnahmslos um jüdische Namen gehandelt, waren ihre ungarischen Großeltern doch bereits vor ihrem Vater gestorben. Außerdem stammten jene Namen und die zugehörigen Gesichter aus einem anderen, ihrem Empfinden nach längst vergangenen Zeitalter. Manchmal erschienen ihr diese Jahre sogar wie das

Leben einer Fremden, einer Person, die sie früher einmal gekannt hatte und der sie nun nach langer Zeit wiederbegegnen
sollte.

Tag für Tag studierte sie seitdem die ausgehängten Listen,
sowohl die der bisher erfassten Überlebenden als auch die der
Toten. An dem Tag, als sie die Namen ihrer jüdischen Großeltern und zweier Tanten auf der Seite derjenigen gefunden
hatte, die in den Gaskammern von Auschwitz umgekommen
waren, hatte sie sich auf ihre Pritsche zurückgezogen, den Kopf
unter den Decken verborgen und sich stumm ihrer Trauer hin-
gegeben. Eva, ihre Großeltern und mit ihnen vermutlich sämtliche Onkel und Tanten aus Budapests Judenhäusern – hatten
die Deutschen mit der sorgsam dokumentierten, effizienten
Gründlichkeit ihrer Vernichtungsmaschinerie ihr überhaupt
irgendeinen Rest von Familie übrig gelassen?

Das verhasste Gesicht von Gertrud Haslinger erschien vor
ihrem inneren Auge. Deren brutale Gesichtszüge, die Grausamkeit ihres Blickes und ihre schwarzen Soldatenstiefel waren für
Betti zum Inbegriff der Nazis oder sogar aller Deutschen geworden. Nicht einmal der Moment während ihres Marsches,
als Haslinger wegen einer Kleinigkeit von einem ihrer eigenen
Kameraden, der die Nerven verloren hatte, erschossen worden
war, hatte Betti Genugtuung verschafft.

Die einzigen Namen aus ihrer jüdischen Verwandtschaft, die
bislang auf keiner der Listen aufgeführt worden waren, waren
diejenigen ihrer Mutter und ihres kleinen Bruders. Ob sie tatsächlich überlebt hatten? An jedem Tag, an dem ihre Namen
nicht auf der in beängstigendem Maße wachsenden Liste der
Toten auftauchten, bohrte sich der Halm der Hoffnung einen
weiteren Millimeter-Bruchteil durch Bettis Herzensboden.
Falls diese beiden wie durch ein Wunder in irgendeinem ver-
lassenen Winkel der Erde noch existierten, würde Betti sich auf
den Weg machen und sie finden.

Später, wenn sie sich kräftig und mutig genug fühlen würde, die spärlichen Scherben ihres zerbrochenen Lebens aufzusammeln und weitreichende Entscheidungen zu treffen. Momentan reichte ihre Energie, die seelische ebenso wie die körperliche, gerade einmal dazu, den Alltag in diesem ehemaligen Konzentrationslager voller nunmehr befreiter Häftlinge zu bewältigen. Wie Zehntausende ihrer Landsleute galt Betti nun als *Displaced Person*, ohne jegliche Heimat, in die sie zurückkehren konnte.

Ihre derzeitigen Entscheidungen bestanden darin, zu überlegen, wie sie ihre plötzlich wieder vorhandene freie Zeit verbringen sollte. Ob sie sich trotz ihrer fast siebzehn Jahre zu den Kindern in den Schulunterricht setzte, der in Kürze starten sollte, oder ob sie in der Küche oder der Krankenpflege mitarbeiten wollte, bis sich etwas Aussichtsreicheres ergab.

»Was sagst du dazu, Betti?«, unterbrach Moses' Stimme ihre umherschweifenden Gedanken.

Sie riss den Blick vom Boden los und wandte ihn ihrem Gegenüber zu. Seit Moses sich täglich rasieren konnte und ausreichend zu essen bekam, waren seine Wangen voller, die Nase wirkte nicht mehr so lang und spitz und er erweckte nicht mehr so sehr den Eindruck eines alten Mannes. Lediglich die Schultern waren noch stärker gebeugt als vor dem Todesmarsch und seinem Zusammenbruch am Tag ihrer Befreiung.

»Hm? Tut mir leid, ich habe dir eben nicht richtig zugehört«, sagte sie. In den nicht enden wollenden Stunden ihres Marsches von Lager zu Lager waren sie sich so nahegekommen, dass längst alle formellen Schranken zwischen ihnen gefallen waren. Dr. Sternfeld, der Arzt, war für Betti zu Moses, ihrem brüderlichen Beschützer, geworden. »Was soll ich wozu sagen?« Sie legte den Stein beiseite und widmete Moses ihre volle Aufmerksamkeit.

»Nun, ich denke eben laut über die Zukunft nach«, entgegnete er. »Namentlich über das Wunder, wieder eine solche zu haben!«

»Ein Wunder nennst du das?!«, entfuhr es Betti unwillkürlich. »Wenn wir endlich zurückbekommen, was die Nationalsozialisten uns mit ihrer Menschenverachtung zuvor so brutal
geraubt haben?«

Moses nickte nachdrücklich. »Das tue ich in der Tat. Ich betrachte es als eine spezielle Gnade Gottes. Sicher, ich habe mich
in den letzten Jahren immer wieder gefragt, wie *Elohim* der
gnadenlosen Vernichtung seines auserwählten Volkes so tatenlos zusehen kann, aber letztendlich ...«

Er verstummte, suchte sichtlich nach Worten, damit Betti
seine Gedankengänge nachvollziehen konnte. Endlich fuhr er
fort: »Letztendlich spüre ich an jedem einzelnen Tag, wie der
Allmächtige mir über das Grauen und den Schmerz unserer
Verluste hinwegzuhelfen beginnt. Ich bete täglich zu ihm –
und auf geheimnisvolle Art und Weise fühle ich mich dabei
oft ein wenig getröstet. Zwar nicht in dem Maß, dass ich so
etwas wie richtige Freude über meine heutige Freiheit empfinden könnte, aber doch irgendwie ... spürbar. Immerhin bin ich
mittlerweile so weit, dass ich mir wieder Gedanken um meine
Zukunft mache.«

Er betet! Betti senkte den Kopf, um ihren Widerwillen, der
bei dieser Erkenntnis in ihr aufstieg, zu verbergen. Sie selbst
hatte das Beten mittlerweile aufgegeben, irgendwann zwischen
dem Augenblick, als die Pfeilkreuzler sie gefangen genommen hatten, und dem Moment, als sie ihre geliebte Schwester
verloren hatte. Sicherlich, früher hatte sie zu dem Gott ihres
Vaters in der Kirche gebetet und sich tatsächlich irgendwie
mit ihm verbunden gefühlt, ebenso mit *Jahwe*, zu dem ihre
Mutter und Großeltern gebetet hatten. Aber was hatte es ihr
gebracht? Nicht das Geringste. Wegen dem »Gott ihrer Väter«,
wie Mutter ihn manchmal genannt hatte, und der Zugehörigkeit zu dessen Volk war sie im Konzentrationslager gelandet.
Seit diesem Zeitpunkt hatte sie niemals mehr etwas verspürt,

was dem Begriff Trost nur ansatzweise nahegekommen war. Oder wenigstens dem Gefühl, dass Gott ihr Leiden sah. Dass er ihren Schmerz wahrnahm. Sie hatte sich gefühlt, als hätte er einfach hinweggesehen über das zum Himmel schreiende Elend seines Volkes. Er hatte sich schlicht und ergreifend nicht für sie und die Millionen ihrer Leidensgenossen interessiert – oder etwa doch?!

Die leise Stimme, die Betti an ihr Stoßgebet und die eindeutige Bewahrung während des vermeintlichen Bombenangriffs draußen auf dem Feld und an das tröstliche Gefühl von Konrads Hand in ihrer erinnerte, schob sie energisch beiseite. Sie konnte und wollte mit einem solchen Gott einfach nichts mehr zu tun haben. Punkt.

Andererseits lag es ihr fern, Moses seinen eigenen Glauben an den Allmächtigen madigzumachen. Wenn jemand so etwas wie Trost in allem Leid verspüren durfte, dann gewiss dieser Mann, der sich derart für sie aufgeopfert hatte. So erwiderte sie schlicht: »Für mich ist das nichts. Ich kann mit dem jüdischen Gott meiner Mutter genauso wenig anfangen wie mit dem christlichen von Vater.«

»Das ist schade für dich, Betti. Der Glaube an den allmächtigen Gott könnte dir gewiss helfen, das Leid zu verarbeiten, das dir angetan wurde, doch ich will dich zu nichts drängen. Trotzdem würde ich gerne wissen, ob du dir hin und wieder Gedanken über deine Zukunft machst?«

»Gelegentlich, ja. Aber im Moment interessiert mich nur eines«, gestand sie, »nämlich die Neuigkeiten des Suchdienstes. Du weißt doch, ich warte täglich auf Nachrichten über meine Familie. Und habe ich meine Mutter und meinen kleinen Bruder erst einmal gefunden, werden wir uns gemeinsam irgendwo ein neues Leben aufbauen.«

»Das freut mich zu hören! Aber was«, Moses senkte die Stimme zu einem kaum hörbaren Flüstern, als ob er fürchtete, die Worte laut auszusprechen, »was, wenn diese Neuigkeiten nie eintreffen – oder doch anders ausfallen, als du dir erhoffst?«

»Das wird nicht geschehen.« Wie zuvor ergriff Betti einen Kiesel, hob ihn diesmal aber hoch und schleuderte ihn weit von sich. »*Niemals!*«

~

Bettis gequälter Aufschrei ging Moses durch und durch, sodass er eilig versicherte: »Ich will dir keineswegs die Hoffnung nehmen, Betti, denn die hast du mehr verdient als alles andere. Und dennoch müssen wir der Realität ins Auge blicken, so unvorstellbar und unmenschlich sie ist: Laut den Aussagen des Roten Kreuzes haben die Deutschen Millionen von uns Juden umgebracht, sodass die Wahrscheinlichkeit, dass gerade diese beiden überlebt haben, nicht sonderlich hoch ist. Dazu kommt die Schwierigkeit, sie in dem momentanen Chaos überhaupt zu finden. Das ganze Land ist doch voll heimatloser Menschen, die ihre Angehörigen suchen, Juden wie Nichtjuden! Ich vermute, es wird das Rote Kreuz Jahre kosten, jedem einzelnen Namen nachzugehen.«

»Dann bete für mich, Moses. Bitte deinen Gott darum, dass er wenigstens dieses eine Mal ein Einsehen hat und dass die Prozedur in meinem Fall schneller geht!«, stieß sie heftig aus.

»Das werde ich, Betti, das werde ich gewiss. Aber in der Zwischenzeit –« Er brach ab. Weshalb nur fiel es ihm so schwer, die Frage auszusprechen, die er bereits seit mehreren Tagen mit sich herumtrug und in Gedanken unzählige Male formuliert hatte? Schließlich fasste er sich ein Herz und sprudelte seinen sorgsam zurechtgelegten Zukunftsplan heraus.

»Könntest du dir eventuell vorstellen, in der Zwischenzeit mit mir nach Budapest zurückzukehren? Ich denke, mit meiner Tätigkeit als Arzt könnte ich dort künftig wieder für meinen

Lebensunterhalt aufkommen – und für den deinen, wenn du willst, Betti. Das heißt«, er schluckte und brachte seine folgenden Worte nur flüsternd hervor, »falls du damit einverstanden wärst, mit mir gemeinsam in der alten Heimat zu leben. Und wer weiß, vielleicht würden wir irgendwann sogar den Wunsch verspüren, eine Familie zu gründen.«

»Aber, das hieße ja ... Das würde bedeuten ...« Bettis Hände sanken herab und ihr fassungsloser Gesichtsausdruck sprach Bände.

»Dass ich dich gerne zu meiner Frau nähme«, nickte Moses dennoch bestätigend. »Ich schätze dich sehr, Betti, und gerade weil ich deutlich älter bin, könnte ich dir schon bald ein komfortables Leben bieten. Du bräuchtest dir niemals wieder Sorgen um dein Auskommen machen. Und wenn du deine Angehörigen später doch fändest, wären sie ebenfalls bestens versorgt. Denn Familie ist für uns das Wichtigste, nicht wahr?«

Doch Betti hörte nicht länger zu. Noch während er sprach, sprang sie auf die Füße und hastete davon. Innerhalb von Sekunden war der Pelzmantel, den sie trotz der wärmenden Sonne trug, zwischen den vielen zerlumpten Menschen auf dem offenen Platz verschwunden.

Er konnte es ihr nicht verübeln. Ihre Verluste waren zu frisch, die Wunden ihrer Seele längst nicht verheilt, sodass die Vorstellung, sich wieder an einen anderen Menschen zu binden, ihr Angst einflößen musste. Aber noch war nicht aller Tage Abend. Noch befanden sie sich gemeinsam hier im Lager und er konnte ihr die Zeit zugestehen, seinen Antrag zu überdenken. Reichlich Zeit sogar.

~

In ihrem Nacken spürte Betti Moses' enttäuschten Blick, während sie sich ihren Weg durch die Menge der Menschen bahnte, die das aus sämtlichen Nähten platzende Lager bevölkerten. Doch so dankbar sie ihm für alles war, was er im Lauf der letzten Wochen für sie getan hatte – was er da vorschlug, war ein Ding der Unmöglichkeit. Heiraten! Was für ein absurder Vorschlag für eine knapp Siebzehnjährige, die den größten Teil ihrer Jugend in Angst und Verfolgung, im Untergrund und im Konzentrationslager verbracht hatte. Sie hatte bislang nicht einmal die Gelegenheit dazu gehabt, über Dinge wie Liebe, Heirat und dergleichen nachzudenken.

Aber vor allem gab es für sie Dringenderes, als durch einen Ehemann äußerlich versorgt zu sein – ihre eigenen Familienmitglieder und Blutsverwandten. Moses hatte es ja selbst gesagt, Familie war das Wichtigste. Nach allem, was sie beide gemeinsam und doch jeder für sich durchgemacht hatten, wussten sie nur zu gut, wie rasch einem äußere Sicherheiten genommen werden konnten und dass unter solchen Umständen nur eines zählte: die Beziehung zu anderen Menschen; die Liebe und Zugehörigkeit zur Familie, die einem Geborgenheit und Heimat schenkte. Wobei für Betti klar war: Familie, das war ihre Herkunftsfamilie und keine, die noch nicht einmal gegründet war. Weiter als bis zu dem Zeitpunkt ihrer Wiedervereinigung mit Mutter und Szándor konnte und wollte sie deshalb nicht denken.

Energisch schob Betti das Bild von Moses' bittendem Blick beiseite. Allerdings nur, um festzustellen, dass stattdessen plötzlich die Erinnerung an ein vollkommen anderes, besorgtes dunkles Augenpaar aufblitzte …

München-Allach, Mai 1945 bis Juni 1946

Glücklicherweise brachte Moses seinen Vorschlag, mit ihm gemeinsam in die alte Heimat zurückzukehren, so rasch nicht wieder ins Gespräch. Außerdem achtete Betti ab sofort darauf, weniger Zeit mit ihm zu verbringen. Je weniger er an ihrem Leben und ihren Gedanken teilhatte, desto eher würde er sich die Idee einer gemeinsamen Zukunft aus dem Kopf schlagen, hoffte sie.

Vormittags setzte sie sich deshalb mit den Kindern und übrigen Jugendlichen in den Unterricht, um zumindest einen Teil der versäumten Schulzeit aufzuholen, und nachmittags betätigte sie sich in der Lagerküche. Dank der amerikanischen Befreier verfügten sie hier wieder über andere Lebensmittel als Graupen für eine Suppe, trockenes Brot oder Kartoffeln, die aus mehr Keimen und Schale als aus tatsächlicher Stärke bestanden. Mit der Zeit fand Betti sogar Freude an der Zubereitung der Mahlzeiten für die Lagerinsassen, und den Tag, an dem sie zum ersten Mal echten amerikanischen Bohnenkaffee trank, würde sie wohl niemals wieder vergessen. Er schmeckte fast so gut wie der Kaffee bei ihren einstigen sonntäglichen Cafébesuchen zu Hause in Budapest!

Trotz dieser ausgefüllten Stunden aber verging kein einziger Tag, an dem Betti nicht die Listen des Roten Kreuzes überprüfte. Bei jedem Familiennamen, der mit dem Buchstaben S für Strausz begann, verharrte ihr Blick, nur um dann frustriert weiter die Spalte entlangzugleiten.

Auf diese Weise verstrichen die Wochen, die warmen Sommertage wurden seltener und kürzer und Bettis Ungeduld wuchs fast im selben Maß wie die Anzahl der Lagerbewohner. Denn noch immer strömten Juden und Vertriebene aus ganz Europa in sämtliche Lager und kaum einer von Bettis befreiten Leidensgenossen konnte, sofern er körperlich dazu in der Lage war, an die Zukunft denken oder etwas mit seiner sogenannten Freiheit anfangen.

Wo sollte jemand wie Betti, bislang die einzige Überlebende ihrer Familie und in ihren jungen Jahren vollkommen auf sich gestellt, denn hingehen? Wo weitermachen mit einem Leben, das sie längst zu Ende geglaubt und das ohne Angehörige jeglichen Reiz verloren hatte?

Genau wie die Blätter an den Bäumen welkte ihre anfängliche Hoffnung auf ein Wiedersehen mit Szándor und ihrer Mutter im Herbst dahin und ihr Kontakt zu Moses als dem einzigen halbwegs vertrauten Menschen wurde erneut enger. Auch er befand sich weiterhin im Lager, wo er sich wieder als Arzt betätigte. Ob er, statt sofort nach Budapest zurückzukehren, nur hier ausharrte, weil er auf ihre Einwilligung in ein Leben mit ihm hoffte? Betti wusste es nicht, doch jede einzelne kalte Winternacht, die sie schlaflos auf ihrem Lager verbrachte, höhlte ihre Entschlossenheit, seinem Wunsch keinesfalls nachzugeben, weiter aus. War das Leben an der Seite und im Haus eines Mannes, den sie wenigstens wie einen älteren Bruder lieben konnte, nicht doch die bessere Alternative, als weitere Monate hier abzuwarten, nur um schließlich alle Hoffnungen zerstört zu sehen? Mittlerweile wagte sie es ja kaum noch, die Listen durchzusehen.

Tag für Tag rang Betti mit sich und bat Moses Anfang März 1946, fast genau ein Jahr nach ihrer Ankunft im verborgenen Waldwerk und der Begegnung mit ihrem Helfer Konrad, um ein vertrauliches Gespräch. Wie würde er ihre Antwort, die sie ihm so lange schuldig geblieben war, ihre ausdrückliche Einwilligung in seinen Vorschlag, aufnehmen? Sie konnte nur hoffen, dass er ihr nicht anmerken würde, wie schwer ihr diese Entscheidung fiel.

Zunächst aber überprüfte sie auf dem Weg zu ihrem vereinbarten Treffpunkt ein letztes Mal die frisch aktualisierten Listen. Die Einträge unter dem Buchstaben S waren kaum der Rede wert. Frustriert wandte sie sich ab und setzte, den Blick zu Boden gerichtet, ihren Weg fort. Sie hatte nicht mehr als drei Schritte getan, als sie hart mit jemandem zusammenstieß. Der Halbwüchsige war derart auf den Aushang an der Wand zugestürmt, dass sich sein Ellbogen unsanft in Bettis Seite bohrte.

»*Bocsásson Meg*, Ent-schuldigung«, murmelte er verlegen und wollte seinen Weg fortsetzen, doch Betti hielt den hageren, lang aufgeschossenen Jugendlichen am Ärmel fest. Es war nicht ausschließlich die Tatsache, dass er sich in ihrer Muttersprache entschuldigt hatte – da war noch etwas anderes, Vertrautes in seiner Aussprache, in seiner raschen, ruckartigen Bewegung. Er besaß eindeutig etwas von dem jungenhaften Ungestüm und dem Ausdruck ihres Bruders.

Verdutzt wandte er ihr das Gesicht zu. In der Tat hatte er graublaue Augen mit einem deutlich dunkleren Ring um die Pupille, genau wie der kleine Szándor sie besessen hatte, doch ansonsten hatten sein Gesicht und seine Gestalt nichts von dem Kind, als das Betti ihren Bruder in Erinnerung hatte.

Dennoch erstarrte er beim Blick in ihre Augen genau wie Betti selbst. Für eine kleine Ewigkeit, so schien es ihr, starrten sie einander wortlos an.

»S-Szándor – Szándor Strausz?«, stammelte sie schließlich.

Als Widerhall ihrer bebenden Stimme erhielt sie ein ebenso unsicheres, ungläubiges »Betti?« zur Antwort. Und mit fassungslosem Staunen fielen die Geschwister einander in die Arme.

Szándor erzählte ihr seine Geschichte: Er und Mutter waren in jener Dezembernacht 1944 der Pfeilkreuzler-Razzia entkommen und hatten in Pest im internationalen Getto, das unter dem Schutz des schwedischen Diplomaten Raoul Wallenberg stand, Zuflucht gefunden. Als seine Schützlinge sollten sie zudem einen sogar von den deutschen Behörden anerkannten *Swedish Protective Passport* erhalten, der sie vor künftigen Deportationen schützen würde. Doch aus irgendeinem nicht nachvollziehbaren Grund hatte Szándor diesen Pass bereits vor seiner Mutter erhalten und sie wurde nach einem Befehl des für die »Endlösung der Judenfrage« verantwortlichen Adolf Eichmann auf den Weg in Richtung Österreich geschickt. Genau wie die übrigen verbliebenen Gettobewohner ohne Schutzpass musste sie noch kurz vor dem Einmarsch der Sowjets in Budapest diesen Todesmarsch antreten. Seitdem hatte Szándor nie wieder etwas von ihr gehört.

Er selbst war später von der sowjetischen Besatzungsmacht Budapests mit seinem *Swedish Protective Passport* registriert worden. Mit der tatkräftigen Unterstützung der schwedischen Vertretung hatte das Rote Kreuz für den jugendlichen Passinhaber schon bald einen Onkel in England aufgespürt. Szándor durfte aus dem sowjetischen Besatzungsgebiet ausreisen, zunächst nach Westen in die amerikanische Zone. Von diesem Lager, in dem er sich nur für wenige Tage befand, sollte er über Frankreich auf die Insel weiterreisen. Mittlerweile war auch die Einwilligung des Onkels Levi Steiner eingetroffen, für ihn zu sorgen, und in zwei Tagen schon sollte er seine Reise fortsetzen.

»Aber das ist jetzt nicht mehr nötig, nicht wahr?«, wandte er sich nach seinem Bericht an Betti. »Jetzt, da wir beide uns gefunden haben?«

In seiner Miene kämpften kindliche Zuneigung und das Vertrauen, das er ihr als großer Schwester stets entgegengebracht hatte, mit dem Argwohn und der Distanziertheit eines Menschen, der viel zu früh hatte erwachsen werden müssen, sowie gegen die Furcht vor dem Unbekannten.

Liebevoll drückte Betti seine Hand und versicherte: »O doch, du wirst zu unserem Onkel reisen. Ganz dunkel erinnere ich mich noch an Onkel Levi, er hatte einen Laden in Pest und hat uns immer Leckereien zugesteckt! Er war unverheiratet und hatte ein gutes Herz, und ich bin sicher, dass er als unser einziger Verwandter sogar uns beide aufnehmen wird. Denn ich werde dich nicht mehr allein lassen, wir fahren gemeinsam nach England!«

Und obwohl das Schicksal ihrer Mutter weiterhin im Unge-
wissen blieb, verspürte sie einen Anflug von Glück: Sie hatte
ihren Bruder zurück! Obendrein die Aussicht darauf, bei einem
Verwandten zu leben. Wenn alles gut ging, würden sie zu dritt
wieder so etwas wie eine Familie sein. Und sie würde dieses
entsetzliche Deutschland, die Heimat ihrer Peiniger, schon
bald für immer hinter sich lassen!

Einzig Moses hatte in dieser Situation das Nachsehen ...

Mit Szándor im Schlepptau machte sie sich schließlich auf
den Weg zu ihrem brüderlichen Freund und einstigen Leidensgenossen, um ihm die Nachricht zu überbringen.

24. Kapitel

Unbehaglich rutschte Betti auf ihrem Stuhl hin und her. Vor ihr stand eine wunderschöne, blumengemusterte Porzellantasse mit dampfendem Tee, in der Mitte des runden Tisches eine Etagere voller Sandwiches und Törtchen. Ihr gegenüber saß James Welland, der Reporter.

Reverend Morgan hatte tatsächlich recht gehabt mit seiner Vermutung, dass der junge Mann Gefallen an ihr gefunden hatte: Nur wenige Tage nach dem Interview hatte er erneut vor ihr im Laden gestanden und sie um eine Verabredung gebeten. In die Betti zu ihrer eigenen Überraschung auch eingewilligt hatte – eine Entscheidung, die sie mittlerweile bitter bereute. Weshalb nur hatte sie sich auf den schmeichelnden Blick des Reporters und diese Verabredung zum Nachmittagstee eingelassen?

James Welland war doch auch nicht anders als die jungen Engländer, die ihr in den vergangenen Jahren den Hof gemacht oder zumindest beabsichtigt hatten, das zu tun. Zugegeben, er sah ganz passabel aus, doch er war von sich und seiner Tätigkeit als Reporter ziemlich überzeugt. Betti war nach einer Weile reichlich genervt von seinen Erzählungen über bedeutende Artikel, die er bereits verfasst hatte, und über seine längst vergangene Studienzeit. Zudem hatte er, ohne sich zuerst nach ihren Vorlieben zu erkundigen, kurzerhand Tee für sie

238

beide bestellt, obwohl Betti seit ihrer Jugend viel lieber Kaffee trank. Was für ein selbstgefälliger junger Mann!

Trotzdem wusste sie nur zu genau, aus welchem Grund sie hier mit James beim Tee zusammensaß: Ihre Familie hatte sie dazu gebracht. Allen voran Sandy, ihr Bruder, und seine Frau Patricia. Angesichts ihres eigenen jungen Familienglücks mit zwei Kindern konnten die beiden es einfach nicht verstehen, dass Betti so allein nicht unglücklich war. Dass sie sich nicht – insgeheim zumindest – nach einem Partner an ihrer Seite und eigenen Kindern sehnte.

Sooft Betti ihnen auch versicherte, wie zufrieden sie mit ihrer Arbeit in Onkel Levis Shop und ihrem Leben unter seinem Dach war, so oft brachten auch sie einen neuen Mann ins Spiel, den Betti doch zumindest einmal kennenlernen könne. Und obwohl ihr Drängen schlichtweg ihrer Fürsorge und Liebe für Betti entsprang, war es auf Dauer doch frustrierend. Und zwar je länger, desto mehr. Natürlich liebte sie ihren kleinen Bruder und erfüllte ihm gerne alle möglichen Wünsche, aber in diesem speziellen Fall ging es doch ausschließlich um ihr Leben!

Dennoch war sie hauptsächlich aus dem Grund, ihren Bruder wieder für eine Weile zu besänftigen, James' Bitte nachgekommen, saß jetzt mit ihm in einer anheimelnden Nische des Tearooms im Nachbarort und lauschte zunehmend unwillig seinen Ausführungen.

Offenbar war er jedoch ganz zufrieden mit ihrem gelegentlichen Nicken oder einer gemurmelten Anmerkung und bemerkte, sobald sie ihre Mahlzeit beendet hatten: »Ich habe unsere Unterhaltung wirklich sehr genossen, Betty. Hättest du eventuell Lust, nächsten Freitagabend mit mir ins Kino zu gehen? Ich habe mir sagen lassen, die neue Komödie mit Shirley MacLaine sei wirklich sehenswert!«

»Das kann ich mir vorstellen, aber – ich bin nicht so sehr fürs Kino, weißt du?«, stammelte Betti. »Außerdem sitze ich am Freitagabend immer mit meinem Onkel zusammen. Das ist ihm als jüdische Tradition am Vorabend des Shabbat sehr wichtig. So wie jetzt am Nachmittag ist das kein Problem, aber abends ...« Sie verstummte und blickte ihn fragend an. Ob er ihre Ablehnung richtig deutete?

Er tat es. »Oh! Wie bedauerlich.« Ein wenig fassungslos, vor allem aber sichtlich verstimmt zahlte er die Rechnung und brachte Betti nach Hause.

Unterwegs in seinem Wagen sprach er nur noch das Nötigste und setzte sie mit einem knappen Abschiedsgruß vor der Haustür ab. Betti hatte fast ein schlechtes Gewissen. Sie hatte sich nur Sandys Drängen ersparen wollen, James Welland jedoch Hoffnung auf mehr gemacht. Wie rücksichtslos von ihr! Doch der Reporter verschwand bereits mit aufheulendem Motor um die Ecke.

»Ich brauche wohl nicht zu fragen, wie deine Verabredung gelaufen ist, meine Liebe«, kommentierte Onkel Levi, der Betti an der Tür entgegenkam.

»Sagen wir mal so, er hatte wenig Verständnis dafür, dass ich nächsten Freitagabend lieber mit dir den Empfang des Shabbat feiere, als mit ihm ins Kino zu gehen«, gestand Betti.

»Aber das solltest du wirklich nicht als Vorwand nehmen, Betti! Ich würde dir und deinem Glück niemals im Weg stehen.«

»Das weiß ich doch, Onkel Levi. Ich hätte diese Verabredung gar nicht erst eingehen und ihm damit Hoffnung machen sollen, das ist mir jetzt klar. Ich brauche einfach keinen Mann zu meinem Glück – keinen außer dir und Sandy. Ihr beide seid die einzigen Männer in meinem Leben, die mir etwas bedeuten.« Liebevoll schlang sie die Arme um ihren Onkel.

»Und was ist mit diesem Moses Sternfeld in der alten Heimat, von dem du heute schon wieder einen Brief bekommen hast?« Bedeutungsvoll nickte Levi in Richtung des Dielentisches, auf dem ein Brief mit ausländischen Marken lag.

»Richtig, der auch. Aber andererseits auch wieder nicht, denn er gehört zu meiner Vergangenheit. Dem Leben, das ich für immer hinter mir gelassen habe.«

Noch während sie das aussprach, erschien vor ihrem inneren Auge nicht Moses, sondern eine ganz andere Gestalt aus ihrer Vergangenheit, die sie niemals vergessen hatte. Lang und ein wenig schlaksig, mit einem jungenhaften Gesicht, abstehenden Ohren und bekümmerten dunklen Augen. Hätte sie Konrad bei einer Verabredung ebenso kurz entschlossen abgefertigt wie heute James Welland?

Unwillig schüttelte sie diesen Gedanken von sich ab, während Levi bereits weitersprach: »Wie dem auch sei, wir sollten allmählich mit den Vorbereitungen für heute Abend beginnen. Sandy wird sich auch zu uns gesellen, denn Patricia und die Kinder sind dieses Wochenende bei den Großeltern. Pats Mutter hat offensichtlich beschlossen, ihre Tochter zum Ende dieser Schwangerschaft besonders gut zu umsorgen und zu verwöhnen.«

»Wie schön!«, kommentierte Betti. Ihr Bruder war bei der feierlichen Freitagabend-Zeremonie nicht mehr oft dabei, seit er seinen eigenen Hausstand gegründet hatte. In den Jahren zuvor dagegen hatten die beiden christlich erzogenen Geschwister ihrem Onkel und ihrem teilweise jüdischen Erbe zuliebe die entsprechenden religiösen Traditionen stets gemeinsam gefeiert. Betti, die dies bis heute tat, freute sich jedenfalls über jeden einzelnen Freitag, an dem Sandy sich ihnen anschloss. Heute jedoch ...

»Ich hoffe nur, Sandy stellt mir keine neugierigen Fragen über meine Verabredung vorhin«, ließ sie ihre Bedenken laut werden und Levi nickte verständnisvoll.

Natürlich trog diese Hoffnung. Noch ehe sie sich zu Tisch setzten, startete Sandy sein Verhör. Als Polizist hatte er reichlich Übung darin. Zu Bettis Erleichterung gelang es Onkel Levi aber in kürzester Zeit, ihn mit seinen Blicken zum Schweigen zu bringen, und als Levi feierlich den *Kiddusch* über den Wein sprach und anschließend gemeinsam mit ihr und Sandy das vereinte *Amen*, schob sie alle unangenehmen Gedanken beiseite. Gemeinsam mit ihrer Rest-Familie hier am Tisch zu sitzen und in Frieden eine reichhaltige Mahlzeit zu genießen, beinhaltete letztlich alles, was sie sich wünschte.

Entspannt lauschte sie dem Gespräch der beiden Männer, das sich momentan vor allem um Sandys Arbeit drehte.

»Ich habe gelesen«, Levi deutete mit dem Kinn in Richtung der Zeitung in seinem Lehnsessel, »dass der Brandstifter, den du damals verhaftet hast, sich wieder auf freiem Fuß befindet.«

»Das ist leider wahr!« Sandy runzelte die Stirn. »Sein Fall wurde noch einmal neu aufgerollt und diesmal ist es seinem Anwalt gelungen, die Richter zu einem Freispruch zu bewegen. Dabei war ich mir damals so sicher, dass die Beweislage vollkommen eindeutig sei.«

»Offenbar sieht das Gericht das heute anders.«

»Was ich absolut nicht nachvollziehen kann. Ich bin fest davon überzeugt, dass er schuldig ist. Bleibt nur zu hoffen, dass er nicht erneut zuschlägt!« Sandy schob sich einen Bissen Fleisch in den Mund und kaute energisch darauf herum.

»Die Worte nach seiner Freilassung klingen schon ein wenig bedrohlich, finde ich«, stimmte Betti zu, während ihre vorherige Entspannung der Sorge um ihren Bruder wich. »Er wünschte den Verantwortlichen für seine einjährige, unschuldig abgesessene Haft, dass sie einmal genauso leiden müssten wie er – so ungefähr wird er in der Zeitung zitiert. Fühlst du als verantwortlicher Polizist dich dadurch nicht angegriffen, Sandy?«

»Ist nun mal Berufsrisiko«, erklärte ihr Bruder achselzuckend. »Er ist weder der erste noch der einzige Verbrecher, der nach seiner Verhaftung derartige Verwünschungen äußert. Damit muss ich leben, wenn ich als Polizist für Recht und Ordnung sorgen will.«

Gleichmütig widmete er sich wieder dem Essen auf seinem Teller, doch davon ließ Betti sich nicht täuschen. Das kaum merkliche Beben in seiner Stimme und seine hektischen Kaubewegungen verrieten ihr, dass er sich sehr wohl Gedanken über diese Drohung machte. Immerhin war er nicht nur für sich selbst, sondern auch für seine Familie verantwortlich und hatte schon einmal erlebt, wie rasch das Unheil über das eigene Leben hereinbrechen konnte.

Aufseufzend griff sie nach dem Brot, während Levi neben ihr beruhigend über ihre freie Hand strich.

~

Zwei Tage später suchte Betti wie versprochen Reverend Morgan auf, der ihr von seinen Kriegserlebnissen berichten wollte.

Der Garten des Pfarrhauses strahlte eine ähnliche Ruhe aus wie der Reverend selbst. In der Mitte einer Rasenfläche stand ein Apfelbaum mit ausladenden Zweigen, darunter ein hübsch gedeckter Tisch. Dort hatten sie an diesem ungewöhnlich warmen Frühlingstag Platz genommen. Ein Vogel zwitscherte in der Baumkrone über ihnen und wie ein Echo kam eine melodiöse Antwort aus der Schlehenhecke zum Nachbargarten. Hecke wie Apfelbaum waren mit rosa-weißen Blüten geschmückt, an denen sich eine enorme Schar von Bienen und anderen Insekten gütlich tat. Zeitweilig übertönte ihr geschäftiges, unablässiges Summen sogar das Lied der Vögel. Ab und an schwebte, angetrieben von einer ansonsten kaum spürbaren Brise, eine kleine Wolke Blütenblätter auf Betti und Reverend Morgan herab.

»Ist dieser Apfelbaum nicht ein wahrer Baum des Lebens?«, begeisterte sich der Reverend. »Vor allem an einem so herrlichen Frühlingstag wie diesem? Ich nenne ihn immer gerne so, im Gedenken an den Baum, den unser Schöpfer zur Freude und Ergötzung der Menschen mitten in den Paradiesgarten setzte.«

Betti nickte stumm. Sie genoss diesen sonnig warmen Frühlingstag ebenso wie der Pfarrer und war froh, ihm diesmal im Freien gegenüberzusitzen. Sein mit Büchern überladenes Studierzimmer hatte sie zu sehr an ihr einstiges ungarisches Zuhause und ihren Vater erinnert. Allerdings hatte Reverend Morgan auch hier ein dickes Buch auf einem Hocker neben sich platziert, eine in schwarzes Leder gebundene Bibel. Sie vermutete, dass er mit deren Hilfe seine Anschauungen in theologisch-wissenschaftlicher Art zu untermauern gedachte, und fühlte sich allein bei dem Gedanken daran schon unbehaglich.

Seit ihrer letzten Begegnung hatte Betti, entgegen ihrer ursprünglichen Absicht und trotz der Ablenkung durch James Welland, intensiv über den Psalmvers nachgedacht. Das heißt, zunächst hatte sie sich bei Levi mit seinen guten Thorakenntnissen vergewissert, dass der Vers tatsächlich aus einem Psalm des großen Königs David stammte. So wenig, wie sie selbst sich in den letzten eineinhalb Jahrzehnten mit Gott und dem Glauben beschäftigt hatte, konnte der Pfarrer ihr ja alles Mögliche erzählen!

Doch alle Überlegungen hatten nur ihre erste Reaktion auf den Vers bestärkt: Er entsprang einer religiösen und gleichzeitig zutiefst menschlichen Wunschvorstellung, dass Gott ein Hüter sei – und das, nachdem er tatenlos dabei zugesehen hatte, wie Millionen Menschen auf grausamste Art und Weise ermordet worden waren! Der Jude, der dem englischen Reverend so kurz nach seiner Befreiung ausgerechnet diesen Psalmvers zitiert hatte, musste entweder vollständig den Sinn für die Realität verloren und sich in eine religiöse Traumwelt geflüchtet haben oder aber ähnlich emotional veranlagt gewesen sein wie Moses Sternfeld seinerzeit. Denn auch der hatte in ihrer verzweifelten Lage nach jedem Strohhalm der Hoffnung gegriffen. In seinem neuesten Brief beispielsweise berichtete er ihr ausführlich von dem Leben der neu entstandenen jüdischen Gemeinde in Budapest.

Ob sie dem liebenswürdigen Reverend aber geradeheraus ihre Meinung über den Vers sagen sollte, dessen war Betti sich noch nicht sicher. Zunächst einmal würde sie sich anhören, was er selbst zu sagen hatte.

»Ich freue mich sehr, dass Sie sich heute die Zeit nehmen, mich anzuhören«, kam er endlich zur Sache. »Mir ist aber ganz wichtig, eines vorab zu sagen: Sie dürfen nicht glauben, dass ich mich in irgendeiner Art und Weise als Spezialist für das Schicksal Ihres Volkes betrachte, nur weil ich Bergen-Belsen damals mit eigenen Augen gesehen habe. Und ich kann mir trotz dieses Erlebnisses nur ansatzweise vorstellen, welch namenloses Grauen Sie selbst, Ihre Familie und alle anderen Betroffenen durchlebt haben.«

Der Reverend hielt kurz inne und sprach dann weiter: »Aber ich will von vorne beginnen: Neulich habe ich Ihnen versichert, dass Gott mir schließlich eine Antwort auf meine Fragen gegeben hat beziehungsweise dass ich meinen Glauben an ihn wiedergefunden habe. Angeschoben wurde dieser Prozess durch das Psalmzitat jenes Simon Miodovnik aus Polen, einem Rabbiner. Simon gehörte zu denen, die unmittelbar vor unserer Ankunft in Bergen-Belsen dazu gezwungen worden waren, noch so viele Tote zu verscharren wie möglich und damit einen notdürftigen Deckmantel über die Gräueltaten im Lager zu legen. Was freilich nicht gelang, dafür waren in den letzten Lagerwochen, als die Deutschen sich praktisch überhaupt nicht mehr um sie kümmerten, viel zu viele Menschen ihren Krankheiten und dem Hunger erlegen. Wie die Fliegen waren sie gestorben, wenn Sie mir diesen drastischen Ausdruck erlauben.« Reverend Morgan zog ein Taschentuch aus der gestrickten Hausjacke und schnäuzte sich ausgiebig.

Dann räusperte er sich, richtete den Blick auf die blühende Hecke in Bettis Rücken und fuhr fort: »Jedenfalls vermag ich mir nicht vorzustellen, wie es ihm dabei ergangen sein muss, ungezählte seiner jüdischen Leidensgenossen, darunter eigene Bekannte und Freunde, unter die Erde zu bringen. Und dennoch – dennoch hat er sich einen Rest von Glauben und Hoffnung bewahrt! Er erzählte mir, dass er sich bei dieser Arbeit an das Bild von den verdorrten Gebeinen aus dem Buch des Propheten Hesekiel, Kapitel 37, erinnert fühlte und damit verbunden an die Zusage Gottes, sein Volk wieder nach Hause zu bringen. Ihm wiederum Leben und Heimat und seinen Geist zu schenken!

Das erklärte Simon mir auf seinem Krankenbett, welches er erst Monate nach der Befreiung endgültig verlassen konnte. Aufgrund einer infizierten Wunde hatte einer unserer Ärzte ihm nämlich ein Bein amputieren müssen und seine Genesung zog sich enorm in die Länge. So verbrachte ich Stunden an seinem Bett, um ihn zu pflegen und ihm neuen Lebensmut zuzusprechen, doch im Grunde war es genau umgekehrt: *Er* gab mir den Mut, weiterzumachen! Im Lauf unserer Gespräche zitierte Simon so viele alte hebräische Propheten, dass ich mich längst nicht an alles Gesagte erinnere. Aber ein weiteres Zitat gab es, das sich mir für immer eingeprägt hat. Darin heißt es, dass ein Stumpf bleibt und wie ein heiliger Same ist, aus dem Neues wächst. Ich habe es später in meiner Bibel gesucht und auch gefunden. Hier, lesen Sie selbst!«

Er griff nach seinem Buch, schlug es an einer Stelle im Propheten Jesaja auf und hielt es Betti hin. Mit dem Finger deutete er auf Jesaja 6,13. Erst als sie den Vers in Ruhe gelesen hatte, sprach er weiter: »Niemals werde ich vergessen, wie intensiv seine Augen in dem skelettartig ausgezehrten Gesicht leuchteten, als er sich und seine überlebenden jüdischen Brüder und Schwestern als genau jenen Stumpf bezeichnete, aus dem der

Heilige Israels etwas Neues sprießen lassen würde. Diese Worte haben mich bis ins Innerste erschüttert. Wie konnte ich mir angesichts eines solchen Glaubens kein Beispiel an Simon nehmen?! Zaghaft und schüchtern begann ich deshalb, erneut mit Gott zu sprechen, und je öfter ich das tat, desto näher fühlte ich mich ihm wieder und konnte allmählich Simons ›Dennoch-Glauben‹ nachvollziehen. Bei unserem letzten Gespräch, ehe ich in die Heimat zurückbeordert wurde – Simon hatte damals soeben begonnen, sich mithilfe von Krücken wieder fortzubewegen –, bestand er darauf, mir den aaronitischen Segen zuzusprechen. Stellen Sie sich das vor: Er, der gelehrte, jüdische Rabbiner aus dem Konzentrationslager, erbat Jahwes Segen für den anglikanischen Reverend, den ›Befreier‹, der seinen eigenen Glauben beinahe verloren hatte!« Er schwieg.

»Was wurde später aus dem Rabbiner?«, fragte Betti vorsichtig.

»Er ging 1947 nach Palästina, das damals britisches Mandatsgebiet war. Dort erlebte er ein Jahr später die Gründung des Staates Israel quasi in der ersten Reihe. Dass er das Neue, das Gott wachsen ließ, mit eigenen Augen sehen durfte, betrachtete er als unverdiente Gnade, wie er mir damals schrieb. Leider starb er bald darauf mit nur siebenunddreißig Jahren. So heil und lebendig sein Geist die Qualen der Vergangenheit auch überstanden hatte, war sein Körper doch über die Maßen gezeichnet, sodass er sich niemals wieder vollständig erholt hat.«

Reverend Morgan lehnte sich in seinem Stuhl zurück und schloss erschöpft die Augen. Seinen geliebten Tee hatte er noch nicht einmal angerührt.

Betti überlegte, ob sie ihn besser gänzlich seinen Gedanken überlassen und sich leise davonstehlen sollte, als er die Augen wieder öffnete und ihr entschuldigend zulächelte. »Wie Sie sehen, Miss Betty, nehmen diese Erinnerungen mich immer noch ziemlich mit. Tatsache ist: Die Worte und das Leben

Simons haben mir meinen Glauben an Gott wiedergeschenkt und seitdem entscheidend geprägt.«

»Ich verstehe«, nickte sie bedächtig, »und ich freue mich für Sie, Reverend. Ihr Glaube schenkt Ihnen Frieden und Ruhe, das ist nicht zu übersehen. Was mich persönlich betrifft, bin ich mir aber nicht sicher, oder besser gesagt: Ich verspüre nichts dergleichen. Früher wohl, da habe ich geglaubt. Ich ging mit meinem Vater zur Kirche – er war Katholik und auch ich bin katholisch getauft, wissen Sie – und betete und glaubte, dass Gott mich tatsächlich hört. Aber heute, nach allem, was uns und dem gesamten Volk meiner Mutter angetan wurde, kann ich das nicht mehr. Heute ist Gott, falls es ihn wirklich gibt, für mich zwar der Schöpfer, irgendwo weit entfernt in einer anderen Galaxie, aber niemand, dem tatsächlich an seiner Schöpfung gelegen ist. Der sich liebevoll und fürsorglich um seine Geschöpfe kümmert, verstehen Sie?« Betti merkte, wie sie begann, sich zu ereifern. »Sonst hätte er unmöglich die ganzen Jahre über tatenlos zugesehen, was mit uns geschah! Und was diese jahrhundertealten Prophezeiungen über die Juden als Gottes Volk angeht: Das sind für mich nur Worte, die genauso gut von einem visionären Menschen stammen könnten wie von einem göttlichen Wesen. Selbst wenn derartige Versprechungen teilweise zutreffen sollten, rechtfertigen sie noch lange nicht unsere millionenfachen Tränen und die unsäglichen Schmerzen, die uns zugefügt wurden. Das kann man doch nicht komplett beiseiteschieben, nur weil es auf irgendeine verdrehte Art und Weise möglicherweise einem bestimmten Zweck dient?!«

»Da gebe ich Ihnen recht«, nickte der Reverend. »Für dieses Leid und die ungeheure Schuld, die die Nationalsozialisten damit auf sich geladen haben, gibt es keinerlei Rechtfertigung. Ebenso wenig entlastende Umstände oder dergleichen, mit dem sich die Betroffenen verteidigen könnten. Davon hat auch Simon nie gesprochen, er sprach stets nur von jenem großen

Dennoch als der Hoffnung seines Glaubens. Und das ist es, woran ich mich seitdem festklammere: Trotz allem, was damals geschah, eben dennoch, erfahre ich persönlich als Christ Gott als einen treuen Hüter und einen liebenden Vater für seine Geschöpfe und für mich als sein Kind.«

»Hm.« Darauf wusste Betti nichts mehr zu sagen. Sie konnte schwerlich die ganz persönliche Erfahrung des Pfarrers infrage stellen, auch wenn ihre eigene vollkommen anders geartet war. Schweigend lauschte sie deshalb den Geräuschen rund um den Teetisch. Der Kontrast zwischen dem emsigen Summen der Insekten und den jubelnden Vogelstimmen zu der Welt, die Reverend Morgan mit seinen Worten wieder heraufbeschworen hatte, hätte größer nicht sein können. Wie konnte er nur derart friedvoll mit beiden Welten im Einklang leben? Unbegreiflich.

Schließlich ergriff sie ihre Tasse und trank in hastigen Schlucken den ungeliebten, erkalteten Tee. Sie brauchte dringend Abstand von diesen Gedanken! Doch in Reverend Morgans Gegenwart würde sie sich nicht davon distanzieren können, selbst wenn er momentan schwieg. Am besten machte sie sich sofort auf den Weg in ihr stilles, einsames Tal.

Verständnisvoll, jedoch nicht ohne sie zu einem weiteren Gespräch einzuladen, falls ihr danach sein sollte, ließ der Reverend sie ziehen.

Betti trat so heftig in die Pedale ihres Fahrrads, mit dem sie diesmal den Weg zum Pfarrhaus zurückgelegt hatte, dass ihr bereits nach wenigen Minuten die Waden schmerzten und die Luft ausging. Doch der Drang nach der Geborgenheit ihres Tales war stärker als alles andere. Sie hatte das Gefühl, inmitten der Häuser und dem Laden des Dorfes, in dem sie nach all den Qualen damals mit offenen Armen aufgenommen worden war, erst recht nicht mehr zu Atem zu kommen.

Fünfzehn lange Jahre waren im Gespräch mit Reverend Morgan zusammengeschmolzen zu einer einzigen Sekunde, so lebendig waren die Bilder in ihrem Kopf. Bilder ihrer Familie bei einer festlichen Mahlzeit in ihrem Haus in Budapest, die sich im nächsten Moment in ein Bild des Viehwaggons, des Lagers und des Waldwerks mit ihren Stacheldrahtzäunen, unmenschlichen Wärtern und ihren allgegenwärtigen, todbringenden Gefährten Hunger und Kälte wandelten. Fünfzehn Jahre der verzweifelten Anstrengung, zu vergessen und sich ein neues, freies, selbstbestimmtes Leben aufzubauen, hatte der Reverend mit seinen Worten zunichtegemacht.

Nicht einmal in ihrem Tal wurde Betti die Bilder an diesem Aprilnachmittag los. Die Moospolster unter den Laubbäumen verwandelten sich in den Waldboden, in dem sie nach Wurzeln gegraben hatte und ihrem tierischen Leidensgefährten *aranyos róka* begegnet war. Die mit Blütenstaub übersäten Kätzchen an den Weiden erinnerten sie an die knospenden Haselkätzchen am Fluss direkt neben dem Lager, in dem Eva gestorben war, und jede Blume auf der Wiese stand für einen anderen jungen Menschen, der wie ihre Schwester niemals die Chance bekommen hatte, zu erblühen.

Als sie abends erschöpft nach Hause zurückkehrte, wartete erneut ein Brief auf sie. Diesmal nicht von Moses, wie schon der hochwertige Umschlag mit dem Emblem eines Londoner Hotels offenbarte.

Interessiert fuhr Betti mit dem Fingernagel unter die Klebelasche, entnahm den handbeschriebenen Briefbogen, suchte nach der Unterschrift unter den Zeilen – und schrie erschrocken auf. Das Papier trudelte zu Boden, während Betti zum zweiten Mal an diesem Nachmittag die Flucht ergriff, hinauf in ihr Zimmer.

Verwundert hob Levi, der wenig später das Haus betrat, das einzelne Blatt Papier auf, starrte auf die fremde Handschrift und entzifferte mühsam den Namen des Briefunterzeichners: Konrad Kässmaier.

25. Kapitel

Mit einer Hand rieb Konrad sich müde die Augen, während die andere das Lenkrad fest umklammert hielt. Er musste wach und konzentriert bleiben, schließlich forderte die lange Fahrt seine gesamte Aufmerksamkeit.

Der Vierunddreißigjährige fühlte sich so erschöpft, als hätte er wochenlang nicht geschlafen und sei nicht erst seit gestern spätabends wach, seit sein Flugzeug in England gelandet war. Und auf gewisse Weise traf das sogar zu. Seit der Sekunde, als er während des Kongresses in London den Zeitungsartikel über Betti entdeckt und ihr spontan einen Brief geschrieben hatte, hatte er keine Minute mehr echte Ruhe gefunden. Miss Betty mit dem Fundbüro in einem kleinen englischen Laden war niemand anders als »seine« Betti aus dem Waldwerk, dessen war er sich nach dem Anblick des Pressefotos sicher! Auch wenn ihr Haar heute blond und gepflegt und ihr Gesicht voll und sanft gerundet war, ihre Augen spiegelten noch immer einen ähnlich schmerzlichen, verlorenen Ausdruck wie in seiner Erinnerung.

Seine erste Reaktion darauf, dass sie tatsächlich noch am Leben war, war nichts als unbändige Freude gewesen: Er hatte nicht vergeblich gehofft, Betti lebte und war wohlauf! Durch den Zufall mit der Zeitung hatte er ihren aktuellen Aufenthaltsort herausgefunden, noch ehe er wie geplant seine Reise nach Budapest hatte antreten können.

Doch sobald der erste Freudentaumel und der Überschwang, in dem er den Brief an sie geschrieben hatte, sich gelegt hatten, waren Zweifel in ihm aufgestiegen. Wie würde sie auf seine Worte reagieren – würde sie seine Anspielungen verstehen oder sich überhaupt an den jungen Deutschen erinnern, der sein Brot mit ihr geteilt und ihr Hoffnung auf eine Flucht gemacht hatte? Und falls sie das wahrhaftig tat, würde sie den Brief dann voller Entrüstung ins Feuer werfen, weil er es wagte, sie jetzt, so viele Jahre später, zu kontaktieren? Hasste sie ihn vielleicht inzwischen genauso, wie sie vermutlich alle anderen Deutschen bis heute verabscheute?

Und als die vier Tage des Londoner Kongresses verstrichen waren, ohne dass er eine Antwort auf seinen Brief erhalten hatte, war ihm Letzteres beinahe zur Gewissheit geworden. Sie wollte nichts mehr von ihrer Vergangenheit – und damit von ihm als unleugbarem Bestandteil davon – wissen. Verstandesmäßig schien ihm das glasklar, nur seine Gefühle wehrten sich mit aller Macht dagegen. Er konnte und wollte das nicht tatenlos hinnehmen!

Zumindest nicht, solange er nicht das Äußerste versucht hatte, indem er ihr unmittelbar gegenüberstand und in ihre wundervollen sprechenden Augen sah. Falls sie ihn dann weiterhin abwies … Nein, diese Möglichkeit wollte er gar nicht erst in Betracht ziehen! Es war zu schmerzhaft, darüber nachzudenken.

So war er für einen Zwischenstopp in die Heimat geflogen, um seine Angelegenheiten in der Firma zu regeln, und gleich darauf wieder nach England zurückgekehrt, statt die geplante Reise nach Ungarn anzutreten. Allerdings hatte er nicht erwartet, dass die Reise zu ihrem Wohnort Stowbridge sich durch das Fahren zuerst auf der ungewohnten linken Straßenseite und später auf den einspurigen, ausgesprochen kurvigen Landstraßen derart in die Länge ziehen würde. Es kam ihm vor, als schliche sein Mietwagen in Schrittgeschwindigkeit auf dem Sträßchen dahin, das hier nicht einmal geteert war. Wenigstens konnte es laut Karte nicht mehr weit sein bis zu der Abzweigung nach Stowbridge.

Um sich dessen hundertprozentig zu vergewissern, beugte er sich zum Beifahrersitz, auf dem er die ausgebreitete Karte platziert hatte, und sah nach. Er hatte recht, es handelte sich höchstens um drei, vier Kilometer. Als er, gegen den hellen Sonnenschein draußen anblinzelnd, den Blick wieder hob, erkannte er direkt vor der Kühlerhaube des Wagens eine dichte Hecke, und Sekundenbruchteile später kam dieser mitten zwischen den Büschen abrupt zum Stehen.

Unsanft schlug Konrads Kopf gegen die Scheibe, der Motor stotterte und erstarb.

Benommen richtete er sich wieder auf und griff sich stöhnend an die Stirn. Blut konnte er glücklicherweise keines ertasten, doch zumindest eine ordentliche Beule würde er davontragen. Nun erwies sich seine schleichende Geschwindigkeit tatsächlich als Segen! Nachdem er probehalber sämtliche Gliedmaßen bewegt hatte, öffnete er die Fahrertür, um den Wagen zu überprüfen. Undenkbar, wenn er so kurz vor seinem Ziel durch einen Schaden am Auto aufgehalten würde!

Dornige Zweige schrammten an der Tür entlang, der gesamte Kotflügel und die Motorhaube waren zerkratzt, außerdem steckte der Wagen zur Hälfte in einem tiefen Straßengraben. Ein deftiges Schimpfwort entfuhr ihm. Ohne fremde Hilfe würde er es niemals zurück auf die Straße schaffen!

Durch das dichte Gestrüpp hindurch schob er sich ins Freie und hielt ungeduldig nach Hilfe Ausschau. Erfreulicherweise näherte sich schon nach wenigen Minuten ein Wagen, den eine blaue Aufschrift auf weißem Grund als Polizeiwagen auswies. Der uniformierte Fahrer hielt an und kam eilig auf ihn zu.

Auch das noch! Ein Zivilist als Retter aus seiner misslichen Lage wäre Konrad deutlich lieber gewesen als ein Beamter, der alle möglichen lästigen Fragen stellen würde. Doch dieser erwies sich als freundlicher junger Mann, der umstandslos zur Tat schritt, ein Abschleppseil hervorholte und Konrads Mietwagen zurück auf die Fahrbahn schleppte.

»Sie haben Glück«, stellte er dann sachkundig fest, »nur mit ein paar Kratzern im Lack davonzukommen. Ich habe in dieser scharfen Kurve schon Wagen aus der Hecke gezogen, die deutlich schlimmer aussahen!«

»Dann bin ich also nicht der erste Pechvogel, der hier drin gelandet ist?«

»Bei Weitem nicht! Die meisten Ortsfremden, vor allem solche aus der Großstadt, unterschätzen diese Kurven und sind obendrein oft viel zu schnell unterwegs für unsere Straßenverhältnisse.« Der Beamte schob seine Mütze zurück, fuhr sich mit der Hand durch das blonde Haar und lehnte sich gemütlich gegen Konrads zerkratzten grauen Triumph. Er schien sich auf ein längeres Gespräch einzustellen. »Sind Sie als Urlauber in der Gegend oder nur auf der Durchreise?«, erkundigte er sich interessiert.

»Als – äh, Urlauber, richtig. Aber ich habe es nicht mehr weit, nur bis nach Stowbridge.« Unruhig trat Konrad von einem Fuß auf den anderen. Er konnte es sich nicht leisten, durch Smalltalk weitere kostbare Minuten zu verlieren.

»Stowbridge, aha. Da haben Sie den gleichen Weg wie ich, denn dort ist unsere Polizeistation. Ich bin Constable Sandy Strauss. Entschuldigen Sie meine Neugier, aber Sie haben einen ungewöhnlichen Akzent. Woher genau stammen Sie?«

»Aus Bayern, Deutschland!« Wie Konrad es erwartet hatte, erlosch Sandys joviales Lächeln, und er löste sich abrupt von Konrads Wagen.

»In dem Fall«, bemerkte er nachdrücklich, »hoffe ich, dass Sie sich nicht allzu lange in Stowbridge aufhalten werden, Mister. Fahren Sie weiter nach Westen, an die Küste – oder besser noch sofort zurück nach Deutschland.«

Damit wandte er sich um, stieg in seinen Polizeiwagen und brauste in einer Geschwindigkeit davon, die den Straßenverhältnissen ganz und gar nicht angemessen war.

Seufzend ließ Konrad seinen eigenen Motor wieder an. Im Grunde sollte er daran gewöhnt sein, als Deutscher im Ausland auf Ablehnung und Argwohn zu stoßen. In den ersten Jahren, nachdem er aus dem Kohlebergwerk in Belgien entlassen worden und ruhelos von einem Land zum nächsten gereist war, hatte er sehr unter dieser Ablehnung gelitten und bis heute durchzuckte ihn bei solchen Bemerkungen jedes Mal ein schmerzhafter Stich.

Er konnte nur hoffen, dass das Verhalten des Polizisten Sandy Strauss kein Vorgeschmack darauf war, was ihn bei Betti erwartete. Und Augenblick – hatte dieser tatsächlich den Nachnamen Strauss genannt, Bettis Familiennamen?

Mit einer bangen Vorahnung passierte Konrad das Ortsschild von Stowbridge und gelangte gleich darauf zu seinem Ziel an der Hauptstraße. Unmittelbar vor dem Gebäude mit dem Schild *Steiner's Shop & Post Office* über dem Eingang parkte er den Wagen am Rand der High Street.

Die in der Sonne glänzenden Schaufenster spiegelten ihm im Vorübergehen seinen Anblick. Konrad hielt einen Moment inne, zupfte den Hemdkragen zurecht und fuhr sich mit der Hand durch das wellige dunkle Haar, ehe er sich zaghaft der Tür näherte. Ein Kunde, der den Laden eben verließ, ermöglichte es ihm, unbemerkt einzutreten.

Im hinteren Teil des Raumes füllte ein älterer Herr die Regale auf, während sich im Vordergrund eine Frau an der Kassenschublade zu schaffen machte. Wie die Person auf dem Pressefoto trug sie eine gemusterte Bluse, ihr weizenblondes Haar war am Hinterkopf zu einem strengen Dutt zusammengefasst und ihr Gesicht so tief über die Kasse gebeugt, dass Konrad es nicht erkennen konnte.

Sein Magen zog sich krampfhaft zusammen vor Anspannung und er hatte das Gefühl, keine Luft mehr zu bekommen, doch sein Herz flog der jungen Frau an der Kasse regelrecht entgegen. Sie war es, ohne jeden Zweifel! Sämtliche Worte, die er sich für dieses Wiedersehen zurechtgelegt, für unpassend befunden und verworfen und nochmals in anderer Konstellation zurechtgelegt hatte, erschienen ihm erneut vollkommen belanglos und blieben ihm im Hals stecken.

So richtete er nur schweigend den Blick auf sie. Er nahm jede Einzelheit ihres wohlgeformten Körpers und schlanken Nackens in sich auf, die rein gar nichts mit der elenden, geschundenen Gestalt von damals gemein hatten, und flehte wortlos darum, dass sie endlich aufsah.

Und dann tat sie es. Langsam und zögernd, als fürchtete sie sich vor dem, was sie zu sehen bekommen würde, hob sie den Kopf. Die Intensität ihrer grünen Augen brannte sich tief in sein Inneres. Die fünfzehn langen Jahre, während derer er die Erinnerung daran voll Sehnsucht in seinem Herzen bewahrt hatte, verloren jegliche Bedeutung.

Fünfzehn Jahre, in denen er endgültig zum Mann und sie vom jungen Mädchen zu einer wunderschönen Frau geworden war, waren nichts weiter als ein Wimpernschlag, als er nur mit den Lippen tonlos ihren Namen formte.

Er war es, ohne jeden Zweifel. Konrad. Sie hätte ihn selbst dann erkannt, wenn sein Brief neulich sie nicht bereits hätte ahnen lassen, dass er schon bald persönlich vor ihr stehen würde. Sein schmaler, schlaksiger Körper vom Jungenhaften zum Männlichen ausgereift, die auffallenden Ohren unter dem längeren, welligen Haar verborgen, hatten sich doch seine tiefbraunen Augen nicht verändert. Nach wie vor brachten sie in ihrem Inneren dieselbe zerbrechlich-zarte Saite zum Klingen wie vor vielen Jahren an jenem Ort des Grauens.

Reglos und in tiefstem Schweigen standen sie einander gegenüber, während ihre Blicke sich verhakten und den anderen nicht mehr loslassen wollten. Die Luft zwischen ihnen flimmerte vor Anspannung, ungenannten Gefühlen und ungesagten Worten.

Ein auffälliges Räuspern hinter ihrem Rücken riss Betti aus dieser Situation heraus. Es war Levi, sichtlich befremdet von ihrem Verhalten gegenüber einem Mann, den er nie zuvor im Leben gesehen hatte. Doch ehe sie ihrem Onkel die seltsame Situation erklären konnte, flog die zu ihren Privaträumen führende Hintertür des Ladens auf, und ihr Bruder stürmte herein.

»Betti, Onkel Levi«, rief er, »wie geht es euch? Ich bin gekommen, um euch zu warn–«

Ein Blick auf Betti und den Fremden brachte Szándor abrupt zum Schweigen. Aber nur für einen Augenblick, ehe er mit rauer Stimme ausstieß: »Sie – was haben Sie ausgerechnet hier bei uns zu suchen?« Anklagend wies er auf Konrad. »Habe ich Ihnen nicht empfohlen, sofort weiter zur Küste oder in Ihre deutsche Heimat zu reisen?!«

»Sicher, aber das war nicht das, was ich beabsichtigte«, erklärte Konrad und Betti hörte den deutschen Akzent aus seinen bedacht gewählten Worten heraus.

Unterdessen baute sich ihr Bruder, der Konrad mit seinem breiten Körperbau kräftemäßig deutlich überlegen war, drohend vor diesem auf. Obwohl sie keine Ahnung hatte, woher die beiden einander bereits kannten, sprang sie Konrad helfend bei: »Lass gut sein, Sandy! Ich kenne diesen Mann. Er war keiner von denen, wie du es offenbar annimmst.«

»Was soll das heißen, keiner von denen? Er ist Deutscher, wie er mir selbst gesagt hat!«

»Das wohl. Trotzdem hat er mir geholfen, damals im Waldwerk.« Bettis Worte waren kaum mehr als ein Flüstern.

»So, hat er das?!« Sandys Frage triefte vor Sarkasmus. »In Anbetracht der Tatsache, dass du immer noch in einem Konzentrationslager warst, als die Amerikaner dich befreiten, kann seine Hilfe aber nicht sehr wirkungsvoll gewesen sein, nicht wahr? Und hast du früher nicht stattdessen von einem Dr. Sternfeld gesprochen, der immer an deiner Seite war und dir beistand?« Obwohl er mit Betti sprach, ließ ihr Bruder Konrad keine Sekunde lang aus den Augen, die womöglich noch feindseliger dreinblickten als zuvor.

»Sandy, bitte!« Betti erkannte ihren üblicherweise stets freundlichen, sanftmütigen Bruder kaum wieder. Was war nur in ihn gefahren, dass er sich plötzlich derart harsch und bitter über die Vergangenheit äußerte, die sie sogar als Geschwister für gewöhnlich totschwiegen? Er beschuldigte Konrad geradezu persönlich für ihr Schicksal! Fassungslos senkte sie den Kopf.

Sie wünschte, sie könnte den freundlichen jungen Soldaten von damals ernsthaft verteidigen, aber dazu fehlte ihr die Kraft. Der Schock, ihn hier – in England, in ihrem neuen Leben – zu sehen und seine Stimme zu hören, war einfach zu groß.

Eine lähmende Stille breitete sich in dem Laden aus. Es war Levi, der sie endlich durchbrach. »Dann sind Sie heute hergekommen, um meine Nichte zu sehen?«, versuchte er zu verstehen, was hier gerade vor sich ging. Dabei bemühte er sich hörbar um einen neutralen Tonfall.

»So ist es. Nachdem ich neulich den Zeitungsartikel über Betti – Miss Betty – entdeckt habe, hatte ich gehofft, dass – nun ja, dass wir uns vielleicht einmal miteinander unterhalten könnten?« Bittend hob Konrad die Stimme, während sein Blick von dem älteren Herrn wieder zu Betti huschte.

»Auf keinen Fall!«, blaffte der Constable umgehend, doch Levi legte ihm beruhigend die Hand auf den Arm und wandte sich an Betti. »Das überlasse ich dir, Liebes. Wenn du gerne mit deinem alten Bekannten sprechen möchtest, dann werden Sandy und ich dir nicht im Wege stehen.«

»Ich –« Überlegend brach Betti ab. Eigentlich hatte sie nach dem Lesen von Konrads Brief einen Entschluss gefasst: Sie wollte niemals auf seine Worte und den Wunsch nach einem Wiedersehen, der sich unübersehbar darin äußerte, eingehen. Doch das war durch sein plötzliches Erscheinen nun ohnehin zunichtegemacht worden. Folglich hatte sie nichts zu verlieren. Oder doch? Wie würde es sich anfühlen, mit ihm und ihrer Vergangenheit allein zu sein? Konnte sie diesen Schmerz ertragen?

Sie gab sich einen Ruck. Ohne Konrad dabei anzusehen, antwortete sie: »Na gut. Aber ich möchte, dass du bei diesem Gespräch anwesend bist, Onkel Levi.«

»In Ordnung«, erklärte Levi, während Sandy frustriert die Faust auf die Ladentheke niedersausen ließ. »Sind Sie damit einverstanden, junger Mann?«

Konrad nickte stumm, lediglich in seinen Augen leuchtete es angesichts ihrer Zustimmung sichtbar auf.

»Schön, dann kommen Sie bitte abends nach Ladenschluss wieder, Sir. Sandy, du kannst unseren Gast jetzt zur Tür geleiten?«

Nur Sekunden später fiel diese mit einem nachdrücklichen Klingeln hinter Konrad ins Schloss, während im Innern des Ladens eine hitzige Diskussion zwischen Bettis Bruder und ihrem Onkel entbrannte.

Sie selbst hielt sich schweigend im Hintergrund. Ein Schauder kroch ihren Nacken entlang und sie griff nach einem wärmenden Tuch für ihre Schultern, während sie beobachtete, wie Konrad draußen zu seinem Wagen ging.

26. Kapitel

Schräg fielen die Strahlen der Abendsonne durch das Fenster des kleinen Wohnzimmers und erfüllten es mit einer angenehmen Wärme. Konrad saß neben Levi Steiner auf dem Sofa, während Betti auf der anderen Seite des Kamins im Sessel Platz genommen hatte.

Konrad konnte ihr nicht verdenken, dass sie nicht mit ihm allein sein wollte – nicht nach der offenen Feindseligkeit, die ihr Bruder ihm gegenüber an den Tag gelegt hatte. Die Tage, in denen sie ihm mehr oder minder vertraut hatte, lagen schon sehr lange zurück ...

Im Moment jedenfalls wartete jeder von ihnen stumm darauf, dass der jeweils andere das Wort ergriff. Das Schweigen im Raum wurde schier unerträglich, während Konrad nervös die Hände knetete. Wie absurd, dass er sich früher mit Betti fast ausschließlich durch Zeichensprache verständigt hatte und heute, da sie mit dem Englischen endlich eine gemeinsame Sprache teilten, keiner von ihnen Worte finden konnte! Obwohl sie einander auf den ersten Blick erkannt hatten – und sie bei seinem Anblick nicht sofort vor Entsetzen die Flucht ergriffen hatte –, schien die Fremdheit zwischen ihnen mit einem Mal unüberwindlich.

Levi Steiner für seinen Teil schien fest entschlossen, bis auf Weiteres nur als Zuhörer beziehungsweise Bettis Beschützer an dieser Unterhaltung teilzunehmen. Zumindest trug er nichts dazu bei, die im Raum knisternde Spannung zu durchbrechen.

Endlich tat Konrad einen tiefen Atemzug. Er war derjenige, der mit seinem Brief auf Betti zugegangen war, folglich musste er jetzt wohl auch die Initiative ergreifen. Mit einem unbehaglichen Räuspern begann er: »Ich bin so glücklich, dich wiederzusehen, Betti, und zu wissen, dass du ... all das überlebt hast.«

Sein Blick wanderte verstohlen über die Einrichtung des Wohnraums. Die Möbel waren nicht neu, aber von zurückhaltender Eleganz, und zeugten unübersehbar von einem gewissen Wohlstand. Den Kaminsims zierten mehrere gerahmte Familienfotos, auch wenn Konrad von seinem Platz aus keine der abgebildeten Personen klar erkennen konnte. »Und dass du offenbar deine Familie wiedergefunden hast.«

»Einen kleinen Teil davon«, korrigierte Betti. »Meinen Onkel Levi und meinen Bruder. Alle Übrigen sind – nicht mehr unter uns.« Sie biss die Zähne aufeinander und verstummte erneut.

Am liebsten hätte Konrad sich zu ihr gebeugt, ihre Hände zwischen seine genommen oder ihr dann tröstend übers Haar gestrichen. Doch was war eine solche Geste des Mitgefühls im Angesicht all ihrer Verluste und was sollte ausgerechnet ihm das Recht geben, sich zu ihrem Tröster zu machen? Selbst wenn sie einander vor langer Zeit einmal nähergestanden hatten, zählte er für sie nun einmal nicht zu diesen geliebten und dennoch für immer verlorenen Menschen. Nicht in derselben Weise zumindest, wie es umgekehrt für ihn der Fall gewesen war ...

Plötzlich konnte er nicht länger an sich halten. »Aber wie ist es dir denn in der Zwischenzeit ergangen, Betti?«, platzte er unbedacht heraus. »Ich weiß nicht einmal, ob du damals im Frühling 45, nachdem wir uns das letzte Mal gesehen hatten, mit den übrigen Lagerinsassen deportiert wurdest oder doch kurz zuvor entkommen konntest?«

Als er registrierte, wie Bettis Gesicht sich schmerzhaft verzog und sie sich noch ein Stück tiefer in die Jacke verkroch, die sie selbst hier im warmen Wohnzimmer trug, hielt er kopfschüttelnd inne. »O bitte verzeih, Betti, das ist alles viel zu viel für dich. Ich wollte dich nicht aufregen, glaube mir. Es ist nur so: Wie ich dich hier vor mir sehe, gehen mir gerade nach diesen scheinbar unendlichen Jahren der Ungewissheit vollkommen die Gefühle durch. Sie rauben mir das letzte bisschen gesunden Menschenverstand, der mir doch sagt, dass ich deine Vergangenheit nicht erneut aufrühren sollte. Was bin ich nur für ein unsensibler Trottel! Glaub mir, so war das alles nicht geplant, Betti, ich will dir mit Sicherheit keinen Kummer machen!« In hilfloser Verzweiflung fuhr Konrad sich mit der Hand durchs Haar, sodass die weitgehend glatt gekämmten Wellen sich aufrichteten und seine abstehenden Ohren zum Vorschein brachten.

»Ich fürchte, dafür ist es bereits zu spät«, mischte sich Levi Steiner ein. »Das hätten Sie sich überlegen müssen, ehe Sie aus heiterem Himmel hier bei uns auftauchten.«

Aber Betti winkte ab. »Lass gut sein, Onkel Levi. Es stimmt schon, es tut entsetzlich weh, darüber zu reden, aber trotzdem – ich will es versuchen.«

Zaghaft blickte sie von ihrem Onkel zu Konrad hinüber und berichtete: »Ich hatte in jener Nacht wirklich vor, zu fliehen. Es war dir so wichtig gewesen, dass ich meinen letzten Mut dafür zusammennehmen und es wagen wollte. Mithilfe deines Messers hatte ich bereits ein Schlupfloch in die Barackenwand geschnitten. Aber ehe es groß genug war, sodass ich hindurchschlüpfen konnte, platzte die Wärterin herein und riss alle Übrigen aus dem Schlaf. Vollkommen unbegreiflich für uns wurde plötzlich mitten in der Nacht das ganze Lager in Marsch gesetzt! Wir flohen von einem Lager ins andere, immer nur wenige Kilometer vor den anrückenden Amerikanern her, und die Wärter trieben uns zu höchster Eile an. Dabei waren viele von uns weit schwächer als ich und konnten kaum einen Fuß vor den anderen setzen.« Sie schloss kurz die Augen und holte tief Luft. »Aber sobald jemand stolperte und fiel, biss ihn dieser ekelhafte Schäferhund des Lagerführers in die Beine, bis er entweder wieder aufstand oder von einem Wärter erschossen wurde. Ich glaube, unsere Aufseher rannten eher um ihr eigenes Leben, als uns vor den Amerikanern zu verstecken. Bei jeder Kleinigkeit verloren sie die Nerven, bis der Lagerführer sogar eine Wärterin erschoss. Und zwar genau diejenige, die mich selbst die ganze Zeit über am meisten gequält hatte. Jedenfalls ließen bei diesem Marsch mehr von uns ihr Leben als während unserer gesamten Zeit im Lager. Und wir mussten sie einfach am Straßenrand liegen lassen, oft halb nackt, da wir Lebenden die dürftigen Fetzen ihrer Kleidung noch gebrauchen konnten, und hetzten weiter und weiter.«

Betti rieb sich die Stirn, ihr Blick war gequält. »Ich glaube, ohne den jüdischen Arzt aus dem Lager, Moses Sternfeld, wäre auch ich mit einer Kugel im Bauch in einem Straßengraben gelandet. Aber das ließ er nicht zu, obwohl er selbst nicht kräftiger war als ich. Gemeinsam schafften wir es irgendwie, taumelten aufeinander gestützt den Weg entlang, bis uns in einem namenlosen kleinen Lager endlich die Amerikaner einholten und in Obhut nahmen. Aber damit war es längst nicht vorbei! Wir waren zwar befreit – die Tore des Lagers standen jetzt offen –, aber frei waren wir deshalb ganz und gar nicht. Denn wohin sollten wir gehen, an welchem Ort versuchen, unser früheres Leben wieder aufzunehmen?«

Betti berichtete weiter, wie sie ihren Bruder Szándor wiedergefunden hatte und sie gemeinsam zu ihrem Onkel Levi nach England gereist waren, ihrem letzten verbliebenen Blutsverwandten. Sie berichtete auch vom Antrag Sternfelds, den sie abgelehnt hatte. »Aber er hat sich bald damit abgefunden, auch dass ich nicht mit ihm nach Budapest gegangen bin, und wir sind bis heute in freundschaftlicher Verbindung geblieben«, beendete sie schließlich ihre Erzählung.

»Sternfeld sagtest du? Irgendetwas klingelt da bei mir.« Angestrengt stützte Konrad den Kopf in die Hände, die auf der Armlehne des Sofas ruhten. Während Bettis Schilderung waren seine zuvor nur latenten Kopfschmerzen beinahe unerträglich geworden, doch er ließ sich nicht ablenken. »Wenn mich nicht alles täuscht, hieß so der Arzt, dem ich Ende 1946 in Budapest begegnet bin, als ich in deiner alten Heimat nach dir gesucht habe, und der mich höchst unwirsch abwies!«

»O ja? Dann war es mit Sicherheit Moses. Aber ich kann ihm nicht verdenken, dass er dir keine Auskunft gegeben hat. Er wusste ja nichts von uns und hatte nur mein Bestes im Sinn.«

Ein freudiger Schreck durchzuckte Konrad bei dieser Feststellung. *Uns* hatte sie gesagt! Demnach hatte auch sie noch Gefühle für ihn – oder zumindest niemals vergessen, was einmal zwischen ihnen gewesen war. Er war nicht vergeblich hierhergekommen.

Ungeachtet des heftigen Klopfens in seinen Schläfen stand er auf und ging durch das Wohnzimmer auf Betti zu. Doch da neigte sich ihm ganz unversehens der Boden entgegen. Einen Moment später lag er ausgestreckt auf dem Teppich vor Bettis Sessel.

»Er hat eine Gehirnerschütterung«, konstatierte der Arzt des Dorfes, den Onkel Levi nach Konrads Sturz umgehend herbeigerufen hatte. »Durch einen Schlag oder Stoß gegen den Kopf, wie die Schwellung an der Stirn vermuten lässt.«

Bei diesen Worten richtete Konrad sich aus seiner liegenden Position auf dem Sofa auf und bemühte sich, zu antworten. Leicht orientierungslos, als dränge die Erinnerung erst allmählich wieder zu ihm durch, blickte er sich dabei um und hielt sich an Bettis Anblick fest. »Es war – ich bin mit dem Kopf gegen die Frontscheibe meines Wagens geprallt. Heute Nachmittag, glaube ich.«

Mit sanfter Gewalt drückte die Hand des Arztes ihn zurück in die Waagerechte. »Sie bleiben mal besser liegen, junger Mann. So eine Geschichte lässt sich nur in liegender Position und mit viel Ruhe auskurieren. Können Sie Ihren Gast hierbehalten, Mr Steiner? Er sollte so wenig wie möglich bewegt werden und ich möchte nur ungern einen Krankenwagen rufen und ihn in die Klinik bringen lassen.« Damit wandte er sich an Onkel Levi, der gemeinsam mit Betti besorgt seinen Worten gelauscht hatte.

Ratlos kratzte sich ihr Onkel am Kopf. »Ich weiß nicht so recht. Braucht er denn keine entsprechende Pflege?«

»Die Hauptsache wäre, ihn zur Ruhe anzuhalten, um die Bildung eines Blutgerinnsels im Gehirn zu verhindern. Eine Woche sollte er schon das Bett hüten. Ist Ihre Schwiegertochter Patricia nicht ausgebildete Krankenschwester? Eventuell könnte sie ja täglich vorbeikommen und nach dem Rechten sehen.«

»Nun denn – falls Betti nichts dagegen hat?«, nickte Levi.

»Wenn Pat sich dazu bereit erklärt, bin ich ebenfalls einverstanden«, gab sie zurück und schälte sich aus ihrer dicken grauen Strickjacke.

Endlich wich die Kälte, die sie bereits vorhin im Laden befallen hatte, der angenehmen Wärme des Wohnzimmers. Irgendwie hatte Konrads plötzliches Wiederauftauchen in ihrem Leben die Erinnerung an die grauenvolle Kälte jenes Frühlings im Waldwerk wieder heraufbeschworen und sie bis ins Innerste erzittern lassen. Ihre Schultern und Hände hatten gebebt, als stände sie erneut auf dieser Leiter in der Montagehalle und pinselte Ziffern auf einen Flugzeugrumpf oder kauerte an der Wand eines eisigen Viehwaggons. Umso wärmer wurde ihr allerdings bei dem Gedanken, dass Konrad für die nächsten Stunden und möglicherweise Tage mit ihr unter einem Dach wohnen würde.

»Schön! Dann sehe ich selbst erst morgen Abend wieder bei dem Patienten vorbei. Auf Wiedersehen«, verabschiedete sich der Arzt unterdessen eilig.

Als die Haustür hinter ihm ins Schloss gefallen war, bemerkte Levi: »Es ist reichlich spät geworden. Wenn Sie also außer diesem Glas Wasser hier auf dem Tischchen nichts mehr brauchen, Mister – äh – Konrad, werden meine Nichte und ich jetzt zu Bett gehen. Gute Nacht!«

Damit schob er Betti aus dem Raum. Erst am Fuß der Treppe zu Bettis Schlafzimmer unter dem Dach hielt ihr Onkel inne. »Du siehst erschöpft aus, meine Liebe, also geh jetzt schlafen. Aber gleich morgen beim Frühstück möchte ich alles hören, was du über diesen Deutschen weißt, den wir nun wohl oder übel bei uns beherbergen müssen. In erster Linie würde ich gern erfahren, was damals zwischen euch beiden vorgefallen ist, wie du vorhin angedeutet hast. In Ordnung?«

Betti tat ihr Einverständnis nickend kund und setzte dann ihren Weg fort. Sie konnte immer noch nicht fassen, wie selbstverständlich ihr vorhin das kurze und dennoch so bedeutungsschwere Wörtchen *uns* über die Lippen gekommen war. Ganz so, als ob es in Bezug auf Konrad und sie tatsächlich jemals so etwas wie ein *Uns* gegeben hätte. In Wahrheit waren sie doch niemals etwas anderes als eine Gefangene und deren Aufseher füreinander gewesen!

Nichtsdestotrotz hatte sie vorhin deutlich mehr empfunden, spätestens in dem Augenblick, als Konrad sich in einer verzweifelten Geste mit der Hand durchs wellige Haar gefahren war und damit seine auffallend abstehenden Ohren offenbart hatte. Mit einem Schlag hatte sich der gediegen gekleidete deutsche Mann vor ihr wieder in den schlaksigen Jungen in der zu groß geratenen feindlichen Uniform verwandelt, der sich in manchmal etwas unbeholfener Weise, aber immer mit ganzem Herzen für sie eingesetzt hatte, und in ihrem freudigen Schrecken darüber war ihr dieses verhängnisvolle *uns* herausgerutscht. Kein Wunder, dass Onkel Levi sich nun Sorgen machte und mehr über diese Ereignisse erfahren wollte!

Betti entledigte sich ihrer Kleidung und schlüpfte ins Bett, doch Ruhe fand sie keine. Der Gedanke, dass Konrad in diesem Augenblick nur ein Stockwerk tiefer auf dem Sofa lag und schlief, versetzte ihr Inneres in einen nicht enden wollenden Aufruhr. Vor ihren Augen tanzten Erinnerungsfetzen an ihn und ihre gemeinsamen Erlebnisse, und zwar nicht verschwommen und bleich wie eine alte Schwarz-Weiß-Fotografie, sondern gestochen scharf und in den lebhaftesten Farben ausgeführt.

Sie sah sich im Regen auf dem Fahrrad den morastigen Waldweg entlangschaukeln und spürte die kratzige Uniform unter ihren Händen um seine Hüften. Hörte den Motorenlärm des Bombers am Himmel und fühlte, wie Konrad sich schützend über sie warf und sie beide sich krampfhaft aneinanderklammerten, verbunden durch den gemeinsamen Wunsch zu leben. Und als die unmittelbare Gefahr vorüber war, war da noch mehr gewesen, was sie verbunden hatte ... Hatte dieses Gefühl wahrhaftig die vergangenen fünfzehn Jahre überdauert, bei ihm ebenso wie bei ihr?

Gut, für ihn konnte sie nicht sprechen, sondern nur die Tatsache ins Feld führen, dass er schon damals offenbar nach ihr gesucht hatte und heute zu ihr gekommen war. Doch für sie selbst stand eines fest: Unbegreiflicherweise war ihre Zuneigung zu ihm noch – oder wieder? – da.

27. Kapitel

»Ist er das? Er sieht ja gar nicht anders aus als wir.«

Die helle Kinderstimme weckte Konrad aus einem leichten Schlaf. Seit das intensive Hämmern in seinem Kopf nachgelassen hatte, war er im Grunde zu erregt, um zu schlafen, doch solange er dazu verdonnert war, auf diesem Sofa zu liegen und zu ruhen, nickte er auch ungewollt ständig wieder ein.

Morgens war Betti bei ihm gewesen und hatte ein voll beladenes Frühstückstablett auf dem Sofatisch abgestellt: eine Tasse duftenden Bohnenkaffee, Rührei und Toast, der bereits mit Marmelade bestrichen war.

»Vertauschte Rollen, was?«, hatte Konrad nach einem verlegenen Morgengruß gescherzt. Doch anstelle des erhofften Lächelns zeichnete sich Verwirrung auf Bettis Gesicht ab, sodass er hinzufügte: »Ich meinte nur, früher war ich derjenige, der dir das Brot überreicht hat, verstehst du? Aber nach deiner Reaktion zu urteilen, fürchte ich, das war ein schlechter Scherz.«

»Nein, nein! Ich finde es nur ziemlich verwirrend, dass wir plötzlich dieselbe Sprache sprechen.« Das Lächeln, das diese Worte begleitet hatte, war umso strahlender gewesen und ließ Konrad alles andere vergessen. Mit gesundem Appetit hatte er sein Frühstück verzehrt. Nachdem Betti den Raum verlassen hatte, war er jedoch wieder weggedämmert. Bis soeben.

»Natürlich nicht, Dummchen«, antwortete eine zweite Kinderstimme der ersten, die deutlich enttäuscht geklungen hatte.

»So hat Papa das doch gar nicht gemeint. Ich glaube, er findet den Deutschen nur deshalb anders, weil er ihn nicht leiden mag.«

Konrad schlug die Augen auf. Vor dem Sofa standen ein kleiner Junge und ein noch etwas jüngeres Mädchen und unterzogen ihn einer genauen Musterung – wobei ihre Meinung über ihn nicht die beste zu sein schien. Unbehaglich versuchte er sich an einem Lächeln, doch ehe er etwas sagen konnte, erkannte er eine Frauengestalt hinter den beiden. Sie war dunkelhaarig, groß gewachsen und unübersehbar in anderen Umständen.

»Ich habe euch doch gesagt, dass ihr ihn nicht wecken dürft, Kinder, er braucht Ruhe!«, schalt sie und wandte sich an Konrad. »Bitte verzeihen Sie, Mr Kässmaier. Ich wollte nur rasch nachsehen, ob bei Ihnen alles in Ordnung ist, dann sind wir auch schon wieder weg.«

»Demnach sind Sie«, er versuchte, sich an die Worte des Arztes gestern zu erinnern, »Sie sind Mr Steiners Schwiegertochter?«

»So in etwa, ja. Ich bin die Frau seines Neffen Sandy, Patricia Strauss. Und diese beiden neugierigen kleinen Gesellen sind unsere Kinder Peter und Janie.« Trotz ihrer tadelnden Worte legte sie den beiden liebevoll die Hände auf die Schultern.

»Freut mich sehr, Mrs Strauss, Peter und Janie«, erwiderte Konrad höflich.

»Hörst du? Ich hatte doch recht, er sieht zwar nicht anders aus als wir, aber er redet ganz komisch«, flüsterte Janie ihrem Bruder deutlich vernehmbar ins Ohr.

Ihre Mutter lächelte verlegen, während Konrad amüsiert nachfragte: »Aus welchem Grund sollte ich denn anders aussehen?«

»Weil du Deut–« Ehe sie ihren Satz beenden konnte, legte Janies Mutter ihr die Hand vor den Mund, doch entschlossen löste diese sich aus dem Griff und erklärte: »Weil Papa meint, du bist anders als wir. Ich glaube, er mag dich nicht. Aber Tante Betti mag dich! Sie hat Papa dazu überredet, dass er uns trotzdem zu dir gehen lässt, damit Mama dich pflegen kann.«

»Oh!«, entfuhr es Konrad überrascht, ehe er gelassener hinzufügte: »Dann werde ich mich später ganz herzlich bei ihr dafür bedanken.«

»Papa will uns nur beschützen und das muss er auch, er ist Polizist!«, warf Peter erregt ein. »Er würde nicht zulassen, dass irgendjemand uns oder Tante Betti etwas zuleide tut.«

»Selbstverständlich! Und ich versichere dir, dass ich nur das Beste für deine Tante im Sinn habe, in Ordnung?«, beteuerte Konrad.

Peter nickte, doch die Zweifel standen ihm immer noch ins Gesicht geschrieben, während Janie einen Schritt auf Konrad zuging und zutraulich nach seiner Hand griff. »Ich werde dafür beten, dass deine Kopfschmerzen aufhören und du bald wieder aufstehen kannst. Das ist fast so gut wie pflegen, nicht wahr, Mama?«

Die Angesprochene nickte bestätigend und wiederholte: »Aber um gesund zu werden, braucht Mr Kässmaier viel Ruhe, Janie, und kein kleines Mädchen, das sich an ihn klammert. Deshalb lassen wir ihn jetzt wieder allein – falls Sie sonst nichts brauchen?«

»Danke, meine Kopfschmerzen haben durch die Tabletten deutlich nachgelassen, sodass ich mich gerade ganz gut fühle.«

Konrad lächelte noch, als die kleine Familie den Raum längst verlassen hatte. Er war den Umgang mit Kindern nicht gewohnt, begegnete ihnen allenfalls bei Familientreffen mit seinen Cousins oder vor Kurzem erst bei Paula. Aber Janie, die er auf etwa vier oder fünf Jahre schätzte, hatte ihm auf Anhieb gefallen. Sie benahm sich so freimütig und herzlich, dass sie die Feindseligkeit ihres Vaters Sandy schon fast wieder wettmachte. Er konnte sich vorstellen, dass Betti ihre kleine Nichte von Herzen liebte.

Betti selbst bekam er erst am Abend wieder zu Gesicht. Es war Freitag, und als es draußen dunkelte, hörte er aus dem Esszimmer nebenan, wie ihr Onkel und sie traditionell den Empfang des Shabbat zelebrierten. Zuerst drang nur der Schein einer Kerze durch den offenen Türspalt, gleich darauf rezitierte der Hausherr laut und deutlich einige Verse in hebräischer Sprache. Konrad hörte, wie irgendeine Flüssigkeit eingeschenkt wurde, gefolgt von einem erneuten Gebet auf Hebräisch, wie er vermutete, das durch ein zweistimmiges *Amen* beendet wurde.

Die jahrtausendealten andächtigen Worte ließen Konrad unwillkürlich erschauern. Zum ersten Mal war er Zeuge einer jüdischen Zeremonie, wenn auch nur als heimlicher Lauscher, und zu wissen, was die Juden dieses Glaubens wegen durch Menschen wie ihn und sein Volk erlitten hatten, erfüllte ihn mit unendlicher Scham. Er war froh, hier für sich allein im Dunkeln zu liegen und Betti dabei nicht ins Gesicht blicken zu müssen.

Konnte es unter diesen Umständen überhaupt eine gemeinsame Zukunft für ihn und Betti geben, wie er sie sich seit seinem Besuch bei Paula und noch viel mehr seit dem Zeitungsartikel erträumte? Wog das, was sie trennte – die Unterschiede ihrer Religion und Kultur und die Leiden der Vergangenheit –, nicht um Welten schwerer als die paar Stunden und Tage, die sie gemeinsam verbracht hatten – so persönlich bedeutsam diese auch gewesen waren? Grübelnd wälzte er sich auf dem Sofa umher.

Kurze Zeit darauf gesellten sich Betti und ihr Onkel zu ihm. »Wir haben beschlossen, unser Mahl hier mit Ihnen gemeinsam zu halten.« Mit diesen feierlichen Worten rückte Levi Steiner einen Tisch und zwei Stühle vor das Sofa, während

Betti das Geschirr und eine abgedeckte Servierplatte aus dem Esszimmer holte. Konrads trübsinnige Stimmung schien der Onkel nicht zu bemerken. »In Gesellschaft schmeckt doch jede Mahlzeit besser!«

»Soll das heißen, wenn du allein wärst, würdest du mein Essen gar nicht mögen?«, neckte Betti. Konrad liebte das übermütige Funkeln, das bei dieser scherzhaften Bemerkung ihre Augen erhellte.

»Ach Liebes, du weißt genau, wie ich das meine! Ohne dich würde mir vermutlich gar nichts mehr schmecken. Ich danke Gott an jedem einzelnen Tag meines Lebens für den Segen, den er damals in Gestalt von dir und Sandy in mein Haus geschickt hat.« Liebevoll legte er eine Hand auf ihren Arm, ehe er sich an Konrad wandte: »Einen Becher Wein für Sie, Mr Kässmaier?«

»O bitte, nennen Sie mich Konrad. Und ja, ich nehme sehr gerne ein Glas.«

Mit verhaltenem Lächeln stellte Betti es vor ihn, gefolgt von einem Teller mit der Vorspeise aus Räucherlachs und Brot. Die Mahlzeit verlief unter angeregtem Geplauder. Levi Steiner war ein begabter Erzähler, der seinen Alltag in der kleinen englischen Dorfgemeinschaft so lebhaft schilderte, dass Konrad bald schon das Gefühl hatte, die Menschen hier genau zu kennen.

Betti hielt sich zurück, warf nur hin und wieder eine Bemerkung ein, doch er genoss allein ihre Anwesenheit. Jedes kleine Lächeln, wenn sie ihn mit einem Kissen im Nacken aufrichtete, damit er besser essen konnte, oder ihm den nächsten Gang auftischte, ließ seine Bedenken im Hinblick auf ihre Zuneigung ein Stück weiter schwinden.

Nach der Mahlzeit spielten die beiden Männer einige Partien Dame und vor dem Schlafengehen bestand Levi anlässlich des Shabbats auf einem gemeinsamen hebräischen Lied. Sein volltönender Bass vermischte sich mit Bettis Sopran und vibrierte noch in Konrads Innerem, als seine Gastgeber das Wohnzimmer längst verlassen hatten. In dieser Nacht waren es keine Kopfschmerzen, die ihn wach hielten, sondern die immer konkretere Vorstellung einer Zukunft mit Betti an seiner Seite – samt aller Hürden, die einer solchen im Weg standen.

∾

Betti hatte jeden einzelnen Tag der Woche genossen, die Konrad nun schon bei ihnen wohnte. Zumindest, nachdem sie ihre anfängliche Befangenheit in seiner Nähe überwunden hatte. Jeden Morgen freute sie sich darauf, ihm sein Frühstück zu bringen und ein paar Worte mit ihm zu wechseln, ehe sie nach nebenan zur Arbeit ging. Inzwischen war ihr sein Anblick auf dem Sofa beinahe so vertraut wie der ihres Onkels im Laden.

Dieser gesellte sich im Übrigen immer öfter zu Konrad, um ihm mithilfe von Spielen oder aber diskutierend die Zeit zu vertreiben. Es war offensichtlich, dass die beiden sich trotz ihres unterschiedlichen Hintergrunds und Alters gut verstanden. Konrad freute sich an Levis Interesse für seine Tätigkeit als Ingenieur der Luftfahrttechnik und Levi beantwortete geduldig Konrads Fragen zu seiner jüdischen Kultur. Der junge Mann war ehrlich bemüht, ihre jüdischen Bräuche und damit auch die familiären Hintergründe zu verstehen.

Bettis Schwägerin Patricia war ebenso angetan von dem freundlichen jungen Mann, wurde aber noch übertroffen von Janie, die sich in Begleitung ihrer Mutter jedes Mal voller Freude an Konrads Seite niederließ und ihm aus ihren Bilderbüchern »vorlas«. Manchmal hörte Betti das Lachen der beiden durch die offen stehenden Türen bis in den Laden herüber und beneidete ihre Nichte für deren unbefangene Art, ihre Zuneigung zu zeigen. Selbst Reverend Morgan kam, nachdem er bei einem Einkauf von dem Verletzten in Levi Steiners Haus erfahren hatte, auf einen gelegentlichen Besuch vorbei und versorgte Konrad mit Lesestoff, um ihm die Langeweile zu vertreiben.

Einzig Peter und vor allem sein Vater Sandy hielten weiterhin Abstand. Nicht unbedingt äußerlich, denn Sandy schaute täglich bei dem deutschen Gast vorbei, aber er erschien stets in Uniform und behielt jede von Konrads Bewegungen und Äußerungen mit misstrauischem Blick im Auge.

In Sandys Abwehrhaltung spürte Betti einen guten Teil dessen, was sie selbst früher in der Anwesenheit von Menschen wie dem brutalen Lagerführer und Konrads hasserfülltem Kameraden Haller empfunden hatte. Insofern verstand sie sein Verhalten und freute sich umso mehr darüber, dass Konrad ihrem Bruder stets höflich und respektvoll begegnete. Auf diese Weise würde er Sandy gewiss bald von seinen aufrichtigen Absichten überzeugen – woran Betti tatsächlich sehr gelegen war.

Auf diese Weise war die verordnete Woche Bettruhe rasch vergangen und der Arzt gestattete dem Patienten, unter Patricias Aufsicht wieder aufzustehen. Voller Elan schwang Konrad die Beine über die Sofakante, während Betti ihn mit gemischten Gefühlen beobachtete. Sosehr sie sich über seine Genesung freute, graute ihr doch vor dem Augenblick, in dem die Haustür endgültig hinter ihm ins Schloss fallen würde. Das Haus würde ihr so leer vorkommen ohne ihn! Denn allein die Aussicht, dass ihn ab sofort nichts mehr daran hinderte, in seinen Wagen zu steigen und zurück nach Deutschland zu reisen, deprimierte sie unendlich. Er konnte doch nicht erneut auf Nimmerwiedersehen aus ihrem Leben verschwinden! Nicht jetzt, nachdem sie sich so überraschend wiedergefunden hatten und dabei waren, einander besser kennenzulernen.

Etwas wackelig auf den Beinen, aber mit jedem Schritt ein wenig sicherer steuerte Konrad an Patricias stützendem Arm direkt auf Betti zu. »Seht ihr?«, scherzte er dabei. »Nur noch ein paar Tage Übung und ich bin wieder bereit, Berge zu erklimmen.«

Janie, wie immer der getreue Schatten ihrer Mutter, klatschte begeistert in die Hände, als Patricia zustimmte: »Das mag sein. Trotzdem würde ich Ihnen raten, es ein wenig langsamer angehen zu lassen. Mit einem Spaziergang durch das Dorf beispielsweise, am besten in Begleitung. Ich selbst werde zwar jeden Augenblick zu Hause erwartet, wenn Peter aus der Schule kommt, aber wie wäre es mit dir, Betti?«, forderte sie ihre Schwägerin augenzwinkernd auf.

Betti gab sich alle Mühe, Pats vielsagenden Blick zu übersehen. Ihrer Schwägerin entging leider wieder einmal gar nichts, schon gar nicht Bettis Verlegenheit bei dieser Aufforderung.

»Ich würde mich sehr darüber freuen, Betti«, pflichtete Konrad ihr zu allem Überfluss bei und Betti fühlte, wie sich endgültig die Röte auf ihrem Gesicht ausbreitete. Dennoch konnte sie nicht anders, als zuzustimmen. Ihr Wunsch, Zeit mit Konrad zu verbringen, überwog tatsächlich alles andere. »Dann tue ich es gerne. Heute Abend gleich nach Ladenschluss?«

Er nickte zustimmend und verbrachte die langen Stunden bis dahin mit ruhelosen Runden durch das Wohnzimmer, wie Betti nebenan im Laden registrierte.

Endlich war es Zeit, ihn abzuholen. Sie zog sich in ihrem Zimmer die Arbeitskleidung aus, und da inzwischen Anfang Mai war, entschied sie sich für ein buntes, sommerliches Kleid, das locker um ihre Beine schwang, und ein ebenso farbenfroh gemustertes Tuch, das ihr das offene Haar aus der Stirn hielt. Ausnahmsweise machte sie sich sogar die Mühe, die feine, weißliche Narbe auf ihrer Wange, ihre lebenslange »Erinnerung« an den Peitschenschlag des Lagerkommandanten, mit Puder so gut wie möglich abzudecken.

Konrads Gesicht leuchtete auf, als er sie sah, und er griff wie selbstverständlich nach ihrem Arm, sobald sie im Freien waren. Die folgenden Meter legten sie schweigend zurück. Es war das erste Mal seit Konrads Ankunft, dass sie allein miteinander waren. Kein Levi, der ein Gespräch unter Männern genoss, keine Patricia, die Betti mit ihren vermutlich guten Absichten und vielsagenden Blicken in Verlegenheit brachte. Umso deutlicher war sie sich Konrads Unterarms bewusst, der stützend unter ihrem lag, obwohl doch sie diejenige war, die ihn davor bewahren sollte, das Gleichgewicht zu verlieren.

Durch den leichten Baumwollstoff ihres Kleides hindurch spürte sie seine bloße Haut und darunter kräftige Muskeln. Sollte sie sich anstandshalber nicht besser von Konrad losmachen? Ihre Nachbarin Mrs Crossley, die Betti eben von der anderen Straßenseite aus zuwinkte, blickte doch sehr vielsagend auf ihre miteinander verhakten Arme. Ehe Betti zu einer eindeutigen Entscheidung in dieser Frage gelangen konnte, hatten sie jedoch die letzten Häuser von Stowbridge hinter sich gelassen, und Konrad bemerkte: »Ein ausgesprochen netter kleiner Ort, in dem du eine neue Heimat gefunden hast, Betti. Jeder kennt und grüßt dich und man merkt, dass du dich hier wohlfühlst, unter den Menschen im Dorf ebenso wie in deiner Familie.«

»Stimmt, das tue ich. Manchmal fühle ich mich sogar, als hätte ich niemals woanders gelebt«, erwiderte Betti und erneut verfielen sie in Schweigen.

Sie war sich der Bedeutung dieser nur scheinbar belanglosen Bemerkungen sehr wohl bewusst. Die Tatsache, dass sie selbst in Stowbridge tiefe Wurzeln geschlagen hatte, während Konrad laut seinen eigenen Aussagen in Deutschland Karriere gemacht hatte und nach wie vor in dem Land und der Gegend aus Bettis Albträumen beheimatet war, stand wie eine Mauer zwischen ihnen.

Konrad schien es ebenfalls zu spüren. Er drückte ihren Arm noch ein wenig fester, während er niedergeschlagen fortfuhr:

»Gibt es hier am Ort denn eine Pension, wo ich mich für ein paar weitere Tage einquartieren könnte? Jetzt, da ich wieder auf den Beinen bin, möchte ich dir und deinem Onkel nicht länger zur Last fallen.«

Überrascht machte Betti halt, ihr Arm löste sich aus seinem. »Heißt das, du willst noch bleiben? Ich dachte, du würdest jetzt umgehend wieder nach Deutschland zurückfliegen.«

»Aber nein!«, unterbrach er heftig und blieb ebenfalls stehen. Sein Gesichtsausdruck spiegelte die widerstreitendsten Gefühle, von Niedergeschlagenheit bis hin zu Verzweiflung und – Leidenschaft?

Betti senkte den Blick zu Boden, während es endlich aus ihm herausbrach: »Ich – o Betti, ich habe keine Ahnung, wie ich es dir beibringen soll – aber allein der Gedanke, dich schon wieder zu verlassen, nachdem ich dich nach den endlosen Jahren unserer Trennung wiedergefunden habe, bricht mir das Herz! Jeder Tag, den ich ohne dich bin und jemals sein werde, scheint mir die reinste Verschwendung zu sein.« Er nahm ihre Hände zwischen seine und zog sie mit sich an eine Stelle, wo ein ausladender Weißdornbusch sie vor den Blicken eventueller Passanten schützte. »Geht es dir nicht ähnlich? Oder bilde ich mir in meinem Wunschdenken nur ein, dass du gerne mit mir zusammen bist?«, raunte er eindringlich.

»Ich – nein, ich glaube, nicht. Ich bin gerne mit dir zusammen, Konrad«, gestand Betti.

Seine unmittelbare Nähe, seine sehnigen Hände, in die ihre eigenen sich schmiegten, als hätten sie niemals etwas anderes getan, überfluteten sie mit ungekannter Wärme. Genau das war es, was sie sich bereits in dem Augenblick ersehnt hatte, als er den Laden betreten und sie ihn erkannt hatte. All die Jahre, die seit ihrer gemeinsamen Zeit draußen im Wald vergangen waren, waren zu einer einzigen Sekunde geschrumpft, als ihr Herz ihm regelrecht entgegengeflogen war – und trotzdem

durfte sie ihren Verstand nicht vollkommen ausschalten! Sie
hatte in ihrem Leben schon zu viel Leid und Trennung durch-
litten und dabei die Menschen verloren, die sie am meisten geliebt hatte. Ein weiteres Mal würde sie solch einen Verlust nicht
überstehen, davon war sie überzeugt. War es folglich nicht besser, Konrad nicht noch weiter an ihr Herz heranzulassen oder
sich gar nicht in ihn zu verlieben? Ausgerechnet in ihn?!

»Nur, wo soll eine solche Zuneigung hinführen?«, fuhr sie
deshalb mit gequälter Stimme fort. »Siehst du denn nicht, dass
wir vollkommen verschiedene Wege gehen? Dass sich dein
Leben als wohlhabender, angesehener Ingenieur in Deutschland niemals mit meinem bescheidenen, familiengebundenen
Dasein hier verbinden lassen wird? Wir hätten doch niemals
eine Chance auf so etwas wie eine gemeinsame Zukunft!«

»Aber weshalb denn nicht? Wenn wir ernsthaft danach
suchen, können wir einen Weg finden, dessen bin ich mir
sicher! Wenn die Zuneigung nur groß genug ist, überwindet
sie sämtliche Hindernisse – und meine Liebe ist groß genug,
Betti!«

Betti zuckte zurück. Liebe – hatte er das wirklich gesagt?

»Ja, du hast richtig gehört«, bestätigte er mit fester Stimme.
»Ich liebe dich, Betti Strauss – schon damals, als wir uns unter
diesen grauenvollen Umständen das erste Mal begegnet sind.
Schon der erste Blick in deine Augen, die so grün waren wie
das Moos am Waldboden und gleichzeitig voll von abgrundtie-
fem Leid, zerriss mir das Herz, und ich konnte nicht anders,
als dir zu helfen und dich zu schützen, so unbeholfen und im
Grunde machtlos ich damals auch war. Und in all den Jahren
unserer Trennung habe ich die Erinnerung an deine Blicke und
die wenigen Worte, die wir jemals wechseln konnten, gehütet
wie einen kostbaren Schatz. Jede Frau, der ich begegnet bin,
habe ich mehr oder minder unbewusst mit dir verglichen, doch
keine von ihnen konnte diesem Vergleich jemals standhalten.

Und heute, da ich dich endlich besser kennenlerne, bin ich mir hundertprozentig sicher, Betti: Ich liebe dich und ich will und werde dich niemals wieder loslassen!«

Leidenschaftlich zog er sie so nahe an sich heran, dass sie seinen Atem auf ihrer Wange fühlte, und versenkte seine dunklen Augen in ihre. Vergessen waren sämtliche vernünftigen Einwände und Vorbehalte. Betti spürte nichts anderes mehr als ihr heftig pochendes Herz und den Wunsch, sich vollkommen in seine Arme fallen zu lassen.

Eine ganze Weile standen sie so da, regungslos, ihr Herzschlag vereinte sich mit seinem und die trennenden Mauern begannen zu wanken.

28. Kapitel

Konrad dehnte seinen Urlaub so lange aus, wie er glaubte, es sich leisten zu können. Immerhin hatte er in den vergangenen Jahren kaum Urlaub genommen, weil er während seiner freien Tage nichts mit sich hatte anfangen können. Untätigkeit ertrug er nicht, mit Sport hatte er nichts am Hut und seine Freunde waren in ihrer Freizeit hauptsächlich mit ihren Familien beschäftigt.

Dieses Mal jedoch war alles anders. Wenige Tage nach seinem ersten Spaziergang war er vor zwei Wochen schließlich von Levi Steiners Haus in eine Pension gezogen, verbrachte aber trotzdem so viel Zeit mit Betti, wie diese ermöglichen konnte und vor allem wollte. Eines nämlich war ihm trotz seiner intensiven und immer drängenderen Gefühle klar: Betti und er brauchten Zeit.

Zeit, die sie gemeinsam verbrachten, um ihre Gedanken auszutauschen, um über ihre gemeinsamen Erlebnisse aus der Vergangenheit zumindest zu sprechen und sich, im Gegensatz zu früher, auf Augenhöhe zu begegnen. Er war nicht länger Bettis wohlmeinender, mitfühlender und dennoch feindlicher und irgendwie überlegener Aufseher, sondern ein gleichgestelltes Gegenüber – ein Mann, der sie als Frau mit jedem Tag mehr liebte.

Nahezu jedes Mal, wenn sie sich nach Ladenschluss oder an ihren freien Nachmittagen zu ihm gesellte, durchzuckte ihn ein freudiger kleiner Schreck: Ihre seit jeher so faszinierenden grünen Augen sprühten heute vor Leben, anstelle der früheren Lumpen trug sie bunte Kleider, die ihrer schlanken Figur schmeichelten, und ihr Gang war aufrecht und selbstbewusst. Einzig die feine weißliche Narbe auf ihrer Wange erinnerte noch an die elende Verfassung, in der er sie damals im Lager kennen- und, ja, auf seine unbeholfene, jungenhafte Weise auch lieben gelernt hatte.

An diesem warmen, sonnigen Maitag hatte Betti sich schon mittags freigenommen, um mit ihm gemeinsam in ihrem »verborgenen Tal«, wie sie es nannte, zu picknicken. Konrad war sich durchaus bewusst, welches Vertrauen sie ihm damit bewies, hatte sie doch nach ihren eigenen Worten bisher niemals einen anderen Menschen mit hierhergenommen.

Ihre Decke am Rand einer Wiese voll wildem Knoblauch, Lichtnelken und Hasenglöckchen ausgebreitet, saßen sie nach ihrer Mahlzeit nebeneinander und genossen schweigend ihre gegenseitige Nähe.

»So könnte es für meine Begriffe auf ewig bleiben«, bemerkte Konrad schließlich. Eng hatte er seinen Arm um sie geschlungen, ihr Kopf ruhte auf seiner Schulter. »Über uns ein sonniger blauer Himmel, rings um uns ein Meer aus Blumen. Sie blühen nur deshalb so schön, um uns beide zu erfreuen, ist dir das bewusst?«

Neckend kitzelte er sie am Kinn. Wie er diese Berührungen genoss, die Betti immer häufiger zuließ und suchte; wie sehr sie ihn dazu verführten, sie endlich auch mit einem Kuss von seinen Gefühlen zu überzeugen! Heute konnte er seine Ungeduld wirklich kaum mehr bezähmen.

»Du vergisst wohl die Vögel«, bemerkte Betti ebenso scherzend, »die sich ganz allein zu unserem Vergnügen singend und pfeifend in den Himmel schwingen.«

»Singende Vögel?« Fragend blickte Konrad sich um, ehe er theatralisch erklärte: »Davon höre ich nichts. Das Einzige, was ich singen höre, ist mein Herz, das sein Lied für dich singt, und zwar jeden Tag ein wenig lauter.«

»O Konrad!«, gluckste Betti an seiner Schulter, und sein Herz machte tatsächlich einen kleinen Satz. Was für ein Geschenk, so unbeschwert und gelöst miteinander umgehen zu können, seit sie sich nun besser kannten.

»Dir ist schon bewusst, zu welch maßlosen Übertreibungen du neigst, oder?« Sie löste ihren Kopf von seiner Schulter und blickte ihm fragend ins Gesicht. Ihre Mundwinkel schoben sich nach oben und feinste Lachfältchen umspielten ihre Augen.

»O nein, ich verleihe nur meinen wahren Gefühlen Ausdruck«, entgegnete er ernsthaft und konnte nicht länger an sich halten: Mit mühsam zurückgehaltener Leidenschaft senkte er seine Lippen auf ihre und zu seiner größten Freude ließ sie es geschehen. Zurückhaltend genoss sie für einen Augenblick den sanften Druck seiner Lippen, dann legte sie ihre Hand in seinen Nacken, zog ihn noch näher zu sich heran und erwiderte den Kuss.

~

Erst bei Anbruch der Dunkelheit nahmen sie ihre Fahrräder und kehrten ins Dorf zurück.

Während des gesamten Heimwegs brannten Bettis Wangen vor Glück und nach Konrads vorheriger Bemerkung bildete sie sich tatsächlich ein, ihr Herz sänge laut vor sich hin.

Vor der Haustür nahm er sie erneut in die Arme und versicherte: »Morgen sehen wir uns wieder, liebste Betti, und übermorgen und am Tag danach – ach, am liebsten würde ich mich jetzt erst gar nicht von dir trennen!«

»Dann komm doch noch einen Augenblick herein, um Onkel Levi eine gute Nacht zu wünschen«, schlug sie vor. Ihr lag ebenso wenig an einer sofortigen Trennung wie ihm. An diesem Abend, mit dem Gefühl seines Kusses noch immer auf den Lippen, schien ihr eine gemeinsame Zukunft für sie beide plötzlich kein Ding der Unmöglichkeit mehr zu sein. »Er freut sich doch zu jeder Tages- und Nachtzeit, dich zu sehen«, begründete sie dennoch fadenscheinig.

Doch entgegen ihrer Behauptung blickte Onkel Levi kaum auf, als sie das Wohnzimmer betraten. Mit gebeugten Schultern, vollkommen konzentriert auf die Nachrichten des Tages, saß er vor dem Rundfunkgerät in der Ecke und legte vielsagend den Finger auf die Lippen, als sie vor ihn traten.

Verwundert bemerkte Betti eine Träne, die ihrem Onkel bei den Worten des Sprechers über die Wange lief. Aber ehe sie feststellen konnte, welches Detail der Nachrichten ihn derart anrührte, drehte Levi den Rundfunkapparat aus.

»Sie haben Eichmann festgenommen«, erklärte er nahezu tonlos.

»Eichmann?«, echote Konrad fragend.

Für Betti bedurfte es keiner weiteren Erklärung. Levis Betroffenheit schloss jeden Zweifel aus, dass er von einem anderen sprach als Adolf Eichmann. Nach all den Jahren, in denen dieser offenbar spurlos verschwunden gewesen war, hatte man demnach endlich den Nationalsozialisten verhaftet, der die »Endlösung der Judenfrage« bis in die letzten Kriegstage auf gnadenlose Weise vorangetrieben hatte. Insbesondere in Budapest hatte er noch im Dezember 1944 Zehntausende Juden nach Auschwitz und später auf die sogenannten Todesmärsche in Richtung Österreich geschickt. Damit hatte Eichmann sogar gegen die Anordnungen aus dem Deutschen Reich verstoßen, das sich längst auf dem Rückzug befand, da die Rote Armee bereits vor Budapests Toren stand.

Genau dieses Schicksal hatte damals auch Bettis Mutter ereilt. Obwohl sie unter dem Schutz des Diplomaten Wallenberg stand, hatten Eichmanns Männer sie erbarmungslos mitgeschleppt. Betti und Szándor hatten erst Jahre später, als sie längst bei ihrem Onkel lebten, erfahren, dass ihre Mutter irgendwo am Wegesrand zwischen Budapest und Wien vor Erschöpfung gestorben war. Adolf Eichmann war der Mörder ihrer Mutter und mit den früheren Deportationen nach Auschwitz ebenso verantwortlich für das Schicksal ihrer Großeltern und restlichen jüdischen Angehörigen.

»Der israelische Geheimdienst Mossad hat ihn in Argentinien aufgespürt, schon vor fast zwei Wochen«, erklärte Levi weiter. »Dort hat er seit Jahren unter falschem Namen ein angenehmes Leben geführt, wie es scheint. Geld verdient bei einem deutschen Arbeitgeber, eine Familie gegründet und gelebt wie jeder beliebige unbescholtene Bürger, das muss man sich mal vorstellen! Die Menschen, denen er auf der Arbeit und der Straße begegnete, hatten wahrscheinlich keine Ahnung davon, wie viel unschuldiges Blut an seinen Händen klebte – und falls doch, haben sie glattweg darüber hinweggesehen, was noch weit schlimmer ist! Aber mittlerweile hat man ihn von dort nach Israel gebracht, wo er laut Aussage der Regierung bald vor Gericht gestellt werden wird.«

»Alles andere wäre ja auch Verrat am eigenen Volk! Allerdings kann ich mir kein Urteil und keine Strafe vorstellen, die seinen Verbrechen auch nur annähernd gerecht werden würden«, presste Betti zwischen zusammengebissenen Zähnen hervor.

»Das ist wahr, Liebes.« Die Stimme ihres Onkels erhob sich in der gleichen feierlichen Weise, wie er auch den Sabbatsegen sprach, und Konrad hatte das Gefühl, einen alttestamentlichen Propheten vor sich zu haben. »Die Asche von sechs Millionen Juden auf den Feldern von Treblinka und den Hügeln von Auschwitz und Tausende von Gräbern in ganz Europa schreien nach einer Vergeltung, die doch niemals angemessen ausfallen kann und wird. Wir können einzig darauf vertrauen, dass Adonai einst ein gebührendes Urteil über ihn sprechen wird.«

Als er geendet hatte, legte Betti ihre Hand auf seine Schulter, und Onkel und Nichte verharrten in stummer Trauer.

Ihr erster Kuss, Konrads unübersehbare Leidenschaft und Liebe für sie – all das versank vor diesem Hintergrund in Bedeutungslosigkeit. Schluchzend legte Betti ihren Kopf in Onkel Levis Schoß.

∼

Betroffen wandte Konrad sich ab und stahl sich aus dem Raum. Der tiefe Kummer dieser beiden Menschen, denen er in den letzten Wochen so nahe gewesen war, traf ihn wie ein Schlag. Für Betti und ihren Onkel, Sandy und ihre ganze Familie würde das Grauen der Vergangenheit niemals weit genug zurückliegen, um es vollkommen zu vergessen, während er, als Deutscher und damit Mitschuldiger an ihrem Leid, es längst hinter sich gelassen hatte.

Wie die meisten seiner Landsleute, die den Nationalsozialismus mit all seinen Gräueltaten zwar nicht befürwortet, aber, ohne sich zu wehren, toleriert hatten, hatte er nach seiner Entlassung aus der Kriegsgefangenschaft einfach sein vorheriges Leben wieder aufgenommen. Zwar war er zuerst eine Weile auf der Suche nach Betti ruhelos durch die Welt gereist, aber letztlich hatte er die Hoffnung, sie jemals wiederzufinden oder wenigstens zu erfahren, was aus ihr geworden war, aufgegeben. Und dann hatte er so gut wie möglich dort angeknüpft, wo er zuvor aufgehört hatte: Ingenieurwesen und Flugzeugtechnik studiert, um danach in diesem Bereich tätig zu werden. Tatsächlich arbeitete er heute noch – beziehungsweise wieder – für die Firma Messerschmitt, die damals die Me 262, Hitlers »Wunderwaffe«, produziert hatte. Tag für Tag verbrachte er damit, Flugzeuge für die deutsche Luftwaffe zu konstruieren und zu bauen, und verspürte dabei höchst selten so etwas wie Unbehagen.

Oder hatte er in den letzten Monaten und Jahren jemals an die Tage im Waldwerk gedacht, als er Seite an Seite mit den Häftlingen gearbeitet hatte? Wie konnte er nur! Wie hatte er sich erlauben können, das Geschehene so rasch und endgültig abzuhaken? War er mit dieser Einstellung wirklich besser als sein ehemaliger Kamerad Haller, dessen absolute Ergebenheit für den Führer ihn letztendlich dazu gebracht hatte, bald nach der Niederlage Selbstmord zu begehen?

Für Betti und ihren Onkel dagegen bedurfte es nur eines Namens – wenn auch eines bedeutenden – aus der Vergangenheit, und ihr Leid war so präsent wie eh und je. Angesichts dessen hatte er sich gerade eben entsetzlich fehl am Platz gefühlt, fast wie ein verurteilter Attentäter unter den Hinterbliebenen des Opfers. So hatte er sich das Ende dieses Tages mit Betti, der derart verheißungsvoll begonnen hatte, gewiss nicht vorgestellt.

Zutiefst bekümmert schob Konrad das Fahrrad seiner Pension entgegen, wo er eine schlaflose Nacht verbrachte.

∿

Sobald Patricia die Kinder ins Bett gebracht hatte, setzte sie sich zu Sandy ins Wohnzimmer.

Auch sie hatten die Nachricht von Eichmanns Verhaftung gehört, und seitdem kauerte Sandy fast reglos in seinem üblichen Sessel vor dem kalten Kamin. Das heißt, zuerst hatte er zum Telefonhörer gegriffen und im Haus des Onkels angerufen.

»Nur, um zu sehen, wie sie die Nachricht verkraftet haben«, hatte er Patricia erklärt, und sie hatte ihn ungestört gewähren lassen. Das Wohl seiner Familie lag ihm noch mehr am Herzen als die Sicherheit der örtlichen Bürger in seiner Funktion als Constable, wie sie sehr wohl wusste.

Doch der Telefonhörer hing längst wieder an seinem Platz und er saß im Dunkeln. Wortlos ließ Patricia sich ihm gegenüber nieder. Geduldig wie stets wartete sie darauf, dass er seine Gedanken laut äußerte.

»Diese Verhaftung war längst überfällig«, verschaffte er sich schließlich Luft. »Wie gut, dass die Ermittler vom israelischen Geheimdienst so auf Zack sind. Trotzdem mache ich mir Sorgen um Betti und Onkel Levi: Ausgerechnet jetzt haben sie sich mit diesem Kässmaier eingelassen!«

»Und was genau hat nun das eine mit dem anderen zu tun?«, erkundigte Pat sich sanft.

»Na, genau wie Eichmann ist er Deutscher, ist das nicht genug?«

»Nein, für mich nicht. Sieh es doch einmal so: Er war damals nicht mehr als ein großer Junge, achtzehn, neunzehn Jahre vielleicht, und hat nur getan, was man ihm sagte. Natürlich hat er sich dadurch als Mitläufer schuldig gemacht, das will ich gar nicht bestreiten – aber immerhin hat er sich laut Betti sehr bemüht, ihr zu helfen. Das musst selbst du ihm zugutehalten.«

»Ich halte dem Kerl gar nichts zugute! Schon gar nicht die Art und Weise, mit der er meine Schwester betrachtet und sie ihn.« Sandy ballte die Hand zur Faust. »Nun sag bloß, du hast das nicht längst bemerkt, auch wenn er dich und Janie um den Finger gewickelt hat! Peter ist ja hier der Einzige, der noch auf meiner Seite steht.«

Beruhigend legte Patricia eine Hand auf Sandys Faust. »Natürlich habe ich es bemerkt, mein Lieber. Ich hätte schon blind und taub sein müssen, um nicht zu spüren, wie sehr die beiden sich mögen. Nicht, dass Betti mit mir darüber gesprochen hätte, aber sie hatten bereits bei seiner Ankunft eine Art gemeinsame Geschichte, das steht fest. Und falls ich mich nicht täusche, ist genau diese Geschichte auch der Grund für Bettis Zurückhaltung gegenüber den jungen Männern, mit denen wir sie zusammenbringen wollten. Mehr oder weniger unbewusst war ihr Herz wohl längst vergeben. Also sollten wir uns jetzt doch eher darüber freuen, dass sie jemanden gefunden hat, den sie wahrhaftig mag.«

»Aber keinen Deutschen!« Sandys Faust krachte auf das Tischchen neben ihm, sodass die Gläser darauf lautstark klirrten.

Patricia zuckte zusammen. Sanft begann sie, seine verkrampften Finger zu lösen. »Ich denke, bei allem, was geschehen ist, ist es für dich allmählich Zeit, dich damit abzufinden, dass deine Schwester ihre eigenen Entscheidungen trifft. Oder dir einzugestehen, dass du dich auch einmal in einem Menschen irren kannst.«

Diesmal war es Sandy, der zusammenzuckte. Er musste nicht lange überlegen, auf wen seine Frau damit anspielte: den Brandstifter, der neulich aus dem Gefängnis entlassen worden war – laut Gerichtsurteil unschuldig, was Sandy nach wie vor unbegreiflich schien. Der damals zu Unrecht verurteilte Brandstifter betonte es dafür umso nachdrücklicher: Erst vor zwei Tagen hatte die Zeitung erneut einen Artikel über ihn veröffentlicht, der tatsächlich eine Drohung gegen die Verantwortlichen von damals enthielt.

Glücklicherweise war Pat für gewöhnlich zu beschäftigt, um Zeitung zu lesen, und wusste deshalb nichts von dem Artikel. Denn diesmal war die Drohung darin so deutlich, dass nicht einmal Sandy mehr sicher war, ob sie noch unter die Rubrik »Berufsrisiko eines Polizisten oder Juristen« fiel. Der Mann war eindeutig auf Rache aus! Und falls Sandy sich im Fall seiner Verhaftung tatsächlich getäuscht haben sollte, konnte er ihm das nicht einmal verdenken. Wer ein Jahr lang unschuldig hinter Gittern gesessen hatte, verspürte sicher eine Menge Groll den Verantwortlichen gegenüber.

So oder so hatte Pat jedoch recht mit ihrem Argument, dass er sich auch in Konrads Fall täuschen konnte und ihm zu Unrecht Böses oder nationalsozialistisches Gedankengut unterstellte, das musste Sandy sich eingestehen.

»Na gut, ich werde versuchen, ihm Betti und euch zuliebe künftig etwas unvoreingenommener zu begegnen«, erwiderte er bedrückt. »Obwohl mir das nach der Festnahme dieses Nazi-Verbrechers Eichmann noch einmal schwerer fällt als ohnehin schon!«

»Das ist gut. Mehr, als es zu versuchen, verlange ich auch gar nicht von dir.«

Patricias leise Worte hüllten ihn in wohlige Wärme, dennoch fügte Sandy hinzu: »Aber halt bitte trotzdem die Augen offen, wenn du mit den Kindern drüben bei Betti bist, oder bleib am besten hier zu Hause. Wenn mich nicht alles täuscht, meinte der Arzt doch kürzlich, du solltest dich körperlich schonen.«

»Keine Angst, das tue ich! Wir wollen unserer zweiten Tochter schließlich zu einem gesunden Start ins Leben verhelfen, nicht wahr?« Patricia nahm Sandys Rechte und legte sie auf ihren Bauch. »Spür mal, wie sie strampelt! Sie ist ein lebhaftes kleines Ding, wirst sehen.«

»*Er*, meinst du«, korrigierte Sandy. »Er ist ein lebhafter kleiner Bursche.«

»Na gut – er, wenn dir das lieber ist.« Eine Hand in den Rücken gestützt hievte Patricia sich schwerfällig in die Höhe und forderte ihn auf: »Und jetzt hör auf zu grübeln und lass uns zu Bett gehen, du musst morgen sehr früh aufstehen.«

»Leider, ja. Obwohl es mir gar nicht gefällt, dass ich euch wegen dieser Fortbildung für zwei Tage allein lassen muss.«

Und zwar im Hinblick auf den Deutschen und die Drohungen des angeblich unschuldigen Brandstifters, fügte er in Gedanken hinzu, während er seiner Frau ins Schlafzimmer folgte.

29. Kapitel

Betti konnte sich nicht daran erinnern, bei ihrer Arbeit im Laden jemals so unkonzentriert gewesen zu sein. Sie verwechselte die Namen ihrer Kunden und händigte ihnen fremde Post aus, tippte falsche Beträge in die Kasse oder verpackte Mehl statt Zucker und Salz.

Nach einer Nacht voller Albträume und einem Morgen, an dem Levi und sie in bedrücktem Schweigen miteinander gefrühstückt hatten, war das allerdings nicht weiter verwunderlich. Falls die Nachrichten des vergangenen Abends tatsächlich noch etwas von ihrer Freude über Konrads Liebeserklärung und Kuss übrig gelassen hatten, versteckte sich dieser Rest sehr wirkungsvoll. Nichtsdestotrotz dachte sie ständig an ihn.

Was ging in seinem Kopf vor? War er ähnlich niedergeschmettert oder zumindest ernüchtert wie sie? Spürte er – genau wie sie selbst –, wie die Mauer zwischen ihrer beider Leben gestern Abend wieder in die Höhe gewachsen war? Oder, besser gesagt, der Stacheldraht, der einst sichtbar verhindert hatte, dass sie einander näherkamen, und der sie jetzt erneut zu trennen drohte. Vielleicht war er ja niemals komplett abgerissen worden, sondern existierte in ihren Köpfen noch immer, trennte Konrad als Deutschen mit einer gesicherten Zukunft von ihr als Ungarin mit jüdischen Wurzeln, deren qualvolle Vergangenheit sie jederzeit und überall wieder einholen konnte ...

Auf jeden Fall brauchte Betti dringend Zeit für sich, um diesen Gedanken auf den Grund zu gehen, und zwar noch ehe sie

Konrad abends wiedersehen würde. Falls sie ihn überhaupt noch weiterhin sehen wollte.

»Hast du etwas dagegen, wenn ich heute schon etwas früher Schluss mache?«, erkundigte sie sich deshalb am frühen Nachmittag bei Levi.

»Aber nein, Liebes, geh nur. Ich sehe doch, wie es dich zum Nachdenken in dein geliebtes Tal zieht.«

»Danke!« Einen Augenblick lang schloss Betti ihren Onkel liebevoll in die Arme, ehe sie eilig in die Wohnung entschwand, um sich umzuziehen.

»Was sage ich deinem jungen Mann, wenn er kommt und nach dir fragt?«, rief Levi ihr hinterher.

»Meinem –« Betti verschlug es die Worte. *Ihrem jungen Mann.* Sie blieb ihrem Onkel die Antwort schuldig, doch seine Worte verfolgten sie auf der ganzen Fahrt zu ihrem Rückzugsort im Tal.

Levi und Patricia betrachteten Konrad beide als *ihren jungen Mann.* Als den Mann, an den sie nach allem, was geschehen war, schlussendlich ihr Herz verloren hatte. Sehr wahrscheinlich war auch Sandy dieser Ansicht und begegnete Konrad aus genau diesem Grund noch feindseliger als ohnehin.

Betti trat so heftig in die Pedale, dass ihr an dem ungewöhnlich heißen Maitag in kürzester Zeit der Schweiß in den Nacken rann und sie in Rekordzeit ihr Ziel erreichte. Achtlos ließ sie ihr Fahrrad ins Gebüsch an dem schmalen Zugang zum Tal fallen und warf sich selbst auf den trockenen, weichen Boden des Talgrunds.

Äußerlich hatte die Wiese nichts von ihrer gestrigen Schönheit eingebüßt, im Gegenteil: Malerisch wiegten sich die bunten Blütenköpfe in einer sanften Brise, aber der Glanz, der Betti diesen Anblick noch vor vierundzwanzig Stunden verklärt hatte, war dahin. Die Seligkeit, die sie bei Konrads Kuss verspürt hatte, war verschwunden, an ihrer Stelle breiteten sich zunehmend Zweifel aus.

Waren ihre Gefühle für Konrad tatsächlich tief genug, um diesen unsichtbaren Stacheldraht zwischen ihrer beider Leben endgültig niederzureißen? Sie konnte doch die Tatsache nicht einfach ignorieren, dass er zu der Nation ihrer einstigen Peiniger gehörte und, obwohl er selbst keinem Juden etwas zuleide getan, sondern ihr im Gegenteil sogar geholfen hatte, ein Landsmann Eichmanns war! Dass er nicht allein bei der Erwähnung dieses Namens zusammenzuckte und niemals vollkommen würde nachvollziehen können, was sie und ihre Familie durchgemacht hatten? Und, die tiefgreifendste Frage von allen, reichten ihre Gefühle für Konrad aus, dass sie sich von ihrer neuen Heimat losreißen und an seiner Seite in Deutschland leben konnte?

Bei jeder weiteren Frage, jedem weiteren Zweifel bohrte sich der Schmerz ein Stück tiefer in Bettis Herz und sie hieb hilflos mit den Händen ins weiche Gras. Hatte sie nicht bereits genug mit der Trauer und dem Leid der Vergangenheit zu kämpfen gehabt? Sie war nicht in der Lage, noch mehr davon zu ertragen, weder heute noch morgen oder in ein paar Jahren!

»Wo bist du in alldem, Gott?«, stöhnte sie auf und schlug sich gleich darauf erschrocken eine Hand vor den Mund. Seit wann sprach sie wieder mit dem Gott ihrer Kindheit? Hatte sie nicht das Gebet und vor allem die damit verbundene Hoffnung auf Erhörung der Bitte längst frustriert aus ihrem Leben verbannt? Und trotzdem rief sie hier in der Abgeschiedenheit ihres Tales ausgerechnet nach ihm, dem Gott, den Reverend Morgan als Gott des großen Dennoch bezeichnet hatte.

Sie wusste nicht, wie lange sie in wachsender Verzweiflung im Gras gelegen hatte, als sie plötzlich Schritte vernahm. Zuerst nur auf dem Kiesweg, der an ihrem Tal vorüberführte, doch gleich darauf federte der Boden unter ihr. Rasch setzte sie sich auf.

Konrad.

Sie hatte nicht erwartet, dass er so bald hier erscheinen würde. Hatten sie ihr Treffen nicht erst für den Abend vereinbart?

»Darf ich?«, fragte er. Seine Hand, mit der er auf den Boden neben ihr wies, bebte, und seine dunklen Augen waren so bekümmert wie einst im Waldwerk. Umstandslos ließ er sich neben ihr ins Gras fallen und fragte, offensichtlich bemüht, möglichst unbeschwert zu klingen: »Ist dies eigentlich auch die Stelle, an der du den Abendmahlskelch gefunden hast?«

Sie nickte stumm.

»Dann beginnt also genau hier die Geschichte unseres Wiedersehens – denn ohne diesen Kelch und den zugehörigen Zeitungsartikel hätte ich dich vermutlich niemals gefunden.«

Wiederum nickte sie nur.

Ihr gemeinsames unbehagliches Schweigen zog sich derart in die Länge, dass sich ein Vogel neben ihnen niederließ. Eine junge Amsel, die in dem zertretenen Gras nach Würmern pickte. Schließlich hatte sie einen gefunden und zog und zerrte mit aller Macht, um ihn an die Oberfläche zu bringen. Sie setzte mehrere Male an, bis sie ihre Beute komplett aus dem Erdboden befreit hatte und hastig verzehrte. Dann hüpfte sie ein paar Meter weiter und die mühsame Prozedur begann von Neuem.

Endlich riss Betti ihren Blick von dem Vogel los und brach ihr Schweigen. »Die Geschichte unseres Wiedersehens«, wiederholte sie gedehnt. »Ich frage mich, ob dieses Wiedersehen in der Tat so gut für uns war. Ob wir beide nicht unbeschwerter weitergelebt hätten, ohne diese alten Gefühle mit aller Kraft wieder an die Oberfläche zu zerren! Möglicherweise wären sie besser weiterhin tief in uns begraben geblieben.«

»Mit aller Kraft?« Fragend runzelte er die Stirn. »Empfindest du es so? Mich hat das nicht die geringste Mühe gekostet – meine Liebe zu dir war und ist einfach da. Im Rückblick betrachtet war sie seit unseren Tagen im Waldwerk immer ein Teil von mir.«

Er streckte die Hand nach ihr aus, doch Betti rückte ein Stück von ihm ab. »Vielleicht war sie das auch bei mir«, gestand sie leise. »Eine gewisse Zuneigung zu dir auf jeden Fall. Natürlich war sie mir niemals richtig bewusst, doch spätestens, als ich plötzlich deinen Brief in den Händen hielt, kamen die Gefühle wieder hoch. Trotzdem – hätten wir sie nicht besser genau dortgelassen, tief in unserem Inneren, als eine schöne Erinnerung mitten in all den anderen, leidvollen? Jetzt, ans Tageslicht gebracht, frage ich mich nämlich ernsthaft, ob sie weiter bestehen kann. Oder ob sich nicht vielmehr der Alltag wie ein großer schwarzer Vogel darüber hermachen und sie verschlingen wird.« Betti hielt inne und suchte nach Worten. »Also genau in der Art und Weise, wie es gestern Abend geschehen ist. Ich meine, gesteh es dir doch ein, der Name Eichmann hat dir zuerst gar nichts gesagt, während er für Menschen wie mich das ganze Leben lang für grenzenloses Leid und Tod stehen wird! Wie kann so etwas denn die Basis für eine Beziehung sein – für ein gemeinsames Leben?«

»Ich gebe zu, du hast recht. Auch mir ist gestern Abend einiges klar geworden, vor allem die Tatsache, dass ich viel zu rasch über die grauenvollen Verbrechen unserer – *meiner* – Nation hinweggegangen bin. Das war gedankenlos und falsch von mir und ich bitte dich von ganzem Herzen um Verzeihung dafür, Betti!«

»Das ist ja gut und schön, Konrad, und ich bezweifle nicht im Geringsten, dass du es ernst damit meinst. Aber hat deine Bitte auch praktische Konsequenzen? Würdest du nicht trotzdem von mir erwarten, dass ich, falls wir uns für eine gemeinsame Zukunft entscheiden, mit dir nach Deutschland zurückgehe, um dort mit dir zu leben? Nein, bitte unterbrich mich nicht«, sie hob abwehrend die Hand, als Konrad zu einer Entgegnung ansetzte, »ich muss das jetzt loswerden. Würdest du es nicht als selbstverständlich betrachten, dass ich, der man schon einmal die geliebte Familie und die vertraute Heimat entrissen hat, aus Liebe zu dir ein zweites Mal alles hinter mir lasse?« Abrupt wandte Betti ihm ihr gequältes Gesicht zu.

Erschüttert senkte Konrad den Blick zu Boden. Sein Verhalten war Betti Bestätigung genug: Sie hatte recht, er erwartete genau das.

Ohne ihm die Gelegenheit zu geben, sich weiter zu erklären, erhob sie sich und ging zu ihrem Fahrrad. »Ich glaube, es ist besser, wenn wir uns nicht mehr sehen. Du solltest umgehend nach Deutschland zurückkehren und mich vergessen«, rief sie ihm von dort aus zu. Dann schwang sie sich in den Sattel und fuhr davon.

Konrad blieb reglos sitzen, während Betti blind vor Tränen in die Pedale trat. Sosehr ihre Vernunft ihr versicherte, dass sie das Richtige tat – so sehnlich wünschte sie gleichzeitig, dass er ihr widersprechen würde. Dass er sich augenblicklich aufs Fahrrad setzte, ihr folgte und versuchte, sie vom Gegenteil zu überzeugen.

Doch ein verstohlener Blick zurück zeigte ihr, dass die schmale Straße hinter ihr verlassen blieb.

Wie betäubt sah Konrad ihr nach. Einer kleinen Gestalt auf einem Fahrrad, das gelegentlich unsicher schwankte. Weinte Betti beim Fahren? Natürlich tat sie das.

Eine eiserne Klaue des Kummers legte sich um Konrads Herz. Denn Betti hatte recht. Selbst wenn er bislang nicht explizit darüber nachgedacht hatte, würde er genau das von ihr erwarten: dass sie mit ihm nach Deutschland ging, um dort als liebende Ehefrau sein Leben und seine aussichtsreiche Zukunft in einem aufstrebenden Unternehmen zu teilen. Um ihm Kinder zu schenken, die sie gemeinsam in Liebe, Sorgfalt und gesicherten Verhältnissen aufziehen würden. Und wäre das nicht vollkommen üblich und selbstverständlich?

Nicht für jemanden wie Betti, deren ganzes bisheriges Leben von Verlust gezeichnet war, wie ihm erst jetzt in aller Klarheit vor Augen stand. Auf äußerst gewaltsame Weise und unumkehrbar hatte man ihr sämtliche Wurzeln entrissen. Ihre Heimat. Ihre Familie. Ihren Glauben möglicherweise. Dass sie sich mit ihrem jetzigen Leben offenbar ganz gut arrangiert hatte, war ja noch längst kein Beweis, dass die Wunden in ihrem Inneren geheilt waren! Darauf zeigten auch die Ereignisse des gestrigen Abends und ihre Worte von eben. Konrad erkannte, dass es grausam von ihm wäre, sie ein weiteres Mal zu entwurzeln. Grausam und alles andere als ein Beweis seiner Liebe. Denn die konnte er sich genauso wenig aus dem Herzen reißen, wie er Betti vergessen konnte, auch wenn sie es ihm mit erstickter Stimme empfohlen hatte. Nur, welche Möglichkeiten boten sich ihnen dann für eine gemeinsame Zukunft? Verzweifelt barg Konrad den Kopf in den Händen und eine erste Träne fiel auf den Wiesenboden unter ihm.

Die Schatten der Bäume am Talgrund zogen sich bereits beträchtlich in die Länge, als auch er sich endlich auf den Rückweg machte. Einen Entschluss zumindest hatte er unterdessen gefasst: Ehe er Betti erneut gegenübertrat, würde er Reverend Morgan aufsuchen. So gut, wie der Pfarrer Betti offenbar kannte, ohne dass sie verwandtschaftlich miteinander verbunden waren, konnte der ihm möglicherweise einen guten Rat geben oder wenigstens helfen, seinen Gefühlen vollkommen auf den Grund zu gehen.

~

Statt auf direktem Weg heimwärts zu fahren, steuerte Betti das Haus ihres Bruders an. Nach Konrads Reaktion ertrug sie es keine Sekunde länger, mit ihren Gedanken allein zu sein, und wenn jemand es schaffen konnte, sie aufzumuntern oder zumindest kurzfristig abzulenken, dann waren es ihr Neffe und ihre Nichte.

Sandy war zu einer mehrtägigen Fortbildung aufgebrochen und Patricia und die Kinder verbrachten den sonnigen Nachmittag im Garten. Mit hochgelagerten Beinen hatte ihre Schwägerin es sich auf einer Gartenliege bequem gemacht, sie sah erschöpft aus. Augenblicklich verspürte Betti ein schlechtes Gewissen. Hatte ihre Schwägerin sich mit ihren vielen Besuchen bei dem verletzten Konrad übernommen? Immerhin stand sie nur etwa fünf Wochen vor ihrem Entbindungstermin und bis zum Laden war es doch jedes Mal ein gutes Stück Fußmarsch gewesen.

»Was hältst du davon, wenn ich gemeinsam mit den Kindern etwas unternehme? Jetzt sofort, meine ich«, fragte sie deshalb mitfühlend, sobald sich der erste Begrüßungstrubel wegen ihres unerwarteten Erscheinens gelegt hatte. »Du siehst aus, als könntest du etwas Ruhe und Zeit für dich allein brauchen.«

Erfreut richtete Patricia sich auf. »Das würdest du tun? Das wäre geradezu himmlisch, Betti! Du musst wissen, ich habe letzte Nacht kaum Schlaf gefunden, so lebhaft, wie Sandy junior sich gebärdet hat.«

»Na dann: Was haltet ihr von einem Spaziergang, ihr beiden?«, wandte Betti sich an die Kinder. »Wir könnten zur Jones-Farm hinausgehen. Auf den Weiden dort tummeln sich jede Menge ungestüme Lämmer und erst heute Morgen hat mir Mister Jones von einem Wurf Hundewelpen berichtet.«

Bei ihren letzten Worten horchte sogar der sechsjährige Peter interessiert auf, der an einer sandigen Stelle beim Gartenzaun eine Rennstrecke für seine Spielzeugautos gebaut hatte, und Janie quietschte begeistert: »O ja, Hundebabys!«

Bald darauf waren sie unterwegs, während Patricia zufrieden die Augen schloss und an Ort und Stelle einschlief. Der tierliebe Peter trabte voraus, Janie und Betti folgten ihm Hand in Hand in gemächlicherem Tempo. Die Beine der Vierjährigen konnten mit denen ihres großen Bruders nicht mithalten und Betti genoss diese Zweisamkeit mit ihrer Nichte.

Sie waren ein eingespieltes Team, sowohl bei gemeinsamen Spaziergängen als auch bei Arbeiten im Laden, wo Janie ihrer Tante gelegentlich »half«, indem sie kleinere Gewichte von einer Waagschale in die andere stapelte oder die Bonbongläser auf der Kassentheke auffüllte. Letzterer Tätigkeit widmete sie sich besonders hingebungsvoll, da sie wusste, dass als Belohnung stets ein Stück Lakritze, eine Schleckmuschel oder Ähnliches in ihrer Tasche landen würde. Und obwohl Betti darauf achtete, die Kinder ihres Bruders nicht zu sehr zu verwöhnen, konnte sie ihren bittenden Blicken nicht immer widerstehen und brachte ihnen hin und wieder eine Kleinigkeit aus dem reichen Süßigkeitensortiment des Ladens mit. Doch in demselben Maße wie die Leckereien liebten die Kinder es, wenn ihre Tante sie zu Bett brachte, was sie regelmäßig einmal pro Woche tat. Denn niemand erzählte eine Geschichte so ausdrucksstark wie ihre Tante, und kein anderer ging so leicht auf ihre Bitte nach einer weiteren – »nur noch eine ganz kurze« – ein.

Doch heute war es Janie, die in ihrer Vorfreude auf den Farmbesuch unentwegt vor sich hin plauderte, sodass die zwanzig Minuten bis dorthin im Nu vergingen. Schon von Weitem sahen sie die Lämmer auf der Weide. Voller Übermut tobten diese um die gemächlich grasenden Muttertiere herum.

»Wie hübsch sie sind mit ihren langen Beinen und dem wolligen weißen Fell«, rief Janie aus, »ich würde zu gerne mal eines streicheln!«

Schon war sie durch den Zaun geschlüpft. Doch wie sehr sie und Peter sich auch anstrengten, sie bekamen nicht ein einziges der Tiere zu fassen. Die Lämmer ließen sie nie dichter als auf Armeslänge an sich herankommen, ehe sie sich mit einem kühnen Bocksprung auf und davon machten.

»Ist nicht weiter schlimm«, tröstete Betti, »ich bin sicher, bei den Hundewelpen haben wir mehr Glück.«

Damit sollte sie recht behalten. Der Wurf junger Hütehunde war nicht älter als drei Wochen und die sieben drolligen Welpen, die erst vor wenigen Tagen die Augen geöffnet hatten, ließen sich nur allzu gerne auf den Arm nehmen und kraulen. Mit Farmer Jones' Erlaubnis stiegen Peter und Janie glückselig zu ihnen in den Verschlag, der in einer Stallecke eingerichtet war, und kuschelten, spielten und tobten mit den Welpen, als gehörten sie selbst dazu.

»Ich bekomme auch so einen Hund!«, verkündete Peter selbstsicher, als sie danach gemeinsam mit dem älteren Bauernehepaar am Teetisch saßen. »Papa wird es mir gewiss erlauben. Polizisten brauchen doch Wach- und Spürhunde.«

»Sicher«, nickte der Farmer gutmütig, während seine Frau hinzufügte: »Aber zuerst einmal bekommst du ein kleines Brüderchen oder Schwesterchen, nicht wahr?«

»Ja, ein Schwesterchen«, kam Janie ihrem Bruder zuvor. »Das wünsche ich mir nämlich, damit ich nicht immer allein mit meinen Puppen spielen muss.«

»Soso ...« Mit einem amüsierten Lächeln strich Mrs Jones dem Mädchen über den glatten dunklen Scheitel. »Dann geht es eurer Mama also gut?«

»Mhm!« Peter, der nach einem saftigen Schinkensandwich gerade von Mrs Jones' Teekuchen kostete, nickte mit vollem Mund. Der Kuchen war lecker und das Toben mit den Hunden hatte ihn hungrig gemacht. Trotzdem schluckte er hastig hinunter und fügte hinzu: »Ich passe auch gut auf sie auf, während Papa unterwegs ist.«

»Natürlich tust du das! Gewiss ist dein Daddy froh, dass er

so einen großen, vernünftigen Sohn hat, der ihn in seiner Abwesenheit vertritt.«

»Das ist wahr«, stimmte Betti zu. »Sein Vater ist richtig stolz auf Peter! Aber ich fürchte, wir müssen uns allmählich auf den Heimweg machen, Kinder, wenn wir nicht in die Dämmerung geraten wollen. Eure Mama soll sich doch nicht um uns sorgen. Deshalb esst rasch eure Teller leer.«

Trotz Bettis Drängen war der Abend bereits fortgeschritten, bis sie zu Hause angelangt waren, und gemeinsam brachten die beiden Frauen die Kinder, die sich beim späten Tee satt gegessen hatten, zu Bett.

»Ich finde, du solltest dich auch sofort wieder hinlegen«, bemerkte Betti anschließend. »Du bist noch immer reichlich blass um die Nase. Bist du sicher, dass es dir nur an Schlaf fehlt?«

»Na ja – ehrlich gesagt schmerzt auch mein Rücken ein wenig. Aber wie sollte er das nicht, bei diesem Gewicht hier vorne?« Mit einem beschwichtigenden Lächeln tätschelte Patricia ihren üppigen Babybauch.

»Dann ist es beschlossen: Du gehst wieder zu Bett, während ich mich noch eine Weile ins Wohnzimmer setze, für den Fall, dass die Kinder etwas brauchen.« Sanft schob Betti ihre Schwägerin über den Gang in Richtung des Elternschlafzimmers und ging zum Telefon, um Levi von ihrem längeren Ausbleiben zu unterrichten. Ihr Onkel machte sich allzu rasch Sorgen, wenn sie spätabends unterwegs war, doch wenn ihre längere Abwesenheit die Familie betraf, akzeptierte er es verständnisvoll.

Anschließend stellte sie sich ans Wohnzimmerfenster und blickte nachdenklich hinaus. Mittlerweile war es ganz dunkel geworden. Die Frontseite von Sandys Haus lag im Licht einer Straßenlaterne, doch zum Garten hin war es ausgesprochen finster. Die Wolken, die im Lauf des Nachmittags aufgezogen waren, verschluckten jegliches Sternen- oder Mondlicht, sodass nicht einmal Patricias Liegestuhl nahe der Hauswand mehr zu erkennen war.

Das passte zu ihrer finsteren Stimmung, sinnierte Betti, während die Gedanken an Konrad, die sie in den Stunden mit Janie und Peter in der Tat erfolgreich verdrängt hatte, sich wieder in ihr breitmachten. Dass er ihr weder nachmittags gefolgt war noch sich später bei Levi nach ihr erkundigt hatte, wie sie dem Telefonat entnommen hatte, konnte nur eins bedeuten: Er hatte eingesehen, dass es unter den gegebenen Umständen keine gemeinsame Zukunft für sie gab.

So gern sie einander hatten – denn an seiner Liebe zweifelte sie nicht –, war dieses Gefühl nicht stark genug, um alles Trennende zwischen ihnen zu überwinden. Aus dem Stacheldraht von einst waren ihre unterschiedlichen Prioritäten und Lebensvorstellungen geworden, die sie nicht endgültig zueinanderfinden ließen. Betti konnte die unbedingte Loyalität gegenüber ihrer Familie nicht abstreifen wie ein überflüssiges Kleidungsstück, dazu war diese zu tief in ihrem Inneren verwurzelt. Ganz abgesehen davon, dass allein der Gedanke, ihren Fuß wieder auf deutschen Boden zu setzen, ihr den Magen umdrehte und die Galle bitter in ihr aufsteigen ließ. Folglich mussten Konrad und sie einander vergessen und ein für alle Mal getrennte Wege gehen, das war die einzig vernünftige Lösung. Weshalb nur schmerzte ihr Herz dabei so entsetzlich?

Lange stand Betti reglos am Fenster, ehe ihre müden Beine zu protestieren begannen. Die Fahrradtour zum verborgenen Tal und der anschließende Spaziergang zur Farm forderten ihren Tribut und sie machte es sich in einem Sessel gemütlich.

Vermutlich hatte sie ein wenig vor sich hin gedöst, als ein lautes Poltern vor dem Haus sie aufschrecken ließ. War das die Tür zum Geräteschuppen, die da eben zugeschlagen war, durch einen heftigen Windstoß oder dergleichen? Und bildete sie es sich in der wenig vertrauten nächtlichen Umgebung nur ein oder schritt da jemand über die Steinplatten rund ums Haus?

Erneut trat Betti ans Fenster und spähte im Schutz der Gardinen hinaus ins Freie. In der Tat knirschten zaghafte Tritte über die Steine und für den Bruchteil einer Sekunde wurde es noch ein wenig dunkler im Raum. Eine menschliche Gestalt, die am Fenster vorübergehuscht war?

Alarmiert beschloss Betti, draußen nach dem Rechten zu sehen. Nicht, dass sie erwartete, in ihrem friedlichen kleinen Ort etwas Bedrohliches vorzufinden, aber Wachsamkeit konnte nicht schaden, vor allem, da sie mit Patricia und den Kindern allein im Haus war. Sicherheitshalber bewaffnete sie sich mit dem Schürhaken vom Kamin, ehe sie mit bebenden Knien aus der Haustür und um die Ecke des Gebäudes in die Richtung schlich, aus der die Geräusche gekommen waren.

Sie erkannte kaum mehr als die Hand mit dem Schürhaken vor ihren Augen, der für einen kurzen Moment im Licht der Straßenlampe aufblitzte. Doch auf einmal ertönte dicht vor ihr ein überraschter, eindeutig menschlicher Ausruf und eine hochgewachsene Gestalt mit erhobener Faust schob sich vor sie.

Ein Schlag ging auf sie nieder, der sie zu Boden streckte. Dann umfing die Dunkelheit sie endgültig.

30. Kapitel

»Betti hat recht, wissen Sie: Es wäre in der Tat einfacher für uns beide gewesen, einander niemals wiederzusehen. Die Vergangenheit ruhen zu lassen, statt sie samt allen Gefühlen und Empfindungen wieder auszugraben. Aber einfacher bedeutet doch nicht zwingend besser! Dass ich sie nach all den Jahren wiedergefunden habe und sie mich tatsächlich liebt, ist das Beste, was mir jemals im Leben passiert ist, das kann ich mir jetzt nicht einfach wieder rauben lassen ...«

Konrads Stimme verklang. Während Reverend Morgan seine verzweifelte Schilderung der letzten Ereignisse schweigend zur Kenntnis genommen hatte, ergriff er jetzt endlich das Wort.

»Ich verstehe Ihren Konflikt, Konrad«, bemerkte er sanft. »Auf der einen Seite spüren Sie, dass Ihre Liebe, wenn sie wahrlich selbstloser Natur ist, keine solch tief greifenden Veränderungen von Betti erwarten darf, aber auf der anderen Seite wollen Sie um Ihre gemeinsame Zukunft kämpfen.«

»Genauso ist es«, unterbrach Konrad lebhaft, »ich *muss* darum kämpfen! Irgendwie muss es doch möglich sein, dass wir trotz unserer unterschiedlichen kulturellen Hintergründe und persönlichen Vergangenheit zu einer gemeinsamen Vorstellung von Zukunft gelangen. Vielleicht, wenn ich Betti einfach genug Zeit gebe?« Hoffnungsvoll blickte er auf den Reverend. »Wir brauchen nur Zeit und Raum, um eine Lösung zu finden, meinen Sie nicht auch? Denn aufgeben kommt keinesfalls infrage!«

»Nein, aufgeben ist mit Sicherheit keine Option«, stimmte David Morgan zu, »andererseits kann die Zeit allein auch nicht alles in Ordnung bringen. Höchstens in Kombination mit einem Umdenken, wie Sie schon angedeutet haben.«

»Nachdenken, die offenen Fragen klären und nach einer konkreten Lösung für unser Problem suchen meinte ich damit eigentlich«, erklärte Konrad. »Aber mir scheint, mit Ihrem Umdenken sprechen Sie von etwas anderem. Was genau wollen Sie damit sagen?«

»Ich meinte damit Umdenken in Bezug auf die Liebe. Liebe prescht nicht immer nur stürmisch oder leidenschaftlich voran, manches Mal ist sie auch sanftmütig und geduldig. Nimmt es in Kauf, still und schweigend im Hintergrund zu warten. Oder sucht im Verborgenen nach neuen, bislang ungewohnten Wegen und Weisen, um ans ersehnte Ziel zu gelangen.«

»Sie denken also, ich sollte eine andere Möglichkeit finden, als Betti nach einer eventuellen Hochzeit mit mir nach Deutschland zu nehmen?«, folgerte Konrad. So wenig ihm diese Möglichkeit gefiel, war sie doch auch die einzige Lösung für ihre Zukunft, die ihm bereits nachmittags in den Sinn gekommen war.

»Nun – nein, nicht direkt.« Der Reverend ergriff seine Bibel auf dem Schreibtisch zwischen ihnen und strich nach Worten suchend mit den Fingern über den Buchrücken. »Einen Rat von der Art ›Sie sollten‹ will ich mir beileibe nicht anmaßen«, fuhr er endlich fort. »Mein Umdenken bezieht sich auf das Wesen der Liebe selbst. Für Menschen mit tiefen inneren Wunden ist es manchmal der größte Beweis von Liebe, einfach nur hinzusehen, statt achtlos darüber hinwegzugehen, und ihre Wunden ganz praktisch zu versorgen. In dieser Art äußerte sich sogar unser Herr selbst einmal, als er seinen Zuhörern die Geschichte des barmherzigen Samariters erzählte, wie Sie sicherlich wissen. Freilich sprach er im Gleichnis von körperlichen Wunden, doch das Gleiche gilt auch für tiefe innere Wunden von der Art, unter denen Betty noch immer leidet. Geduld, Fürsorge, Zuhören, Verständnis, Anteil nehmende Worte und Taten – sie alle stellen Salben und Verbände dar, die der Liebende zur Heilung auf solche Wunden legen kann. Genau wie der barmherzige Mann aus Samaria im Gleichnis es tat und darauf vertraute, dass diese Heilmittel ihre Wirkung entfalten.«

Reverend Morgan ließ Konrad einen Augenblick lang Zeit, das Gesagte zu verdauen, ehe er behutsam fortfuhr:»Außerdem habe ich den Eindruck, dass Gott als liebender Vater selbst bereits auf ähnliche Weise in Bettys Leben wirkt. Es wäre wirklich ein großer Gewinn für sie, wenn sie dabei einen selbstlos liebenden, glaubenden Mann an ihrer Seite hätte. Darf ich – dürfte ich mit Ihnen beten, damit Sie dieser Mann an ihrer Seite werden und sein können?«

Zögernd nickte Konrad. Er war sich nicht ganz sicher, was seinen eigenen Glauben betraf, aber mit der Unterstützung des Reverends war er bereit, diesen Weg zusammen mit Betti zu beschreiten. Sie konnten gewiss gemeinsam lernen, was es bedeutete, Gott zu vertrauen und zu lieben.

Schon legte Reverend Morgan Konrad segnend die Hände auf den Kopf und flehte voll Inbrunst um Gottes Gnade für Betti, für Konrad und für eine mögliche gemeinsame Zukunft der beiden.

An der geöffneten Haustür verabschiedeten sich die Männer voneinander. In nächtlicher Stille lag das kleine Dorf rund um Pfarrhaus und Kirche da und unwillkürlich wanderte Konrads Blick in Richtung des Ladens in der High Street. Wie erwartet lag auch dieses Gebäude im Dunkeln, doch in einiger Entfernung dahinter gewahrte er ein hell erleuchtetes Haus. Das Licht flackerte jedoch unruhig aus mehreren Fenstern, und noch ehe Konrad die Situation vollständig erfasst hatte, spürte er instinktiv die Gefahr. Das Gebäude dort hinten stand in Flammen!

Reverend Morgan erkannte es im selben Augenblick wie er. »Ich alarmiere die Feuerwehr!«, rief er Konrad zu, während er bereits in Richtung Telefon eilte. »Aber die ist im Nachbarort und wird eine Weile brauchen, um hierherzukommen.«

»In Ordnung, dann mache ich mich sofort auf den Weg dorthin!« Konrad schwang sich in den Fahrradsattel und hörte Reverend Morgans Ruf »Wir treffen uns dort!« nur noch schwach, während er bereits um die erste Kurve bog. Hier zählte jede Sekunde!

~

Als Betti zu sich kam, spürte sie als Erstes die Hitze. Die nackte Haut an ihren Armen und im Gesicht spannte, Rauch stieg in ihre Nase und ihr Kopf schmerzte. Doch erst, als ihr Blick klar wurde und ihr Verstand wieder zu arbeiten begann, erfasste sie den Ernst der Lage.

Es brennt! Sandys Haus steht in Flammen! Der Mann, der sie gerade niedergeschlagen hatte, musste es in Brand gesetzt haben. Währenddessen lagen Patricia und die Kinder nichts ahnend und tief schlafend in ihren Betten!

Mühsam rappelte Betti sich vom Boden auf, presste eine Hand gegen ihren pochenden Schädel und rannte auf die Haustür zu. Diese stand weit offen, hinter dem Fenster daneben – dem Küchenfenster – tanzten die Flammen. Gelb und orange umzüngelten sie Schränke und Tisch, arbeiteten sich auf die Tür zum Esszimmer zu und auch aus dem rückwärtigen Teil des Hauses vernahm Betti ihr Prasseln.

Sie zwang ihren Blick in den Flur zu der halb vom Rauch verborgenen Treppe, hob schützend ihren Kleidersaum vors Gesicht und stürmte nach oben. Stieß laute Warnrufe aus, stolperte über mehrere Stufen und erreichte keuchend das erste Stockwerk, wo ihr die Kinder entgegenliefen, Augen und Münder weit aufgerissen vor Furcht und mühsam nach Atem ringend.

»Nach unten mit euch, rasch! Peter, nimm Janie an der Hand und rennt auf die Straße, weit weg vom Haus!«

»Aber – Mutter!« Peters Blick in Richtung der geschlossenen Tür des Elternschlafzimmers zeigte namenloses Entsetzen. Er war doch jetzt der Mann im Haus, der Beschützer der Familie!

»Ich hole sie. Kümmere du dich um deine Schwester, sie braucht dich jetzt ebenso dringend!«

Janie klammerte sich an das Treppengeländer und starrte schluchzend auf die Rauchschwaden, die unter der geschlossenen Wohnzimmertür hervorkrochen, und auf das Flammenmeer, dort, wo eigentlich der Eingang zur Küche sein sollte.

Energisch stieß Betti den schreckensstarren Jungen auf das Mädchen zu, drängte beide mit einem eindringlichen »Lauft!« die ersten Stufen hinab und hastete allein den schmalen Gang zum Elternschlafzimmer entlang. Auch unter Patricias Tür schlängelten sich Rauchschwaden hervor, doch von ihr selbst war nichts zu sehen.

Als Betti hektisch die Tür aufstieß, flammten die schweren Vorhänge am Fenster auf wie ein zweiflügeliges Ungeheuer, nachdem sie zuvor nur sachte vor sich hin gebrannt hatten. Eine erste Flamme sprang auf das Bett über, in dem Patricia sich gerade mühsam aufrichtete. Sie stieß einen lauten Schreckensschrei aus.

Mit einem Satz war Betti an ihrer Seite, riss sie in die Höhe und stolperte mit der Schwangeren am Arm zurück ins Treppenhaus. Die berstende Fensterscheibe hinter ihnen ließ Glassplitter auf ihre Köpfe und Schultern regnen, während Betti sie beide unerbittlich voranschob.

Doch ihr war es kaum möglich, Patricia in deren Schockstarre vorwärtszubewegen. Mit ganzer Kraft zog und zerrte sie ihre Schwägerin auf die Treppe zu, der Rauch brannte sich in Mund und Kehle, raubte ihr jeglichen Sauerstoff und versperrte längst die Sicht nach unten. War es überhaupt noch sicher, die Stufen zu betreten, oder hatten sich die Flammen aus der Küche längst bis zur Treppe hin ausgebreitet und warteten nur darauf, sie dort zu verschlingen?

Egal, sie hatten keine andere Wahl! Hustend und keuchend taumelten sie die oberen Stufen hinab, verpassten eine davon – und fielen mehrere Stufen tief. Patricia stieß einen ohrenbetäubenden Schrei aus und Betti, eingeklemmt unter deren massigem Körper, spürte, wie eine warme Flüssigkeit ihr Kleid durchnässte. Halt suchend streckte sie sich nach dem Treppengeländer aus – sie mussten wieder hochkommen und weiter die Stufen hinab, fort von Hitze und Flammen, um sich selbst und das Baby zu retten! Doch was Betti statt des Geländers zu fassen bekam, war eine Hand, die sich den beiden Frauen entgegenstreckte.

»Konrad?«, hustete Betti fassungslos und doch unsagbar erleichtert. Schon hatte er sie auf die Füße gezogen, hob Patricia auf seine Arme und wankte mit seiner Last die Treppe hinab. Betti folgte ihm am äußersten Treppenrand entlang, da sich die Flammen bereits das Geländer hinauf- und hinunterfraßen. Kurz darauf hatten alle drei das prasselnde, züngelnde, rauchende Inferno hinter sich gelassen.

Vom Vorgarten des gegenüberliegenden Hauses aus sahen sie, wie der Dachstuhl des brennenden Gebäudes krachend und Funken stiebend in sich zusammensackte. Gleichzeitig hörten sie die nahende Sirene der Feuerwehr und ganz am Rande nahm Betti wahr, wie die Nachbarin die weinenden Kinder mit in ihr eigenes Haus nahm.

Sie konzentrierte sich wieder auf Patricia, die sich laut

stöhnend auf der Wiese krümmte, wo Konrad sie zunächst abgesetzt hatte.

»Mein Baby!«, wimmerte Pat zwischen einem vom Rauch ausgelösten Hustenanfall und einem Stöhnen, das direkt aus ihrem Körperinneren zu kommen schien. »Mein Baby!«

Fassungslos beugte Betti sich über sie. »Es kommt jetzt?«

»Fruchtblase geplatzt – auf der Treppe«, keuchte Patricia abgehackt. »Hier!«

Sie packte Bettis Hand und führte sie an ihren Unterleib. Nass und steinhart von einem heftigen Krampf fühlte Betti Patricias Bauch und ihr eigenes Inneres verkrampfte sich in einer Furcht, die weitaus schlimmer war als die Angst vor dem Feuer. Ein weiteres kostbares Leben schwebte noch immer in größter Gefahr! Und nachdem sie während des Brandes rein mechanisch reagiert und gehandelt hatte, fühlte sie sich nun wie gelähmt. Neben Patricia am Boden kauernd starrte sie hilflos vor sich hin.

»Ich hole den Arzt oder die Hebamme oder –«, rief Konrad, der noch immer an ihrer Seite war.

Unterdessen standen der wie aus dem Nichts aufgetauchte Reverend Morgan und der Nachbar den Feuerwehrmännern bei, so gut sie konnten. Sie kämpften nach wie vor darum, die Flammen unter Kontrolle zu bringen und von dem Gebäude zu retten, was zu retten war.

»Nein, lass mich nicht allein!«, beschwor Betti Konrad panisch, »hilf mir mit Patricia! Das Baby darf einfach nicht kommen – nicht hier und jetzt!«

Während sie sprach, hatte die Wehe unter ihren tastenden Händen nachgelassen, und Betti hob vorsichtig Patricias Nachthemd an. Es war vollkommen durchnässt, ein Stück des Saumes abgerissen, doch es bildete zumindest noch einen gewissen Schutz. Ein neuerliches schockiertes Zittern durchlief sie, als sie im Licht der Straßenlaterne erkannte, was sich darunter abspielte.

»Zu spät«, presste Patricia bestätigend zwischen zusammengebissenen Lippen hervor. Ein Blutstropfen quoll aus ihrer Oberlippe und die Stirn glänzte vor Schweiß.

Konrad zog sein großes kariertes Herrentaschentuch aus der Hosentasche und tupfte ihr behutsam das Gesicht ab. Für ihn war es vielleicht nicht mehr als ein Ausdruck seiner absoluten Hilflosigkeit angesichts der verzweifelten Lage, Betti dagegen riss diese sanfte Geste wirkungsvoll aus ihrer Panik.

»Na gut«, sagte sie und drückte Patricia beruhigend die Schulter, »dann geht es offenbar nicht anders. Aber gemeinsam können wir es schaffen, Patricia!«

Ein undeutliches Grunzen verriet, dass Patricia verstanden hatte. Mit wachsender Zuversicht fuhr Betti fort: »Konrad, du hebst Patricias Oberkörper an, damit sie nicht so flach liegt, am besten bettest du Kopf und Schultern in deinen Schoß. So hat sie mehr Kraft zu pressen. Und ich …«

Patricias Aufschrei bei der nächsten Wehe ließ sie verstummen. Ihr gewaltiger Bauch hob und senkte sich im Takt ihrer gequälten Atemstöße, die in ein anhaltendes Pressen übergingen, und als Betti mehr oder weniger unter das Nachthemd kroch, um wenigstens einen letzten Rest von Privatsphäre für die Gebärende zu wahren, erspürte sie ein warmes, nasses, rundliches Etwas zwischen ihren Händen.

Zärtlich legte sie ihre Finger darum und murmelte ihrer Schwägerin zu: »Gleich ist es geschafft, Pat, das Köpfchen ist schon durch!«

Die Antwort bestand aus einer weiteren Abfolge von Keuchen, Stöhnen und Pressen. Als Betti spürte, dass ihr das Köpfchen zu entgleiten drohte, griff sie beherzter zu – und hielt mit einem Mal das ganze kleine Wesen in ihren Händen.

Plötzlich war auch die Nachbarin wieder da und brachte eine Schere für die Nabelschnur und warme Tücher, um das Neugeborene darin einzuwickeln. Umgeben von ersterbenden

Flammen, rauchenden Trümmern und erschöpften Feuer-
wehrmännern erlebte die von der Not zusammengewürfelte
Gruppe Menschen das immer wiederkehrende und doch jedes
Mal neue und niemals an Faszination verlierende Wunder der
Geburt.

31. Kapitel

Knapp vierundzwanzig Stunden später war die ganze Familie in Levis kleinem Wohnzimmer versammelt. Auf dem Sofa ruhte die erschöpfte junge Mutter, Peter und Janie so dicht wie möglich an sie gedrängt.

Nachdem die Kinder im Haus ihres Großonkels den größten Teil des Tages verschlafen und beim Aufstehen ihren vorzeitig zurückgekehrten Vater angetroffen hatten, waren die beiden über ihren ersten Schrecken wegen des Feuers bereits hinweg. Sandys Lob, wie tapfer Peter gewesen war, seine Schwester sicher durch das brennende Haus ins Freie zu bringen, hatte diesen sogar darüber hinweggetröstet, dass er nicht auch seiner Mutter hatte helfen können. Zweifellos waren die beiden Kinder aber heute ausgesprochen liebebedürftig.

Im Sessel daneben saß Sandy selbst mit dem jüngsten Familienmitglied im Arm. In fassungslosem Staunen blickte er auf das runzelige rote Gesichtchen hinab, strich über den weichen dunklen Flaum auf dem Köpfchen seiner schlafenden Tochter und liebkoste die zierlichen Finger, die die seinen schon erstaunlich fest umschlossen hielten.

»Ein vollkommener kleiner Mensch«, murmelte er dabei zum wiederholten Mal, »was bist du für ein schönes, perfektes kleines Wesen – trotz allem, was du schon durchmachen musstest!«

Eine unbeschreibliche Dankbarkeit schwang dabei in seiner Stimme mit und stand in seinen leuchtenden Augen. Die gleiche Dankbarkeit war es, die Patricia, Levi und die zum dritten Mal Tante gewordene Betti erfüllte.

Es stimmte, die Umstände, unter denen der Säugling geboren worden war, waren tatsächlich furchterregend gewesen: Patricias Sturz, die geplatzte Fruchtblase, der beißende Rauch und das Feuer – gelegt von jenem Mann, der nach der Verhaftung durch Sandy unschuldig im Gefängnis gesessen und sich dafür gerächt hatte, indem er diesmal tatsächlich ein Haus in Brand setzte. Genau genommen waren es sogar zwei, denn auch das Haus des Richters, der damals das Urteil gesprochen hatte, war letzte Nacht in Flammen aufgegangen. Wie es aussah, hatte der vormals Unschuldige in der vergangenen Nacht erbarmungslos und ohne jegliche Rücksicht auf Menschenleben Rache geübt.

Damit hatte der Mann Sandy und seiner Familie das Zuhause geraubt. Aber das Wertvollste hatten weder er noch die Umstände ihnen nehmen können: ihr Leben und ihre Liebe zueinander, als deren sichtbarer Ausdruck das Baby in Sandys Armen lag. Ein kleines Mädchen, das aufgrund des Dramas seiner überstürzten, vorzeitigen Geburt zwar sehr zart, aber dennoch vollkommen gesund war.

Plötzlich regte sich das Baby, fuhr mit den Ärmchen ruckartig durch die Luft und verzog den winzigen Mund zu einem herzhaften Gähnen.

»Das Baby ist so süß – viel süßer als meine Puppe Mathilda«, begeisterte sich Janie, worauf Peter mit der ungeheuren Überlegenheit eines älteren Bruders erklärte: »Du weißt aber schon, dass unsere neue Schwester nicht ›Baby‹ heißt, Janie? Sie hat doch einen richtigen Namen!«

»Ja?«, wunderte sich Janie, die aus dem Mund der Erwachsenen bisher nichts weiter als *Baby* und Koseworte für das Neugeborene gehört hatte. »Wie heißt sie denn?«

»Nun, das ist –«, setzte Patricia an, als ein Klopfen an der

Tür ertönte und gleich darauf Konrad und Reverend Morgan im Raum standen.

»Stören wir?«, erkundigte sich Ersterer umgehend. »Falls ja, kommen wir später wieder.«

»Aber nein, immer herein mit Ihnen! Wir werden doch unsere beiden Retter und Geburtshelfer nicht vor der Tür stehen lassen.« Patricias Lächeln war matt, aber deswegen nicht minder herzlich.

Levi und Betti rückten ein Stück beiseite, damit die Besucher die neue Erdenbürgerin bewundern konnten, diesmal nicht in heller Panik und im bloßen Schein einer Straßenlaterne.

»Sie sieht schon deutlich besser aus als gestern«, bemerkte Konrad und schlug sich gleich darauf verlegen die Hand vor den Mund. »Tut mir leid, das kam jetzt etwas unglücklich heraus, ich meinte nur –«

»Schon gut, wir wissen, was Sie sagen wollten.« Gutmütig tätschelte Levi ihm die Schulter. Selbst Sandy lächelte nachsichtig.

»Sie brauchen sich nicht zu entschuldigen, Sir ... nein, Konrad. Eher bin ich es, der Sie um Verzeihung bitten muss. Ohne Sie – und natürlich Betti und den Reverend – hätte die vergangene Nacht vermutlich ein wesentlich schlimmeres Ende genommen. Ich kann Ihnen gar nicht genug dafür danken, dass Sie rechtzeitig zur Stelle waren und meine Frau in Sicherheit gebracht haben, und entschuldige mich für – na ja, für die Art, wie ich Sie in den letzten Wochen behandelt habe.«

»Nicht nötig!« Konrad trat unbehaglich von einem Fuß auf den anderen. »Ich an Ihrer Stelle wäre garantiert ebenso misstrauisch gewesen und hätte versucht, meine Schwester zu beschützen. Trotzdem würde ich mich darüber freuen, wenn wir uns ab heute etwas freundschaftlicher begegnen könnten.«

»So soll es sein!« Gedankenvoll streichelte Sandy seinem Töchterchen über den Kopf. Betti hatte den Eindruck, dass ihr

Bruder und frischgebackener Vater einer kleinen Tochter in seinem momentanen Glück fähig gewesen wäre, die ganze Welt zu umarmen. Dennoch freute sie sich unbändig über seine versöhnlichen Worte.

Auch Reverend Morgan nickte erfreut. »Amen, so soll es sein – so beginnt Versöhnung zwischen den Völkern«, bekräftigte er, als stünde er auf seiner Kanzel. »Und ist es nicht alles ein einziges Wunder? Eben noch gingen Konrad und ich an den spärlichen Überresten Ihres Hauses vorbei, Constable, und so traurig mich das auch stimmte, muss ich doch eines sagen: Es überrascht mich immer wieder, wie Gott inmitten und trotz eines solchen Unglücks etwas so Vollkommenes wie dieses kleine Menschenkind hervorbringen kann!«

Unverhohlene Begeisterung leuchtete aus seinen Augen. Betti senkte nachdenklich den Kopf. David Morgans Worte brachten irgendetwas tief in ihr zum Klingen. Sie hatte Ähnliches erst neulich gehört, dessen war sie sicher, aber ehe sie dem Gedanken nachgehen konnte, bemerkte Patricia: »Ich muss sagen, Sie beide sind gerade rechtzeitig gekommen. Wir waren nämlich soeben dabei, über einen Namen für unsere Tochter zu reden. Es geht ja nicht an, dass Janie sie zeitlebens ›Baby‹ nennt, nicht wahr?«

Liebevoll drückte sie die Vierjährige an sich und Sandy fuhr fort: »Natürlich hatten wir längst einen Namen ausgewählt. Wobei ich vollkommen auf einen Jungennamen konzentriert war – aber das tut jetzt nichts mehr zur Sache.« Er lachte verlegen auf. »Tatsache ist, dass wir unsere ursprüngliche Auswahl angesichts der jüngsten Ereignisse wieder verworfen und stattdessen gemeinsam beschlossen haben, dass du, Betti, den Namen unseres Kindes bestimmen sollst. Du hast unserem kleinen Mädchen auf die Welt geholfen und dir und Konrad ist es zu verdanken, dass sie und Patricia leben. Also, was sagst du dazu?«

»Ich«, vollkommen überrumpelt schüttelte Betti den Kopf, »ich habe nicht die geringste Ahnung!«

»Ich-habe-nicht-die-geringste-Ahnung erscheint mir aber doch etwas zu lang für einen Kindernamen«, tadelte Sandy scherzhaft.

Betti stimmte in das Lachen der anderen mit ein, dann bat sie: »Gebt mir ein wenig Zeit, darüber nachzudenken, ja? Wenn ihr mir schon eine derart wichtige Entscheidung überlasst, möchte ich die nicht so aus dem Stegreif heraus treffen.«

»Selbstverständlich. Nimm dir dafür alle Zeit, die du brauchst«, bestätigte Patricia, während Janie vorsichtshalber einwarf: »Nenn sie aber nicht Mathilda, so heißt schon meine Lieblingspuppe!«

»Ist notiert, Mathilda kommt nicht infrage.«

Zufrieden drückte Janie ihre Mathilda an sich, die sie bei der Flucht vor dem Feuer im Arm getragen hatte, und für einen Moment legte sich Schweigen auf die kleine Versammlung. Betti fing Konrads Blick auf, der voller Zuneigung auf ihr ruhte. Sie spürte, wie ihre Wangen sich röteten, während unvermittelt neue Hoffnung in ihr aufstieg. Trotz ihrer harschen Zurückweisung gestern im verborgenen Tal war er noch hier, hatte Patricia und sie aus allergrößter Gefahr gerettet. Und trotz ihrer harten Worte sprach nicht nur sein Verhalten, sondern mindestens im selben Maß dieser Blick von Verbundenheit und Liebe. Würde nach allem, was in den letzten Stunden geschehen war, am Ende doch noch alles gut werden?

Eva.

So und nicht anders sollte Sandys neugeborene Tochter heißen.

Sie sollte den Namen ihrer längst verstorbenen Tante tragen.

Mit Verfolgung und einem Sturz auf einer Treppe hatte das Leiden und qualvolle Sterben jener Tante begonnen und ein Treppensturz inmitten eines Feuers hatte die Geburt der kleinen Eva Strauss ausgelöst. Ihrer Schwester Eva hatte Betti nicht zu helfen vermocht, aber der kleinen Eva hatte sie zum Leben verhelfen können.

Dieser Gedanke erfüllte sie mit einer Dankbarkeit jenseits all dessen, was Worte ausdrückten: Sie selbst hatte einen Menschen auf seinem Weg ins Leben begleiten dürfen – ein größeres Glück konnte es nicht geben! Sie fühlte sich, als hätte diese Erfahrung ihr persönlich zu neuem Leben verholfen. Oder doch zumindest zu einem guten Stück Linderung und Heilung ihrer alten Wunden. Aber lag das ausschließlich an der einzigartigen Erfahrung dieser Geburt oder steckte noch mehr dahinter?

In tiefstes Nachdenken versunken kletterte Betti über die Trümmer von Sandys Haus. Am zweiten Tag nach dem Brand, als die Feuerwehr die Gefahr durch schwelende Gebäudereste für gebannt erklärt hatte, suchte sie gemeinsam mit ihrem Bruder nach jeglichem intakt gebliebenen Inventar beziehungsweise noch brauchbaren Haushaltsgegenständen. Die Wände des Gebäudes waren nahezu vollständig in sich zusammengebrochen und die Möbel größtenteils verbrannt, doch der Küchenherd sowie vereinzelte kleinere Gegenstände waren heil geblieben. Sorgsam legte Betti Patricias silberne Teekanne bei Peters Spielzeugautos, Sandys Münzsammlung und den restlichen verbliebenen Habseligkeiten am Rand des Grundstücks ab.

Ihre Hände waren schwarz vor Ruß, Rock, Bluse und sogar das Haar von Asche bedeckt, doch auf derlei Nebensächlichkeiten achtete Betti nicht. Sie stieg buchstäblich über Trümmer und in Flammen aufgegangene Träume, die sich für Sandy und Patricia mit diesem Zuhause verbunden und die böse Absichten und Taten ihnen geraubt hatten – und dennoch hatte das Leben gesiegt! Selig schlummerte die kleine Eva – einen Augenblick lang spürte Betti dem Namen in ihren Gedanken nach – in diesen Minuten in den Armen ihrer Mutter und damit dem einzigen Zuhause, das sie letztendlich brauchte.

Eben dennoch ...

»Natürlich!« Betti richtete sich auf. Daran hatte Reverend Morgans Begeisterung sie gestern erinnert! Seine Bemerkung darüber, dass Gott trotz eines derartigen Unglücks etwas so Vollkommenes wie dieses kleine Menschenkind hervorbringen konnte – sein Glaube an das göttliche Dennoch. Trotz allem, was auch damals in der Shoah geschehen war, eben dennoch, erfuhr er persönlich Gott als treuen Hüter und liebenden Vater für seine Geschöpfe, wie er früher gesagt hatte. Und nichts anderes war es, was sie in genau diesem Augenblick verspürte.

Mit der Geburt von Eva inmitten der widrigsten Umstände hatte Gott sie ganz persönlich beschenkt. Er hatte sie aus nächster Nähe an der Freude eines göttlichen Schöpfungsaktes teilhaben lassen, an der Geburt neuen Lebens. Und das, nachdem sie ihm aufgrund der Leiden ihrer Vergangenheit zutiefst enttäuscht den Rücken gekehrt hatte!

Gott hatte ihren unbeabsichtigten, verzweifelten Ausruf im Tal neulich tatsächlich gehört, hatte eben doch hingesehen und sich ihr auf eine ganz einmalige Art und Weise selbst gezeigt, dessen war Betti sich mit einem Mal sicher. Entgegen ihren Anschuldigungen war er ganz und gar nicht blind, taub und tatenlos gegenüber dem Leiden seines Volkes oder seiner Geschöpfe, sondern sie selbst war blind und taub gewesen.

Nämlich für Gottes zarte, sanfte Trostbeweise – selbst damals in der allergrößten Not. Den Trost, den er ihr in Konrads mitfühlenden Blicken geschenkt hatte, in den zerdrückten, warmen Scheiben Brot aus dessen Hemdtasche und in dem Beschützerinstinkt, der sie von einer Flucht hatte überzeugen wollen. In der Wärme des Pelzes, den Moses ihr überreicht hatte, in dessen stützendem Arm auf dem Todesmarsch. Später dann in Sandy und Onkel Levi, den Kindern und nicht zuletzt auch in der natürlichen Schönheit »ihres« Tales, wo jede Blume sie auf Gott als liebevollen Schöpfer hingewiesen und sie den bedeutungsschweren Kelch gefunden hatte!

Folglich war Gott tatsächlich die ganze Zeit über an ihrer Seite gewesen ...

Bei dieser plötzlichen Erkenntnis machte Bettis Herz einen freudigen Sprung und auf ihrem Gesicht machte sich ein strahlendes Lächeln breit.

»Was ist denn mit dir los?«, wunderte sich Sandy, der nicht weit von ihr die Ecke des ehemaligen Esszimmers nach Brauchbarem durchsuchte. »Ist deine Spürnase für Verlorenes diesmal etwa auf unseren vergrabenen Familienschatz gestoßen?«

»So etwas Ähnliches«, gab Betti zurück. »Aber das erkläre ich dir später in Ruhe. Für den Augenblick musst du dich damit zufriedengeben, dass ich einen Namen für eure Tochter gefunden habe. Sie soll Eva heißen.«

»Eva, wie –« Nach einem kurzen Stocken nickte Sandy zustimmend. »Das ist gut, sehr gut. Ich kann mir keinen besseren Namen für sie vorstellen!«

Hastig legte er die Handkelle nieder, mit deren Hilfe er kleinere Mauerreste beiseitegeschoben hatte, und entfernte sich ein Stück. Betti hörte ein mühsam unterdrücktes Schniefen und wandte sich taktvoll ab.

~

»Du hast sie also nach deiner Schwester Eva benannt«, bemerkte Konrad.

Die Geschwister waren so in ihre Suche und in ihre Gefühle vertieft gewesen, dass er sich ihnen vollkommen unbemerkt über das Trümmerfeld genähert und ihre letzten Worte mitbekommen hatte. Unmittelbar vor Betti machte er halt. Bildete er es sich nur ein oder leuchteten ihre Augen bei seinem Anblick kurz auf?

»Sie war es auch, die uns damals letztlich zusammengebracht hat, nicht?«, fuhr er trotzdem nachdenklich fort. »Dein Kummer über ihren Tod hat dich erst dazu gebracht, mit mir, deinem vermeintlichen Feind, zu sprechen. Außer diesem Namen habe ich zwar kaum ein Wort verstanden, aber deinen Kummer habe ich dafür umso deutlicher gespürt.«

»Ja, genauso war es, auch wenn ich bisher nie wirklich darüber nachgedacht habe«, gestand Betti. »Evas Tod erst hat mich so richtig auf dich aufmerksam gemacht. Ich erinnere mich noch so deutlich daran, wie du vor mir standest, eine Scheibe Brot in der Hand, als brächtest du ein Opfer dar.«

»Hm. Mich hat diese absolute Leere in deinen Augen dazu veranlasst, das Opfer zu bringen. Ich konnte es einfach nicht ertragen, wie verloren du damals wirktest. Umso mehr freue ich mich für dich, Betti, dass es jetzt eine neue kleine Eva in deinem Leben gibt.«

Er lächelte, allerdings mit abgewandtem Kopf. Betti durfte nicht bemerken, wie viel Mühe ihn dieses Lächeln kostete. Denn sosehr er sich für sie freute – es war nur die halbe Wahrheit. Die ganze Wahrheit bestand in der Tatsache, dass ein Teil von ihm sich in diesem Augenblick krampfhaft darum bemühte, den Gedanken zu verbannen, dass Betti dadurch noch inniger mit ihrer Familie verbunden sein würde. Dass sie noch weniger daran denken würde, seinetwegen ihre Lieben und ihre Heimat zu verlassen. Bedeutete das Wunder von Evas Geburt dann gleichzeitig das Ende seiner Träume von einer gemeinsamen Zukunft mit der geliebten Frau? Ergab es überhaupt noch Sinn, geduldig und ausdauernd um ihre Liebe zu kämpfen, oder wie auch immer der Reverend es ausgedrückt hatte?

Gedankenverloren schlug er mit der Stiefelspitze der von Levi geborgten Gummischuhe gegen ein Trümmerteil, wieder und wieder, während er versuchte, seine Gefühle unter Kontrolle zu bekommen. Betti hingegen wartete schweigend ab. Vermutlich konnte sie ihm jeden einzelnen deprimierten Gedanken von der Stirn ablesen.

Endlich brach es aus ihm heraus: »Ich liebe dich, Betti, ich liebe dich von ganzem Herzen! Aber nach allem, was du mir neulich dort im Tal gesagt hast, und nachdem du nun ein weiteres neues Familienmitglied hast, ist mir auch klar, dass ich nicht erwarten kann, dass du jemals wieder von hier weg- und noch dazu mit mir nach Deutschland gehst. Gerade weil ich dich liebe, möchte ich nicht, dass du einen so hohen Preis bezahlen musst, um mit mir zusammen zu sein. Dass du noch weitere Verluste erleiden und alles hergeben musst, was dir lieb und teuer ist. Deshalb –«

Er brach ab, seine Stiefelspitzen standen still und Betti vollendete fragend seinen Satz: »Deshalb gibst du auf?«

»Aufgeben?« Nun blickte er ihr doch ins Gesicht, in dem er blankes Entsetzen sah, und versicherte eiligst: »Niemals könnte ich meine Liebe zu dir aufgeben, Betti. Sie ist so tief in meinem Herzen verwurzelt, dass es ohne sie automatisch zu schlagen aufhören würde. Nein, deshalb wollte ich dich bitten, zu warten und Geduld mit mir zu haben, bis ich eine Lösung gefunden habe. Ach nein, so meine ich das gar nicht, denn eine Lösung können wir natürlich nur gemeinsam finden, also: Bist du damit einverstanden, dass wir gemeinsam danach suchen, du hier und ich bei mir in Deutschland, solange diese Suche auch dauert, und uns dann wiedersehen?«

Bittend trat er einen Schritt näher und streckte die Hände nach ihr aus. Doch er hatte nicht mit dem unsicheren Grund unter seinen Füßen gerechnet: Eine angesengte hölzerne Bodendiele unter ihm brach entzwei und Konrad stürzte.

Er schrie vor Schmerz auf, ehe er verzweifelt vollendete: »Bis jetzt habe ich zwar keine Ahnung, wie unsere Zukunft aussehen könnte, aber ich gebe die Hoffnung auf eine solche nicht auf und bin bereit, darauf zu warten.«

»Ich auch«, gab Betti zurück.

»Du auch?«, echote er und versuchte nicht mehr länger, seinen Fuß aus den Trümmern zu befreien.

Dafür kam Betti ihm auf halber Höhe entgegen und kniete sich neben ihn. Überwältigt von dieser entschiedenen, eindeutigen Antwort griff er nach ihren rußverschmierten Händen. »Soll das bedeuten, dass du mich genug liebst, um unter Umständen irgendwann dein Leben mit mir zu teilen?«

»Ich denke, ja, das heißt es. Durch Evas Geburt habe ich eine Vorstellung davon bekommen, wie Gott auch inmitten von Leid bei mir sein kann. Dass er mich persönlich mit Liebe, Trost und Leben beschenkt, obwohl ich so lange blind und taub dafür war und nichts von ihm wissen wollte. Das gibt mir die nötige Zuversicht, mich auch auf etwas Neues einzulassen und zu sehen, wohin es mich führen wird.«

»Aber das ist ja großartig!« Konrad vergaß, in welch misslicher Lage er steckte, und beugte sich ihr hoffnungsvoll entgegen. Auch Betti neigte sich zu ihm und ihre Lippen verschmolzen in einem langen Kuss.

∾

Ascheflocken rieselten aus ihrem Haar, als Konrad seine Hand in ihren Nacken legte, um sie dichter an sich zu ziehen, und die scharfe Kante eines halb verbrannten Möbelstücks bohrte sich in ihr Knie, trotzdem hatte Betti für nichts anderes Augen als für ihn.

Er liebte sie und sie liebte ihn! Diese Liebe war vielleicht das größte Geschenk, das Gott ihr gerade machte. Und nachdem die Nachricht von Eichmanns Verhaftung und deren Folgen diese Liebe einer Feuerprobe unterzogen hatte, konnte sie sich sogar vorstellen, dass die Liebe nun für ein ganzes Leben ausreichen würde. Die Hingabe, mit der sie Konrads Kuss erwiderte, war das sichtbare Zeichen ihrer Zuversicht und Hoffnung für die Zukunft.

Erst Sandys betontes Räuspern im Hintergrund riss sie und Konrad aus ihrer Versunkenheit.

»Das, mein lieber neuer Freund Konrad, bedarf aber noch einer ausführlichen Diskussion unter vier Augen!«, richtete er sich entschieden und dennoch mit einem scherzhaften Unterton an den Genannten.

Laut und ausgelassen lachte Betti auf. Das Gefühl der Vertrautheit unter den beiden Männern, die ihr auf der Welt die liebsten waren, überwältigte sie geradezu.

Noch überwältigender allerdings waren die Zuversicht und Überzeugung, dass Gott als treuer Hüter und liebender Vater an ihrer Seite stand – in der Vergangenheit, in der Gegenwart und ebenso in der Zukunft.

Epilog

»Etwa hier muss es gewesen sein.«

Das ältere Paar – der Mann mit erstaunlich vollem weißem Haar und leicht gebeugt am Spazierstock, die Frau mit einer aufwendigen Hochsteckfrisur und in geblümtem Kleid samt Strick-Cardigan – hatte am Flussufer haltgemacht.

Die etwa gleichaltrige Begleiterin der beiden nickte zustimmend. »Ja, ganz sicher. Ich erinnere mich noch daran, wie die Baracken vor dem Abriss als Heim für Vertriebene dienten.«

Doch die Dame im Kleid hörte kaum hin, blickte stattdessen prüfend hinauf in die Wipfel der Pappeln am Ufer. Sie trugen ein frisches frühlingsgrünes Blätterkleid, zwischen ihnen wucherten ausladende Haselnusssträucher. Sanft schaukelten die Haselkätzchen im Wind, hin und wieder löste sich eines und trudelte, sich um sich selbst drehend, auf dem Wasser davon.

Sie hatten die Stelle also gefunden. Hier, an exakt diesem Punkt am Flussufer, hatte Betti vor vielen Jahren gestanden, als sie vom Tod ihrer Schwester erfahren hatte. Als sie mit angesehen hatte, wie Evas lebloser Körper vollkommen pietätlos auf die Ladefläche eines Lkw geworfen und an irgendeinen namenlosen Ort abtransportiert worden war. Der eine alles entscheidende Unterschied zu heute war, dass sie sich diesmal freiwillig an diesem Ort aufhielt, wo sie damals ein undurchdringlicher Stacheldrahtzaun gefangen gehalten hatte. An der

Stelle des Zaunes befand sich heute eine Brücke ans andere Flussufer hinüber.

Es war nicht leicht gewesen, das ehemalige Gelände des KZ-Außenlagers in dem einst so beschaulichen kleinen Örtchen Erlenbach auszumachen. Heute nämlich erstreckte sich ein Wohnviertel der Kleinstadt bis dicht ans Flussufer und ließ lediglich Platz für einen schmalen Grünstreifen, der als Spielplatz genutzt wurde. Nichts, aber auch gar nichts, erinnerte mehr an die Existenz jenes Lagers und keiner der Passanten, die sie auf der Hauptstraße danach gefragt hatten, schien überhaupt zu begreifen, wovon sie eigentlich sprachen. Ohne die Begleitung von Paula, die ihnen nach all den Jahren eine gute Freundin geworden war, hätten Konrad und sie den Standort des Lagers vermutlich überhaupt nicht gefunden.

Konnte der Ort, an dem neben Betti über tausend andere Menschen gelebt, vor allem aber gelitten und viel zu oft auch ihr Leben gelassen hatten, tatsächlich derart in Vergessenheit geraten sein? Dabei war sie allein seinetwegen heute nach Erlenbach zurückgekehrt.

Selbstverständlich hatten sie Deutschland im Lauf ihrer Ehe schon mehrere Male bereist, doch bislang hatten sie lediglich Verwandte besucht und die konkreten Orte von Bettis Erinnerungen dabei tunlichst gemieden. Das war einer der Wünsche gewesen, die sie bei ihrer Verlobung im Herbst 1960 geäußert hatte: Konrad sollte sie niemals darum bitten, an die Stätten ihrer einstigen Qualen zurückzukehren. Seine Mutter und die übrigen Verwandten als Teil ihrer erweiterten Familie kennenzulernen und dafür nach Deutschland zu reisen, war eine Sache, hatte sie damals erklärt, jene Orte des Grauens wiederzusehen aber eine vollkommen andere. Sie traute es sich einfach nicht zu, diesen Schmerz zu ertragen.

So hatte sie Konrad – gemeinsam mit ihrem Bruder – noch vor ihrer Hochzeit im Juni 1961 in seiner deutschen Heimat besucht und ihm geholfen, die nötigen Vorbereitungen für seine Übersiedlung nach England zu treffen.

Genau dies war nämlich der Vorschlag für ihre gemeinsame Zukunft gewesen, den er selbst ihr damals nach eingehenden Überlegungen unterbreitet hatte: sich eine Stelle in England zu suchen und zu ihr nach Stowbridge zu ziehen, damit sie sich nicht von ihrer Familie trennen musste. Ihre Verbundenheit zu Heimat und Familie sei stärker als seine, wie er ihr erklärt hatte, und in der Tat auch wichtiger als seine beruflichen Ambitionen.

Leichtgefallen war es ihm trotzdem nicht, seine vielversprechende Ingenieurkarriere bei Messerschmitt aufzugeben und stattdessen in England noch einmal von vorne anzufangen. In den ersten Jahren hatte er, da er als deutscher Einwanderer keine bessere Stelle bekommen hatte, in der Position eines einfachen Monteurs arbeiten und sich sehr zusammennehmen müssen, um sich nicht über sein neues Leben zu beklagen. Doch sein Opfer hatte sich mehr als gelohnt: Betti und er hatten sich in einem der Nachbarorte von Stowbridge niedergelassen und zu ihrer größten Freude zwei wundervolle Kinder bekommen, die Konrad zum stolzen, verantwortungsbewussten Familienvater gemacht hatten, noch ehe er sich erneut eine Position als Ingenieur erarbeitet hatte.

Auf diese Weise hatten sie ein bescheidenes, stilles und dennoch erfülltes Leben geführt. Gemeinsam fanden sie zu einem tiefen Vertrauen in den Gott, der fürsorglich tröstend über ihnen gewacht und ihre beiden so unterschiedlichen Lebenswege zu einem gemeinsamen zusammengeführt hatte, wie Betti es heute deutlich sehen konnte. Vor einem halben Jahr hatten sie im Kreis ihrer Kinder, Schwiegerkinder und ersten Enkel sogar ihren vierzigsten Hochzeitstag feiern dürfen.

Nicht lange danach hatte Betti nachdenklich geäußert: »Ich glaube, ich bin jetzt bereit, mich selbst ganz konkret mit der

Vergangenheit zu konfrontieren. Ich möchte noch einmal an jenen Ort zurückkehren, an dem meine Schwester einst starb und wo für uns beide alles begann. Was hältst du davon, Konrad, wenn wir die Orte von damals gemeinsam aufsuchen?«

Und hier waren sie, hatten bereits die kümmerlichen Mauerreste des Waldwerks aufgesucht und auch diese nur dank der ortskundigen Paula gefunden. Jetzt standen sie auf dem Lagergelände. Schweigend lauschte Betti mit geschlossenen Augen dem Gezwitscher der Vögel und dem kaum vernehmbaren Plätschern des Flusses, während vor ihrem inneren Auge noch einmal der Lkw durch das Lagertor fuhr, vor der erbärmlichen, Krankenrevier genannten Baracke hielt und mit den Körpern der an Hunger und Misshandlung Verstorbenen beladen wurde. Mit dem Körper ihrer geliebten Schwester Eva, die in allem und allen stets nur das Beste gesehen hatte und gerade einmal dreizehn Jahre alt geworden war.

In aller Deutlichkeit sah Betti die Szene vor sich – und so schmerzhaft die Erinnerung auch war, hatte sie doch keine Macht mehr über sie. Die Schatten, die sie früher auf Bettis gesamtes Dasein geworfen hatte, hatten ihren Schrecken verloren, als das Licht von Gottes Vaterliebe ihr Dasein mehr und mehr erhellt hatte.

»Wir haben einen weiten Weg hinter uns gebracht seit jenen Tagen, nicht wahr?«, fasste Konrad, der bislang geduldig und stumm neben ihr ausgeharrt hatte, ihre Gedanken in Worte. Liebevoll legte er den Arm um die Schultern seiner zarten Frau mit den sprechenden grünen Augen, die ihn nach wie vor in ihren Bann zu ziehen vermochten.

»Wie wahr!«

Sie schlug ihre Augen auf. Ihr Blick fiel auf ein vielleicht sieben Jahre altes blondes Mädchen, das aus einem der nahen Gärten auf die Straße lief, verfolgt von einem etwas älteren Jungen, der es zu fangen versuchte. Beide Kinder kreischten vor

Vergnügen, die pure Lebenslust stand in ihren erhitzten Gesichtern, während sie über genau den Grund und Boden jagten, wo einst Leid und Tod geherrscht hatten.

»Ich fürchte, die heutigen Einwohner verhalten sich nicht sonderlich respektvoll an diesem Ort, an dem du und deine Mitgefangenen früher so entsetzlich gelitten habt, Betti«, bemerkte Paula entschuldigend. »Die wenigsten von ihnen wissen ja überhaupt etwas davon!«

»Das ist schon in Ordnung«, gab Betti zurück. »Diese Kinder zeigen mir deutlicher als alles andere, dass auch hier schließlich das Leben gesiegt hat. Neues Leben an einem Ort des Leidens und des Todes, wie Gott es uns verheißen hat!«

Konrad nickte in stummem Einvernehmen. Denn sie selbst, Betti und er und ihre Familie, waren ebenfalls Teil dieses kostbaren neuen Lebens.

Und während die Rufe der Kinder verhallten, schmiegte Betti sich in stiller Dankbarkeit in den Arm des Mannes, der zuerst sein Brot und später sein ganzes Dasein mit ihr geteilt hatte und gemeinsam mit ihr alt geworden war.

Nachwort

*Wenn man an einen Ort wie Yad Vashem kommt und sieht
all die Ausstellungsgegenstände und Archive und diese
Geschichten, diese unerzählten Geschichten, es gibt noch so viel
mehr davon,*
*ist das eine Gelegenheit, wirklich mehr zu verstehen. Und während
wir mehr über unsere Vergangenheit verstehen, verstehen wir auch
mehr über unsere Zukunft. Was unsere Rolle darin ist. Wie wir
unser Leben leben müssen im Licht dessen, was geschehen ist.*
Ein amerikanischer Jude und Nachfahre eines Shoah-Überlebenden

Während ich meinen ersten historischen Roman schrieb und
dabei feststellte, wie tief ich dadurch in das Leben meiner
Protagonisten eintauchte, in welchem Maß ich ihr Schicksal
mitfühlte und bis zu einem gewissen Grad damit verschmolz,
wurde mir eines glasklar: Niemals und unter keinen Umständen würde ich über die Zeit des Zweiten Weltkriegs und des Holocaust schreiben. Ich würde es einfach nicht ertragen, mich
derart intensiv mit den Gräueln zu befassen, die unser eigenes
Volk über die Welt gebracht hat. Mit dem Leben von Menschen,
die dieses unaussprechliche und unerträgliche Grauen ertru-
gen. Ihr Leid, ihre Gefühle würden mir persönlich zu tief unter
die Haut gehen.

Und unbeschreiblich tief unter die Haut gehen sie mir tatsächlich bis heute. Dass ich nun trotzdem genau darüber

geschrieben habe, hat einen ganz konkreten Grund: Im Lauf der vergangenen Jahre wurde mir in aller Deutlichkeit bewusst, dass ich exakt auf dem Grund und Boden eines ehemaligen Konzentrationslagers lebe. Zwar wohne ich schon bald dreißig Jahre hier im Ort, doch in der Tat wurde sowohl die Geschichte des kleinen Außenlagers sowie die des geheimen Flugzeugwerks für sehr lange Zeit totgeschwiegen oder zumindest verschämt unter den Teppich gekehrt. Erst im Jahr 2011 errichtete die Stadt eine bescheidene Gedenktafel für das einstige Lager, im Wald entstand durch private Initiativen ebenfalls eine Gedenkstätte.

Wie dem auch sei, heute weiß ich: Da, wo unser Haus steht, verlief einst ein dreifacher Stacheldrahtzaun, der das kleine Außenlager des KZ Dachau umschloss. Da, wo mein Mann und ich in Frieden und Freiheit unsere vier Kinder großziehen durften, befanden sich einst die Baracken, in denen etwa eintausend »jüdische Schutzhäftlinge«, hauptsächlich Frauen und Jugendliche aus Ungarn und Polen, unter geradezu unerträglichen Bedingungen hausten. Tagtäglich bewege ich mich über das Gelände, auf dem diese Menschen unter Hunger und Durst, Kälte und Krankheit, harter Arbeit und der Menschenverachtung und Grausamkeit ihrer Bewacher litten …

Also wer anders als ich sollte ihre Geschichte erzählen und damit das Andenken an sie lebendig halten? Und auf welche Weise könnte ich ihr Andenken besser bewahren als damit, ihrem Leid nicht nur einen Namen auf einer amtlichen Liste ehemaliger KZ-Insassen zu verleihen, sondern ein konkretes Gesicht?

Selbst wenn diese Gesichter fiktive Züge haben, die Schicksale jener Menschen sich nicht bis in alle Einzelheiten so zugetragen haben, halten sich meine Schilderungen doch so eng wie möglich an die tatsächlichen Ereignisse hier in meinem Heimatort Burgau, den ich im Buch Erlenbach genannt habe, soweit diese bekannt sind, und an die Geschehnisse der Shoah im Allgemeinen.

Für mich persönlich ist dieser Roman deshalb keine beliebige, bloße Geschichte, sondern mein spezielles Gedenken an mehr als sechs Millionen Juden, die in der Shoah ihr Leben gelassen haben.

So wie wir Christen Blumen auf die Gräber unserer Lieben legen, tun die Juden es mit Steinen – und jedes Wort und jeder Satz dieses Romans ist für mich ein solcher Stein auf dem Grab eines ermordeten Juden. Ein Stein des liebevollen Gedenkens, ein Stein gegen das Vergessen. Gerade in einer Zeit, in der das jüdische Volk sogar in seinem eigenen Land angegriffen und terrorisiert wird, muss dieses Gedenken aufrechterhalten werden und unser Handeln bestimmen. Dabei denke ich nicht nur an die Leiden der Vergangenheit, sondern auch an die Leiden der aktuellen Situation, wo Tausende von Menschen in ihren eigenen Häusern überfallen und ermordet wurden, wo Hunderte von Menschen um ihre Angehörigen bangen, die sich in der Gewalt grausamer Terroristen befinden ...

Nun noch kurz zu den speziellen historischen Hintergründen von Bettis und Konrads Geschichte, die im großen Kontext des Zweiten Weltkrieges gesehen werden muss. Sollten sich in meinen Recherchen oder in meiner Darstellung trotz aller Sorgfalt Fehler eingeschlichen haben, gehen diese allein auf mein Konto, und ich bitte meine Leser um Verzeihung dafür.

Im März 1944 waren bereits zwei Drittel der deutschen Flugzeugindustrie durch gezielte Angriffe der alliierten Bomber zerstört und vernichtet worden, sodass die Luftwaffe gezwungen war, ihre Produktion umzustellen: Man verlagerte die Flugzeugbauwerke, dezentral auf viele winzige Produktionsstätten verteilt, in den Untergrund (Stollen, Tunnel usw.) und in die Wälder.

Auch der Augsburger Flugzeughersteller Messerschmitt handelte nach dieser Devise. Nachdem die Werksanlagen in der

Großstadt ausgebombt worden waren, verlegte man die Produktion ab 1944 in die Wälder der Umgebung. Wichtig war der Führung dabei vor allem der Bau der Me 262, erster serienreifer Düsenjäger der Welt, die Hitler in der Tat als Wunderwaffe bezeichnete und die im letzten Moment noch das Kriegsglück wenden sollte. In der geheimen Produktionsstätte bei meinem Heimatort wurden die aus anderen Orten angelieferten Teile endmontiert und von hier aus sollten sie danach zum ersten Mal starten. Die Reichsautobahn (und heutige A8) direkt am Waldwerk war als Startbahn gedacht, während der Wald mit seinem dichten Bewuchs die perfekte Tarnung von oben bot und damit vor Angriffen aus der Luft schützen konnte.

Um die Flugzeuge so schnell wie möglich zum Einsatz zu bringen, griff man wegen des Arbeitskräftemangels in der gesamten Rüstungsindustrie auf Zwangsarbeiter zurück, untergebracht in zahllosen kleinen Lagern in der Nähe der Produktionsstätten. In unserem Fall handelte es sich bei diesen Zwangsarbeitern zum größten Teil um Frauen und Jugendliche und nur wenige Männer aus dem Osten, namentlich aus Polen und Ungarn. Bei Temperaturen teilweise unter null Grad nur notdürftig bekleidet, arbeiteten sie Schicht für Schicht in dem behelfsmäßigen Werk im Wald und der einzige Bonus, den sie gegenüber den körperlich nicht mehr arbeitsfähigen Mithäftlingen im Lager bekamen, war eine zweite Scheibe Brot pro Tag. Tatsächlich waren nur etwas mehr als hundert Lagerinsassen von den insgesamt gut eintausend überhaupt imstande, als Hilfskräfte an der Seite der deutschen Fachleute und Luftwaffensoldaten zu arbeiten.

Auch Bettis persönliche Vorgeschichte in ihrer ungarischen Heimat beruht auf wahren Begebenheiten. Die Person des katholischen Paters Klinda, der zum Schutz von jüdischen Frauen und Kindern eine kriegswichtige Nähfabrik für Uniformen gründete und dort zusätzlich die im Untergrund lebenden Juden versorgte, ist ebenso real wie die des schwedischen Diplomaten Raoul Wallenberg, der mit der Ausstellung von schwedischen Schutzpässen Tausende ungarische Juden vor dem Konzentrationslager bewahrte und sie selbst von den Todesmärschen noch zurückzuholen versuchte. Beide Männer wurden später von der Gedenkstätte *Yad Vashem* in Jerusalem mit dem Titel *Gerechter unter den Völkern* geehrt.

Aus der Geschichte »entliehen« habe ich mir die leidenschaftliche Bemerkung von Levi Steiner, als er von der Verhaftung Eichmanns erfährt. Auf ganz ähnliche Weise äußerte sich damals der israelische Generalstabsanwalt in seiner Eröffnungsrede vor dem Eichmann-Prozess.

Ebenfalls entliehen sind viele äußere Begebenheiten und Ereignisse. Hierzu zählen: die Existenz und Tätigkeit des jüdischen Lagerarztes und der Werkssekretärin, die aus einem amerikanischen Flugzeug geschossenen Fotografien des Waldwerks, der Verdacht auf einen Verräter in den eigenen Reihen und die Tatsache, dass einer der Werksarbeiter einen Lagerinsassen mit einem Messer ausstattete, um ihm die Flucht zu ermöglichen.

Die wichtigste »Leihgabe« aber ist die Person des Konrad Kässmaier. Sie beruht auf der nachgewiesenen Tätigkeit eines jungen deutschen Flugzeugwarts im verborgenen Waldwerk. Ein bis heute erhaltenes Foto von ihm brachte mich auf die Idee, meinen Protagonisten Konrad mit den charakteristischen abstehenden Ohren zu versehen, die Betti sofort ins Auge fallen.

Die Art und Weise dagegen, wie ich sein Schicksal mit dem einer jungen Lagerinsassin verknüpfe und die beiden sowohl zueinander als auch zum Glauben an den Gott finden lasse, der »dennoch« seine Hand über ihr Leben hält und aus einem toten Baumstumpf Neues hervorbringen kann, ist die künstlerische Freiheit in einem Roman.

Falls Sie als Leser noch tiefer in die meinem Roman zugrunde liegende Materie eintauchen möchten, werden Sie online unter Stichpunkten wie *KZ-Außenlager Burgau* und *Endmontage der Me 262 im Kuno AG Werk* fündig.

Denn hier möchte ich last but not least einige Worte des Dankes aussprechen:

Ein herzliches Dankeschön gilt meinem Verlag Gerth Medien, der sich von Beginn an für dieses konkrete Thema begeisterte und geduldig auf die verzögerte Fertigstellung meines Manuskripts wartete. Caro, danke für alles Verständnis dafür, dass sich unser Projekt wegen der neu aufflammenden Kriege der Gegenwart derart in die Länge gezogen hat. Danke auch für deine wertvolle Hilfe, bei meiner Darstellung der verstörenden Ereignisse einen angemessenen Ton zu treffen.

Danke dir, Laszlo, für deine wertvollen Beiträge bezüglich deiner Heimat Ungarn. Durch dich habe ich nicht nur etwas über die sprachliche Unterscheidung zwischen großer und kleiner Schwester gelernt, sondern konnte vor allem aus erster Hand über Bettis Herkunfts- und Heimatland berichten.

Danke Ihnen, Martina W.-A., für Ihre jahrzehntelangen, akribischen Recherchen über das Waldwerk sowie das hiesige Außenlager. Sie haben mir und der Geschichte von Betti und Konrad quasi den Weg bereitet.

Danke Ihnen, Dan, und allen übrigen Mitarbeitern der Gedenkstätte *Yad Vashem*, dass ich aus der Fülle Ihrer Beiträge von Überlebenden der Shoah zitieren durfte und für Ihren unermüdlichen Einsatz gegen das Vergessen.

Danke meinem besten Freund und Ehemann Heinz für die Begleitung während der Entstehungsphase dieses Romans. Du bist mit mir durch den Wald gestapft, hast Vorträge besucht und mich monatelang mit Betti und Konrad geteilt. Vor allem aber hast du trotz meiner Zweifel daran, dass ich derartig schwerwiegende Inhalte zu einem Roman verarbeiten kann, der dieser Tiefe auch nur annähernd gerecht wird, ganz selbstverständlich genau daran festgehalten. Deine Ermutigung ist mir unglaublich kostbar!

Danke euch, liebe Leserinnen und Leser, dass ihr an meiner Seite mit Betti und Konrad gelitten und gehofft und geglaubt habt. Ich wünsche mir, dass zumindest einige Sätze aus ihrer Geschichte für euch in vergleichbarer Weise zum Gedenkstein auf einem jüdischen Grab werden wie für mich und dass wir auch heute alle gemeinsam mit »unserem älteren Bruder« Israel erleben dürfen, wie Gott sich als treuer Hüter seines Volkes erweist!

Dorothea Morgenroth, im November 2023

Anmerkungen

1 Die Vernichtung der europäischen Juden durch die Nationalsozialisten und ihre Helfer wird im Hebräischen mit dem
Begriff Schoa (Katastrophe, Untergang) wiedergegeben. Im
deutsch- und englischsprachigen Raum ist der Name Holocaust (griechisch: Brandopfer) üblich. Quelle: Fachstelle für
internationale Jugendarbeit der Bundesrepublik Deutschland
e. V., siehe: /ijab.de/angebote-fuer-die-praxis/toolbox-religion/
basisinformationen/judentum/die-schoa (zuletzt abgerufen am
11. März 2024).
Anmerkung der Autorin: Die zu Beginn des Buches und vor
dem Nachwort verwendeten Zitate von Überlebenden der
Schoa (auch: Shoah) stammen aus Augenzeugenberichten, die
das Filmzentrum der Holocaustgedenkstätte Yad Vashem auch
online auf Youtube zugänglich gemacht hat.
Zur Erklärung: Yad Vashem ist die Bezeichnung für die internationale Holocaustgedenkstätte mit Sitz in Jerusalem. Als leben-
diges Denkmal des jüdischen Volkes für die Shoah oder den
Holocaust bewahrt Yad Vashem die Erinnerung an die Vergangenheit und vermittelt ihre Bedeutung an kommende Gene-
rationen. Die Gedenkstätte vor Ort besteht aus verschiedenen
Museen, Forschungs- und Schulungszentren, Denkmälern und
Gedenkorten, darunter dem Museumskomplex, der Halle des
Gedenkens, dem Tal der Gemeinden und der Kindergedenk-
stätte. Siehe: https://www.yadvashem.org/de/about/yad-vas-
hem.html (zuletzt abgerufen am 11. März 2024).
2 Hashem oder Haschem (hebräisch מ׳שה, »der Name«), auch
Hashim oder Haschim, ist eine im Judentum gängige Bezeichnung für Gott. Erklärung nach Wikipedia, siehe: https://
de.wikipedia.org/wiki/Hashem (zuletzt abgerufen am 15. Januar
2024).